환야

GENYA by Keigo Higashino

Copyright © 2004 Keigo Higashino
All rights reserved.
First published in Japan in 2004 by SHUEISHA Inc., Tokyo.
Korean translation rights in Korea arranged by SHUEISHA Inc., Tokyo
in care of Tuttle-Mori Agency, Inc., Tokyo through EntersKorea Co., Ltd., Seoul.

환야 1

초판 1쇄 펴낸 날 2020년 3월 1일 2쇄 펴낸 날 2023년 1월 16일
지은이 히가시노 게이고 **옮긴이** 김난주 **펴낸이** 박설림 **펴낸곳** 도서출판 재인 **디자인** 오필민디자인
등록 2003. 7. 2. 제300-2003-119 **주소** 서울시 강남구 언주로 30길 13 대림아크로텔 1812호
전화 02-571-6858 **팩스** 02-571-6857

ISBN 978-89-90982-86-5 03830 ISBN 978-89-90982-85-8(세트)
Copyright © 재인, 2020 Printed in Korea.

환야

幻夜

1

히가시노 게이고

김난주 옮김

재인

차례

1장

●

1

어두컴컴한 공장 안에 공작 기계의 검은 그림자가 줄지어 있다. 마사야가 그 광경을 보고 있자니 밤의 묘지가 연상되었다. 하기야 아버지가 묻힐 무덤은 이렇게 멋들어지지 않지, 하고 그는 생각했다. 검은 그림자들이 주인 잃은 충실한 하인처럼 보이기도 했다. 그것들도 마사야와 같은 심정으로 소리 없이 이 밤을 맞고 있는지도 몰랐다.

그는 찻잔에 담긴 술을 입으로 가져갔다. 찻잔의 이가 빠진 부분이 입술에 닿는다. 꿀꺽 들이켠 후 한숨을 쉬었다.

옆에서 고모부 도시로가 한 되짜리 술병을 들어 그의 빈 잔에 술을 따랐다.

"이제부터 여러 가지로 힘들겠지만, 기운 잃지 말고 힘내거라."

도시로가 말했다. 그의 턱을 감싸듯 돋은 수염이 희끗희끗하다. 얼굴은 벌겋고, 내쉬는 숨에서는 물러 터진 감 냄새가 났다.

"고모부께도 신세를 많이 졌습니다."

마사야가 마음에도 없는 소리를 했다.

"그런 소리 마라. 그보다, 앞으로 어떻게 할지 생각해야지. 그래도 너는 기술이 있으니 일자리 걱정은 없을 테지만. 니시노미야에 있는 공장에서 일하기로 했다면서?"

"임시직이에요."

"임시직이면 어떠냐. 요즘 세상에 일할 곳이 있는 것만도 다행이지."

도시로가 마사야의 어깨를 가볍게 쳤다. 그런 식으로 건드리는 것조차 불쾌했지만 마사야는 억지로 웃음을 지어 보였다.

제단 앞에서는 여전히 술자리가 이어지고 있었다. 마사야의 아버지 유키오가 생전에 친하게 지내던 세 사람이다. 건축업자, 고철업자, 그리고 슈퍼마켓 주인이었다. 마작 친구로 이 집에도 자주 모였었다. 경기가 좋았던 시절에는 다섯이서 부산 근처로 나들이를 하기도 했다.

오늘 밤 빈소에 모습을 나타낸 사람은 이 셋과 친척 몇 명뿐이다. 마사야가 여기저기 알리지 않았으니 당연한 일일 수도 있지만, 설사 알렸던들 별 차이는 없었을 것이라고 그는 생각한다. 거래처 사람들은 물론이고 동업자들도 와 줄 리 없다. 친척들조차 괜히 오래 머물다가 돈이라도 빌려달라고 하면 골치 아프겠다 싶어서인지 분향을 하고는 서둘러 돌아갔다. 친척 중에 남아 있는 사람은 고모부 도시로뿐이지만, 그가 돌아가지 않는 이유를 마사야는 짐작하고도 남았다.

건축업자 아저씨가 병에 남은 술을 마저 따랐다. 그들에게는 마지막 술이었다. 남아 있는 술이라고는 도시로가 애지중지 끼고 있는 됫병뿐이다. 건축업자 아저씨는 컵의 3분의 1쯤 되는 술을 홀짝홀짝 마시면서 도시로의 술병을 바라보았다. 도시로는 스토브 옆에 자리하고 앉아 오징어를 질겅거리면서 혼자 마시고 있다.

"자, 그럼 이만 갈까."

고철업자가 말했다. 그의 컵은 오래전에 비어 있었다.

"그래? 그럼 우리도 슬슬."

다른 두 사람도 엉덩이를 들었다.

"마사야, 우린 이만 가 볼게."

건축업자 아저씨가 말했다.

"바쁘실 텐데 와 주셔서 감사합니다."

마사야가 일어나서 고개를 숙이며 말했다.

"별 도움은 안 되겠지만, 우리가 할 수 있는 일이 있으면 말하거라, 힘을 보탤 테니."

"그래. 우리가 네 아버지에게 신세를 얼마나 졌는데."

옆에서 고철업자가 말한다. 슈퍼마켓 주인도 말없이 고개를 끄덕였다.

"그렇게 말씀해 주시니 마음이 든든하네요. 무슨 일이 있으면 잘 부탁드리겠습니다."

다시 한 번 고개를 숙였다. 눈에 띄게 주름이 늘기 시작한 세 남자도 답례했다.

그들이 돌아가자 마사야는 문단속을 하고 방으로 돌아왔다. 공장과 이어진 안채에는 큰 다다미방 하나와 좁은 부엌, 그리고 2층에 작은 방 두 개가 이어져 있을 뿐이다. 3년 전 엄마 사다코가 병으로 세상을 떠나기 전까지 마사야는 자기 방도 없었다.

제단이 마련된 다다미방에서 도시로가 아직도 술을 마시고 있었다. 오징어가 떨어졌는지, 세 아저씨가 남기고 간 땅콩을 집어 먹고 있다.

마사야가 어지럽게 널린 것들을 치우기 시작했을 때 도시로가 혀 꼬부라진 소리로 말했다.

"말은 그럴듯하네."

"네?"

"마에다 그 사람 말이야. 우리가 할 수 있는 일이 있으면 말하거라, 힘을 보탤 테니? 그런 마음에도 없는 소리를 잘도 지껄인다, 이 말이다."

"그냥 하는 말이죠. 그 아저씨들도 형편이 말이 아닐 텐데요."

"아니야, 그렇지도 않을 게다. 마에다는 자잘한 일들로 제법 벌 거야. 네 아버지를 도와줄 정도는 됐을 텐데."

"아버지도 그 사람들 도움을 받고 싶지 않았을 거예요."

마사야의 말에 도시로는 홍, 콧방귀를 뀌고는 입술을 일그러뜨렸다.

"그렇지 않아. 너는 아무것도 모르는 모양이구나."

마사야가 접시를 포개던 손을 멈췄다.

"선반 구입 대금을 지불하지 못해서 부도가 나려고 했을 때 네 아버지는 맨 먼저 그 세 사람과 의논하려고 했어. 그런데 그 작자들이 어디서 냄새를 맡았는지, 일제히 집을 싹 비웠단 말이다. 그때 누가 단돈 백만 엔이라도 내놓았다면 상황이 달라졌을 게야."

"고모부, 그 얘기는 누구한테 들으셨어요?"

"네 아버지한테 들었다. 경기가 좋을 때는 반색하면서 다가오던 놈들이 사업이 기우니까 태도가 달라졌다면서 분을 내더라."

마사야는 고개를 끄덕이고 나서 다시 방을 치우기 시작했다. 처음 듣는 말이었지만 새삼스러울 것도 없었다. 그는 원래부터 그 세 사람을 믿지 않았다. 돌아가신 엄마도 그들을 싫어했다. 아버지만 돈을 쓰게 만든다고 엄마는 입버릇처럼 말했다.

"어째 좀 출출한데."

도시로가 중얼거렸다. 술 됫병도 바닥을 드러낸 모양이다.

땅콩이 담겼던 접시도 비어 있어 마사야는 그것도 쟁반에 얹어 놓았다.

"먹을 것 좀 없냐?"

"만주가 있는데요."

"만주?"

얼굴을 찡그리는 도시로를 뒤로하고 마사야는 설거지할 거리가 담긴 쟁반을 부엌으로 가져갔다. 개수대가 금세 가득 찼다.

"그런데 말이다, 마사야."

뒤에서 목소리가 들렸다. 돌아보니 언제 왔는지 도시로가 부엌 입구에 서 있었다.

"보험 회사랑 얘기는 해 봤니?"

드디어 본론에 들어갈 모양이라고 생각하면서도 마사야는 표정의 변화 없이 고개만 한 번 저었다.

"아니요, 아직……."

온수기 스위치를 켜고 따뜻한 물을 받아 그릇을 씻기 시작했다. 지은 지 40년이 된 이 집에 수도꼭지에서 온수가 나오는 시설은 없다.

"연락은 했지?"

"경황이 없어서 아직 못 했어요. 이런 상황에서는 와도 곤란하고요."

"그럴지도 모르겠지만, 그런 일은 빨리 처리하는 게 좋아.

신청이 늦으면 그만큼 지불도 늦어지니까 말이야."

마사야는 설거지하던 손길을 멈추지 않은 채 말없이 고개만
끄덕였다. 도시로의 속셈은 말하지 않아도 안다.

"보험 증서는 있지?"

도시로가 물었다. 마사야는 잠깐 손길을 멈췄다가 다시 접
시를 씻었다.

"네, 있어요."

"좀 보여 줄래?"

"……나중에 보여 드릴게요."

"확인하고 싶은 게 있어서 그래. 설거지 같은 건 내일 해도
되잖니. 지금 보여 줬으면 좋겠구나. 어디 있는지 가르쳐 주
면 내가 꺼내 오마."

마사야는 한숨을 내쉬고, 거품이 잔뜩 묻은 스펀지를 내려
놓았다.

다다미방 한구석에 조그만 서랍장이 있다. 부모님이 결혼하
고 얼마 지나지 않아 샀다고 하니 상당히 오래된 물건이다.
그 맨 아래 붙어 있는 조그만 서랍에 파란색 파일이 들어 있
는데, 거기에 생명 보험과 화재 보험, 자동차 보험 증서류가
가지런히 꽂혀 있다. 이렇게 세세한 데까지 신경을 쓰는 것이
사다코의 장점이었다. 그런 엄마가 세상을 뜨자 경영도 엉망
이 되었다고 마사야는 생각한다. 아버지 유키오는 엄마가 일

에 대해 무슨 말을 할 때마다 남자가 하는 일에 여자가 나선다고 호통을 쳤지만 말이다.

"3천만 엔이구나, 역시."

불붙은 담배를 손가락 사이에 끼운 채 파일을 들여다보던 도시로가 말했다. 그런 그가 불만스러워 보이는 이유는 금액이 생각보다 적어서일 것이다.

"은행에서 돈을 빌릴 때 들어 둔 모양이에요."

마사야가 말했다.

"공장을 확장할 때였나?"

"네."

1986년, 일본 경기가 날아오르기 시작할 무렵이다.

도시로는 고개를 한 번 끄덕이고는 파일을 덮었다. 하이라이트 담배 연기를 몇 번 공중으로 내뿜은 후 그가 다시 마사야, 하고 불렀다.

"남은 빚이 얼마나 되지?"

탁한 그의 눈동자가 순간 번뜩 빛나는 듯했다.

"2천만 엔…… 정도일걸요."

채권자들과 만나 이야기를 나눈 게 지난주다. 마사야도 그 자리에 함께 있었다.

"그럼 그걸 전부 갚아도 천만 엔은 남겠구나."

"계산상으로는 그렇지만, 실제로는 잘 모르겠어요. 보험금이 전액 지급될지 어떨지도 아직 모르고요."

"다 지급될 거다. 이상한 식으로 죽은 것도 아니니까."

마사야는 대꾸하지 않았다. 그게 이상한 식으로 죽은 게 아니면 뭐냐고 따지고 싶었다.

"그래서 말인데, 마사야. 너도 들어서 알고 있는지 모르겠다만."

도시로가 웃옷 주머니에 손을 넣었다.

뭘 꺼낼지는 마사야도 짐작이 갔다. 아니나 다를까, 도시로가 손에 쥔 물건은 누런 봉투였다. 거기에서 반듯하게 접혀 있는 서류를 꺼내 마사야 앞에 펼쳐 놓았다.

"네 엄마가 죽기 전이니까 벌써 3, 4년 전이구나. 목돈이 좀 필요하다면서 부탁하기에 내가 4백만 엔 정도를 구해 줬어. 이런 불황에 친형제 간에 빌려준 돈을 갚으라고 하려니 입이 안 떨어져서 그만 오늘까지 왔는데, 나도 이제는 사정이 위태로워서 말이지."

도시로는 고베와 아마가사키를 중심으로 안경과 시계 도매업을 하고 있다. 거래처는 동네의 소매점들뿐이지만, 라이트 밴을 타고 부지런히 돌아다니면서 거래를 늘려 수익을 올려 왔다. 그러나 경기의 거품이 사그라진 후 수입이 눈에 띄게 줄어든 듯했다. 주거래처인 소매점들이 물건을 구입할 여력이 없는 것이다.

그러나 도시로의 주머니 형편이 나빠진 이유가 그뿐은 아니다. 언젠가 엄마에게 들은 얘기를 마사야는 기억한다. 엄마 말에 따르면, 도시로는 주식으로 큰돈을 벌 수 있다는 사실을 알게 된 후로 성실하게 일하는 법을 잊어버렸다는 것이다.

"사실, 이런 말은 하고 싶지 않은데,"

도시로가 얼굴을 찡그리며 머리를 긁적거렸다.

"나도 빚이 있어서 말이지. 그것도 질이 좋지 않은 곳에서 빌려서, 이대로 가다가는 무슨 일을 당할지 모르겠다. 솔직히 말하자면, 겁이 나는구나."

"네, 이해해요."

마사야는 고개를 끄덕였다.

"다른 빚을 청산한 후에 고모부께 빌린 돈도 갚을게요."

"그래? 그래 주면 고맙겠다."

도시로가 누런 이를 드러내고 웃었다.

"그게 말이다, 상대가 이만저만한 놈들이어야 말이지. 내가 너희 집에 돈을 빌려준 걸 어떻게 알았는지, 만일 돈을 못 갚겠거든 이 차용 증서를 내놓으라는 거야. 그렇게 되면 결국 마사야 네게도 폐를 끼칠 테니 어째야 좋을지 모르겠더라."

"갚을게요, 꼭."

마사야가 다시 한 번 말했다.

"그래, 고맙다. 미안하구나, 이런 때에."

도시로는 미안한 듯한 표정을 지으며 하이라이트 담배를 손가락에 끼운 채 손을 세워 아래위로 흔들었다.

그 후 도시로는 조금 남아 있던 맥주를 마저 마시고는 졸리다면서 2층으로 올라갔다. 오래전부터 이 집에 드나든 그는 어느 벽장에 손님용 이부자리가 들어 있는지 훤히 안다.

뭐가 목돈이 필요하다면서 부탁했다는 거야.

돈을 빌린 경위는 아버지에게 들어서 알고 있다. 부모님이 도시로의 꾐에 넘어가 투기 매매 주식에 손을 댄 것이다. 아니, 도시로가 물려 있던 투기 매매에 휘말렸다고 하는 것이 적절한 표현일 것이다. 그는 일단 자신이 돈을 넣겠다며 유키오더러 차용증을 쓰라고 했다. 차용증이래야 형식일 뿐이지 별 의미는 없다면서. 유키오도 설마 처남이 자기를 속이리라고는 꿈에도 생각지 못했을 것이다. 이제 와서 생각해 보니 도시로가 정말 그런 주식을 매매했는지조차 의심스럽다.

마사야는 장의사가 권한 관들 중에서 가격이 제일 쌌던 것을 향해 책상다리를 하고 앉았다. 영정 속 유키오의 표정이 허무해 보였다. 죽기 직전에도 저런 표정이었겠지, 하고 마사야는 상상했다. 모든 것을 잃고 절망한 나머지, 앞날에도 자기의 존재 자체에도 자신감을 잃었을 것이다.

마사야는 일어서서 공장 쪽으로 난 유리문을 열었다. 써늘한 공기가 그의 온몸을 휘감았다. 부르르, 몸을 한 번 떨고 슬리퍼를 신었다. 콘크리트 바닥이 얼음처럼 차갑다. 기계 기름과 먼지 냄새가 코를 찔렀다. 좋아하지는 않았지만 어릴 때부터 줄곧 맡아 온 냄새다.

그는 천장을 올려다보았다. 철골 대들보가 좌우로 길게 뻗어 있다. 어두워서 잘 보이지는 않지만, 그는 대들보의 어디에 녹이 슬었고 어느 부분의 페인트가 어떤 모양으로 벗겨져 있는지까지 머릿속에 그릴 수 있었다. 그중 하나는 이 나라 지도와 비슷한 모양이다.

그제 밤 마사야가 외출했다 돌아왔을 때, 유키오는 그 지도 모양 바로 밑에 로프를 걸고 목을 매 죽어 있었다.

●

2

철골에 매달린 아버지 모습을 봤지만, 이상하게도 충격을 받지는 않았다. 아니, 전혀 충격을 받지 않은 것은 아니다. 그 증거로, 마사야는 손에 들고 있던 슈퍼마켓 봉투를 떨어뜨렸다. 아버지 밑으로 정신없이 달려가기도 했다. 그러나 추위가 뼛속까지 스며드는 공장에 서서, 미동도 하지 않는 아버지의 시신을 올려다보며 아, 역시, 하고 생각한 것도 사실이다. 머지않아 이런 날이 닥칠 거라고 예감하면서도, 그런 생각을 하지 않으려고 애써 왔다.

몸이 또 떨렸다. 마사야는 벽에 걸려 있던 방한용 점퍼를 걸쳤다. 키가 180센티미터나 되는 그에게는 좀 작다. 반대로 160센티미터도 되지 않는 유키오가 입으면 헐렁헐렁했다.

주머니에 손을 넣자 담뱃갑이 만져졌다. 꺼내 보니 하이라이트 갑에 일회용 라이터가 들어 있다. 담배도 몇 개비 남아 있었다. 유키오가 마지막으로 피우고 남은 것일지도 몰랐다.

살짝 구부러진 담배 한 개비를 입에 물고 불을 붙였다. '공장 내 금연'이라고 써 붙인 종이를 바라보며 연기를 토해 낸다. 종업원들이 있던 시절에 붙인 종이다. 종업원을 모두 내보내고 아버지와 단둘이 일하면서부터 유키오는 담배를 입에 문 채 기계를 마주했다.

아버지의 유품인 담배는 눅눅하고 맛이 없었다. 3분의 1 정도 피우다가 아버지가 재떨이 대신 사용하던 빈 깡통에 던져 넣었다.

문득 생각이 나서 마사야는 어느 기계로 다가갔다. 방전 가공기라는 기계로, 이름 그대로 방전 현상을 이용해 금속을 원하는 모양으로 가공하는 장치다. 특수한 기계인 데다 가격이 비싸서 규모가 작은 공장 중에는 갖춘 곳이 별로 없다. 이 장치를 들여놓았을 때 유키오는 이제 거푸집 만드는 일이 언제 들어와도 안심이라며 기세등등해했다. 설마 불과 몇 년 후에

일 자체가 급격히 줄어들 줄은 꿈에도 몰랐던 것이다.

기계 옆에는 조그만 캐비닛이 있다. 그 문을 열었다. 사각 유리병이 먼지를 뒤집어쓴 채 살포시 놓여 있다. 꺼내어 먼지를 점퍼 소매로 닦았다. '올드 파'라는 글자가 희미하다. 흔들어 보니 액체가 출렁거리는 소리가 났다.

"말도 안 돼요. 그런 소리는 들어 본 적도 없는걸."

마사야의 그 말에 주위에 있던 종업원들도 모두 웃었다. 단 한 사람, 유키오만 진지한 표정이었다.

"아니, 나도 처음 들었을 때는 거짓말이라고 생각했어. 그런데 메이커 사람이 자신하더라니까. 가공 속도가 이삼십 퍼센트는 빨라진다고 말이야."

"아버지를 놀린 거예요. 아이, 안 된다니까. 아깝잖아요."

"해 보지도 않고 어떻게 알아?"

그러더니 유키오는 방전 가공기의 가공조 안에 올드 파를 콸콸 부었다.

가공조에는 원래 기름이 들어 있어 그 속에서 방전을 일으키는데, 거기에 위스키를 부으면 가공 속도가 빨라진다는 말을 유키오가 어디선가 주워들은 것이다. 게다가 고급 위스키일수록 효과적이란다.

유키오가 아무래도 속은 것 같다고 깨닫기까지는 시간이 얼마 걸리지 않았다. 고개를 갸웃거리는 그를 보고 마사야와 종업원들은 배를 쥐고 웃었다. 그리고 그 기계 주위에서는 한동안 위스키 냄새가 진동했다.

마사야는 올드 파의 뚜껑을 연 뒤 입에 대고 병을 기울였다. 입안으로 조르륵 흘러드는 액체에서 그때와 똑같은 냄새가 났다.

약 5년 전. 거품 경기가 한창이던 시절.

유키오는 미즈하라 제작소의 수준을 한 단계 높이려고 안간힘을 썼다. 원래는 중고 선반 한 대로 시작한 회사였다. 그런 것을 고도성장기의 파도에 제대로 올라타 어엿한 금속 가공 회사로 키워 놓았다. 유키오의 꿈은 거기서 더 발전해 대기업의 일감을 직접 하청받는 회사로 만드는 것이었다. 재하청이나 재재하청으로는 미래가 없다고 그는 입버릇처럼 말했다.

그 얼마 전까지 마사야는 가전 메이커의 기계부에서 일했다. 생산 설비를 제조하는 부서다. 고등 전문학교를 졸업한 지 2년이 지났을 무렵이었다. 그런 그에게 회사를 그만두고 공장 일을 도우라는 말을 꺼낸 이유도 유키오 나름의 계산이 있어서였을 것이다. 경영도 순조로운 것 같아 마사야로서도 불안하지는 않았다.

그러나 이제 와서 돌이켜 보건대 그 시점에 이미 상당히 무리하고 있었다는 사실을 부정할 수 없다. 수출 제품을 대부분 현지에서 생산하는 것이 당시의 흐름이었고, 동남아시아가

경쟁 상대로 떠오르고 있었다. 국내 하청 업자가 일거리를 확보하려면 가격을 터무니없이 낮추는 수밖에 없었다.

그 시기에는 버틸 만한 체력을 제대로 갖춘 회사가 거의 없었다. 다들 눈에 보이는 숫자에 속고 있었을 뿐이다. 그런 사실을 모른 채 은행의 달콤한 말에 현혹되어 설비 투자나 사업 확장에 매진한 이가 얼마나 많았던가.

그래서 마사야도 아버지를 원망할 생각은 없다. 그 시절에는 모두들 들떠 있었고, 잔치가 영원히 계속되리라고 믿어 의심치 않았다.

하지만 지난 2, 3년 사이에 곤두박질친 회사 사정을 생각하면 마사야는 눈앞이 어질어질하다. 처음에는 그저 하루 이틀 일거리가 없을 뿐이라고 여겼다. 그다음에는 자신들 주변에만 일거리가 없는 거라고 여겼다. 그런 후에는 뭔가 잘못되었다고 여겼다. 잘못된 것이 아니라 이 나라 산업 전체가 기울고 있다는 사실을 알았을 때는 종업원들의 월급조차 줄 수 없는 상태였다.

오래된 거래처에 사정하다시피 해서 얻어 온 일감만으로는 입에 풀칠하는 정도가 고작일 뿐 막대한 빚을 갚기에는 역부족이었다. 지난달 미즈하라 제작소에서는 고주파 표면 경화용 코일 하나를 만들었을 뿐이다. 동 파이프를 두드려 가공하고 납땜하는 게 전부인, 몇만 엔짜리 일감이었다. 덕분에 지난 설에는 제단에 올릴 떡 하나 살 수 없었다.

결국 며칠 전에 있었던 채권자와의 대화에서 미즈하라 제작소의 운명이 결정되었다. 미즈하라 부자의 손에는 아무것도 남지 않았다. 이제 남은 일은 이곳을 나가는 것밖에 없었다.

"다 끝났어."

채권자들이 물러간 후, 공장 한구석에 앉아 유키오가 툭 내뱉듯이 중얼거렸다. 안 그래도 체구가 자그마한 그가 등을 구부리고 있는 모습은 말라비틀어진 분재를 연상시켰다.

마사야가 아버지의 자살을 예감하면서도 외면하려 했다는 말은 정확지 않다. 자살의 기미를 눈치채지 못한 것처럼 연기했다고 표현해야 옳을 것이다. 누구를 향한 연기인가. 다름 아닌 자기 자신이다. 만일 눈치챘다면 자살을 막으려고 최대한 노력하는 것이 자식 된 도리라는 사실을 알기 때문이었다.

비참한 아버지의 등을 바라보던 그의 마음속을 스친 생각은 차라리 아버지가 죽어 줬으면 하는 것이었다. 그는 아버지가 생명 보험을 들어 놓았다는 사실을 알고 있었다. 그래서 목을 맨 아버지를 보았을 때는 솔직히 말해 이제 살았구나 싶었다.

올드 파 병이 어느새 비어 있었다. 마사야는 병을 바닥에 놓고 굴렸다. 네모난 병은 고작 반 바퀴를 구르고 멈췄다. 벽시계를 보니 어느덧 날이 밝을 시각이었다.

눈을 좀 붙여야겠다 싶어 방으로 향했을 때였다. 갑자기 발밑에서 충격이 전해졌다. 마사야는 균형을 잃고 바닥에 엎어졌다.

그 직후 굉음이 울리며 바닥이 들썩거리기 시작했다. 그는 놀라 주위를 돌아보려 했지만 그럴 여유가 없었다. 마치 비탈을 구르듯 그의 몸이 바닥을 데굴데굴 굴렀다.

벽에 부딪혀 멈춘 뒤에도 지면의 흔들림은 그치지 않았다. 그는 옆에 있는 드릴링 머신을 잡았다. 주위의 광경이 믿기지 않았다.

철골이 지탱하던 벽이 크게 휘기 시작했다. 벽에 붙어 있던 칠판과 시계, 공구 선반 등이 공중에서 대롱거렸다. 무게가 몇백 킬로그램은 족히 나갈 공작 기계들의 받침대가 일제히 삐거덕거렸다.

머리 위에서 뭔가 부서지는 소리가 났다. 이어서 파편이 무수히 떨어져 내렸다. 천장이 무너진 것이다.

그런데도 마사야는 움직일 수 없었다. 공포 때문이기도 했지만, 바닥이 워낙 심하게 흔들리는 바람에 서 있기가 힘들었다. 그는 드릴링 머신에 몸을 딱 붙이고 양손으로 머리를 감쌌다. 땅이 울리는 소리가 끊임없이 들리고, 모래바람 같은 것이 그의 온몸을 덮쳤다. 때때로 폭발음 같은 소리도 들렸다.

그는 양쪽 팔 사이로 안채 쪽을 보았다. 활짝 열린 문 안쪽으로 유키오의 관이 보였다. 그러나 그 관도 원래 올려져 있던 받침대에서 떨어져 있었다. 제단은 형체를 알아볼 수 없을 지경이었다.

다음 순간 거대한 덩어리가 떨어지고, 방 자체가 사라져 버렸다. 조금 전까지 제단이 있던 자리가 순식간에 기와와 자갈 더미로 변했다.

흔들림이 얼마나 오래 계속되었는지 마사야는 알 수 없었다. 이제 그쳤나 보다고 생각한 후에도 몸속에 흔들림이 남아 있었다. 공포도 여전했다. 그는 한동안 웅크린 자세로 있었다.

몸을 일으켜야겠다고 결심한 이유는 "불이야!"라는 소리를 들었기 때문이었다.

마사야는 주위를 둘러보며 조심조심 일어섰다. 공장 벽이 거의 다 무너지고 그 일부는 안쪽으로 넘어졌지만 튼튼한 공작 기계가 그를 지켜 준 덕분에 무사했다. 그가 걸친 방한용 점퍼가 군데군데 찢겼음에도 그의 몸은 다행히 크게 상처를 입지 않았다.

벽이 사라진 공장 밖으로 발을 내디딘 마사야는 주위 광경에 아연실색했다. 어제까지 분명히 존재했던 동네가 사라지고 없었다. 맞은편에 있던 오코노미야키 집이나 옆에 있던 목조 아파트가 흔적도 없이 무너져 내렸다. 어디까지 도로였고 어디서부터 집이었는지도 알 수 없었다.

누군가의 비명이 들렸다. 마사야는 소리가 나는 쪽을 보았다. 회색 옷을 입은 중년 여자가 울부짖고 있었다. 여자의 머리도 회색이었다.

정신을 가다듬고 보니 그녀 외에도 사람들이 있었다. 기묘한 일이지만, 그때까지 마사야 눈에는 그들의 모습이 들어오지 않았던 것이다. 그럴 정도로 폐허의 광경이 처참했다.

중년 여자와 눈이 마주쳤다. 그녀가 흙으로 범벅이 된 얼굴을 한 채 달려왔다.

"우리 애가 안에 있어요. 도와주세요."

"어딥니까?"

그녀가 가리킨 곳은 기와지붕이 완전히 내려앉은 집이었다. 창틀이 휘어지고, 유리 파편이 사방에 흩어져 있었다. 그 한쪽에서 연기가 피어올랐다.

혼자서는 아무래도 무리일 것 같아 주위를 둘러봤지만, 다른 사람을 도울 만한 여유가 있어 보이는 사람이 없었다. 다들 생매장된 가족을 구해 내느라 안간힘을 쓰고 있었다.

마사야는 주위에 떨어져 있던 목재 등을 사용해 지붕 밑에 깔린 벽돌을 조금씩 걷어 냈다. 그러자 땅바닥에 쭈그리고 앉아 지붕 밑 틈새를 들여다보던 여자가 갑자기 소리를 질렀다.

"아, 저기, 우리 애가 있어요! 우리 애 다리예요!"

어디, 하면서 마사야도 들여다보려고 했을 때였다. 그때까지 연기가 피어오르던 곳에서 불기둥이 치솟았다.

"악! 아악!"

여자가 눈을 부릅뜨고 비명을 질렀다. 불은 삽시간에 번져, 방금 들여다보던 부분까지 메워 버렸다. 손을 쓸 도리가 없었다. 여자는 짐승처럼 울부짖었다.

지옥이 따로 없었다. 마사야는 고개를 절레절레 저으면서 뒷걸음질 쳤다.

그 후로도 여기저기서 불길이 치솟았다. 소방차는 나타날 줄을 모르고, 사람들은 가족과 재산이 불타고 있는데도 아무것도 할 수 없었다.

공장과 이어진 안채도 완전히 무너졌지만, 불은 붙지 않은 상태였다. 마사야는 망연자실한 채 그쪽으로 가 보았다.

도시로가 바닥에 드러누운 채 대들보에 깔려 있었다. 미동조차 없었다.

그때 마사야의 시선에 뭔가가 들어왔다. 도시로의 웃옷 주머니에서 비어져 나와 있는 누런 봉투였다.

마사야는 발밑에 주의를 기울이며 도시로에게 다가갔다. 그리고 쪼그려 앉은 후 그 누런 봉투를 주머니에서 끄집어냈다.

빚은 이미 다 갚았어. 그렇게 생각하며 도시로를 바라보던 마사야는 그만 소스라치게 놀라고 말았다.

도시로가 눈을 뜨고 있었다. 탁한 눈으로 마사야를 쳐다보며 뭔가를 호소하듯이 입을 움직였다.

이성보다는 본능에 가까운 것이 마사야를 충동질했다. 그는 옆에 있는 기왓장을 집어 들고 도시로의 머리를 내리쳤다. 주저나 두려움은 없었다. 도시로는 소리 한번 지르지 못하고 눈을 감았다. 이마가 쩍 갈라져 있었다.

마사야는 손을 털고 일어섰다. 이제 더는 이곳에 볼일이 없다. 어차피 남의 손에 넘어갈 공장과 집이다.

그런데 그곳을 뜨려는 그의 눈앞에, 젊은 여자가 서 있었다.

●

3

그녀가 언제부터 거기에 있었는지, 거기서 뭘 하고 있었는지 마사야는 전혀 모른다. 확실한 점은 방금 자신이 한 짓을 이 낯선 여자가 지켜봤다는 것뿐이었다.

마사야는 그녀를 바라보며 그 자리에 멈춰 섰다. 여자는 이십 대 중반쯤으로 보였다. 파자마 대신인지 위아래로 크림색 트레이너 차림이다. 당연히 얼굴에 화장기는 없고, 긴 머리를 뒤로 묶고 있었다. 얼굴이 작고 턱은 갸름하다. 살짝 치켜 올라간 눈을 크게 뜨고 그를 응시한 채 꼼짝하지 않았다.

그는 한 걸음 두 걸음 그녀에게 다가갔다. 뭘 할 작정인지는 그 자신도 몰랐다.

그때 또다시 땅이 흔들렸다.

마사야는 몸의 균형을 잃고 그 자리에 주저앉았다. 마찰음과 함께 옆에 서 있던 쇠기둥이 쓰러졌다. 와르르, 주위 건물이 무너지는 소리가 이어졌다.

정신을 차려 보니 주위가 불타고 있었다. 그리고 그 불길은 순식간에 번져 나갔다.

여자는 어느 틈엔가 사라지고 없었다. 마사야는 잠시 사방을 두리번거렸지만, 화재로 인한 연기와 풀풀 날리는 먼지 때문에 멀리까지는 보이지 않았다.

그때 뭔가가 마사야 옆으로 떨어졌다. 고개를 돌려 보니 찻집 간판이었다. 안에는 조명 기구가 들어 있었다. 위를 올려다보니, 기울어진 건물 2층 부근에 전깃줄들이 끊긴 채 늘어져 있다.

여기 있으면 위험해.

그는 슬리퍼를 끌며 남쪽으로 걷기 시작했다. 그쪽에 초등학교가 있다.

노면이 울퉁불퉁하고 군데군데 갈라져 있었다. 그 길 양쪽으로 쓰러진 집과 빌딩이 이어졌다. 곳곳에서 불길이 솟아오르고 사람들이 울부짖었다. 거리 전체가 불타고 있는데 소방차는 나타날 기미가 없었다. 마사야도 몇 사람에게 도움의 손길을 내밀었지만, 목숨을 구해 낸 경우는 절반도 되지 않았다.

싸늘해진 팔다리를 건드릴 때마다 이건 악몽이라고 생각했다.

뒤늦게 나타난 소방대원들도 기가 질릴 만큼 넓은 불바다를 보며 망연자실했다. 그들이 가져온 소방 기구는 아무 도움이 되지 못했다. 물이 나오지 않는 소화 호스를 든 채 멍하니 서 있는 그들에게 사람들이 욕설을 퍼부었다.

"뭘 하고 있어? 빨리, 빨리 불을 끄란 말이야. 집이 타고 있잖아!"

"물이 없는데 어쩌란 말이에요?"

"안에 사람이 있어. 어떻게든 해야 할 거 아니야!"

소방대원과 주민들이 옥신각신하는 사이에도 집들이 불타고 사람들이 죽어 갔다. 그런 광경을 수없이 목격하면서 마사야는 가까스로 초등학교 운동장에 도착했다. 근방에서 대피하러 온 사람들이 교정에 깔린 파란 비닐 시트 위에 웅크리고 앉아 있었다.

운동장 한구석에 책상이 놓여 있고, 그곳에서 소방복 차림의 남자 몇 명이 대피해 온 사람들에게 종이를 나눠 주고 있었다. 마사야도 그곳으로 다가갔다.

"피해는?"

방한모를 쓴 중년 남자가 그를 보며 물었다. 팔에 완장을 찬걸 보니 지역 소방단원인 듯했다.

"집과 공장이 무너졌습니다."

"부상자가 있습니까?"

"그게……."

잠시 생각한 끝에 마사야는 "고모부가 죽었을 겁니다, 아마."라고 대답했다.

중년 남자가 일순 미간을 찌푸리더니 이내 고개를 끄덕였다. 사망자가 나왔다는 얘기도 더는 놀랄 일이 아닌 것이다.

"시신은?"

"그대로 두었습니다. 대들보에 깔려 있어서요."

"그렇군요."

방한모 쓴 남자가 다시 한 번 고개를 끄덕이고 나서 마사야에게 종이를 내밀었다.

"여기에 이름과 주소를 써요. 그리고 피해 상황을 되도록 자세하게 적으세요. 가능하면 지도도 그리시고요. 아, 그리고 사망한 분에 관해서도."

마사야는 연필을 빌려 그 자리를 떴다. 그리고 비닐 시트 끝자락으로 가서 앉은 다음 종이에 먼저 이름과 주소를 썼다. 이어서 피해 상황을 적은 다음 고모부 요네쿠라 도시로 사망, 이라고 덧붙였다. 도시로의 주소와 연락처는 알지 못했다.

그는 오후가 되어서야 소방단원들과 함께 집으로 돌아왔다. 도시로의 시신을 확인하기 위해서였다. 도시로는 지진 직후와 마찬가지로 대들보 밑에 깔려 있었다. 이마에서 흐른 피는 이미 시커멓게 말라붙어 있었다.

"저런, 천장이 무너지는 바람에 이마에 뭔가 맞은 모양이군요."

나이가 좀 들어 보이는 소방단원이 말했다. 마사야는 잠자코 고개만 끄덕였다.

"다른 사람은 없었습니까?"

소방단원이 물었다.

"다른 사람은 없었지만……."

"그런데요?"

"아버지 시신이 있을 거예요. 오늘이 발인이거든요."

"아아……."

소방단원은 허를 찔린 듯한 표정을 짓더니 입꼬리를 살짝 늘어뜨렸다.

"지진 피해자가 아니니 잠시 뒤로 미뤘으면 합니다. 일단은 살아 있는 사람을 구조하는 일이 우선이니까요."

그렇게 하시죠, 하고 마사야는 대답했다.

도시로의 시신은 근처에 있는 체육관으로 옮기기로 했다. 마사야가 따라가 보니 이미 20구도 넘는 시신이 체육관에 운반되어 있었다. 바닥에 놓인 시신 옆에 가족으로 보이는 사람들이 비탄에 젖은 모습으로 쪼그려 앉아 있다.

경찰들이 시신을 하나하나 검시하고 있었다. 그들이 도시로의 시신을 조사하는 동안 마사야는 다른 경찰에게 조사를 받았다.

"공장과 이어진 안채가 완전히 무너졌어요. 저는 공장에 있었던 덕분에 살아남았고요."

경찰이 마사야의 설명에 의문을 품는 눈치는 아니었다. 머리가 깨진 시신을 이미 여러 구 보았을 터였다.

"요네쿠라 씨의 가족 관계는요?"

"부인과는 몇 년 전에 이혼했습니다. 딸이 하나 있는데, 결혼해서 나라로 갔을 거예요."

"그 딸과는 연락이 닿습니까?"

"글쎄요, 친척들에게 물어보면 가능할지도 모릅니다."

나이 든 경찰이 뭔가를 생각하는 듯 잠시 침묵하더니 다시 입을 열었다.

"어떻게든 그 딸에게 연락을 해 주셨으면 좋겠습니다. 달리 시신을 인수할 분이 계신다면 모르겠지만요."

"어려운 일은 아니지만, 친척들 연락처가 적힌 수첩이 손에 없으니 시간이 꽤 걸릴지도 모릅니다."

"괜찮습니다. 연락을 취하기 어려운 건 저희도 마찬가지니까요."

경찰이 떨떠름한 표정으로 말했다. 그 역시 뭔가 피해를 입었는지도 몰랐다.

검시는 싱겁게 끝나 버렸다. 시신이 속속 밀려드는 상황이라 담당자들도 시신을 자세히 조사할 여유가 없는 듯했다. 설사 조사한다 해도 도시로의 이마가 기왓장에 찍힌 원인을 밝혀낼 도리는 없을 것이다.

마사야는 도시로의 시신을 뒤로하고, 접힌 탁구대가 벽처럼 나란히 세워져 있는 곳이 보여 그 뒤로 돌아가 봤다. 거기에는 가족으로 보이는 몇 그룹이 피로에 지친 모습으로 앉아 있었다. 하나같이 파자마에 담요를 둘러쓴 정도의 가벼운 차림으로, 서로의 체온으로 몸을 녹이겠다는 듯이 바짝 달라붙어 있다.

마사야는 그 구석에 엉덩이를 붙이고 몸을 벽에 기댔다. 모든 일이 현실로 느껴지지 않았다. 순식간에 마을이 무너지고 수많은 사람이 죽었다. 앞으로도 희생자가 계속 나올 것이다. 대체 세상이 어떻게 된 것일까. 우리는 앞으로 어떻게 될 것인가.

앞길이 막막함을 느끼는 가운데 그는 도시로의 머리를 내리쳤을 때의 감각을 떠올렸다. 그 일 역시 꿈속에서 일어난 것으로밖에 느껴지지 않았다. 내가 정말 그런 짓을 했을까. 기억에 자신이 없어지기도 했다.

또 새로운 시신이 들어왔다. 이번에는 두 구다. 마사야 바로 옆에 그 시신들을 뉘었다. 담요로 둘러싸여 있어 무슨 일을 당했는지는 알 수 없었다.

경찰과 여자 하나가 뒤이어 왔다. 그 여자를 본 마사야는 몸이 굳어졌다. 도시로를 죽였을 때 옆에 있던 여자였다.

●

4

마사야는 재빨리 탁구대 뒤로 숨었다.

"이름이 뭡니까?"

경찰이 물었다.

"신카이 미후유입니다. 새 신에 바다 해 자, 그리고 아름다울 미에 겨울 동 자예요."

여자가 가느다란 목소리로 대답했다.

신카이. 그런 성을 들은 기억이 있었다. 바로 옆 아파트에 그런 성을 쓰는 부부가 살았다. 남편과는 안면도 있다. 몇 년 전 연말에 동네 야간 순찰 당번을 함께 섰었다. 예순 살 정도의 깡마른 남자로, 회사를 정년퇴직한 지 얼마 안 되었다고 했다. 품위도 있고, 과거에는 엘리트 회사원이었을 법한 분위기였는데, 왜 그 낡은 아파트에 사는지 알 수 없었다.

"돌아가신 분들이 부모님인가요?"

경찰의 질문이 이어졌다.

"네. 자고 있는데 느닷없이 천장이 무너져서……."

"집의 구조를 설명해 주시겠습니까?"

"대략…… 저, 실은 제가 그동안 거기 살지 않아서요."

"그럼 그 전에는 어디에 사셨죠?"

"도쿄에요. 하지만 그쪽은 정리하고 이제부터 부모님과 살려고 했어요."

"아아, 그렇군요."

그 후로도 대화는 계속되었다. 경찰과 여자의 목소리가 갈수록 소곤거리는 것처럼 낮아져서 마사야의 귀에는 잘 들리지 않게 되었지만, 아무래도 여자 역시 부모님이 건물에 깔려 사망했다는 것 외에는 할 얘기가 없는 것 같았다. 심지어 자신이 어떻게 살아났는지조차 자세히 알지 못하는 듯했다.

경찰에게서 놓여난 뒤에도 신카이 미후유라는 여자는 부모님 시신 곁을 떠나지 않았다. 마사야는 탁구대 뒤에서 그 모습을 지켜보다가 그 자리를 떴다.

도시로의 시신을 끌어낼 때 마사야는 자신의 지갑도 찾아냈다. 그 안에 돈이 3만 엔 남짓 들어 있었다. 문상객들이 주고 간 조의금을 지갑에 곧바로 옮겨 넣은 덕분이었다. 그 지갑의 감촉을 주머니 안에서 확인하면서 그는 체육관을 나섰다. 식료품을 확보해 두자고 생각한 것이다.

그러나 상점이 모두 무너지거나 문이 닫혀 있어 영업하는 곳이 없었다. 가까스로 재난을 면한 편의점 앞에는 사람들이 장사진을 치고 있었다. 그 줄 끝에 서 봐야 먹을거리를 손에 넣을 가능성은 없어 보였다. 마사야는 발에서 감각이 사라질 정도로 돌아다니다가 결국 체육관으로 되돌아왔다.

체육관은 피난 온 사람들로 발 디딜 틈이 없었다. 전기가 복구되지 않은 탓에 해가 떨어지자 점차 어두워져 갔다. 더 괴로운 것은 추위였다. 마사야는 방한복을 입었음에도 가만히 있으면 몸이 떨려 이가 딱딱 부딪치는데, 하물며 입고 있던 옷차림 그대로 대피한 사람들의 고통이야 말할 나위가 없을 터였다.

배고픔과 추위와 어둠이 몸도 마음도 고통스러운 이재민들을 궁지로 내몰고 있었다. 거기에 여진까지 쉴 새 없이 몰려왔다. 땅이 흔들릴 때마다 체육관 안에 비명이 울렸다.

입구 쪽에서 무슨 소리가 들리는가 싶더니, 손전등을 쥔 사람이 몇 명 들어왔다. 그중 한 명이 메가폰을 입에 대고, 지금부터 식료품을 나눠 주겠다고 말했다. 피난민들이 살았다는 듯이 환성을 올렸다.

"개수가 한정되어 있어서 가족당 녹차는 한 병, 빵은 두세 개씩으로 제한합니다. 이 점 양해를 부탁드립니다."

시청 직원인 듯한 젊은이가 말했다.

종이 상자를 품에 안은 직원이 가족마다 찾아다니며 사람수를 묻고는 빵과 캔에 든 녹차를 건넸다.

"차는 됐고, 물은 없나요? 아기에게 분유를 타 주고 싶어서 요."

마사야 바로 옆에서 젊은 남자가 직원에게 물었다. 그 옆에는 젖먹이를 안은 여자가 있었다.

"죄송하지만 지금은 이것밖에 없습니다."

직원이 안타깝다는 듯이 대답하고 나서 마사야 쪽으로 왔다.

"저는 혼자니까 빵만 주시면 됩니다."

"그래요? 고맙습니다."

직원이 고개를 숙이고 나서 비닐봉지에 든 빵을 꺼내 마사야에게 내밀었다. 단팥빵이었다.

마사야가 봉지를 뜯으려는데 한쪽에서 가족의 대화가 들렸다.

"그런 소리 해 봤자, 모자라는 걸 어떡하겠니? 참아야지."

엄마로 보이는 여자가 아이를 나무라고 있었다. 아이가 둘, 초등학교 고학년인 것 같았다. 둘 다 사내아이다. 사람은 셋인데 빵을 두 개밖에 받지 못한 듯했다.

"배고프단 말이야. 왜 이렇게 조금 주는 거야."

칭얼거리는 아이는 동생 쪽이다.

마사야는 한숨을 내쉬고서 그들에게 다가갔다. 그리고 단팥빵을 아이들 엄마에게 내밀었다.

"이거 먹이세요."

아이 엄마가 놀란 표정으로 손사래를 쳤다.

"아니……, 댁도 먹어야죠."

"괜찮습니다."

그렇게 말하고 마사야는 사내아이를 보았다.

"이제 그만 울어."

"정말 괜찮으시겠어요?"

아이 엄마가 물었다.

"자, 어서 받으세요."

연거푸 고맙다고 하는 아이 엄마를 뒤로하고 마사야는 자기 자리로 돌아왔다. 배고픈 건 고통스럽지만, 아이들이 우는 소리를 듣는 것보다는 낫다고 생각했다.

너도나도 배급받은 얼마 안 되는 빵을 아껴 가며 먹고 있었다. 그런 사람들 속에서 무릎을 껴안은 채 마사야를 빤히 바라보는 여자가 있었다. 마사야는 화들짝 놀라고 말았다. 다름 아닌 신카이 미후유였기 때문이다.

미후유는 마사야와 눈이 마주치자 고개를 숙이더니 그대로 두 팔에 얼굴을 묻었다. 마사야도 그녀를 외면했다.

몇 시간 전 광경이 또 뇌리에 되살아났다. 도시로의 머리를 내리칠 때의 감촉, 흐르던 피…….

왜 그런 짓을 저질렀을까. 도시로가 밉기는 했지만 죽이고 싫다는 생각을 해 본 적은 없었다.

대들보에 깔린 도시로를 봤을 때 그가 죽었다고 생각했다. 그의 웃옷 주머니에서 비죽이 모습을 드러낸 누런 봉투를 보고는 빚은 이걸로 해결되었다고 생각했다. 그 정도 생각밖에 없었다.

그런데 도시로가 눈을 떴다. 죽지 않았던 것이다. 그 사실을 알았을 때 마사야는 머릿속이 혼란스러워졌다. 그리고 패닉에 빠졌다. 아무 생각 없이 기왓장을 집어 들고 힘껏 내리쳤다.

마사야는 미후유 쪽을 힐끔 봤다. 그녀는 아까와 똑같은 자세였다.

신카이 미후유는 그 순간을 목격했을까.

지진으로 입은 피해가 너무나 처참해 지금까지 그 생각을 할 여유가 없었는데, 이렇게나마 안정을 찾고 나니 그 일이 머릿속을 가득 메웠다.

내가 고모부를 죽이는 장면을 그녀가 봤을까.

그 당시에는 봤을 거라고 생각했다. 그녀는 마사야에게서 10미터도 채 떨어져 있지 않았다. 모든 것이 무너진 후라서 두 사람 사이에 아무것도 없었다. 심지어 마사야는 그녀와 눈까지 마주쳤다. 화들짝 놀라던 그녀의 표정이 아직도 눈에 선하다.

하지만 만일 목격했다면 경찰에 신고하지 않았을까. 부모가 죽는 통에 남의 일에 신경을 쓸 정신이 없었는지도 모르지만, 살인이라면 얘기가 다르지 않은가. 아니면 그녀가 신고했는데, 경찰이 경황이 없어 움직이지 못하는 것뿐일까. 하긴 지금 경찰은 벌어지는 사건마다 일일이 관여할 여유가 없을 것이다. 그렇지만 살인 사건까지 나 몰라라 할 수는 없지 않을까. 게다가 용의자를 특정하기도 어렵지 않은 터에. 그녀의 증언을 토대로 현장을 조사하면 살인 피해자가 요네쿠라 도시로라는 사실은 이내 밝혀질 것이다. 그렇게 되면 수사관이 얘기를 들으러 마사야를 찾아올 만도 한데…….

혹시 그녀가 보지 못한 것일까.

그럴 가능성도 전혀 없지는 않다. 상황으로 추측해 보자면 그때는 그녀가 지진으로 무너진 아파트에서 탈출한 직후였을 것이다. 무슨 일이 일어났는지 제대로 알지 못해 당황한 상태였음에 틀림없다. 그리고 여진에 대한 공포로 어쩔 줄을 모르고 패닉에 빠져 있었을 것이다. 그러니까 마사야 쪽으로 시선을 향해 있었다고 해도 그가 도시로를 죽이는 장면을 봤다는 보장은 없다. 바라보고 있어도 눈에 들어오지 않는 정신 상태였을 가능성이 컸다.

애당초 그녀가 그 장면을 볼 수 있는 위치에 있었는지 어떤지도 불확실했다. 그때 도시로는 무너진 건물의 잔해에 묻히다시피 한 상태로 깔려 있었다. 따라서 잔해에 가려 그녀에게는 보이지 않았을 수도 있다. 마사야가 기왓장으로 내리치는 모습이 보였을지 모르지만, 뭘 내리쳤는지까지는 알 수 없지 않았을까.

너무 자기 쪽으로 유리하게 해석하는 게 아닐까 싶어 다시 한 번 신카이 미후유의 눈치를 살피려 했을 때였다. 바로 옆에서 말소리가 들렸다.

"있잖아, 집에 한번 가 보는 게 좋지 않겠어?"

중년 남자가 소곤거린다.

"너무 위험하지 않을까……"

대답하는 사람은 중년 여자다. 두 사람이 부부인 듯했다.

"하지만 야마다 씨네도 피해를 봤다는데."

"뭘 도둑맞았는데?"

"금전 등록기에 들어 있던 돈을 몽땅 가져가 버렸나 봐. 꽤 비싼 물건도 없어졌다던가……?"

"이런 판국에 그런 나쁜 짓을 하는 놈도 있네. 어느 틈에 그랬을까?"

"그거야 언제든지 그럴 수 있지. 우리 집은 문도 제대로 잠그지 않고 나왔잖아."

"당신이 잠가 봐야 의미가 없다고 하길래……"

"그렇기는 하지, 벽이 무너졌는데. 그런 상태로 집이 서 있는 것만도 용한 일이야."

남자가 내뱉듯이 말했다.

"어차피 다시 지어야 하는 건 마찬가지지만 말이야."

맨 마지막 말은 아내에게 하는 말이라기보다는 혼자 중얼거리는 소리에 가까웠다.

"일단 통장이랑 인감은 가져왔어."

아내가 말한다.

"그것 말고도 가져오면 좋을 것들이 있잖아, 주식이라든지……."

"설마 그런 걸 훔쳐 가겠어?"

"그야 모르지."

남자가 혀를 차고는 또 한숨을 쉬었다.

"아무래도 한번 가 봐야겠어."

"관둬. 여진이 계속되고 있는데. 집에 들어갔다가 여진이 와서 다 무너지면 어쩌려고 그래?"

"더 무너질까?"

"무너질지도 모르지. 사사키 씨네 집 못 봤어?"

두 사람이 무슨 얘기를 하는지 마사야는 알 것 같았다. 아무래도 재난 상황을 틈타 도둑들이 활개를 치는 모양이다. 무너지거나 무너진 상태에 가까운 집에 침입해서 금품을 훑어 가는 것이다. 피해를 신고해 봤자 경찰이 제대로 대응할 거라고 기대하기 힘들었다. 도둑들에게는 그야말로 한몫 잡을 기회인 것이다.

마사야는 집에 뭔가 값어치 있는 물건을 두고 오지 않았는지 생각해 보았다. 통장 따위는 있으나 마나였다. 어차피 몇 푼 들어 있지도 않을 것이다. 굳이 꼽자면 예의 생명 보험 증서 등이 들어 있는 파일이 있지만 그것도 지금 당장 가지러 가야 할 만한 것은 아니다.

소변이 보고 싶어진 마사야는 자리에서 일어났다. 옆 자리의 부부는 여전히 도둑 얘기를 하고 있었다.

불이 들어오지 않으니 사람들과 부딪치지 않고 걷기가 힘들었다. 복도도 캄캄했다. 벽에 붙어 걸어가 보니 화장실 앞에서 사람들이 웅성거렸다.

"무슨 일이 있습니까?"

마사야가 야구 모자를 쓴 남자에게 물었다.

"아아, 화장실을 쓰지 못하는 모양이야. 물이 나오지 않아서 대변은 원래부터 볼 수 없었는데 소변기마저 막혔나 봐. 거참, 큰일일세. 앞으로 어떻게 될지……."

남자가 맥없이 어렴풋하게 미소를 지었다.

그때 중년 남녀가 옆으로 지나갔다.

"가능한 한 아무것도 먹지 말아야겠어."

아내로 보이는 여자가 말했다.

"바깥에서 볼일을 보느니 굶는 게 나을 것 같아."

"그래도 체력을 비축해 둬야지."

"그야 그렇지만, 화장실에 갈 수 없는데 어쩌란 말이야."

마땅한 대답이 생각나지 않는지 남편인 듯한 남자는 신음 같은 소리만 낼 뿐 아무 말도 하지 못했다.

체육관 밖으로 나가니 건물 앞에 모닥불이 피워져 있었다. 무너진 건물에서 가져온 목재를 태우는 듯했다. 모닥불 주위에 사람들이 빙 둘러서 있다. 노인이나 아이들의 모습도 보였다. 불길에 비친 얼굴들은 그 불그스름한 빛깔과 대조적으로 표정이 침통했다. 말을 꺼내는 사람도 별로 없었다.

건물 옆에 나무를 심어 놓은 곳이 있길래 마사야는 그곳으로 들어가 적당히 어두운 곳에서 소변을 봤다. 조금 떨어진 곳에서도 남자가 나무를 향해 서 있었다. 남자는 이렇게라도 해결할 수 있어 다행이지만 여자들은 힘들겠다고 마사야는 생각했다.

체육관으로 돌아가려는데 안에서 여자 하나가 나왔다. 신카이 미후유임을 알고 마사야는 걸음을 멈췄다. 그리고 얼른 모닥불을 둘러싼 사람들 뒤에 숨었다.

미후유는 모닥불에 힐끔 시선을 주었을 뿐, 그 앞을 그냥 지나쳤다. 트레이너 위에 조그만 담요를 망토처럼 걸치고 있었다.

마사야는 모닥불을 뒤로하고 그녀를 쫓아갔다.

말을 걸어 볼까 생각했다. 만약 그녀가 살인 장면을 목격했다면 마사야를 보고서 아무렇지도 않을 리 없었다. 틀림없이 도망갈 것이다. 그때는 그녀를 붙들고 어떻게든 설득해야 한다. 하지만 뭐라고 설득할 것인가. 사람을 죽인 것처럼 보였을지 모르지만 그건 오해라고 해명할 것인가. 아니면 도시로의 악행을 설명하고 어쩔 수 없었다고 변명할 것인가.

생각을 정리하지 못한 채 마사야는 미후유의 뒤를 밟았다. 너무 가까이 다가가면 눈치를 챌 우려가 있고, 그렇다고 너무 멀어지면 놓칠지도 몰랐다. 모닥불에서 멀어짐에 따라 어둠이 점점 짙어졌다. 그녀의 손에 조그만 손전등이 들려 있어 그녀 바로 앞에서 빛의 고리가 움직이고 있었다. 마사야는 그 빛을 표적으로 삼았다.

미후유가 갑자기 옆길로 들어섰다. 모퉁이에 조그만 건물이 있었다. 건물의 실루엣이 찌그러진 상자 모양이다. 마사야가 가까이 다가가자 슬리퍼 밑에 뭔가가 밟혔다. 땅바닥에 무수한 유리 조각이 흩어져 있었다. 유리창이 깨진 모양이다.

미후유가 건물 뒤로 돌아가고 있었다. 마사야는 그녀의 목적을 알아차렸다. 화장실을 사용할 수 없으면 여자들은 힘들겠다고 생각했던 것이 불과 몇 분 전 일이다.

말을 걸기가 힘들게 되었다고 그는 생각했다. 그녀로서는 아무와도 마주치지 않고 체육관까지 돌아가고 싶을 것이다.

그러나 보는 눈이 있는 곳에서 그녀에게 말을 거는 일은 너무 위험했다.

봤을까, 못 봤을까.

생각해 봐야 소용없다는 걸 알면서도 자꾸 이리저리 머리를 굴리게 된다. 일단 그 답을 알고 싶었다.

미후유가 들어간 골목으로 눈길을 향했을 때였다. 조그만 비명이 들렸다. 그리고 날카롭고 낮은 목소리에 이어 뭔가 구르는 소리가 났다.

마사야는 다급히 골목 안으로 뛰어 들어갔다. 어둠 속에서 사람 그림자가 보였다. 그것들은 바닥에 뒤얽혀 있었다. 손전등이 켜진 채 바닥에 뒹굴었다.

검은 옷을 입은 남자의 뒷모습이 보였다. 남자가 양팔로 뭔가를 들어 올렸다. 하얀 다리였다. 남자가 그 다리에서 옷을 벗기려 했다. 두 다리가 헤엄치듯 공중에서 버둥거린다. 무슨 일이 벌어지고 있는지 마사야는 즉시 이해했다.

"이봐, 무슨 짓이야!"

그는 달려드는 동시에 남자의 등 뒤에서 사타구니를 걷어찼다. 남자가 신음을 내뱉으며 앞으로 고꾸라졌다. 그 순간 남자 밑에 깔려 있던 사람이 신카이 미후유라는 사실과 그녀의 입에 뭔가 물려 있다는 것, 그리고 그녀의 양팔을 누르고 있는 남자는 따로 있다는 사실을 알았다.

그 다른 남자가 마사야에게 달려들었다. 남자의 주먹이 마사야의 뺨을 쳤지만, 손가락의 뼈가 불거져 있어 뺨이 아팠던 것을 제외하면 충격은 대단하지 않았다. 마사야는 자세를 바로잡은 후 머리로 남자의 배를 들이받았다. 상대가 쓰러지자 그 위에 올라타고 양손으로 상대의 얼굴을 마구 갈겼다.

그러자 이번에는 누군가 뒤에서 목을 졸랐다. 사타구니를 걷어차인 남자가 반격하는 듯했다. 마사야는 그의 손을 쥐고 목에서 떼어 내려고 했다.

그때 둔탁한 소리가 나면서 순간적으로 상대의 손에서 힘이 빠졌다. 그 틈을 노려 마사야는 팔꿈치로 남자의 옆구리를 치며 일어났다. 남자가 두 손으로 머리를 감싸고 있었다.

남자 뒤에 미후유가 서 있었다. 그녀가 깨진 콘크리트 파편 같은 것을 양손에 들고 있었다. 그것으로 남자의 뒷머리를 내려친 모양이다.

마사야와 미후유의 시선이 한순간 공중에서 마주쳤다. 1초의 몇분의 1 정도의 침묵과 정지가 있었다. 그 짧은 틈이 괴한들에게 기회를 주고 말았다. 마사야에게 얻어맞은 남자가 뛰기 시작했고, 다른 한 남자도 머리를 감싼 채 그를 따랐다. 마사야는 그들을 쫓아가려다 말았다. 부녀 폭행 미수범을 붙잡은들 경찰이 제대로 대응해 주리라고는 기대하기 힘들었다.

"다친 데는……."

없느냐고 미후유에게 물으려다 마사야가 눈길을 아래로 떨궜다. 그녀의 하반신이 드러난 채 손전등 불빛에 하얗게 비쳤다.

그녀가 옷매무새를 가다듬을 때까지 기다린 그가 고개를 들었다.

"다친 데는 없나?"

그녀에게 다시 물었다.

그녀가 고개를 살짝 끄덕이고 나서 발치에 떨어져 있던 손전등을 주워 들었다.

"심정은 알겠지만 혼자 다니면 위험해. 저런 놈들이 얼쩡거리고 있으니까 말이지. 손전등 같은 걸 들고 있으면, 먹잇감이 여기 있습니다, 하고 선전하는 거나 마찬가지야."

미후유는 아무 대꾸가 없다. 대답할 여유가 없는 건지도 몰랐다.

"체육관으로 돌아가지. 손전등은 이리 줘. 내가 앞장설 테니까 뒤따라와."

그런데 그녀는 뒷걸음질을 치더니 그대로 뛰어갔다. 손전등 빛이 흔들리면서 멀어졌다.

걸음을 내디디려던 마사야가 멈칫했다. 발에 부드러운 물건이 밟히는 감촉을 느꼈기 때문이다. 주워 보니 그녀가 걸치고 있던 담요였다.

체육관으로 돌아가 보니 모닥불 숫자가 늘어나 있었다. 추위를 견디다 못한 사람들이 여기저기에 불을 피운 모양이었다.

신카이 미후유는 모닥불을 둘러싼 사람들에게서 조금 떨어진 벤치에 앉아 있었다. 체육관에 있을 때처럼 양쪽 무릎을 껴안은 채 팔에 얼굴을 묻고 있었다.

마사야는 그녀에게 다가가 들고 온 담요를 뒤에서 걸쳐 주었다. 움찔하며 허리를 편 그녀가 그를 돌아보더니 숨을 삼키는 듯한 얼굴을 했다.

"소중한 담요를 잃어버리고 다니면 안 되지."

최대한 가벼운 말투로 들리도록 신경을 쓰면서 말을 건넸다. 하지만 미후유의 굳은 표정은 달라지지 않았다. 그녀는 두 손으로 담요 끝자락을 잡고 몸을 지키겠다는 듯이 앞으로 꼭 여몄다.

"모닥불 가까이 가면 어떻겠어? 여기는 춥잖아."

그녀는 모닥불 쪽을 힐끔 봤지만 이내 눈을 내리떴다.

마사야는 모닥불을 둘러싼 사람들을 보고 나서야 그녀 마음을 이해했다. 드럼통 주위에 있는 사람들은 대부분 성인 남자였다. 아이들이나 젊은 여자는 보이지 않았다.

"괜찮아. 저 사람들은 아까 그놈들과는 달라. 지금은 저 살기에도 바쁘거든."

그러나 그녀는 고개를 숙인 채 반응이 없었다. 마사야는 그녀 옆에 앉았다. 그녀가 온몸에 힘을 잔뜩 주는 것이 느껴졌다.

"뭐하면 내가 같이……."

거기까지 말했을 때 미후유가 벌떡 일어섰다. 그녀는 한두 걸음 내딛다가 마사야를 향해 휙 돌아섰다.

"담요, 고맙습니다."

그리고 고개를 꾸벅 숙이더니 돌아서서 다시 걸음을 옮겼다. 그러나 모닥불 쪽으로 향하지 않고 그대로 체육관으로 들어갔다.

●

5

마사야는 거의 뜬눈으로 밤을 지새운 채 아침을 맞았다. 그는 체육관 구석에서 몸을 있는 대로 웅크리고 있었다. 주워 온 신문지를 온몸에 둘렀지만, 마룻바닥이 얼음장 같아서 체온이 빼앗기는 것을 막을 수 없었다.

눈을 뜨고 있었지만 일어날 기력이 없었다. 공복도 한계에 다다라 있었다. 주위 사람들도 그와 마찬가지인지 일어난 사람이 몇 없었다.

그런 그들을 일제히 일으킨 것은 여전히 기분 나쁜 여진이었다. 바닥이 흔들거리는 것과 동시에 사람들이 비명을 지르

며 일어났다. 어린아이들이 여진, 여진, 하고 외치는 소리가
마사야 귀에도 들렸다.

꼬박 하루를 먹지도 마시지도 못했는데 소변은 어김없이 마
려웠다. 마사야는 체육관을 나왔다. 밖에는 아직도 모닥불을
쬐는 사람들이 있었다.

어제와 거의 비슷한 곳에서 볼일을 본 후 마사야는 집에 가
보기로 했다. 갈아입을 옷과 먹을거리를 가져오자고 생각한
것이다.

도로로 나가 주위를 둘러보고 그는 긴 한숨을 내쉬었다. 파
괴된 거리는 꿈도 그 무엇도 아닌 틀림없는 현실이라는 것을
다시 한 번 깨달았다. 집이란 집은 모두 벽돌 더미로 변해 있
었다. 전신주는 기울고, 전선은 늘어져 있다. 건물은 중간에
서 꺾여 있고, 유리 파편이 도로 위에 무수히 흩어져 있었다.
시커멓게 불에 그슬린 건물도 적지 않았다.

머리 위로 헬리콥터가 날아가고 있었다. 방송국에서 보냈을
거라고 마사야는 짐작했다. 그들은 이 광경을 아나운서의 흥
분된 목소리와 함께 전국으로 내보낼 터였다. 그것을 본 시청
자들은 놀라고, 걱정하고, 동정하고, 마지막에는 자신들의 신
변에 그런 일이 일어나지 않아 다행이라며 가슴을 쓸어내릴
것이다.

집까지는 거리가 꽤 있었다. 걷기에 여간 불편하지 않은 슬

리퍼를 신은 마사야는 그저 묵묵히 걸음을 옮겼다. 가도 가도 무너진 건물이 계속되었다. 그런 건물 더미 옆으로 사람이 보이기도 했다. 그들 중에는 아직도 울부짖는 사람이 있었다. 누군가의 이름을 부르는 걸 보면 무너진 더미에 가족이 묻혀 있는지도 몰랐다.

이윽고 그는 조그만 상점가로 접어들었다. 그러나 이미 상점가다운 모습을 잃은 그곳은 가게 대부분이 무너지고 간판이 떨어져, 무슨 가게였는지조차 도무지 알 수 없었다.

딱 한 군데, 셔터가 올라가 있는 가게가 있었다. 약국이었다. 내부는 어두컴컴했다.

다가가 보니 유리문이 열려 있었다. 마사야는 조심스럽게 "실례합니다."라고 소리를 내 보았다.

그러나 대답이 없었다. 그는 발밑을 주의하며 안으로 들어갔다. 약품 냄새가 풍기는 이유는 뭔지 몰라도 약병이 깨졌기 때문일 것이다.

가게 안을 둘러봤지만 약품은 거의 없었다. 기껏 남은 것이래야 내복약뿐이었다. 다친 사람이 많을 테니 외상용 약은 어제 다 팔렸을 것이다. 화장지나 칫솔 같은 생필품도 일찌감치 동이 났을 터였다. 드링크제가 들어 있었을 것으로 짐작되는 조그만 냉장고도 텅 비어 있었다.

아무도 안 계세요, 하고 다시 한 번 소리쳤다. 그러나 역시 사람의 기척은 없었다. 약국 주인도 피난을 간 모양이었다.

서비스 상품인 듯한 포켓 티슈 두 개가 구석에 떨어져 있었다. 마사야는 그것을 주워 방한복 주머니에 넣고 약국을 나왔다.

몇 걸음 걸었을 때 누군가 그의 오른팔을 붙들었다. 뒤돌아보니 마흔 살 정도의 뚱뚱한 사내가 손에 골프채를 든 채 마사야를 노려보고 있었다. 그 뒤로 같은 또래의 남자가 또 하나 서 있었는데, 그는 손에 금속 야구 방망이를 들고 있었다.

"이봐, 그 가게에 들어가서 뭘 했지?"

골프채를 든 남자가 물었다. 안경 속 눈이 번뜩였다.

"아무것도 안 했어요. 뭘 파는지 궁금해서 들여다봤을 뿐이에요."

"주머니에 뭔가 집어넣었잖아. 내가 다 봤어."

이번에는 야구 방망이를 든 남자가 말했다.

마사야는 고개를 절레절레 흔들며 주머니에서 포켓 티슈를 꺼냈다. 두 남자가 서로 얼굴을 마주 보았다.

"정 의심스러우면 몸을 뒤져 보시든지."

마사야가 두 손을 들어 올렸다.

골프채를 든 사내가 떨떠름한 표정을 지으며 고개를 끄덕였다.

"아무래도 우리가 잘못 본 모양이군. 미안하네. 언짢게 생각하지는 말게. 어젯밤부터 이런저런 사건이 있어서 말이지."

"이 혼란 통에 도둑질하는 놈들이 있는 모양이더군요."

마사야가 말했다.

"정말 너무해. 경찰에 신고해도 상대해 주지 않으니 우리끼리 지키는 수밖에. 이거 큰 실례를 했네. 용서하게."

마사야는 고개를 저었다. 그들을 비난할 일이 아니었다.

"나쁜 놈들이 도둑뿐만은 아니에요. 여자를 노리는 놈들도 있더군요."

마사야의 말에 두 남자는 놀라는 표정을 짓지 않았다. 골프 채를 든 남자가 씁쓸한 듯이 고개를 끄덕였다.

"주위에서 누가 습격을 당했나?"

"네. 간신히 미수에 그쳤지만요."

"천만다행이야. 어젯밤에만도 두 명 정도가 당했다고 하더군. 둘 다 화장실에 갔을 때를 노렸대. 여자들은 아무 데서나 볼일을 볼 수 없고 사람들 눈에 띄지 않는 곳까지 가야 하니까 말이야."

"신고해도 경찰에서는 모르쇠로 나오는 모양이야. 범인들도 그걸 아니까, 제멋대로 날뛰는 거고."

야구 방망이를 손에 든 남자가 입을 비죽거렸다.

상점가를 빠져나와 한참을 더 걸었다. 무너진 집에서 물건을 꺼내려는 사람이 이따금 눈에 띄기 시작했다. 설사 남의 물건을 집어내는 사람이 있어도 여간해서는 구분하기 힘들겠다 싶었다. 절도를 목적으로 주택가를 배회하는 사람이 있다 해도 이상할 게 없었다.

그러나, 하고 마사야는 생각했다. 재난을 틈타 범죄를 저지른 자를 비난할 자격이 내게 있을까. 나는 사람을 죽이지 않았는가.

마침내 집 근처에 다다랐다. 주위에서는 아직도 검은 연기가 피어오르고 있었다. 조금 전까지도 어딘가 불타고 있었을 것이다. 소방대가 온 흔적이 없으니 탈 대로 타고 남은 것인지도 모른다.

공장은 어제 마지막으로 봤을 때 모습 그대로였다. 벽이 부서지고, 철골 기둥만 겨우 서 있었다. 공작 기계는 무너져 내린 천장 더미에 묻혀 있다.

안채는 흔적을 찾기 힘들 정도였다. 아버지의 관이 놓여 있던 곳에도 기왓장이 흩어져 있었다. 부러진 목재와 무너진 벽이 조그만 산을 이루었다.

마사야는 현관이 있던 부근의 잡동사니들을 걷어내고 우선 스니커를 찾아냈다. 먼지투성이였지만 망가지지는 않았다. 슬리퍼를 벗고 스니커로 갈아 신은 다음 먹을거리를 찾기 시작했다.

부엌 근처에 쌓여 있는 것들을 치우려다 손을 멈췄다. 쓰러진 냉장고가 겉으로 드러나 있었다. 어제는 저런 모습이 아니었다.

깜짝 놀라 냉장고 문을 열어 보니, 아니나 다를까, 예상대로였다. 안에 들어 있던 식료품이 모두 사라지고 없었다. 남은 것이라고는 조미료와 탈취제뿐이다. 매실장아찌 등의 밑반찬은 물론이고, 냉동식품, 소시지, 치즈, 캔 맥주, 심지어 마시다 남은 우롱차까지 전부 없어졌다.

이유는 생각해 볼 필요도 없었다. 먹을 것이 부족했던 누군가가 훔쳐 간 것이다. 마사야는 집에 돈이 될 만한 것이 없다며 안심했던 자신의 어리석음을 책망했다. 어떤 의미에서는 돈보다 중요한 것을 내버려 두었던 것이다.

온몸이 납덩이처럼 무거워 서 있을 기력조차 없었다. 그는 그 자리에 주저앉고 말았다. 눈앞에 소시지 포장재가 떨어져 있었다. 며칠 전에 마사야가 사서 냉장고에 넣어 두었던 것이 틀림없었다.

기력을 잃고 머리를 감싸 안는 참에 인기척이 느껴졌다. 고개를 들어 보니 신카이 미후유가 서 있었다. 마사야는 놀란 나머지 하마터면 뒤로 자빠질 뻔했다.

"이거라도 괜찮으면 드세요."

굳은 표정인 그녀가 두 손을 내밀었다. 거기에 랩에 싸인 주먹밥이 있었다.

●

6

요네쿠라 사키코가 재난 지역으로 들어온 것은 대지진 발생으로부터 사흘째 되는 날이었다. 나라에서 난바를 경유해 우메다까지 갈 때는 순조로웠는데, 그다음이 난관이었다. 전철 운행 편수가 많지 않은 데다 그나마도 고시엔까지밖에 가지 않았다. 거기서부터는 걸어야 했다.

재난 지역으로 향하는 사람들은 너 나 할 것 없이 커다란 보따리를 품에 안고 있었다. 배낭을 짊어진 사람도 적지 않았다. 피해를 입은 가족이나 지인에게 가져다줄 요량인 것이다. 사키코는 만약의 경우를 생각해서 갈아입을 옷과 간단한 요깃거리를 가방에 넣어 왔지만, 누군가에게 주겠다는 생각은 눈곱만큼도 없었다. 그녀는 어떻게든 이 골치 아픈 상황에서 한시라도 빨리 벗어나고 싶었다.

지진이 발생했을 때 그녀는 나라의 집에서 자고 있었다. 흔들리는 것을 느꼈지만, 그렇게 큰 지진일 줄은 몰랐다. 큰일이 벌어졌다는 사실을 안 것은 남편 신지가 텔레비전을 켠 후였다. 고속도로가 거대한 뱀처럼 뒤틀린 것을 보고 뭔가 잘못되었다고 생각했다.

한신 지구에는 아는 사람이 많았다. 그러나 맨 먼저 머리에 떠오른 사람은 역시 아버지다. 도시로는 아마가사키에서 혼자 살고 있었다.

전화는 완전히 불통이었다. 오사카에 사는 친척에게 걸어 보았지만 마찬가지였다. 오후가 되어서야 겨우 친척 집 한 군데와 전화가 연결되었다. 그때는 이미 전례 없는 대재앙이라는 사실을 알고 난 후였다.

그 친척은 피해가 크지 않은 듯했다. 그러나 그들도 도시로의 안부를 알지 못했다.

사키코가 곤혹스러워하자 친척이 말했다.

"그러고 보니 어제 미즈하라 씨네 빈소에 간다고 하던데."

"아아."

듣고 보니 사키코도 기억이 났다. 외삼촌 미즈하라 유키오가 죽었다는 소리를 아버지가 했었다. 그런데 교류가 거의 없었던 탓에 조전을 보낼 생각도 하지 못한 채 듣고 흘려 버렸다. 하지만 도시로는 조문을 갈 거라고 말했다.

외삼촌네 집도 연락이 되지 않았다. 사키코가 아버지의 죽음을 안 것은 이튿날 저녁때가 되어서였다. 도시로의 이름이 텔레비전에서 나온 것이다.

시신이 안치된 곳을 알아보려 했지만, 어디에 전화를 걸어도 모두 통화 중이라 좀처럼 알기 힘들었다. 어젯밤에야 겨우 안치된 장소를 알게 되었다. 오사카에 사는 친척이 전화를 해해서, 미즈하라 마사야가 연락했다고 알려 주었다. 역시 도시로는 외삼촌 집에 있다가 변을 당한 듯했다.

마사야와 연락할 방법이 없었다. 그에게 사키코의 전화번호를 알려 주기는 했지만 대피소에 있으니 전화하기 힘들 것이라고 했다.

고시엔에 도착하자 그녀는 선로를 따라 걸었다. 같은 방향으로 걷는 사람이 많았다. 비탄에 빠진 그 뒷모습을 바라보면서 그녀는 마치 전쟁터 같다고 생각했다. 주변 광경도 어느 사진에서 본 공습 후의 거리 모습 그 자체였다.

도시로의 죽음이 느닷없기는 했지만, 날벼락이라는 생각은 없었다. 솔직히 말하자면 오히려 후련하다는 마음도 있었다. 지진의 피해가 막심하다는 소식을 듣자마자 도시로의 안부가 궁금했던 이유는 혹시나 그가 죽지 않았을까 하는 기대 때문이었다.

사키코는 아버지를 좋아하지 않았다. 술버릇이 고약하고, 하는 일에 대해서도 충실하다고 할 수 없었다. 그 탓에 엄마와 걸핏하면 말다툼을 했다. 사키코의 엄마는 기가 드센 여자라, 파트타임으로 일해서 조금이나마 돈을 벌게 되자 노골적으로 남편을 욕했다. 그러다가 도시로가 손찌검을 하자 그 일을 계기로 이혼까지 하게 되었다. 둘 다 상대에게 염증이 났을 것이다.

사키코는 어느 쪽과도 함께 살지 않았다. 그 무렵에는 이미 지금의 남편을 만나 동거나 다름없는 생활을 시작했으므로 사는 데는 곤란함이 없었다. 그 이래 웬만한 일로는 부모를 만나지 않았다. 엄마는 딸이 자신에게 마음을 써 줄 기라고 기대한 모양이지만, 사키코는 애써 무시했다. 부모와 엮여서 자신의 미래에 이로울 일이 없다고 여겼기 때문이다. 그런데 도 엄마는 때때로 사키코의 남편 신지가 없는 때를 틈타 집에 찾아왔다. 용건은 늘 돈이었다. 또 그럴 때마다 도시로 험담 을 실컷 늘어놓았다.

도시로는 용돈을 요구하지는 않았지만, 사키코에게 자신의 노후를 책임지게 하려는 의도를 굳이 숨기지 않았다. 신지가 나라에서 바를 운영하고 있었고, 사키코도 가게 일을 거들고 있으니 형편이 좋을 것이라고 생각하는 모양이었다.

한 시간 넘게 걸어서 마침내 도시로의 시신이 안치되어 있다 는 체육관에 도착했다. 사람들이 밖에 나와 모닥불을 피우거나 비상식량을 먹고 있었다. 도처에서 통곡하는 소리가 들렸다.

사람들이 여럿 모여 있어 들여다보니, 조그만 책상 위에 도 화지가 놓여 있고 그 위에 사진이 몇 장 붙어 있었다. 지진 발 생 직후에 찍은 사진인 듯했다. 상태가 하도 안 좋아서 왜 그 런가 했는데, 구석에 적혀 있는 문구를 보고서야 납득이 되었 다. '지진 직후에 비디오로 촬영한 화면 일부입니다. 문의는 아래에 적힌 곳으로.' 문의처가 오사카로 되어 있는 점으로 미루어, 촬영한 사람은 이미 이곳을 떠난 듯했다.

완장을 찬 젊은이가 있길래 사키코는 그에게 시신이 안치된 장소를 물었다. 그 젊은이가 체육관 구석까지 사키코를 안내했다. 그곳에는 수십 구의 시신이 나란히 놓여 있었다. 입관을 마친 시신도 있었지만, 담요에 감싸인 채 놓여 있는 시신도 많았다.

시신 옆에 신원을 기록한 종이가 있었다. 사키코는 그걸 확인하며 지나갔다. 바닥이 말할 수 없이 차가웠다. 그리고 역겨운 냄새가 났다. 시신이 부패하기 시작했는지도 몰랐다.

"사키코."

어디선가 그녀를 부르는 소리가 들렸다. 고개를 들어 보니, 지저분한 초록색 방한복을 입은 남자가 서 있었다. 머리카락이 기름에 절다시피 했고, 제멋대로 자란 수염에 안색이 나쁘고 볼이 움푹 팬 남자였다. 그가 자신이 아는 사람이라는 사실을 깨닫기까지는 몇 초가 걸렸다.

"마사야! 이게 대체 무슨 날벼락이래?"

"여기까지 어떻게 왔어?"

"고시엔에서부터 걸어왔어. 다리가 뻣뻣할 지경이야. 그보다……."

"아아, 고모부는 이쪽이야."

마사야가 엄지손가락으로 뒤쪽을 가리킨 뒤 돌아서서 걸음을 옮겼다.

도시로의 시신은 담요에 둘둘 감겨 있었다. 담요를 젖히자 하얀 연기 같은 것이 흘러나왔다. 드라이아이스를 넣어 둔 것이다.

얼굴이 잿빛인 도시로는 눈을 감고 있었다. 평온하다기보다 무표정한 느낌이었다. 사키코는 시신이 마치 마네킹 같다고 생각했다. 죽은 얼굴을 봤을 때는 딱히 아무런 감정이 생기지 않았는데, 눈에 익은 옷을 보자 마음이 약간 흔들렸다. 이 낡아 빠진 웃옷을 걸치고 나가는 아버지의 뒷모습을 몇 번이나 바라보았던가.

눈시울이 약간 뜨거워졌다. 그녀는 손수건을 꺼내 눈가를 꾹꾹 눌렀다. 눈물이 난다는 사실이 스스로도 의외였다. 그래도 마음은 후련했다.

"지진이 일어났을 때 고모부는 우리 집 2층에서 주무시고 계셨어. 그런데 너도 알다시피 우리 집이 워낙 낡았어야지. 지붕이며 벽이며 할 것 없이 전부 무너졌어. 머리에 치명상을 입어서 아마도 즉사했을 거래."

마사야의 얘기를 들은 사키코는 말없이 고개를 끄덕였다. 도시로의 이마에는 천이 덮여 있었다. 얼굴이 온통 피로 물들었을 거라고 그녀는 상상했다.

"장례를 치러야겠네."

합장한 후 사키코가 툭 내뱉었다. 내심으로는 귀찮게 되었다고 생각했다.

"가스가 들어오지 않아서 화장터가 모두 휴업 상태야. 여기서는 장례를 치를 수 없어."

"그럼…… 어떡하지?"

"사키코네 집 쪽에서 해야 하지 않겠어? 어제부터 시신을 현 밖으로 옮기는 사람이 늘고 있어. 원래는 개인적으로 시신을 옮기면 안 되지만, 때가 때이니만큼 현청에 신고하면 허가를 해 주나 봐."

"옮긴다면, 자동차로?"

"그럴 수밖에 없지 않을까? 사키코도 차가 있잖아."

"그렇기는 하지만……."

"다행이네. 우리 차를 빌려주면 좋겠지만, 전신주에 깔려서 찌그러졌어. 재수도 없지. 아, 머리 아파."

머리가 아픈 쪽은 나라고 사키코는 투덜거리고 싶었다. 신지도 도시로를 싫어했다. 그래서 오늘도 함께 오지 않은 것이다.

"그쪽에서 적당히 화장하고 와. 유골도 가져오지 말고. 어디 절에라도 맡기면 되잖아."

그녀가 집을 나설 때 신지는 그렇게 말했다.

그런데 집에서 장례를 치르겠다고 했다가는…….

보나 마나 불같이 화를 낼 게 뻔했다. 더구나 시신을 옮기려면 그가 애지중지하는 차를 이용해야 한다. 그걸 허락하리라고 기대하기는 힘들었다.

"현청에 신고하는 일은 금세 할 수 있어. 직원들이 출장 나와 있으니까."

마사야의 말에 사키코는 애매하게 고개를 끄덕였다. 그로서는 친절을 베풀려는 의도로 하는 말이겠지만 그녀에게는 괜한 간섭으로 느껴졌다. 애초에 그가 도시로의 시신을 무너진 집에서 꺼내 여기까지 옮겼다는 사실 자체가 달갑지 않았다. 그대로 내버려 뒀더라면 신원 불명의 사체로 처리되었을지도 모른다.

어떻게든 신지를 설득해야 한다고 사키코는 생각했다. 그러려면 미끼가 필요하다.

"마사야."

그녀가 그를 올려다보았다.

"우리 아버지 소지품은?"

"소지품?"

마사야가 고개를 저었다.

"아니, 그날은 조의금만 가져오시고 다른 소지품은 없었어. 빈손이었을걸, 아마."

"지갑이나 면허증 같은 건? 집 열쇠도 있었을 텐데."

"지갑은 내가 보관하고 있어."

마사야는 방한복 주머니에서 검은 가죽 지갑을 꺼냈다.

"다른 건 주머니에 그대로 있을 거야. 지갑은 누가 훔쳐 갈 수도 있으니까."

"그야 그렇지. 고마워."

지갑을 받아 들고 그 안을 들여다보았다. 천 엔짜리가 몇 장 들어 있을 뿐이었다. 의심스러웠지만, 입에 담지는 않았다.

"유품을 챙기고 싶으면 고모부 집에 가 보는 게 좋을 거야. 아마가사키도 피해가 심한 모양이던데, 집이 무사할지는 모르겠지만 말이지."

"그래야겠다. 저, 마사야, 미안하지만 잠시 아버지랑 둘만 있게 해 줄래?"

"아아, 알았어. 미안."

돌아가신 아버지와 대면하는 데 방해가 되었다고 여겼는지 마사야는 미안해하는 표정을 지으며 자리를 떴다.

그의 모습이 사라진 걸 확인하고 사키코는 도시로의 주머니를 뒤졌다. 바지 주머니에서 구깃구깃한 손수건과 집 열쇠가 나온 것이 전부였다. 웃옷 안주머니에는 아무것도 들어 있지 않았다.

고개를 갸우뚱했을 때 문득 시선이 느껴졌다. 앞쪽을 바라보다가 모르는 여자와 시선이 마주쳤다. 머리를 뒤로 묶은 이십 대 중반의 여자다. 크림색 트레이너 위에 다운재킷을 걸쳤다. 그녀 역시 유족인 듯했다.

상대 여자는 금방 눈을 내리떴다. 그러고는 딱히 사키코에게 신경을 쓰는 것 같지 않았다. 자신을 바라보고 있던 게 아니었나 보다고 그녀는 생각을 고쳤다. 그리고 다시 한 번 도시로의 옷을 뒤졌다. 그녀가 찾는 것은 나오지 않았다.

이상하네.

전화로 미즈하라 유키오의 빈소에 간다고 하면서 도시로는 묘한 말을 흘렸다. 목돈이 들어올 일이 생겼다고 한 것이다.

"전에도 말한 적이 있지만, 내가 그 집에 빌려준 돈이 좀 있거든. 이자까지 치면 4백만 엔 정도 될 거야. 지금까지는 돌려받을 것 같지 않았는데, 이제 해결될 거야. 유키오가 생명 보험을 들었을 테니까 말이야."

그 돈이라면 사키코도 알고 있었다. 어떤 경위로 빌려주었는지는 듣지 못했지만, 도시로가 자신의 투자에 유키오를 끌어들였을 거라고 짐작했다.

"하지만 그 집에는 그것 말고도 다른 빚이 있을 텐데, 그걸 다 갚고 나면 아버지한테 돌려줄 돈이 남겠어?"

"그러니까 문상하러 가서 마사야에게 못을 박아야지. 나한테는 정식 차용증도 있으니까 그걸 보여 주면 납득할 거야."

"문상하러 가서 그런 얘기를 한단 말이야?"

"어쩔 수 없지. 우물쭈물하다가는 다른 채권자들에게 빼앗기고 말 테니까. 하여간 이 일로 나도 빚을 청산하게 되었으니 얼마나 다행이냐. 네게 손 벌리지 않아도 되고 말이야."

그러니 앞으로는 아버지로 대해 달라는 뜻이었다.

자신과는 상관없는 일이라고 사키코는 생각했다. 실제로 까맣게 잊고 있었다. 그런데 도시로가 미즈하라네 집에서 죽었다는 소식을 들었을 때 문득 떠올랐다. 그 계기는 "그 사람이 죽었다고 한들 당신 손에 떨어질 재산도 없잖아."라는 신지의 말이었다.

지금 4백만 엔이 있으면 숨통이 좀 트이겠다고 사키코는 생각했다. 요즘 가게가 잘 돌아가지 않았다. 몇 년 전까지는 가만히 있어도 손님이 꽉꽉 들어찼지만, 요즘은 하루에 한두 팀인 날이 드물지 않았다. 인건비를 줄이려고 아가씨를 몇 명 내보냈더니 덩달아 손님도 줄고 말았다.

사실 사키코가 오늘 굳이 여기까지 온 이유도 머릿속에 그 빌려준 돈이 자리 잡고 있었기 때문이다. 그게 아니라면 올 생각조차 안 했을지 모른다. 엄마에게 전화해서 엄마 전남편이니까 어떻게든 하라고 말했을 것이다.

4백만 엔이 들어올 거라고 얘기하면 신지도 도시로의 장례를 치르는 데 반대하지는 않을 터였다. 거창하게 치를 필요는 없다. 화장만 하면 된다.

하지만 그러려면 우선 차용증을 찾아낼 필요가 있다. 정식 서류도 없이, 아버지가 빌려준 돈이 있다고 했으니 자기한테 갚으라고 얘기해 봐야 무시당할 뿐이다.

사키코는 일어나서 시신 곁을 벗어났다. 차용증이 왜 없을까. 그날 전화에서 도시로는 분명히 차용증을 마사야에게 보일 작정이라고 했다. 그렇다면 지니고 있어야 할 텐데…….

"사키코."

복도로 나서자 마사야가 달려왔다.

"이거 받아 왔어."

그가 향을 내밀었다.

"아! 고마워."

손에 향을 받아 들고 잠시 바라보던 사키코가 고개를 들었다.

"있잖아, 마사야. 우리 아버지가 뭔가 갖고 있지 않았어?"

"뭐 말이야?"

"서류 같은 거."

그러면서 마사야의 얼굴을 빤히 들여다보았다.

"서류? 글쎄, 나는 모르겠는데."

"본 적도 없어?"

"응."

"그렇구나. 알았어. 공연한 걸 물어서 미안해. 향 피우고 올게."

사키코는 발길을 돌려 다시 체육관으로 들어갔다. 도시로의 시신이 있는 곳으로 돌아가면서 그녀는 마음속으로 혀를 찼다. 당했어.

도시로가 마사야에게 차용증을 보이지 않았을 리 없다. 도시로의 시신을 본 마사야는 맨 먼저 그걸 빼냈을 것이다. 그리고 지금은 아마 재가 되었겠지.

도시로의 돈이 돌아올 가망이 없었다면 이런 곳까지 올 이유도 없었다. 아버지 장례라는 성가신 일만 떠안고 말았다. 이 사실을 신지에게 뭐라고 설명하면 좋단 말인가.

'알아서 해. 당신 아버지잖아. 난 모르겠어.'

신지는 틀림없이 그런 식으로 차갑게 내뱉을 것이다.

체육관을 나와 복도에 서 있으려니 다시 마사야가 다가왔다.

"어떻게 할 거야, 사키코?"

"음, 어쩌면 좋을까."

그녀의 머릿속에 온갖 생각이 떠올랐다. 차용증을 고스란히 빼앗겨 분할 뿐 아니라 귀찮게 도시로의 시신까지 떠안을 것 같아 께름칙하기도 했다. 그러나 그런 감정을 얼굴에 드러내지 않으려고 애썼다.

"남편더러 차를 갖고 데리러 오라면 어떨까? 그러면 고모부를 태우고 갈 수 있잖아."

"그렇긴 한데……."

마사야 말이 옳았다. 보통 집이라면 그렇게 할 것이다. 그러나 자신들은 그렇지 않다고 사키코는 생각했다. 아버지 시신은 떠맡고 싶지 않다. 직접 장례를 치를 마음도 없다.

"하지만 오늘은 무리야. 시간도 이렇게 되었고, 그 사람은 가게 일도 있으니까."

"그럼, 내일 오라고 하는 수밖에 없겠네. 사키코는 여기서 묵어야 할 텐데, 어제부터 스토브가 들어와서 별로 춥지는 않을 거야."

하나같이 우울한 제안만 한다. 사키코는 마사야의 뺨을 갈기고 싶은 심정이었다. 차용증을 어쨌느냐고, 멱살이라도 잡고 다그치고 싶었다.

"오늘은 일단 집으로 돌아가야겠어."

사키코는 고심 끝에 내린 결론이라는 표정을 지었다.

"뭐, 나라로 돌아간다고?"

"응. 이쪽에서 장례를 치르는 줄만 알고, 남편에게도 그렇게 얘기해 두었거든. 집에서 장례를 치르려면 우선 의논도 해야 하고, 이래저래 준비할 것도 있으니까. 하룻밤만 더 아버지를 여기 두게 해 줘. 마사야에게는 미안하지만."

"아니야, 난 괜찮아."

마사야는 고개를 저었지만, 그렇지 않을 거라고 사키코는 생각했다. 드라이아이스를 교환하는 일을 비롯해 성가신 일이 많을 것이다. 그런데 그런 내색을 전혀 하지 않는다는 점이 오히려 그에게 켕기는 일이 있음을 드러내는 것처럼 느껴졌다.

"폐를 너무 많이 끼쳐서 정말 미안해."

4백만 엔이나 되는 빚을 탕감했는데 이 정도는 아무것도 아니지. 속으로는 그렇게 쏘아붙였다.

"너는 이제 어떡할 거야?"

체육관 출입구까지 바래다준 그에게 물었다.

"솔직히 말하자면 잘 모르겠어. 가기로 했던 공장도 지금은 일할 상황이 아닐 테고, 빌붙을 데도 없어. 당분간 이 대피소에서 지내야 할 것 같아."

"고생이겠네."

"그렇겠지. 하지만 나만 고생하는 게 아니잖아."

마사야는 체육관 앞 광장으로 시선을 옮겼다. 어디서 나타났는지 경트럭이 짐칸에서 도시락 팩을 팔고 있었다. 터무니없는 가격이지만, 굶주린 사람들이 체념한 표정으로 사고 있다.

"아무튼, 남편이랑 의논하고서 내일 다시 올게."

"그래. 조심해서 가."

마사야와 헤어진 사키코는 체육관 정문을 향해 걸음을 옮겼다. 예의 지진 직후 사진은 아직도 펼쳐져 있었다. 누가 왜 그런 사진을 갖다 놓았는지 알 수 없었다. 지금은 들여다보는 사람이 아무도 없었다.

　그 앞을 지나가면서 아무 생각 없이 바라보던 사키코가 걸음을 멈췄다. 사진 한 장이 그녀의 눈길을 끌었기 때문이다. 미즈하라 제작소라고 적힌 간판이 땅바닥에 비스듬히 떨어져 있는 사진이었다.

　그녀는 사진에 얼굴을 바짝 들이댔다. 마사야네 집에는 몇 번인가 가 본 적이 있었다. 공장과 이어진 안채가 완전히 무너져 있었다.

　사키코의 눈이 어느 한 점에 가서 닿았다. 자세히 보이지는 않지만, 누군가 무너진 집 더미에 깔려 있었다.

　이 사람은……

　아버지잖아. 옷 색깔도 시신에 입혀져 있던 것과 똑같았다. 하지만 그렇다면, 명백하게 사실과 모순되는 점이 사진 속에 있었다.

　사키코는 손을 뻗어 그 사진을 떼어 냈다. 비디오 화면을 프린트한 것이라 선명하게 보이지 않아 답답했다. 하지만 그녀는 가슴이 두근거리는 것을 느꼈다. 그리고 그 두근거림은 마침내 의혹으로 변했다.

　사진을 가방에 넣고 다시 걸으려던 그녀는 바로 옆에 사람이 있는 걸 알고 흠칫했다. 그녀가 도시로의 시신과 마주하고 있을 때도 옆에 있던 여자였다. 그 젊은 여자는 사키코에게는 눈길도 주지 않은 채 빙그르 몸을 돌려 걸어갔다.

●

7

밤 11시가 넘은 시각에 전화벨이 울렸다. 막 목욕을 하고 나온 기무라가 맥주 캔에 입을 대려는 참이었다. 젖은 머리에, 목에는 수건이 둘려 있었다. 텔레비전에서는 뉴스 캐스터가 여전히 지진 피해 상황을 전하고 있었다. 부엌에서 설거지를 하던 나미에가 테이블 위에 놓인 무선 전화기를 집어 들었다.

"여보세요. ······아, 네, 그런데요. 저, 잠깐 기다리세요."

그녀가 송화구를 손으로 덮고서 기무라를 보았다.

"당신 전화야."

"나? 정말?"

"응."

그녀가 무선 전화기를 건넸다.

"여보세요. 전화 바꿨습니다. 기무라입니다."

"밤늦게 죄송합니다."

여자 목소리였다. 깔끔한 표준어다.

"저, 재팬 텔레비전 보도국의 구라사와라고 합니다."

"재팬 텔레비전요?"

온몸이 화끈 달아올랐다. 텔레비전 방송국이다. 그렇다면 그 일 때문임이 분명하다. 전화기를 쥔 손에 힘이 들어갔다.

"실은 기무라 씨가 촬영하신 비디오에 관해 여쭤보고 싶은 내용이 있어서 전화했습니다. 지금 잠깐 시간을 내 주실 수 있을까요?"

"아아, 네. 말씀하세요."

기무라는 전화기를 들고 있지 않은 나머지 손으로 주먹을 쥐었다. 비디오. 역시 그렇다.

"이케가와 체육관 앞에 비디오를 프린트한 사진을 게시하셨죠? 무슨 목적으로 그렇게 하신 건가요?"

"목적……이라기보다, 그건, 저, 피해자와 관련이 있는 분들께 지진이 어떻게 일어났는지 보여 드리고 싶어서요. 지진이 났을 당시의 사진이 별로 없는 것 같더라고요."

거짓말이다. 전혀 다른 의도로 비디오 일부를 프린트해서 붙여 놓았다.

"그럼 그걸 우연히 촬영하셨다는 말씀이군요."

"물론입니다. 제가 원체 비디오카메라를 좋아해서 언제든지 찍을 준비가 되어 있습니다. 그래서 지진이 났을 당시에도 부랴부랴 카메라를 들고 밖으로 나갔죠. 다행히 저희 아파트는 기울어지기는 했어도 무너지지는 않았으니까요."

"그렇군요. 사실, 그 사진을 보고 상당히 귀중한 자료라고 느

겼어요. 말씀하신 대로 지진 당시의 영상이 많지 않거든요. 그
런데 그 비디오테이프의 원본을 기무라 씨가 갖고 계십니까?"

"네, 저한테 있습니다."

"그럼 실례지만 그 테이프를 2, 3일 빌릴 수 있을까요? 검토
한 후, 경우에 따라서는 뉴스 프로그램에 사용할까 하는데요."

"네, 뭐, 그건 괜찮습니다만……."

기무라는 머릿속으로 얼른 계산기를 두드렸다.

"어떻게 사용하실 생각인가요?"

"그건 아직 뭐라고……. 뉴스 프로그램의 특집 형식이 되지
않을까 싶습니다만."

"특집이라, 그렇군요."

나쁘지 않은 얘기라고 생각했다. 자신이 찍은 영상이 전국
적인 네트워크로 흘러 나가는 장면을 상상하자 기무라는 마
음이 들떴다.

"알겠습니다. 좋아요. 그런데 저, 빌려드리는 데 대한 뭔가
를……."

"사례는 당연히 해 드려야죠. 방송이 결정되면 금액을 알려
드리겠습니다. 지금으로서는 제가 정확한 금액을 말씀드리기
어렵네요."

"좋습니다. 자, 그럼 제가 어떻게 하면 되나요?"

"너무 서둘러서 죄송하지만, 지금 곧 받으러 가도 될까요?"

"네? 지금요?"

"네, 좀 급해서요. 오늘 밤 안으로 준비를 진행하고 싶습니다. 폐를 끼쳐 죄송합니다."

내일 아침 뉴스에 사용할 생각인가 보다고 기무라는 추측했다.

"알겠습니다. 그러니까, 이쪽 주소가……."

주소와 아파트 호수를 말한 후, 문패에 후지무라라고 쓰여있다고 덧붙였다. 이미 오사카에 와 있으니 30분 이내로 도착할 거라고 상대 여자가 말했다.

"우와, 그 비디오가 팔렸어. 내가 생각한 대로야. 거기다 사진을 게시한 게 신의 한 수였어."

전화를 끊은 기무라는 엄지손가락을 세웠다.

"흠, 역시 뭐든지 하고 볼 일이네."

나미에가 감탄스럽다는 듯이 말한다.

"당신은 그딴 걸 누가 상대해 주겠느냐고 했지만, 들었다시피 재팬 텔레비전이라고. 큰 데란 말이야. 이봐, 뭘 그렇게 꾸물거려. 정리 좀 해. 테이프 가지러 금방 올 텐데."

"하여간 제멋대로야."

기무라는 맥주를 시원하게 들이켰다. 오늘따라 맛이 각별하다.

사실 비디오 촬영 따위는 취미가 아니었다. 비디오카메라도 골프 스윙을 점검하려고 친구에게 빌린 것이다. 그때 머리맡에 그 카메라가 놓여 있었던 것은 외출하는 길에 돌려주려고 했기 때문이다. 지진이 났을 때 카메라를 들고 뛰쳐나간 것도 이것만은 부서지면 안 된다고 여겨서였다.

촬영 동기랄 것도 딱히 없었다. 굳이 말하자면 카메라를 들고 있었기 때문이다. 그러나 나미에의 집에 들어와서 촬영한 영상을 보던 중에 한 가지 생각이 스쳤다. 이걸 매스컴에 팔 수는 없을까 하는 것이었다. 그렇다고 그 업계에 연줄이 있는 것은 아니었다. 그래서 생각해 낸 아이디어가 피해 지역에서 영상의 일부를 공개하는 것이었다. 지인이 하는 전자 제품 가게에 부탁해서 몇 장을 프린트한 다음 오늘 아침 일찍 이케가와 체육관 앞에 게시했다. 당장 사람이 모여들었다. 이런 상황이라면 충분히 매스컴 관계자의 눈에 띌 가능성이 크다며 내심 기대하고 있었다.

과연 텔레비전 방송국이군. 움직임이 빨라. 맥주를 마시면서 구라사와라는 방송국 여자가 오기 전에 머리를 말려야겠다고 생각했다.

전화를 끊은 지 거의 30분이 되었을 때 현관 벨이 울렸다. 찾아온 사람은 캐멀 코트를 걸친, 서른이 채 안 되어 보이는 여자였다. 지진 피해를 취재하는 사람치고는 차림새가 화려하다고 생각했지만, 기무라는 그 이상으로 그녀의 얼굴에 놀랐다. 이런 미인이 오리라고는 상상조차 못했던 것이다. 피부가 하얗고 소녀처럼 결이 고왔다. 그에 반해 살짝 치켜 올라간 커다란 눈은 요염한 빛을 내뿜으며 자신이 성숙한 여자라고 주장하고 있었다.

기무라는 그녀를 이 집으로 부른 것이 후회스러웠다. 어딘가 다른 곳에서 만났어야 했다. 이런 여자는 좀처럼 만나기 힘들다.

"구라사와입니다. 기무라 씨인가요?"

그녀가 도톰한 입술에 미소를 머금으며 물었다. 그것만으로도 기무라는 가슴이 쿵쿵거렸다.

"네, 그렇습니다."

자신의 차림새도 후회스러웠다. 그는 낡은 트레이너 차림이었다. 머리도 적당히 말리기만 했을 뿐 전혀 모양을 내지 않았다.

"갑작스럽게 부탁을 드렸는데 흔쾌히 허락해 주셔서 정말 감사합니다."

그녀가 명함을 내밀었다. 구라사와 가쓰코라고 인쇄되어 있다. 주소도 전화번호도 직장 것뿐이고 그녀 개인의 연락처는 없었다.

"아, 아닙니다. 도움이 된다면, 저는…… 만족합니다."

말이 제대로 나오지 않았다.

"그런데 비디오테이프는요?"

"아, 네, 네."

현관 신발장 위에 놓아두었던 봉투를 그녀에게 건넸다.

"이겁니다."

"8밀리 비디오군요."

그녀가 봉투 속을 들여다보며 말했다.

"더빙을 하셨나요?"

"아니요, 하지 않았습니다."

"그렇군요. 그럼 신중하게 다루겠습니다. 정말 감사합니다. 덕분에 멋진 프로그램이 될 것 같아요. 방송이 결정되면 곧바로 연락드리겠습니다."

그녀가 공손하게 고개를 숙였다. 꽃향기 비슷한 것이 기무라의 코끝을 스쳤다.

"저……."

그가 혀로 입술을 축였다.

"테이프는 언제 돌려주실 건가요?"

"방송이 끝나는 대로 돌려드리겠습니다. 우편으로 보내 드려도 될까요?"

"아니, 저, 가급적이면 직접 만나서……."

"그러면 사람을 시켜서 보내겠습니다. 자세한 사항은 나중에 연락드릴게요."

그럼, 하고 물러나려는 그녀를 "저, 잠깐만요." 하고 기무라가 다시 불러 세웠다. 그리고 힐끔 뒤돌아보며 나미에가 듣지 않는지 확인했다.

"구라사와 씨에게 빌려드렸으니 돌려받을 때도 직접 가져와 주셨으면 좋겠는데요."

눈 딱 감고 그렇게 말해 보았다. 심장이 빠르게 뛰었다.

구라사와 가쓰코는 잠시 당황스러운 듯한 표정을 짓다가 이내 미소 지으며 고개를 끄덕였다.

"알겠습니다. 그럼 제가 연락드리죠."

"기다리겠습니다."

그녀를 태운 엘리베이터 문이 닫힐 때까지 기무라는 문밖에서 그녀를 배웅했다.

●

8

지진 발생 나흘째.

마사야는 집으로 돌아와 있었다. 간신히 무너지는 걸 면한 공장 한편에 텐트를 치고 안에 석유스토브를 들여놓아 추위를 견뎠다. 더는 대피소에 머물기가 싫어졌기 때문이다. 어제부터 피난 오는 사람이 부쩍 늘었다. 거듭되는 여진으로 언제 무너질지 알 수 없는 집에 계속 머무르기가 두려웠을 것이다. 덕분에 체육관에 사람이 넘쳐났다. 가족끼리 공간을 차지한 탓에 마사야처럼 혼자인 사람은 갈수록 자리를 잡기 힘들었다. 밤에는 시끄러워서 잠을 잘 수 없고, 주위에 있는 사람들의 우는 소리나 불평불만을 듣는 것도 지겨웠다. 음식과 물을 입수하는 요령을 알았으니 그런 때 외에는 쓸데없이 돌아다니지 않기로 했다.

그는 슬슬 이곳을 벗어날 궁리를 하기 시작했다. 어차피 여기서는 살 수 없다. 그렇다면 다른 곳에 가서 살길을 모색해야 한다.

하지만 말이 그렇지 딱히 대안이 없었다. 취직할 예정이었던 니시노미야의 공장도 연락이 되지 않았고, 연락이 된다고 해도 자신을 반길 것 같지 않았다. 이렇다 할 전망이 보이지 않는데 괜스레 돌아다니면서 얼마 남지 않은 돈마저 거덜 내고 싶지는 않았다. 게다가 아버지의 보험금을 확실하게 받으려면 무턱대고 이곳을 떠나지 않는 게 나을 듯했다.

스토브의 불을 조절하고, 옆에 놓여 있는 봉투에서 주먹밥과 캔 녹차를 꺼냈다. 오늘 아침에 대피소에서 배급받은 것이다. 주먹밥은 싫증이 났지만, 밥투정하는 건 사치다.

한 입 베어 물자 그때 일이 떠올랐다. 냉장고에 들어 있던 음식을 도둑맞았다는 사실을 알고 낙담한 그에게 신카이 미후유가 랩에 싸인 주먹밥을 내밀었다. 마사야가 체육관을 나간 후에 배급받았다고 그녀가 말했다.

그 이후 미후유와 조금씩 얘기를 나누게 되었다. 그녀는 간사이 출신이라고 했다. 취직해서 도쿄로 올라갔다가 그 회사를 그만두고 돌아왔는데 이번 지진을 맞닥뜨렸다고 했다.

"무슨 회사에 다녔는데?"

마사야가 물었다.

"옷과 액세서리를 취급하는 회사. 해외 상품을 병행 수입해서 보통보다 싸게 팔았어."

"아하, 멋진 일일 것 같은데. 외국에도 가주 갈 테고."

"그랬지. 1년에 몇 번쯤."

"좋았겠네. 나는 하와이에도 가 본 적이 없는데."

"놀러 간 게 아니라서 재밌지도 않았어. 일정이 빡빡한 데다가 그쪽 사람들과 교섭하는 데 신경을 많이 쓰다 보니 일이 끝나면 호텔로 돌아와 잠자기 바빴거든. 관광지 같은 데는 가 본 적도 없어."

"흠, 그래도 부럽기는 마찬가지인걸."

미후유와 얘기를 나누면서 마사야는 적이 안도했다. 아무래도 그녀는 마사야가 도시로를 죽이는 장면을 목격하지 못한 것 같다. 만약 목격했다면 이렇게 속을 터놓고 얘기할 리 없다. 아니, 애초에 주먹밥을 들고 나타나지도 않았을 것이다.

그녀는 그가 체육관에서 다른 아이에게 빵을 주는 모습을 보고, 지금쯤 배가 고프지 않을까 생각했다고 한다.

"회사는 왜 그만뒀지?"

"여러 가지로 사정이 있었어. 여자 나이 서른이 가까우면 힘든 일이 많아."

미후유가 눈을 가늘게 뜨고 웃었다. 그 표정에는 마사야의 마음을 끄는 뭔가가 있었다.

"아직 그 정도 나이는 아니잖아."

"앞으로 2년밖에 안 남았어."

그녀가 손가락 두 개를 세웠다.

"스물여덟이야? 그럼 나랑 동갑이잖아. 훨씬 젊은 줄 알았는데."

"흠, 미즈하라 씨도 스물여덟이란 말이지."

그녀가 왠지 만족스럽다는 듯 고개를 끄덕였다.

"그 정도일 거라고 생각했어."

그러고 나서도 이런저런 얘기를 나눴다. 미후유는 다른 사람과 이야기를 나누는 데 굶주렸는지도 모른다. 물론 마사야도 마찬가지였지만, 설사 그렇지 않더라도 그녀와 함께 있으면 즐거울 거라고 생각했다. 화장기도 없고 차림새도 이재민의 그것이지만 아름다운 생김새는 조금도 빛이 바래지 않은 듯했다. 꾸미지 않아서 오히려 진정한 아름다움이 강조되는 느낌마저 들었다.

미후유는 폭행을 당할 뻔했던 그날 밤 일을 화제에 올리지 않았다. 잊고 싶을 거라는 생각이 들어서 마사야도 입에 담지 않았다.

마사야가 그곳을 떠나지 않은 이유에는 미후유도 있었다. 그녀는 앞으로 어떻게 할 생각일까. 도쿄로 돌아갈까. 아니면 달리 계획이 있는 것일까.

그런데 어젯밤, 대피소에서 그녀 모습이 보이지 않았다. 혹시 이미 떠난 것일까 싶어 초조했는데, 그녀의 부모 시신이 체육관에 그대로 안치되어 있었다. 시신이 있는 한 그녀는 틀림없이 돌아올 터였다. 그래서 일단은 안심했다.

그리고 오후가 되었을 때였다. 그가 벽 대신 쳐 놓은 텐트를 보강하고 있는데 뒤에서 누가 부르는 소리가 들렸다.

"마사야 씨."

남자의 굵은 목소리였다.

돌아보니 머리를 모두 뒤로 빗어 넘긴 마흔 전후의 남자가 서 있었다. 검은 가죽점퍼 차림에 선글라스를 끼고 있었다. 주머니에 손을 푹 찔러 넣은 채 발밑에 신경을 쓰면서 마사야 쪽으로 다가왔다. 도중에 그가 선글라스를 벗었지만 기억에 없는 얼굴이었다.

"이거 말이 아니군. 엄청난 재난이 닥쳤어."

남자가 지나가는 얘기처럼 말했다.

"실례지만 누구신지……?"

마사야가 경계하며 물었다.

"생각해 보니 초면이로군. 나야 사진으로 봐서 알지만."

남자가 입으로만 웃을 뿐 웃음기 없는 눈빛으로 명함을 내밀었다. 고타니 컴퍼니 대표 이사 고타니 신지라고 인쇄되어 있었다.

"고타니 씨……, 저, 무슨 일로……."

"나, 사키코의 남편이야."

"아, 사키코의……."

고타니라는 성은 기억나지 않았지만, 사키코가 정식으로 혼인 신고를 하지 않았다는 말을 도시로에게 들은 적이 있었다.

"얘기는 사키코에게 들었어. 그 사람 아버지 일로 마사야 씨에게 크게 폐를 끼쳤다던데."

"폐랄 게 있나요. 저야 별로 한 일도 없는데요."

"아니야, 자네 아버지 장례도 끝나지 않았는데 상당히 고생스러웠을 거야."

"아닙니다."

머리를 긁적거리면서 마사야는 이 남자가 여기에 온 이유가 뭘까 생각해 보았다. 단순히 인사치레하러 오지는 않았을 것이다. 물에 잉크를 떨어뜨린 것처럼 마음속에 불길한 예감이

번졌다.

"그런데 이거 지독히 춥군. 뼛속까지 시릴 지경이야. 그리로 좀 들어가도 되겠나?"

고타니가 등을 구부리며 텐트를 가리켰다.

마사야는 그러라고 대답했다.

엎어 놓은 양동이를 의자 삼아 고타니는 스토브 옆에 앉았다. 그리고 양손을 불에 쬐면서 "아, 살 것 같다." 하고 웃었다. 이글거리는 불빛이 밑에서 비치니 고타니의 얼굴이 한층 사나워 보였다.

"사키코는 체육관에 있나요?"

"아니, 그 사람은 나중에 올 거야."

"나중에요?"

"잠시 들를 데가 있어서. 그쪽 일이 끝나면 곧바로 올 거야. 역에 도착하면 전화하기로 했어."

고타니가 가죽점퍼 주머니에서 휴대 전화를 꺼냈다.

"차로 마중 가실 건가요?"

"아니, 오토바이로."

"오토바이로요?"

"나라에서 오토바이를 타고 왔어. 사키코 말이, 길이 엄청나게 막혀서 차로 가면 언제 도착할지 모른다고 해서 말이야."

"하지만, 오토바이로 고모부를 모셔 갈 수는 없잖아요."

"응, 그야 뭐, 어쩔 수 없지."

"어쩔 수 없다니…… 시신을 모시러 온 게 아닌가요?"

"거참, 내가 말했잖아."

고타니가 밑에서 노려보며 말했다.

"길이 복잡해서 차로는 못 온다니까."

마사야는 입을 다문 채 고타니의 가죽점퍼의 지퍼 부근으로 눈길을 돌렸다. 그럼 뭐 하러 온 거지. 게다가 왜 체육관이 아니라 이리로 왔을까.

"지진도 지진이지만, 그게 아니라도 힘들겠군. 아버지가 아직 돌아가실 만한 나이도 아니었는데 말이야."

"아, 네……."

불안감을 느끼면서 마사야는 고개를 끄덕였다. 도무지 왜 왔는지 짐작도 할 수 없었다.

"사키코 얘기로는 자네 공장이 상당히 어려웠다면서?"

"네. 뭐, 경기가 워낙 안 좋으니까요."

"불경기라고 해서 사장들이 너 나 할 것 없이 목매달아 죽지는 않지."

고타니가 어깨를 들썩거리며 웃었다. 이런 상황에서 재난을 당한 사람에게 그따위 말을 아무렇지도 않게 내뱉는 그의 정신 상태가 의심스러웠다. 일부러 그러는 거라고밖에 생각되지 않았다. 말하자면 마사야의 화를 돋우려고 자극하는 것이다.

"실은 말이야, 사키코가 자기 아버지 집을 뒤졌나 봐. 그러다가 메모라고 해야 하나……, 하여간 뭔가 적어 놓은 걸 발견했는데 그게 좀 마음에 걸리더라는 거야. 아마 그 사람 아버지가 자네 집에 돈을 빌려줬다고 되어 있었나 봐. 4백만 엔이라던가……. 그런 얘기를 들은 적이 있나?"

역시 그 일 때문이었다. 어제 사키코는 자꾸만 도시로의 소지품에 관해 물었다. 아마 차용증이 있는지 궁금했을 것이다. 마사야는 못 봤다고 잡아뗐지만, 그녀는 의심스러워하는 눈치였다.

사키코가 자초지종을 남편에게 얘기한 것이다. 그래서 고타니가 왔고, 이 남자는 마사야에게서 돈을 회수할 자신이 있는 듯하다. 그 근거가 뭘까. 차용증은 이제 존재하지 않는다. 지진이 발생한 날 밤, 마사야가 대피소 모닥불에 태워 버렸다.

"아니요, 저는 들은 적이 없는데요."

마사야는 고개를 저었다.

"돈 관리는 아버지가 도맡아서 하셨거든요. 다만, 채권자들과 협의할 때는 고모부가 안 계셨어요."

"이봐, 아무리 처남 매부 사이라고 해도 형제간이나 다름없는 사이인데 다른 채권자들과 똑같이 굴 수는 없잖은가. 나중에 단둘이 얘기하려고 했겠지. 그런데 자네 아버지가 세상을

떠난 거야. 그러면 사키코 아버지는 어떻게 했을까. 자네에게
얘기하지 않았겠어?"

"아무 말도 못 들었습니다."

"정말인가?"

고타니가 또 노려본다. 목소리가 기분 나쁠 정도로 위압적
이다.

마사야는 그런 느낌을 표정에 드러내지 않도록 주의하며 말
없이 고개를 끄덕였다. 섣부른 말은 하지 않는 게 나을 것 같
았다.

"흐음, 그렇다면 어쩔 수 없겠지."

그러고서 고타니는 스토브 위에서 양손을 문질렀다. 건조한
피부가 서로 스치는 소리가 났다.

"그 얘기를 하려고 일부러 여기까지 오신 건가요?"

"그런 식으로 말하면 안 되지. 집사람 아버지가 죽었는데 와
보는 게 당연하잖아."

그는 눈을 마사야에게 향한 채 입술로만 웃어 보였다. 그러
나 마사야에게는 그 모습이 고타니의 악의가 증폭되었다는
표시로밖에 느껴지지 않았다.

고타니가 가죽점퍼 안으로 손을 집어넣었다. 그리고 사진
한 장을 꺼냈다.

"어제, 사키코가 이런 사진을 발견했다면서 집에 가져왔더

군. 그런데 좀 이상하단 말이야."

마사야가 손을 내밀자 고타니는 사진을 얼른 끌어당겼다.

"내가 들고 있을 테니까 가까이 와서 봐. 귀중한 증거가 될지도 모르는 사진이니까. 너는 뽑을 수도 없어."

그것은 인화한 것이 아니라 프린터로 출력한 사진 같았다. 비디오테이프의 정지 화면이라는 것은 마사야가 봐도 알 수 있었다. 고타니가 시키는 대로 가까이 다가가서 들여다봤다.

사진에 찍혀 있는 곳은 이 공장이었다. 지진으로 공장이 무너진 직후인 듯했다. 누가 이런 걸 촬영했을까. 그때는 전혀 눈치채지 못했는데.

"어떤가?"

고타니가 한쪽 눈썹을 치켜세웠다. 입은 쓴웃음을 짓고 있었다.

"이 공장이 찍혀 있군요."

"그렇지. 공장뿐이 아니야. 뒤에 집도 있잖아. 그리고 여기 말이야, 여기. 끼인 것처럼 보이는 사람이 사키코 아버지 아니야?"

고타니가 가리킨 곳에 그의 말대로 사키코 아버지로 보이는 사람의 형체가 찍혀 있었다. 위치로 보나 옷차림으로 보나 도시로가 틀림없을 듯했다.

"이상하지 않아?"

그러고서 고타니가 실쭉 웃었다.

"2층이 무너져서 지붕이 내려앉았어. 기왓장도 엉망진창이 되고. 듣기로는 기왓장이 이마에 떨어져서 거의 즉사했다지, 아마? 그런데 이 사진에 찍혀 있는 사람은 기어 나오려고 두 손을 버둥거리는 것처럼 보인단 말이야. 게다가 이마에 상처도 없어."

마사야는 표정을 바꾸지 않으려고 안간힘을 썼다. 어떻게 연기하면 좋을지 몰랐기 때문이다. 손발이 차가워지는 느낌이었다. 그런데도 겨드랑이 밑으로 식은땀이 흐른다.

"내 생각에는,"

사진을 마사야에게 들이민 채 고타니가 말했다.

"사키코 아버지는 살아 있었던 것 같아. 적어도 이때까지는 말이야."

마사야의 온몸에 소름이 끼쳤다. 하마터면 자신도 모르게 팔을 문지를 뻔했다.

마사야가 도시로를 발견했을 때 그는 꼼짝도 하지 않았다. 그래서 지붕에 깔려 기절했었나 보다고 지금까지 생각해 왔다. 그런데 그렇지 않았다. 도시로는 스스로 기어 나오려고 했다. 지쳐서 축 늘어진 참에 마사야가 그를 발견한 것이다.

"즉사했다고 들었는데요. 경찰이 그랬습니다."

"그야 즉사했겠지. 경찰이 그런 걸 틀리겠어? 하지만 말이야, 이 사진이 찍힌 시점에는 사키코 아버지가 살아 있었어. 그건 확실하지?"

마사야는 다시 한 번 사진을 들여다보는 척하다가 고개를 갸우뚱했다.

"이 사진만으로는 뭐라고 말하기 힘들겠는데요."

"그게 무슨 소리야?"

고타니가 말도 안 된다는 듯이 눈을 부라렸다.

"아무리 봐도 살아 있는걸. 무너진 집 사이에서 기어 나오려고 하잖아."

"그렇게 볼 수도 있지만, 지진으로 온통 흔들리고 무너질 때니까 뭔가에 튕겨서 이렇게 찍혔을지도 모르죠."

"뭔가에 튕겨서 죽은 사람이 이렇게 춤을 춘단 말이야? 무엇보다, 이마에 상처가 없잖아. 시신은 이마가 깨져 있었다는데 말이야."

고타니가 자신의 이마를 가리켰다.

"상처가 없다고 자꾸 우기시는데, 이 사진만 가지고는 단언하기 힘듭니다. 고모부 얼굴이 너무 작게 찍혀서 자세히 보이지도 않는걸요."

"이마가 깨졌다잖아. 그럼 얼굴이 온통 피범벅이어야 정상이야. 자세히 보이지 않더라도 그 정도는 알 수 있단 말이지."

"저한테 아무리 그래 봐야……."

마사야가 말을 우물거렸다.

"사키코 아버지는 살아 있었어. 이건 살아 있을 때 찍힌 사진이야."

고타니는 사진을 가죽점퍼 안주머니에 도로 넣었다.

"그렇다면 이상하잖아. 왜 기왓장에 이마를 맞았을까. 집은 이미 무너진 다음인데 말이야. 기왓장이 어디서 날아오기라도 했나?"

"난 모릅니다. 내가 봤을 때 고모부는 이미 죽어 있었어요. 여진이 계속되었으니까 옆 건물에서 파편 따위가 떨어졌나 보죠."

"태풍이 분 것도 아닌데 왜 다른 건물의 파편이 날아오지? 그럴 리 없잖아."

"그래서……,"

마사야는 숨을 들이쉬었다가 고타니의 얼굴을 바라보며 천천히 내쉬었다.

"그래서 어쨌다는 겁니까? 하고 싶은 말이 뭐죠?"

고타니 입가가 슬그머니 벌어지더니 피식, 웃음을 터뜨렸다. 그는 가죽점퍼 주머니에서 담뱃갑과 지포 라이터를 꺼내더니 담배 한 개비를 빼어 물고 나서 마사야에게 담뱃갑을 내밀었다. 마사야는 고개를 저었다.

그러자 고타니는 지포 라이터로 담배에 불을 붙인 후 거드름이라도 피우는 것처럼 천천히 연기를 내뿜었다. 마사야를 불안하게 만들려는 수작일 터였다.

담배 한 개비가 모두 재로 변하고 마침내 고타니가 본론으로 들어가겠다는 듯이 입을 떼려고 했을 때였다.

"실례합니다."

어디선가 여자 목소리가 들렸다.

고타니는 하필이면 이런 순간에 방해꾼이 나타났느냐는 듯이 못마땅한 표정을 지었다. 마사야가 텐트에서 나왔다.

공장 입구에 몸집이 자그마한 중년 여자가 서 있었다. 더플코트에 운동복 차림이다. 무슨 일입니까, 하고 마사야가 물었다.

"저, 혹시 난방 기구가 남아 있을까 해서요."

여자가 조심스럽게 물었다.

"난방 기구라면…… 스토브 같은 거 말씀인가요?"

"아니요. 저, 스토브는 있지만 등유가 없고, 전기도 아직 들어오지 않으니 등유나 전기를 사용하지 않고도 따뜻해질 만한 기구가 없을까 싶어서……."

중년 여자가 그렇게 말하면서 고개를 숙였다. 그런 마법 같은 기구가 있겠느냐고 생각하면서도 찾아보지 않을 수 없었을 것이다. 어린아이들이 떨면서 그녀를 기다리고 있을지도 모른다.

"그런 게 있다는 얘기는 들은 적이 없어요. 여긴 없습니다."

"그렇군요."

그녀가 고개를 더 깊이 숙였다.

그때 길 건너에서 신카이 미후유가 걸어오는 모습이 보였다. 그녀도 마사야를 알아봤는지 희미하게 미소 지었다. 양손에는 종이봉투가 들려 있었다.

중년 여자가 고개를 꾸벅하고 나가려는 참에 문득 마사야의 머리를 스치는 생각이 있었다.

"아, 잠깐만요. 석유스토브는 있다고 하셨죠?"

"네. 하지만 등유가 없는걸요."

어제부터 가스와 등유가 달렸다. 사람들이 일제히 사들이기 때문만은 아니다. 행정 기관과 자위대의 사용 물량을 확보하려고 판매량을 제한하기 때문이다.

"등유, 있습니다."

그의 말에 중년 여자가 가는 눈을 번쩍 떴다.

"네, 있다고요?"

"네, 그것도 꽤 많이 있어요. 필요하시면 조금 나눠 드리겠습니다."

"아아…… 다행이에요! 담을 것을 가져올게요."

그녀가 서둘러 자신의 집으로 돌아갔다.

미후유가 어느새 가까이 와 있었다. 마사야가 여자와 주고 받은 대화를 들은 듯, "등유가 그렇게 많이 있어?"라고 의아한 듯이 물었다.

"응. 나도 까맣게 잊고 있었어. 저 드럼통 안에 든 게 전부 등유야."

마사야가 무너진 벽 옆에 놓인 백 리터들이 드럼통을 가리켰다.

"어쩐 일로 이렇게 많이 있지?"

"이 기계에 사용하거든. 하지만 연료는 아니야."

그가 아버지의 자랑이었던 방전 가공기 옆에 서며 말했다.

"기름 속에서 금속을 가공하는데, 그 기름이 등유야."

"아아……."

마사야의 말을 이해했는지 어떤지는 알 수 없지만 미후유는 감탄스럽다는 듯이 고개를 끄덕였다.

"다만 엉뚱한 게 살짝 섞여 있어. 아버지가 바보같이 위스키를 부었거든. 그래도 향기로운 냄새가 날 뿐이지 별문제 없을 거야."

웃으면서 그의 말을 듣고 있던 미후유가 갑자기 눈썹을 찌푸렸다.

"누구야, 저 사람?"

그녀의 시선이 텐트를 향해 있었다. 고타니가 잽싸게 텐트 속으로 얼굴을 감췄다.

"어제 왔던 사촌 남편."

"시신을 거두러 왔나 보구나."

"아니, 길이 막혀서 그러기는 힘들대. 오늘은 인사차 왔어."

"흐음."

미후유가 석연치 않다는 듯한 표정을 지었다.

"그보다, 어제는 어디 갔었어?"

"응, 오사카에 뭘 좀 사러 갔다 왔어."

그녀가 두 손에 든 종이봉투를 살짝 흔들었다. 그리고 그녀는 다시 텐트를 보았다.

"저 사람, 또 이쪽을 보고 있어."

"나중에 내가 체육관으로 갈게. 자세한 얘기는 그때 하자."

"알았어."

미후유를 배웅한 후 마사야는 텐트로 돌아갔다. 고타니는 여전히 담배를 피우고 있었다. 발치에 꽁초가 여러 개 떨어져 있다.

"누구야, 그 여자?"

"동네 사람이에요."

"흠. 뭐, 그건 됐고."

고타니는 피우던 담배를 바닥에 던지더니 구둣발로 밟아서 껐다.

"이 공장을 새로 지을 마음은 없지?"

"그럴 돈이 어디 있습니까. 게다가 이제는 우리 것도 아닌데요."

"남은 빚은 자네 아버지 생명 보험으로 모두 갚는 건가? 그런데 말이야, 사키코 아버지 애기가 영 마음에 걸린단 말이야. 사키코 말로는 아버지가 갖고 있다고 한 차용증이 사라졌다는 거야."

"그런 건 본 적이 없으니 뭐라고 해야 할지 모르겠군요."

"본 적이 없다고?"

고타니가 마사야를 손끝에서 머리끝까지 핥듯이 보았다.

"만일 사키코 아버지 말이 사실이라면, 자네로서는 이번 지진이 그야말로 행운인 셈이군. 돈을 빌려준 사람이 죽고, 차용증도 온데간데없이 사라졌으니 말이야. 실질적으로 빚이 사라진 거나 다름없잖아."

"무슨 뜻이죠?"

"사실이 그렇다는 말이야. 게다가 이렇게 미심쩍은 사진이 있잖아."

고타니가 가죽점퍼의 가슴께를 툭툭 쳤다.

"그렇다면 우리로서는 당연히 여러 가지 상상을 할 수밖에 없지. 별로 상상하고 싶지는 않지만, 수상한 건 수상한 거고, 냄새가 나는 건 냄새가 나는 거니까."

"내가 고모부를 어떻게 하기라도 했다는 말입니까?"

"글쎄, 그건 나도 모르지."

"그런 사진 한 장으로 말도 안 되는 억지 부리지 마세요."

"그래, 이런 사진 한 장으로는 부족할지 모르지. 하지만 사진이 한 장만 있는 게 아니거든. 오호, 안색이 바뀌는군. 이제야좀 긴장이 되는 모양이지?"

"다른 사진이 있으면 얼마든지 보여 주시죠."

마사야가 손을 내밀었다.

"사진이 아니라 비디오야. 이 사진의 원본 비디오테이프가있단 말이지. 사키코가 그 테이프를 찍은 사람을 만나러 갔어. 그걸 보면 사키코 아버지가 그때 죽었는지 살아 있었는지알 수 있겠지."

마사야는 가슴이 덜컥했다. 비디오라면 도시로의 상태를 좀더 자세히 알 수 있을 것이다.

"왜 그래? 왜 갑자기 입을 다물지? 할 말 없어?"

"딱히요."

마사야는 고개를 저었다.

"담배 한 대 피워도 되겠습니까?"

"아, 그래. 피워."

고타니가 말보로 갑과 라이터를 마사야에게 내밀었다.

담배를 피우면서 마사야는 머릿속으로 이런저런 가능성을생각해 보았다. 무슨 일이 있어도 이 상황을 모면해야 한다.

그러나 만약 비디오에 도시로의 머리를 내리치는 장면이 찍혀 있다면…….

"이봐, 마사야. 사실대로 말해 봐."

고타니의 말투가 갑자기 부드러워졌다.

"사키코 아버지에게 빚에 관한 얘기를 들었지? 솔직하게 말해 주면 나도 사키코도 이렇게 귀찮게 굴지 않아도 되고, 자네도 괜한 의심을 받지 않잖아. 그러니까 잘 좀 생각해 보라고."

거래를 하자는 얘기다. 아니, 협박이라고 해야 할까. 아무튼 고타니가 노리는 것은 돈이다.

"아무리 그래 봐야, 내가 거짓말을 한 것도 아닌데……."

"그런 말이 먹힐 것 같아? 후회하게 될 텐데."

고타니가 끈끈하게 달라붙듯이 말했다.

그때 그의 가죽점퍼 안에서 휴대 전화가 울렸다. 사키코인가, 하면서 고타니가 전화기를 꺼냈다.

"어, 나야. 다녀왔어? ……응? 방송국에? ……그게 무슨 소리야. ……프로그램에 사용한다고? ……아아, 알았어. 그럼 어쩔 수 없지. ……응, 그럼 오늘은 그만 돌아갈까? 이쪽은 얘기가 대충 마무리됐어. ……알았어. 지금 갈게."

고타니가 휴대 전화를 가죽점퍼 주머니에 도로 넣었다.

"이거 일이 재미있게 돌아가는걸. 그 비디오테이프 말이야, 주인이 방송국에 빌려줬대. 이상한 장면이 찍혀 있으면 큰 소동이 벌어질지도 모르겠어."

"이상한 장면이 찍혔을 리 없죠."

"글쎄, 어떨지. 나중에 보면 알겠지. 테이프를 방송국에서
돌려받으면 곧바로 우리에게 빌려주기로 했다니까. 그때까지
잘 생각해 봐."

고타니가 자리에서 일어섰다.

"사키코 아버지 시신은 아직 화장하지 않는 게 나을지 모르
겠군. 경우에 따라서는 경찰이 조사하겠다고 나설 수도 있으
니까 말이야."

그는 낮은 소리로 웃으며 텐트에서 나갔다.

오토바이 소리가 멀어진 후 마사야는 밖으로 나왔다.

어쩌면 좋을까. 어떻게 해야 이 난국을 헤쳐 나갈 수 있을까.

저도 모르게 두 손으로 머리를 감싸려는 순간 뒤에서 부르
는 소리가 들렸다.

"마사야 씨."

흠칫 놀라 뒤를 돌아보니 미후유가 서 있었다. 아까처럼 손
에 봉투를 들고 있다.

"대피소에 안 갔어?"

"전해 줄 게 있어서."

미후유가 마사야에게 다가와 종이봉투를 내밀었다.

"뭐지, 이게?"

봉투를 열려는 그를 그녀가 손으로 제지했다.

"나중에 열어 봐."

"어……, 알았어. 고마워."

"있잖아,"

미후유가 그의 눈을 올려다보았다.

"이제 그만 떠나면 어떨까?"

"뭐라고?"

"떠나자, 같이."

마사야는 숨을 멈추고 그녀 눈을 바라보았다. 심장이 쿵쿵거렸다.

그때였다. "실례합니다." 하는 여자 목소리가 들렸다.

돌아보니 아까 그 중년 여자가 빨간 플라스틱 용기를 들고 서 있었다. 그리고 그녀 뒤에도 비슷한 나이의 여자가 역시 플라스틱 용기를 들고 서 있었다. 먼저 왔던 여자가 얘기를 해 준 모양이다.

"등유, 얻을 수 있을까요?"

"아, 네."

마사야가 그녀들을 드럼통이 있는 곳으로 안내하려 했을 때였다.

"1리터에 250엔이에요."

미후유가 대뜸 말했다. 마사야가 놀라서 그녀를 보았다.

"네, 250엔이라고요?"

중년 여자가 손에 든 플라스틱 용기를 내려다본다.

"그건 20리터들이니까 5천 엔이겠네요."

마사야는 사무적으로 말하는 미후유의 얼굴을 멍하니 바라보았다. 그런 그를 그녀가 힐끔 보았다. 그 눈이 잠자코 자기한테 맡기라고 말하는 듯했다.

두 여자에게 돈을 받은 미후유가 그 돈을 마사야에게 가져다줬다. 돈은 안 받아도 돼, 하고 말하려고 했지만 마사야의 마음속을 꿰뚫어 보기라도 한 듯이 그녀가 속삭였다.

"인심만 쓰다가는 살아가기 힘들어."

마사야의 눈이 휘둥그레졌다. 미후유는 획 돌아서서 공장을 나갔다.

중년 여자들이 돌아간 후 마사야는 텐트 속으로 들어가 미후유가 준 종이봉투 속을 들여다보았다. 상자가 하나 들어 있다. 그 뚜껑을 열어 본 그는 소스라치게 놀랐다. 상자 안에 액정 화면이 달린 가정용 비디오카메라가 있었던 것이다. 거기에 메모지가 한 장 붙어 있었다. '재생해 봐요.'라고 적혀 있다.

배터리는 충전되어 있는 듯했다. 마사야는 촬영 모드를 재생 모드로 전환한 후 버튼을 눌렀다.

액정 화면에 비치는 장면을 보고 마사야는 하마터면 소리를 지를 뻔했다. 기울어진 건물은 이 공장이 틀림없었다. 게다가 뒤에 있는 안채까지 찍혀 있다.

그리고.

대들보에 깔려 버둥거리는 도시로의 모습이 보였다. 그는 헤엄치듯 두 팔을 허우적거렸다.

화면이 천천히 옆으로 이동했다. 초록색 방한복을 입은 키 큰 남자가 그 화면을 가로질렀다.

●

9

기무라는 망설이고 있었다. 그의 손에는 명함이 한 장 들려 있었다. 재팬 텔레비전의 구라사와 가쓰코에게 받은 것이다. 그때로부터 이틀이 지났지만 아직 아무런 연락이 없었다.

"왜 그렇게 안절부절못하고 그래."

화장하던 나미에가 넌더리가 난다는 표정으로 이쪽을 바라보는 모습이 거울에 비쳤다. 그녀는 잠시 후 출근한다. 기타신치에 있는 바에서 일하고 있다.

"그게 말이야, 뉴스에 내보낸다고 했으니까 지금쯤 뭔가 소식이 올 만도 하잖아. 그런데 그 후로 아무 연락이 없으니 이상하단 말이지. 빌려 갈 때는 그렇게 서두르더니, 잘렸나……."

"그렇게 궁금하면 전화해서 물어보지 그래? 명함 받았잖아."

"그야 그렇지."

기무라도 전화를 걸어 볼까 생각 중이다. 사실 연락을 기다리는 이유는 방송 일정을 알고 싶어서가 아니라 구라사와 가쓰코를 만나고 싶어서였다.

물론 그 테이프가 어떻게 되었는지 확인하고 싶기도 하다. 그 테이프를 보여 달라는 사람이 또 나타났기 때문이다.

어제였다. 요네쿠라 사키코라는 수상한 여자가 찾아왔다. 눈초리가 날카롭고, 나미에와는 또 다르게 술장수 분위기를 풍기는 여자였다. 그 여자도 예의 재난 지역에서 사진을 본 모양이었다.

지진으로 사망한 아버지가 찍혔을지 모른다고 그녀는 말했다. 자못 실의에 빠진 표정을 지었지만, 어딘가 모르게 연기하는 느낌이었다.

방송국에 빌려줬다고 하자 요네쿠라 사키코는 낙담하는 기색이었다. 테이프를 돌려받으면 꼭 알려 달라면서 명함을 건넸다. 나라에 있는, 뭘 하는 곳인지 모를 회사 이름이 인쇄되어 있고, 고타니 신지라는 이름 옆에 요네쿠라 사키코라고 볼펜으로 덧붙여 쓴 명함이었다.

"다른 사람에게는 절대 빌려주지 말고 저희한테 맨 먼저 연락해 주세요. 사례금은 섭섭지 않게 드리겠어요."

여자가 머리를 꾸벅거렸다.

섭섭지 않은 사례금이라는 것이 어느 정도인지 알고 싶었지만, 기무라는 차마 묻지 못하고 승낙했다. 어쩌면 그 테이프에 상상 이상의 가치가 있는지도 몰랐다. 사례금은 찬찬히 교섭해 볼 작정이었다.

그보다 지금은 구라사와 가쓰코가 중요하다.

"전화 좀 쓸게."

기무라는 무선 전화기를 손에 들고 일어섰다. 구라사와 가쓰코와의 통화를 나미에게 들려주고 싶지는 않았다.

세면실로 가서 명함에 인쇄된 전화번호를 눌렀다. 착신음이 울리는 동안 조금 긴장되었다.

전화를 받은 사람은 남자였다. 재팬 방송국 보도국입니다, 라고 응대했다.

"여보세요, 기무라라고 합니다만, 구라사와 씨 계십니까?"

"구라사와요? 지금 외근 중인 것 같은데, 무슨 일인지 여쭤봐도 될까요?"

"이틀 전에 테이프를 빌려드린 사람입니다. 지진 직후에 촬영한 비디오테이프 말입니다."

그렇게 말하면 금방 알아들을 거라고 생각했는데 상대의 반응이 어째 신통치 않았다.

"테이프라고요? 아, 그건 구라사와에게 물어봐야 알 것 같은데요. 기무라 씨라고 하셨죠? 말씀하신 내용을 구라사와한테 전하죠. 그럼 되겠습니까?"

상대는 명백히 귀찮아하는 눈치였다. 기무라로서는 구라사와 가쓰코에게 전화를 걸라고 하겠다는 말이 듣고 싶었지만 차마 그 말까지는 꺼낼 수 없었다. 그렇게 해 주세요, 라고만 대답하고 전화를 끊었다.

방금 전화를 받은 남자가 어느 위치에 있는 사람인지는 알 수 없지만, 적어도 그 테이프가 보도국 내에서 별로 화제로 떠오르지 않았다는 사실만은 분명했다. 방송이 아예 취소되었는지도 모른다. 설사 그렇더라도 별 상관은 없다고 기무라는 생각했다. 그럴 경우라도 테이프는 돌려받아야 한다. 그리고 구라사와는 그 테이프를 직접 가져오겠다고 약속했다.

●

10

"이봐, 그 테이프는 어떻게 됐어?"

사키코가 가게에 가자 카운터 안에 있던 신지가 대뜸 물었다. 손님은 한 명도 없다.

"아직 돌려받지 못한 모양이야."

"그럼 언제 돌려받을 거래?"

"그걸 잘 모르겠나 봐. 그쪽도 연락을 기다리고 있대."

그쪽이란 비디오테이프의 주인인 기무라다. 여기 오기 전에도 사키코는 전화를 걸어 보았다. 너무 자주 재촉해서인지 기무라는 내놓고 귀찮다는 티를 냈다.

"벌써 며칠이나 지났잖아. 방송국에 직접 알아보는 게 낫지 않겠어?"

"전화해 봤는데, 담당자랑 연락이 안 된다는 거야."

신지는 혀를 차며 카운터에 놓여 있는 조그만 달력을 보았다.

"그 사진만으로는 마사야 녀석이 돈을 내놓지 않을 거야."

"그래도 사진을 봤을 때 긴장하더라면서. 당신이 그러지 않았어?"

"그건 비디오 얘기 꺼냈을 때지. 그걸 보면 테이프에 분명히 뭐가 찍힌 거야. 그 테이프만 있으면 끝나는 건데."

"테이프를 손에 넣었다고 거짓말하면 어떨까?"

사키코가 아이디어를 내놓았다.

"그다음엔 어쩔 건데. 뭐가 찍혔더냐고 물으면?"

"적당히 둘러대지, 뭐. 아버지가 살아 있었다는 증거가 찍혔다든지."

"그런 허세가 통할 것 같아? 그놈도 만만치 않던데."

신지는 말보로에 불을 붙여 한두 모금 빨더니 이내 재떨이에 비벼 껐다.

그럴지도 모르지, 하고 사키코는 생각했다. 대피소에서 만났을 때 마사야는 지극히 자연스럽게 그녀를 대했다. 아버지를 잃은 사촌 누이를 대하는 태도로서는 거의 완벽했다. 웬만한 사람 같으면 자신이 죽인 남자의 딸에게 그렇게 다정한 얼굴은 보이기 힘들다.

언젠가 아버지가 말한 적이 있다. 미즈하라네 공장의 경영을 그 아들에게 맡겼더라면 그 지경이 되지는 않았을 거라고.

카운터 위 전화의 벨이 울렸다. 신지가 수화기를 들었다. 언짢아하던 표정이 순식간에 살갑게 바뀌었다.

"죄송하게 됐습니다. ……네, 네, 그건 저도 잘 알죠. 이번 달이었죠? ……네 ……네. ……아니요, 어떻게든 해 봐야죠. ……네, 꼭 그렇게 하겠습니다. ……네."

빚을 갚으라고 독촉하는 전화라는 것을 사키코는 눈치챘다. 요즘은 가게 전화가 울렸다 하면 죄다 그런 전화다. 둘러대는 신지의 말투가 상당히 유들유들해졌다고 느낀다.

수화기를 거칠게 내려놓은 그는 다시 언짢은 표정을 지으며 선반에서 헤네시 병을 꺼냈다. 브랜디 잔에 2센티미터 정도 술을 따르더니 꿀꺽 삼켰다.

"기무라라고 했나? 다시 한 번 전화해 봐."

"전화한 지 얼마 안 됐어. 그보다, 그건 어떻게 하지?"

"그거라니, 뭘 말이야?"

"아버지 시신. 마냥 저대로 둘 수는 없을 텐데."

아니나 다를까, 신지의 얼굴이 일그러졌다. 무슨 욕설을 내뱉을까 싶어 사키코는 몸이 오그라들었다.

신지가 바닥에 침을 퉤, 뱉었다.

"내가 알아?"

그러고서 그는 잔에 남은 브랜디를 꿀꺽 들이켰다.

●

11

구라사와 가쓰코는 지칠 대로 지친 몸을 싸구려 소파에 내던졌다. 지난 며칠은 침대에서 잠을 자지 못했다. 지시받은 대로 재해 지역을 돌아다니면서 대피소를 취재하고 있다. 목욕을 한 지도 오래다. 식사라고는 오토바이로 배달되는 도시락이 전부였다.

"어떻게 생각하면,"

한 조로 움직이는 카메라맨 시오노가 말했다.

"전쟁터 취재가 더 나을지도 모르겠어. 민간인이 이 정도로 광범위하게, 그것도 동시에 피해를 입지는 않을 테니까 취재 대상을 좁히기도 쉽고 이동하기도 편할 거야. 캠프를 설치하기도 좋고."

가쓰코는 대꾸하지 않는다. 시오노는 매번 투덜거린다. 일일이 대답할 기력이 없다. 체력적으로도 한계에 다다랐지만, 그보다 정신적으로 견디기가 힘들었다. 요 며칠 사이에 대체 몇백 명의 비극을 맞닥뜨렸던가. 자신이 시신을 인간이 아니라 물체로 보고 있다는 사실을 깨닫는다. 이대로 여기 있다가는 정신이 어떻게 될 것 같은 위기감을 그녀는 느꼈다.

휴대 전화가 울렸다. 가쓰코는 시오노와 얼굴을 마주 보았다. 보나 마나 데스크일 것이다. 이번에는 또 어디로 가라고 할까. 또 얼마나 비참한 장면을 카메라에 담으라고 지시할까.

지시 내용은 장관이 재해 지역을 방문한다고 하니, 그 모습을 취재하라는 것이었다. 쓸데없는 짓이라고 가쓰코는 생각했다. 허울뿐인 장관이 방재복을 입고 돌아다니는 퍼포먼스를 찍으라니.

"참, 그리고 오늘도 기무라라는 사람에게 전화가 왔어. 대체 무슨 일이야?"

"글쎄요, 돌아가면 알아볼게요."

전화를 끊은 후 가쓰코는 데스크가 지시한 내용을 시오노에게 전했다. 그는 쓴웃음만 지었다.

기무라라는 사람에게 전화가 왔다는 말은 어제부터 들었다. 하지만 무슨 일인지 짐작이 가지 않았다. 테이프를 빌려줬다는데, 가쓰코는 그런 기억이 없다.

그녀의 이름과 직장을 알고 있는 것을 보면 명함 따위를 봤

을지도 모른다. 명함은 피해 지역을 다니면서 몇 사람에게 건
냈다. 아무에게나, 라고 할 수는 없지만, 달라고 하면 거절하
기 어려웠다. 언제였던가. 어느 대피소에서 촬영하고 있을 때
도 젊은 여자가 명함을 달라고 했다. 자신은 자원 봉사자인데
이재민을 함부로 찍으면 안 된다는 것이었다. 예쁜 여자였다
고 기억한다. 명함을 보더니 알겠다는 듯이 물러갔다.

  아무튼 지금은 기무라라는 사람에게 전화를 걸 생각이 없었
다. 그럴 만큼 한가하지 않았다.

●

12

  무너진 집의 잔해 속에서 필요한 물건들을 주워 담으니 보
스턴백 하나로 충분했다. 돈이 될 만한 것은 거의 없었다. 중
요한 물건이래야 생명 보험 증서와 통장, 인감도장 정도다.
통장도 잔액이 뻔하다. 그 외에는 갈아입을 옷 몇 벌.

  요 며칠간 내내 입었던 방한복은 이참에 벗어서 버렸다. 비
록 싸구려지만 검은 더플코트를 찾아내 그걸 스웨터 위에 걸
치니 조금은 문화적인 생활로 돌아온 것 같은 기분이 들었다.

  집을 떠나려니 가장 큰 문제가 잔해 속에 묻힌 아버지 유키
오의 시신이었다. 관은 형체도 없이 부서졌고 시신도 너덜너

덜해졌지만, 자원 봉사자와 관청의 힘을 빌려 그럭저럭 대피소까지 옮겼다. 검은 비닐봉지가 관을 대신한 점은 어쩔 수 없었다. 장의사에서는 아무런 연락이 없지만 마사야는 그냥 내버려 두기로 했다. 어차피 장례비는 후불이다. 이런 상황에 빈소를 차린 비용만 청구하지는 않을 터였다. 각지의 화장장이 사용 불능인 상태니 그들도 혼란스러울 것이다.

마사야가 체육관 입구에서 기다리고 있으려니 앞쪽에서 미후유가 걸어왔다. 청바지에 오리털 조끼를 입은 평소대로의 모습이다. 그러나 가볍게 화장을 한 점이 지금까지와는 달랐다. 화장을 하니 아름다움이 한층 돋보인다. 머리를 제대로 매만지고 나름대로 멋을 낸 후 거리를 걸으면 누구나 돌아볼 것이다.

"기다렸지?"

"차는?"

"문 앞에 세워 놨어. 시신은?"

"이쪽도 오케이. 언제든지 옮길 수 있어."

손수레로 미후유 부모님과 유키오의 시신을 옮겼다. 이 일에도 자원 봉사자들이 나서 주었다.

밖에 하얀 왜건이 서 있었다. 옆면에 건재상 이름이 적혀 있다. 미후유는 차를 자신이 마련하겠다고 했지만 어디서 가져올지는 말하지 않았다. 건재상에 아는 사람이라도 있느냐고 마사야가 물었다.

"건재상이라니, 그건 왜?"

"여기 그렇게 적혀 있잖아."

마사야가 왜건의 옆면을 가리켰다.

"아아, 그러네. 흐음, 건재상 차였구나."

미후유도 그제야 깨달은 모양이다.

"어디서 빌려왔는데?"

"그건 비밀."

그녀가 집게손가락을 입술에 댔다.

"어쩐지 찜찜하네."

"있지, 마사야. 세상에는 물건이 넘쳐나. 차도 마찬가지고. 넘쳐나는 물건을 돈을 내고 빌렸을 뿐이야. 그런 데 신경을 쓸 필요는 없어. 자, 시신이나 싣자."

시신을 싣고서 두 사람은 차에 올라탔다. 미후유의 짐은 이미 실려 있었다. 가방이 세 개. 모두 유명 브랜드 제품이다.

"자, 그럼 출발!"

조수석에서 미후유가 말했다. 무척 즐거워 보인다.

마사야는 복잡한 심경으로 시동을 걸었다. 행선지는 와카야마다. 거기 있는 화장장에서 처리해 주기로 얘기가 되어 있다고 그녀가 말했다.

예의 비디오테이프에 관해서는 아직 아무것도 묻지 않았다. 마사야는 묻기가 두려웠다. 그녀는 모든 것을 알고 있다. 알면서 마사야를 도와주었다. 왜일까. 폭행당할 뻔했을 때 구해주었기 때문일까. 그런 이유도 있을지 모른다. 하지만 그것만은 아닐 듯했다. 아니, 애초에 그녀가 어떻게 사키코보다 한발 앞서 테이프를 손에 넣었을까.

출발하고 얼마 지나지 않아 정체가 시작되었다. 예상한 일이었다.

"와카야마에서 화장을 마친 다음에는 어떻게 할 거야?"

마사야가 내내 궁금했던 점을 물었다.

"마사야는 어떻게 하고 싶은데?"

"아니, 나는 특별한 생각이 없어."

"그래? 그럼, 도쿄지. 도쿄로 가자."

"도쿄로?"

"응, 당연하잖아."

도쿄로 가는 게 왜 당연한지는 알 수 없었지만 마사야는 더 묻지 않았다. 일단 지금은 그녀가 하자는 대로 할 수밖에 없다.

라디오 스위치를 켰다. 일기 예보가 끝나자 뉴스가 시작되었다. 지진 피해 상황을 전하고 있다. 사망자 수가 5천 명을 넘었다고 한다. 신원 불명의 시신도 있는 듯하다.

미후유가 손을 뻗어 라디오 스위치를 껐다.

"이제 우리와는 관계없는 일이야."

그러고서 그녀는 미소를 지었다.

2장

1

고엔지역에서 나와 조금 걸었을 때 하타케야마 아키코는 그 기척을 느꼈다.

또……

몸이 떨려 왔다. 주위에 인기척이 없다. 가로등도 많지 않은 거리인 데다, 여차하면 뛰어들 만한 집도 없다. 저도 모르게 걸음걸이가 빨라졌다. 뛰고 싶지만, 괜히 돌이킬 수 없는 사태를 불러올까 봐 겁이 났다.

아스팔트를 울리는 자신의 구두 굽 소리가 유난히 크게 들렸다. 그 소리 사이사이로 낮은 발소리 하나가 겹치는 느낌이 든다. 그녀 발소리가 빨라지면 그 발소리도 리듬이 빨라진다. 속도를 늦추면 '상대'의 리듬도 똑같이 느려진다.

그 '상대'의 존재를 처음 알아차린 것이 벌써 2주일 전이다. 오늘처럼 날이 흐려서 별도 달도 보이지 않는 밤이었다. 처음에는 자기 발소리가 메아리치는 거라고 여겼다. 그런데 캔 주스를 사려고 자동판매기 앞에 멈춰 섰을 때, 단순히 반향으로 여겼던 소리가 부자연스럽게 늦춰지는 것처럼 들렸다. 그녀가 뒤를 돌아보자 검은 그림자가 주차장에 서 있는 차 뒤로 획 사라지는 모습이 보였다.

몸이 오싹했다. 누가 내 뒤를 밟고 있다.

그녀는 주스 사는 것을 포기하고 서둘러 걸었다. 그러자 뒤에서 또 발소리가 따라오는 것이 느껴졌다. 이번에는 돌아볼 용기가 나지 않았다. 공포와 초조로 심장이 터질 것만 같았다. 아파트에 도착해 공동 현관 유리문을 통과한 후에야 뒤를 돌아보았다. 어두컴컴한 거리에 사람 그림자는 없었다.

그런데 집에 들어오자마자 전화벨이 울렸다. 수화기 저편에서 들려온 목소리에 그녀는 얼어붙고 말았다.

"어서 와."

그 말만 하고 전화가 끊겼다. 남자라는 사실만 알았을 뿐, 누구인지는 알 수 없었다. 낮게 웅얼거리는 목소리였다.

이상한 일은 그 뒤로도 계속되었다. 어느 날은 아키코가 집에 돌아오니 현관 문손잡이에 종이 쇼핑백이 걸려 있었다. 안에는 유명 음식점의 도시락과 함께 '어서 와요'라고 적힌 메모가 들어 있었다. 물론 그녀는 그 도시락에 손도 대지 않은 채메모와 함께 버렸다. 또 한 번은 우편으로 사진이 든 봉투가 배달되었다. 사진에는 아키코가 출근하는 모습과 가게에서 손님을 상대하는 모습 등이 찍혀 있었다. 그것도 버렸다.

사흘 전에는 우편함에 컴퓨터로 작성한 글이 인쇄된 종이가 들어 있었다. 처음에 아키코는 그것이 아파트 관리소에서 보낸 통지인 줄 알았다. 서두가 그런 착각을 불러일으키게 적혀 있었기 때문이다. 하지만 내용을 읽어 내려가다가 그만 핏기가 싹 가시고 말았다. 기기에는 다음과 같이 적혀 있었다.

'……최근 들어 쓰레기를 철저히 분리하지 않는 세대가 늘어나고 있습니다. 그런 점에서 503호 하타케야마 아키코 씨의 쓰레기 분리는 훌륭합니다. 건전지도 제대로 분리해서 버렸습니다. 나는 당신의 그런 점을 좋아합니다.'

누구 짓인지 전혀 짚이지 않았다. 그녀는 다음 날 경찰서를 찾아가 사정을 설명했다. 그러나 그녀를 응대한 경찰은 빈말로도 친절하게 대해 줬다고 하기는 어려웠다.

"기분이 나쁠 거라는 점은 이해하지만, 그런 일만으로는 경찰도 어쩔 도리가 없군요."

경찰은 금방이라도 하품을 할 듯한 표정으로 말했다.

"하지만 뒤를 밟고, 멋대로 사진을 찍어 보냈단 말이에요. 게다가 제가 버린 쓰레기까지 뒤지는데, 그래도 범죄가 아닌가요?"

"범죄라고는 할 수 없겠죠. 그런 일이 범죄라면 사립 탐정이 하는 일도 전부 범죄게요. 대체 무슨 피해를 입었다는 겁니까? 범죄라고 주장하고 싶으면 피해 신고서를 제출하든지요."

"정신적으로 괴롭힘을 당하고 있어요. 요즘은 회사에 갈 때도 긴장이 된단 말이에요. 일할 때도 어디선가 보고 있지나 않을까 신경이 쓰여서 일에 집중할 수가 없어요. 이래도 피해가 없다고 할 수 있어요?"

그래도 경찰은 따분한 표정으로 피식거렸다.

"정신적인 괴로움을 피해라고 할 수 있을까요. 사물을 느끼는 방식은 사람에 따라 제각각일 텐데 말이죠."

"하지만 이혼할 때는 정신적인 고통을 받았다는 이유로 위자료를 청구하는 일도 있잖아요."

"그건 민사 사건이고. 경찰서에 와서 그런 얘기를 하면 곤란하지."

이제는 말투까지 거칠어졌다.

"그러니까 육체적으로 고통을 받았다거나 위험한 일을 당했다거나, 그럴 경우에 찾아와요. 지금으로서는 사건으로 받아들일 수 없으니까요."

"신변에 위험을 느낀단 말이에요. 그런데도 경찰이 아무것도 해 주지 않는다는 건가요?"

"아, 그러니까,"

경찰이 성가시다는 듯이 말했다.

"신변에 위험을 느끼느냐 안 느끼느냐는 사람 나름이라고 하잖아요. 그런 일로 찾아오는 사람이 많지만, 아직 아무 일도 일어나지 않았는데 우리더러 어쩌라는 거요? 대을 쫓아다니는 사람이 댁한테 해를 입히려고 한다는 증거가 어딨어?"

대답을 하지 못하는 아키코에게 경찰은 웃으면서 이렇게 덧붙였다.

"뭐, 별로 걱정할 일이 아니에요. 요는 이런 거지. 댁을 마음에 둔 남자가 어떻게든 댁의 마음을 끌려는 거 아니겠어? 생각하기에 따라서는 행복한 일이에요. 댁이 상당히 미인인 만큼, 미인세라고 받아들이면 어떻겠어요? 그래그래, 미인세요, 미인세."

미인세라는 말이 어지간히 마음에 들었는지 경찰은 그 말을 몇 번이나 되풀이했다.

경찰이 도와주지 않는 이상 스스로 제 몸을 지키는 도리밖에 없었지만, 상대의 정체를 모르니 방법이 없었다. 일단 쓸데없이 상대를 자극하지 말고, 너무 신경을 쓰지 않는 것이 대책이라면 대책이었다.

하지만 상대의 행동은 날이 갈수록 심해지는 느낌이었다. 오늘 밤의 미행만 해도 그렇다. 이제까지 그랬던 것보다 훨씬 대담해졌다. 마치 들켜도 상관없다고 배짱을 부리는 느낌이었다. 그런 상대에게 가령 지금 아키코가 갑자기 돌아서서 다가들면 어떤 일이 벌어질까. 따져 물었다가는 오히려 상대가 쳐 놓은 덫에 걸려들고 말 것이다.

아직 아무 일도 일어나지 않았는데 우리더러 어쩌라는 거요.

경찰의 무책임한 말이 귓가를 맴돈다. 무슨 일이 일어난 다음에는 너무 늦고 만다. 그리고 지금 이대라면 반드시 무슨 일이 일어난다. 돌이킬 수 없는 일이 반드시 일어나고 말 것이다.

하지만 그 일을 막을 방법이 떠오르지 않았다. 보이지 않는 상대의 발소리에 몸을 떨며, 아키코는 뛰고 싶은 충동을 필사적으로 억누르고 아파트까지 계속 걸었다.

"왜 그렇게 기운이 없어?"

누군가 말을 걸어오는 바람에 아키코는 정신을 차렸다. 또 넋을 놓고 있었다. 물론 머릿속에는 그 모습을 드러내지 않는 '상대'가 있었다.

신카이 미후유가 걱정스러운 표정으로 고개를 갸웃거렸다. 그녀는 아키코와 동갑이지만 때로는 무척 어른스럽게 보이는가 하면 소녀마냥 천진스러워 보일 때도 있다. 지금은 후자인 듯하다.

"아, 미안. 생각할 일이 좀 있어서."

"요즘 안색이 안 좋아 보이는데, 어디가 아픈 거 아니야? 아니면 고민거리라도 있나?"

"고민……이라고 해야 하나."

아키코는 억지로 웃어 보였다. 직업상 웃는 일에는 익숙한데도 뺨이 옥죄이는 느낌이 들었다. 한게인가, 하고 생각했다.

"나라도 괜찮으면 언제든지 얘기해. 들어 준다고 도움이 될지는 모르겠지만."

그러고서 미후유는 미소를 지으며 디자인 반지 코너로 되돌아갔다. 그곳이 그녀가 담당하는 파트였다. 아키코는 약혼반지 코너에서 일한다. 이 가게 맨 안쪽에 있다.

'하나야'는 긴자에 있는 오래된 보석·장신구점이다. 3층 건물 전체가 점포로, 1층에서는 액세서리와 장신구 전반, 2층에서는 고급 실내 장식품을 판다. 그리고 3층이야말로 고가의 보석과 귀금속을 취급하는 '하나야'의 메인 스페이스다.

지난 한 달간 가게 매출이 급감했다. 이유는 명백하다. 지하철 사린 사건 때문이다. 언제 테러에 희생될지 알 수 없는 상황에서는 여간 급한 볼일이 아니면 사람들이 도심에 나오려 하지 않는 것이 당연했다. 거기에 희생자가 많이 나온 사건 직후에는 자숙하는 분위기가 생기므로 사치의 극을 달리는 보석 업계가 맨 먼저 영향을 받는다. 한신 아와지 대지진 직후에도 그랬다.

그러고 보니 그녀도 지진 피해자였지, 하고 신카이 미후유의 뒷모습을 보며 아키코는 생각했다. 미후유가 중도 채용으로 '하나야'에 들어온 것은 지진 직후였다. 자세한 경위는 아키코도 모른다. 처음에는 1층 매장에 있더니 2주쯤 지나 3층으로 옮겼다. 그런 식의 이동은 흔하지 않기 때문에 처음에는 다들 의아해했다. 그러나 그로부터 두 달 가까이 지난 지금은 그녀가 3층에서 일하는 데 이의를 제기할 사람이 아키코가 아는한 한 명도 없다. 미후유는 보석에 관해 많이 알았고, 손님 응대에도 능숙했다. 외국어를 잘해서 외국인 손님이 와도 걱정이 없다. 이 불경기에 중도 채용될 만하다고 누구나 고개를 끄덕인다.

지진으로 부모를 잃었다고 들었지만, 미후유에게는 그늘이 없었다. 그녀 자신이 그 일에 관해 말을 꺼내는 법도 없다. 어지간히 심지가 굳은 여자라는 생각에 아키코도 그녀를 인정했다. 동갑이라는 사실을 알았을 때는 열등감을 느끼기도 했다.

그녀라면 도움이 될 말을 해 줄지도 모른다, 문득 그런 생각이 들었다.

'하나야'의 영업시간은 저녁 8시까지다. 영업이 끝나면 30분정도 미팅을 가진 뒤 퇴근한다. 탈의실에서 옷을 갈아입은 아키코는 신카이 미후유에게 말을 걸었다.

"저기, 오늘 시간 좀 있어? 차라도 같이 마시면 어떨까?"

"좋지."

미후유가 방긋 웃으며 고개를 끄덕였다.

중앙로에 면한 케이크 가게 2층에 있는 카페로 갔다. 창가에 빈 테이블이 있어 그곳에 마주 앉았다. 아키코는 커피를, 미후유는 로열 밀크티를 주문했다.

"오늘도 신통치 않았지? 지하철 사린 사건 탓에 손님의 발길이 줄어든 건 이해하겠는데, 결혼반지를 보러 오는 사람마저 줄어든 건 무슨 이유일까?"

아키코는 일단 무난한 화제를 꺼내 보았다.

"올해는 불길하다면서 결혼을 내년으로 미루는 사람이 많은가 봐. 텔레비전에서 그랬어."

"흠, 그런가. 하긴 그럴지도 모르겠네."

지진 얘기를 더 하려다가 아키코는 그냥 삼키고 말았다.

주문한 음료가 나오고 나서 아키코는 하려던 얘기를 시작했다. 진지한 표정으로 듣고 있던 미후유의 입가가 차츰 일그러졌다. 듣는 것만으로도 불쾌해지는 모양이었다.

"그래서, 짚이는 사람이 전혀 없어?"

얘기를 듣고 나서 미후유가 물었다.

"그러니까 문제지. 누군지 알면 어떻게든 대처하겠는데 말이지."

커피를 한 모금 마셨지만 맛이 하나도 없었다.

미후유는 찻잔 손잡이에 손가락을 건 채 생각에 잠긴 듯이 비스듬히 아래를 내려다보았다. 고개를 숙이니 안 그래도 긴 속눈썹이 더욱 돋보인다. 아몬드 모양의 눈과 보기 좋게 어울려 패션 잡지의 화보 모델 같다. 이 사람은 왜 이 일을 선택한 것일까, 하고 아키코는 자신의 고민과는 전혀 무관한 생각을 했다.

이윽고 미후유가 고개를 들었다.

"정말 놀랐어."

"그렇지? 그런 짓을 하는 사람이 있다니, 믿기지 않아."

"그런 말이 아니라,"

미후유는 주위를 둘러보고 나서 얼굴을 아키코에게 가까이 들이밀었다.

"나도 최근에 비슷한 일이 있었거든."

"뭐라고?"

예상치 못한 고백에 아키코는 소리를 질렀다.

"그게 정말이야?"

미후유가 천천히 눈을 한 번 깜박였다.

"일주일쯤 전이었나. 집에 돌아갔더니 문틈에 종이가 있는 거야. 또 보험사 직원이 명함을 끼워 넣고 갔나 보다 싶어서 꺼내 봤더니 글자가 적혀 있었어."

"뭐라고?"

"어서 와요. 오늘도 당신처럼 아름다운 보석을 많이 판 모양이군요, 그렇게."

"어머······."

아키코는 팔에 소름이 돋았다. 그녀는 팔을 문지르며 말했다.

"대체 뭐지. 그거 말고 다른 일은 없었어?"

"전화해 놓고 아무 말도 하지 않는 일이 몇 번 있었어. 쓰레기봉투를 뒤졌는지 어떤지는 모르겠네."

"어떻게 된 일일까. 나를 쫓아다니는 사람이랑 동일인일까?"

"왜 나랑 아키코 씨를 노리는 거지?"

"그건 모르겠지만,"

아키코는 커피 잔을 두 손으로 감싸 쥐었다.

"이런 일이 우연일 거라고 생각해? 비슷한 시기에 두 사람에게 똑같이 기분 나쁜 일이 일어나는 게 말이야."

"글쎄."

미후유가 고개를 갸웃했다.

이해할 수 없는 일이기는 했지만, 자기 혼자만 그런 일을 당하는 게 아니라는 걸 알자 아키코는 마음이 조금 편해졌다.

"만약 동일인이라면, 노리는 대상이 우리뿐일까?"

미후유가 하고 싶은 말이 무엇인지 아키코도 이내 알아차렸다.

"다른 사람들도 피해를 입었을지 모른다는 말이야?"

"응. 그런데 이런 일은 남에게 얘기하기 어렵잖아. 그래서 혼자서 고민할지도 몰라."

그럴 수도 있을 것이다. 아키코 자신도 그랬으니 충분히 이해한다.

"내일 사람들한테 물어보자."

아키코가 고개를 끄덕이며 말했다.

'하나야' 3층에는 여자 직원이 아키코와 미후유 외에도 세 명 더 있다. 다음 날 손님이 없는 틈을 타 아키코가 그 세 명에게 최근에 이상한 일이 일어나지 않았느냐고 물어보았다.

놀랍게도 세 명 모두 어떤 형태로든 이상한 경험을 했다고 대답했다. 한 명은 출퇴근하는 모습을 찍은 사진을 우편으로 받았고, 또 한 명은 말없이 끊어버리는 전화에 당황스러웠다고 한다. 나머지 한 명은 미후유처럼 문틈에 메시지가 적힌 종이가 끼여 있었다고 말했다.

동일인의 소행이 틀림없다는 결론에 도달했다. 대체 누구 짓일까. 미후유까지 다섯이서 얘기를 나눠 보았지만 이렇다 할 인물이 떠오르지 않았다.

동지가 생겨 마음이 든든해진 한편으로 아키코는 매우 불안한 점도 있었다. 다른 네 명의 피해가 자신과는 그 정도에서 분명한 차이가 있다는 것이었다. 기분 탓이라고는 여겨지지 않았다.

아키코는 퇴근하는 길에 남성용 속옷과 잡화, 소모품 등을 샀다. 그리고 그날 밤 쓰레기를 버리면서 그것들을 섞어서 버렸다. '상대'가 쓰레기봉투를 뒤질 때 이 집에 남자가 왔다고 믿기를 기대했다.

●

2

가게 안을 둘러보며 사쿠라기는 나지막이 한숨을 쉬었다. 디자인 반지 코너에 젊은 커플이 두 쌍 있었지만 어느 모로 보나 구경만 하러 온 사람들이다. 산다고 해야 3만 엔 정도 싸구려일 것이다. 신카이 미후유가 조금 더 잘 차려입은 남녀 쪽을 상대로 열심히 신상품 반지를 권했지만, 여자만 관심을 보일 뿐 남자는 한시라도 빨리 이곳을 벗어나고 싶어 하는 표정이었다. 저래서는 살 리 없다고 사쿠라기는 판단했다.

약혼반지 코너에서는 하타케야마 아키코가 삼십 대로 보이는 남녀에게 반지 몇 가지를 보여 주고 있었다. 이쪽은 그나마 기대할 만하다고 그는 생각했다. 구경 삼아 와서 약혼반지를 몇 개씩이나 손가락에 끼어 보는 손님은 많지 않다. 게다가 보아하니 남자는 옷차림에 돈깨나 들인 것 같다. '하나야'에 올 작정으로 옷을 갖춰 입었을 것이다. 문제는 하타케야마 아키코가 얼마짜리를 파느냐 하는 것이었다. 저 아가씨는 사람이 너무 좋아서 곧잘 가격이 낮은 물건을 권하곤 한다. 손님이 망설인다면 상황을 봐서 끼어드는 게 좋을지도 모르겠다.

다른 매장에도 그런대로 손님이 있다. 그러나 대부분은 수족관 속을 걸어 다니는 것처럼 유리 진열장 앞을 스쳐 지나갈 뿐이다. 단품이 진열된 진열장을 들여다보는 젊은 커플은 계산에 넣을 것도 없다. 그 안에 든 물건들은 최소 3백만 엔은 나가는 고가품이다.

안 그래도 불경기인데 한신 아와지 대지진에 지하철 사린 사건까지 겹쳤으니 손님의 발길이 멀어지는 것도 무리는 아니다.

플로어 매니저인 하마나카가 에스컬레이터를 타고 올라왔다. 그가 네모난 얼굴에 살가운 미소를 지으며 무슨 말을 한다. 뒤따라오는 중년 남녀는 사쿠라기도 본 적이 있다. 급성장한 디스카운트 숍의 사장 부부다. 남편은 뚱뚱한 몸을 버버리 양복에 밀어 넣고 번쩍거리는 롤렉스 시계를 찼다. 온몸을 에르메스로 휘감은 아내는 스타일도 자세도 나쁜 데다 화장이 촌스럽기 짝이 없다. 명품이 울겠다고 사쿠라기는 볼 때마다 생각한다.

"어서 오십시오. 오늘은 어떤 물건을 찾으십니까?"

사쿠라기가 사장 부부에게 다가가 인사했다. 두 사람에게 미소를 던지는 비율은 5 대 1. 말할 것도 없이 아내 쪽을 중시한다.

"딱히 정하고 온 건 아니에요. 하마나카 씨가 좋은 물건이 들어왔다고 연락해서 말이지."

"지난번 그 목걸이가 마음에 드신 모양이야."

하마나카가 말했다.

"아아, 흑진주 말씀이죠?"

사쿠라기가 고개를 끄덕였다. 전혀 어울리지 않는데 사장 부인이 흡족해하던 일이 떠올랐다.

"좋은 에메랄드가 들어왔다던데요?"

보기 흉하게 볼터치를 한 사장 부인이 명란처럼 생긴 손가락을 문지르며 말했다. 그 손가락에는 이미 다이아몬드와 루비 반지를 꼈다. 둘 다 이 매장에서 산 물건이다.

"틀림없이 마음에 드실 겁니다."

사쿠라기가 사장 부인에게 미소를 지어 보였다.

하마나카가 두 사람을 VIP 코너로 안내하는 모습을 바라보던 사쿠라기는 싸구려 물건이나 팔아 돈을 버는 인간들이 저렇게 으스대다니 '하나야'의 간판이 울겠다고 생각했다.

그때 어디선가 감사합니다, 하는 소리가 들렸다. 돌아보니 신카이 미후유가 가게 로고가 찍힌 쇼핑백을 조금 전의 커플에게 건네는 참이었다. 살 리 없다던 사쿠라기의 판단이 틀린 셈이다. 디자인 반지로는 크게 돈벌이가 되지 않지만, 팔리지 않는 것보다 훨씬 낫다.

물건 하나 건졌다고 사쿠라기는 신카이 미후유를 보며 생각했다. 1층 매장에서 느닷없이 옮겨 왔을 때는 어떨까 싶었는데 손님의 마음을 사로잡는 기술이 뛰어났다. 전에는 유명한 부티크에서 일했다는데 왜 그 가게를 그만두었는지는 알 수 없다. 치명적인 결점이라도 있나 했는데 지금으로서는 아무 문제가 없어 보인다.

아무튼 하타케야마보다는 한결 유능하다고 평가하고 있다. 하타케야마 아키코는 여전히 반지 하나 꺼는 데 시간을 질질 끌고 있다.

잠시 거들어 줄까 싶어 약혼반지 코너로 가려다가 사쿠라기는 그걸 발견했다. 다이아몬드가 촘촘히 박힌 티아라가 들어 있는 진열장 밑에 '하나야'의 로고가 찍힌 쇼핑백이 놓여 있었다. 손님이 놓아둔 물건인가 생각했지만 그럴 만한 손님이 주위에 없었다.

사쿠라기는 진열장으로 다가가 쇼핑백을 집어 들었다.

그 직후였다.

슈욱, 하는 희미한 소리와 함께 코를 찌르는 역겨운 냄새가 흘러나왔다.

아키코는 자신이 일에 그다지 집중하지 못하고 있다는 것을 자각했다. 그 일이 신경 쓰여서다. 생각하지 않으려고 해도 자꾸만 머리 한구석에 떠오르고 만다.

남자 손님이 뭔가를 물었다. 넋을 놓고 있다가 제대로 듣지 못한 아키코는 "네?" 하고 되물었다.

"그러니까 플래티나……."

손님이 거기까지 말했을 때였다. 아키코의 시야 안에서 사쿠라기가 희한한 움직임을 보였다. 아키코는 사쿠라기가 있는 쪽으로 눈을 돌렸다. 사쿠라기가 바닥에 엎어져 입을 뻐끔거리면서 한 손을 휘젓는다.

왜 저러는 거지, 하고 생각하는 것과 동시에 자극적인 약품 냄새를 느꼈다. 그 순간 숨이 막히고 눈이 따가워졌다.

그녀만 그런 게 아니었다. 방금까지 반지 두 개를 놓고 비교하던 여자 손님이 기침을 하기 시작했다. 눈에서는 눈물이 흐른다. 그녀를 부둥켜안은 남자 손님도 목을 누르고 있었다. 그가 그 자세로 외쳤다.

"이거 사린 아니야?"

이 말에 그 층에 있던 사람 모두가 상황을 인식했다. 역겨운 냄새를 다들 느끼고 있었던 듯했다.

"나가자."

아키코 앞에 서 있던 남자 손님이 같이 온 여자의 팔을 잡고 계단으로 향했다. 다른 손님들도 그들을 뒤따랐다.

안쪽에 있는 VIP 코너에서 하마나카가 나왔다.

"무슨 일이야?"

아키코는 사정을 설명하려 했지만 숨을 제대로 쉴 수 없어 목소리가 나오지 않았다. 억지로 말하려 하자 목이 막히는 듯했다.

"이거 가스인 것 같아요."

신카이 미후유가 아키코에게 다가와 진열장 밖에 나와 있는 반지를 도로 집어넣었다.

"사쿠라기 씨를 데리고 빨리 밖으로 나가야 해."

거기까지 말했을 때 미후유가 기침을 심하게 했다.

그제야 사태를 이해한 하마나카가 크게 소리쳤다.

"상품을 정리하고 빨리 아래로 대피해요. 진열장 잠그는 거 잊지 말고."

그 지시가 떨어지기 전에 점원들은 이미 그렇게 행동하고 있었다. 손님이 별로 없어서 밖에 나와 있는 상품도 별로 없었다. 점원들이 손수건을 입에 대고 계단으로 내려가기 시작했다. 그들이 사쿠라기를 데리고 내려갔다. 누가 작동시켰는지 경보기가 울렸다.

하마나카가 VIP 코너에 있던 부부를 계단까지 안내하는 모습을 보고 아키코는 신카이 미후유의 어깨를 쳤다.

"빨리 내려가자."

"그래."

미후유가 계단과는 반대 방향으로 걸어가는 것을 보고 아키코가 "이쪽이야." 하고 말했다. 그런데도 그녀는 걸음을 멈추지 않고 상행 전용 에스컬레이터의 비상 정지 스위치를 눌렀다. 그리고 에스컬레이터가 멈추자 그리로 내려갔다. 과연,

하고 감탄하며 아키코는 그녀를 따라갔다.

목구멍과 눈이 아팠다. 두통이 밀려오고 속이 메슥거렸다.

●

3

약 한 시간 후, 아키코는 아카시초에 있는 종합 병원에 있었다. 그녀 외에 열 명 정도가 이 병원으로 실려 왔다. 3층에서 일하는 점원과 거기서 쇼핑하던 손님들이다. 아키코를 포함해 대부분이 증세가 가벼워서 잠시 쉬고 나니 회복되었다. 하지만 사쿠라기만은 다른 방으로 옮겨져 치료를 받는 듯하다. 한동안 입원해야 한다고 한다.

"식겁했지 뭐야. 설마 우리 가게에서 이런 일이 일어날 줄은 꿈에도 몰랐어."

"그러게 말이야. 지하철만 안 타면 괜찮다며 안심하고 있었는데."

"그런데 왜 우리 가게일까? 대개 그런 일은 사람이 좀 더 많이 모이는 곳에서 일어나잖아."

아키코의 동료들이 얘기를 나누고 있다. 상태가 회복된 그녀들은 이제 병원 대합실에 있었다.

신카이 미후유는 대화에 끼지 않고, 조금 떨어진 자리에서 고개를 숙이고 있다. 그녀는 아키코와 함께 맨 마지막까지 현장에 있었던 탓에 회복이 누구보다 느렸다.

아키코도 대화에 낄 마음이 들지 않았다. 하지만 몸 상태가 안 좋아서는 아니었다. 어떤 생각이 그녀 머리를 가득 채우고 있었다. 너무 불길해서 떠올리고 싶지 않지만, 도저히 떨쳐버릴 수 없었다. 누군가와 의논이라도 했으면 좋겠지만, 누구라도 그런 얘기를 들으면 소스라치게 놀라고 겁을 먹거나 당황할 것이 분명했다.

잠시 후 하마나카가 나타났다. 얼굴이 초췌해 보였다.

"경찰이 얘기를 듣고 싶다는군."

그 말에 점원들 사이에 긴장감이 흘렀다.

"있는 그대로 얘기하면 돼. 단, 억측이나 상상으로 얘기하지 말도록. 사실만 얘기하는 거야. 알았나?"

하마나카의 말에 모두가 고개를 끄덕였다.

그가 직원들을 데리고 간 곳은 병원 안에 있는 회의실 같은 방이었다. 긴 책상을 사이에 두고, 아키코를 비롯한 점원들이 경찰 다섯 명과 마주 앉았다.

자기소개 같은 것도 없이 한가운데 앉은 남자가 대뜸 본론으로 들어갔다. 스포츠머리에 마흔 전후로 보이는 사람이다. 눈매가 날카롭고 턱이 뾰족한 그는 만듦새가 좋아 보이는 짙은 감색 양복을 입고 있었다. 기억나는 일이 있으면 어떤 것이라도 좋으니 얘기해 달라고 그가 말했다. 그러나 아무도 입을 열려고 하지 않자 이렇게 물었다.

"그럼 이상을 맨 먼저 알아차린 사람이 누굽니까?"

다들 아키코를 바라보는 바람에 그녀는 대답하지 않을 수 없었다.

사쿠라기의 모습이 이상하다는 걸 알아챘을 때의 상황을 아키코는 최대한 자세하게 설명했다. 한가운데 앉은 남자가 아키코의 눈을 똑바로 바라보며 얘기를 들었다. 다른 경찰들은 메모를 하거나 고개를 끄덕였다.

아키코에 이어 신카이 미후유가 얘기했다. 그다음은 다른 세 점원, 그리고 하마나카의 순으로 사건을 대략적으로 얘기했다.

"사쿠라기 씨가 그 쇼핑백을 맨 처음 발견했다는 얘기인 것 같은데, 그 전에 본 사람은 없습니까?"

가운데 남자가 모두에게 물었다.

아무도 대답하지 않았다. 남자가 질문을 바꿨다.

"그럼 몇 시까지는 그런 물건이 없었다고 단언할 수 있는 분은요?"

그 질문에도 대답이 없었다. 경찰들이 실망감을 내비쳤다.

가운데 남자가 하마나카를 보았다.

"오늘은 손님이 몇 명이나 있었습니까? 구경하러 온 사람을 포함해서요."

"글쎄요, 몇 명쯤인지……."

하마나카가 고개를 갸웃하며 자기 쪽 사람들을 바라보았다.

"나는 늘 3층에 있는 게 아니라서……. 몇 명이나 될까?"

그가 옆에 있는 점원에게 물었다.

"한 40에서 50명…… 될까요?"

그녀가 자신 없는 목소리로 대답했다.

"그렇지 않아."

다른 점원이 말했다.

"그냥 들어왔다가 나가는 사람까지 넣으면 백 명 이상일 것 같은데."

그런가, 하고 처음에 대답한 직원이 중얼거렸다. 그 후로는 아무도 발언하지 않았다. 손님 수를 일일이 세어 보지 않는 한 어떻게 알겠어, 라는 게 그들의 속마음일 터였다. 적어도 아키코는 그랬다.

"그럼 손님 중에 수상한 인물은 없었습니까? 가령 상품을 보지도 않으면서 가게 안을 어슬렁거렸다거나."

역시 다들 묵묵부답이었다.

그런 건 대답하기 곤란하지, 하고 아키코는 생각했다. 물건을 제대로 보지도 않으면서 가게를 어슬렁거리는 사람은 늘 있기 마련이다. 약속 시간까지 시간을 때우러 들어오는 사람도 많다. 그런 사람에게 일일이 신경을 쓰자면 한이 없다.

"오늘이 아니라도 괜찮습니다. 수상한 사람을 봤다든지, 이상한 전화가 걸려 왔다든지, 아무튼 인상에 남는 일이 있었습니까?"

하마나카를 비롯한 가게 사람들은 여전히 침묵했다. 그래서 가운데 남자가 다시 뭔가 말하려고 했을 때 "저……." 하고 한 사람이 입을 열었다. 사카이 시즈코라는 직원이었다.

"뭡니까?"

남자가 그녀 쪽을 향했다.

"전혀 관계없는 일일지도 모르겠는데요."

"뭐든지 좋습니다. 무슨 일이 있었습니까?"

"아, 저……."

사카이 시즈코가 왜 그러는지 아키코를 바라보았다.

"그 얘기, 해도 되지?"

"그 얘기라니?"

"이상한 남자 말이야. 아무래도 다들 피해를 입은 것 같으니까."

아키코는 가슴이 덜컥했다. 자기 아닌 다른 사람이 그 얘기를 꺼낼 줄은 생각지도 못했다.

"무슨 얘기죠? 피해라고 하셨는데요."

"네. 저, 저도 그렇지만 여기 있는 사람들이 모두 최근에 이상한 일을 겪었어요."

"이상한 일이라니, 구체적으로 어떤 일입니까?"

"그게 그러니까…… 집에 돌아가 보니 이상한 메모가 문틈에 끼여 있었다거나, 우리 모습이 찍힌 사진이 날아오거나, 그리고 또…… 미행을 당하기도 하고요."

"잠깐만요. 그런 일을 최근에 직접 당하셨다는 얘깁니까?"

"저는 메모뿐이었지만 다른 사람들은 사진이라든가 여러 가지……."

경찰들의 얼굴에 곤혹스러움과 놀라움의 빛이 어렸다. 그들은 의외의 장소에서 뜻밖의 뭔가를 발견한 듯이 아키코를 비롯한 가게 점원들을 힐끔거렸다.

결국 아키코도 최근 자신을 쫓아다니는 수수께끼의 남자에 관해 얘기하지 않을 수 없었다. 다른 직원들이 모두 그 일을 말했기 때문이다. 다만 아키코는 가능한 한 사실을 축소해서 설명했다. 자신이 다른 사람들보다 피해가 크다는 점이 마음에 걸렸던 것이다. 그리고 실은 그보다 더 큰 이유가 있었다.

"수수께끼의 남자란 말이죠……."

가운데 남자가 목덜미에 손을 얹었다. 그녀들의 얘기에 실망한 기색이 역력했다. 그가 듣고 싶었던 얘기는 이런 것이 아닌 듯했다.

"변태로군."

왼쪽 맨 끝자리에 앉은 남자가 불쑥 중얼거렸다. 턱에 수염이 마구 자라 있고, 긴 머리를 아무렇게나 뒤로 넘긴 사람이었다. 중얼거리고 나서는 또 히죽히죽 웃고 있다. 가운데 남자가 불쾌한 듯이 입가를 일그러뜨렸다.

참고인 조사가 끝나자 아키코 일행은 '하나야'로 돌아갔다. 매장은 출입이 금지되어 있어 옷만 갈아입고 그대로 귀가하게 되었다. 내일 영업이 어떻게 될지는 나중에 연락하겠다고 했다.

가게를 나서는데 누가 어깨를 툭 쳤다. 신카이 미후유였다. 그녀는 입술에만 살짝 미소를 머금었을 뿐 눈에는 진지한 빛이 어려 있었다.

"시간 있으면 차라도 마시고 갈까?"

"아……, 그래."

아키코의 대답을 들은 미후유는 이내 걷기 시작했다.

"큰일이야. 가게는 어떻게 될까?"

지난번에 왔던 카페에서 로열 밀크티를 마시며 미후유가 말했다.

글쎄, 하고 아키코는 애매하게 대답했다. 가게 일을 생각할 여유가 없었다.

"아까 왜 사실대로 얘기하지 않았어?"

미후유가 물었다.

"우리에 비해서 아키코 씨는 피해가 훨씬 크잖아. 그런데 별일 아니라는 듯이 말하던걸."

아키코는 눈길을 떨어뜨렸다. 역시 그녀는 눈치챈 모양이다.

왜 그랬어? 하고 미후유가 또 묻는데 비난하는 느낌이 묻어났다. 그런 사건이 벌어졌는데 숨기면 곤란하잖아, 라고 말하고 싶은 듯한 눈치다.

고개를 드니 미후유의 아몬드 모양 눈이 그녀를 바라보고 있었다. 내면을 속속들이 꿰뚫어 볼 것만 같은 시선이었다.

"역시 그 얘기도 할 걸 그랬나 봐."

"왜, 또 무슨 일이 있었어?"

"응, 사실은……."

망설이던 아키코는 핸드백을 열고 안에서 종이를 한 장 꺼내 테이블에 펼쳐 놓았다. 거기에는 다음과 같은 글이 프린트되어 있었다.

'잘도 배신했군. 네 목숨은 내게 달렸어. 그 사실을 분명히 알려 줄 테니 방심하지 마. 나는 언제나 네 곁에 있을 거야.'

●

4

"가스는 염소계. 문제의 쇼핑백에서는 플라스틱 용기와 터진 고무풍선이 발견되었어. 용기의 내용물은 차아염소산나트륨이고, 풍선은 황산으로 채워져 있었을 가능성이 크다. 이 두 가지 약품이 섞이면서 화학 반응을 일으켜 가스가 발생한 것으로 보인다. 지하철 사린 사건과의 공통점은 아직 발견되지 않았다."

무카이의 목소리가 온 회의실을 울렸다. 작고 호리호리한 체구에 양복을 말쑥하게 차려입어 대기업 직원처럼 보인다. 날카로운 눈빛만 빼면 그렇다.

무카이는 경시청 과학 수사 연구소에서 보낸 보고서를 손에 들고 있었다. 그 내용은 어제 긴자의 '하나야'에서 발생한 독가스 사건의 범인이 두고 간 것으로 보이는 쇼핑백을 분석한 결과다.

염소계 가스라는 말에 가토 와타루는 실소를 머금었다. 어째서 오늘 공안 놈들이 얼굴을 보이지 않는지 납득이 갔다. 당연히 이 자료가 지하철 사린 사건 수사본부에도 전해졌을 것이다. 지금 그들은 지하철 사린 사건과 관계없는 일에는 관심이 없다. 긴자에서 독가스 사건이 발생했다고 보고되었을 때는 맨 먼저 달려와 피해자 점원 조사에도 제멋대로 주도권을 휘둘렀던 주제에, 하고 가토는 생각했다.

그를 비롯한 무카이 반 수사관들은 쓰키지히가시 경찰서에 와 있었다. 일단 이곳에 수사본부가 설치되었기 때문이다. 일단이라고 말하는 이유는 현재 독가스에 관련된 수사를 모두 경시청에서 다루기 때문이다.

어제에 이어 오늘도 현장 주변에서 탐문 수사가 진행되었다. 그러나 아직 수확은 거의 없다. 유일한 실마리는 '하나야'의 쇼핑백인데, 긴자에서 그 가게의 쇼핑백을 들고 있다고 해서 사람들의 인상에 남을 리 없었다.

이제 기댈 데라고는 '하나야' 3층에 설치된 두 대의 감시 카메라 영상밖에 없다. 쇼핑백이 놓여 있던 장소 앞을 손님 백수십 명이 지나갔고, 그나마 다리 아래는 찍히지 않으니 누가 쇼핑백을 놓고 갔는지는 알 길이 없다. 그래서 수사관들이 카메라에 찍힌 손님 한 명 한 명의 인상착의와 특징을 메모해서 목록을 작성하고 있다. 또 과거의 감시 카메라 영상과 대조하는 작업도 동시에 하고 있다. 범인은 반드시 현장 답사를 했을 것이기 때문이다.

"주목할 부분은 두 종류의 약품을 섞이도록 만든 장치다."

무카이가 설명을 계속했다.

"보고서에 따르면, 차아염소산나트륨을 담은 용기에 황산이 든 고무풍선을 넣은 후 그 고무풍선이 어떤 자극을 받으면 터지도록 만들어 놓은 듯하다."

"그 어떤 자극이란 게 뭡니까?"

수사원 하나가 질문했다.

"쇼핑백을 건드리면 스위치가 켜져서 전자석으로 고무풍선에 바늘이 꽂히도록 만들었더군. 더 자세한 내용은 보고서 복사본을 참고하도록."

배부된 복사본을 보고 가토는 진심으로 감탄했다. 전자석으로 바늘이 튀어나오도록 만든 장치도 그렇지만 스위치의 메커니즘도 그다지 어렵지 않았기 때문이다. 스위치에는 파친코 구슬이 사용되었다. 쇼핑백을 건드리면 그 파친코 구슬이 레일 위를 구르다가 한쪽 벽에 닿는 순간 건전지에서 전자석으로 전류가 흐르는 구조다. 아마 이 정도는 초등학생이라도 만들 것이다.

"파친코 구슬이라……."

가토가 중얼거렸다.

"지금 어느 파친코 점 것인지 가려내는 중이니 곧 밝혀질 것이다."

무카이가 말했다.

"플라스틱 용기와 고무풍선도 제조사를 조사하는 중이고, 전자석은 어딘가에 들어 있던 부품으로 보인다. 바늘을 비롯한 그 밖의 부품에 관해서는 알려지지 않았다. 가스 발생 장치에 관련된 내용은 그 정도야."

모르는 것투성이잖아, 라고 누군가 내뱉었다. 무카이가 소리 나는 쪽을 노려보았다.

"힌트가 없는 건 아니야. 보고서에도 적혀 있듯이 장치는 지극히 단순하다. 중학생 수준의 지식만 있어도 간단히 만들 수 있어. 자네들도 여기 그려진 도면을 보면 금세 그 구조를 이해할 거야. 하지만 말이야, 과연 이런 걸 생각해 낼 수 있겠어?"

반장의 말에 전원이 침묵했다. 가토도 마음속으로 동의한다. 어른이 되면 전자석이나 전기의 원리 따위는 일이나 취미 생활에서 사용하지 않는 한 고스란히 잊고 만다.

"그리고 또 한 가지. 원리는 단순하지만 실제로 기능하도록 하려면 파친코 구슬을 사용한 스위치든 전자석이든 적정한 조건을 갖춰야만 해. 아무 생각 없이 만들었다가는 정상적으로 작동하기 어렵다는 얘기야. 이번에 사건에 사용된 장치는 그런 점에서 상당히 잘 만들어진 모양이다. 범인이 장치 분야의 전문가거나, 그게 아니라면 시행착오를 거듭했을 거라는 게 과학 수사 연구소의 견해다."

"아무튼 솜씨가 상당히 좋은 놈의 짓이겠군요."

가토의 의견에 무카이가 "그 점은 나도 동감이야."라고 맞장구치더니 목소리를 낮추어 말을 이었다.

"공안이 어떻게 접근할지는 모르겠지만, 우리로서는 처음부터 지하철 사린 사건과 관련지을 생각이 털끝만큼도 없어. 지하철이라는 공공장소를 노린 테러 행위와 보석점을 표적으로 삼은 이번 사건은 성격이 전혀 다르다는 것이 형사부 전체의

견해야. 그러니 우선은 '하나야' 관계자들 주변부터 샅샅이 살펴보잔 말이야."

"만약 수사 과정에서 지하철 사린 사건과 관련성이 드러나면 어떻게 하죠?"

가토가 물었다.

"그때는,"

무카이가 일단 말을 끊고 슬그머니 한쪽 뺨에 미소를 지었다.

"그때 가서 봐야지. 우리 쪽은 수순에 따라 수사를 진행할 뿐이야. 공안의 정보가 필요할 경우에는 어떻게든 빼내야겠지. 하지만 묻지도 않은 일을 우리가 굳이 알려 줄 생각은 없다."

그렇군요, 하며 가토도 희미하게 웃었다.

가토는 점원들이 진술했듯이 최근에 그녀들 주변을 맴돈다는 수수께끼의 인물이 아무래도 신경 쓰였다. 염소계 가스는 물론 위험하긴 하지만 확실하게 죽음에 이르도록 하는 물질은 아니다. 그렇다면 범인의 목적이 '하나야'에 있는 누군가를 겁주는 데 있지 않을까. 그런 음습한 방식은 여직원들이 말한 수수께끼의 인물과 이미지가 맞아떨어진다. 참고인 조사를 할 때 "변태로군." 하고 중얼거림으로써 지하철 사린 사건과의 관련성을 기대하던 공안 놈들을 언짢게 만들긴 했지만 말이다.

아무튼 '하나야'의 관계자, 특히 점원 한 명 한 명을 자세히 조사할 필요가 있었다. 그 절차를 가토가 다른 수사관과 의논하는 참에 '하나야'의 점원 두 명이 경찰서에 찾아왔다는 연락이 들어왔다. 하고 싶은 얘기가 있다는 것이었다.

가토는 같은 무카이 반인 니시자키라는 젊은 형사와 둘이서 그녀들을 만나기로 했다.

형사부의 한쪽 귀퉁이에 있는 면회실에서 두 여성이 기다리고 있었다. 가토는 두 명 모두 본 기억이 있었다. 둘 다 미인이다. 특히 한쪽은 여배우를 해도 손색이 없을 만큼 얼굴 생김이 화사하다. 신카이 미후유라는 이름을 기억하는 까닭은 성이 독특해서만은 아니었다.

그러나 신카이 미후유는 따라왔을 뿐, 주역은 하타케야마 아키코라는 여성 쪽이었다. 어제 참고인 조사 때 미처 하지 못한 얘기가 있다고 했다.

"무슨 얘기죠?"

가토가 웃으며 물었다.

그런데 하타케야마 아키코가 핸드백에서 꺼낸 종이 한 장을 본 순간 가토의 얼굴에서 웃음기가 싹 가셨다. 거기에는 이번 범행을 예고했다고 할 만한 내용이 적혀 있었다.

"이걸 언제……?"

가토가 물었다.

"사건 이틀 전에요. 퇴근해서 집에 돌아가 보니 문틈에 끼여 있었어요."

"잘도 배신했군, 이라고 씌어 있는데, 이게 무슨 뜻이죠? 댁이 그 수수께끼의 남자를 배신했다는 말인가요?"

"그렇게 생각하는 모양이에요."

하타케야마 아키코가 고개를 끄덕였다.

"왜죠?"

그러자 이번에는 신카이 미후유가 입을 열었다.

"제가 아키코 씨에게 애인이 있는 것처럼 보이는 게 좋겠다고 했거든요. 빨래를 널 때 남자 옷을 같이 넌다거나, 문패에 남자 이름을 쓴다거나, 쓰레기봉투에 남성용 물품을 섞어서 버린다거나 해서요."

"아하, 그래서 아키코 씨가 그대로 실천했단 말이군요."

가토가 아키코에게 시선을 옮겼다.

"네. 쓰레기에 일부러 남성용 소모품을 섞어서 버렸어요. 그리고 빨래에도……."

"언제부터 그렇게 했습니까?"

"일주일쯤 전부터 그랬을 거예요."

"그간 이 메모 외에 특이한 일은요?"

아키코는 잠시 생각하는 표정을 짓다가 살래살래 고개를 저었다.

"이렇다 할 일은 없었어요. 수상쩍은 우편물이 온 적도 없고, 전화도 걸려 오지 않았고요. 그래서 신카이 씨의 조언이 효과를 발휘했나 보다고 생각했는데……."

가토는 팔짱을 끼고, 다시 메모로 시선을 떨어뜨렸다.

'잘도 배신했군.'이라는 부분은 그걸로 설명이 가능하다. 수수께끼의 남자는 아키코에게 애인이 생겼다고 믿은 듯하다. 이런 종류의 남자는 상대 여성에게 몰입한 나머지 이미 그녀가 자신의 사람이라고 믿는 경향이 있다. 그 결과 살인 사건으로 발전한 예가 적잖이 있다.

'네 목숨은 내게 달렸어. 그 사실을 분명히 알려 줄 테니…….' 이 말은 이 남자의 정신 상태가 위험한 상황에 놓여 있음을 암시한다. 생각대로 되지 않아 초조한 마음과, 사랑하는 사람에게 배신당한 분노로 속이 뒤틀릴 것이다.

그러나, 하고 가토는 생각한다. 이 글에서는 절박한 살의가 느껴지지 않는다. 다만 여차하면 네 목숨을 내 마음대로 할 수 있다고 암시하는 것뿐이다. 요컨대 경고다. 그리고 경고라는 측면에서 볼 때 염소계 가스는 실로 효과적이다.

이자가 맞는지도 모르겠군, 하고 그는 생각했다. 그렇다면 마지막 한 문장은 결코 간과할 수 없다.

'나는 언제나 네 곁에 있을 거야.'

이건 무슨 뜻일까. 단지 하타케야마 아키코의 행동을 일일이 파악하고 있다는 의미일까. 아니면 또 다른 의미가 있을까.

"사건 후에는요? 별다른 일이 없었습니까?"

가토가 아키코에게 물었다.

"어젯밤에 전화가 왔어요."

"뭐라고 하던가요?"

"이젠 잘 알았겠지, 나를 배신하지 마, 그 말만 하고 끊었어요. 너무 무서워서, 그래서……."

"이렇게 찾아오신 거군요."

아키코가 고개를 끄덕했다.

수사본부로 돌아간 가토는 즉시 무카이에게 보고했다. 무카이가 메모를 보고 신음했다.

"이 일을 매스컴에는……?"

"흘리지 않았습니다. '하나야' 점원들에게도 입단속을 해 놓았습니다."

무카이가 고개를 끄덕였다.

"하타케야마 아키코에게 감시를 붙일까? 하지만 다른 점원들도 피해를 입었다고 했잖아, 그 수수께끼의 남자에게."

"그 점이 이해가 안 갑니다. 하타케야마 아키코에게 집착하던 남자가 그녀를 좋아하는 마음을 이기지 못한 나머지 증오심이 부풀어 이번 사건을 일으켰다면, 다른 여성들을 괴롭힌건 대체 무슨 이유냔 말이죠. 아니면 혹시 일종의 위장 전술인지도 모릅니다."

"뭘 위장한다는 거야?"

"그야 저도 모르죠."

"애초에는 '하나야'의 점원 모두에게 관심을 두었다가 이윽고 하타케야마 아키코 한 명으로 관심을 좁혔다고 할 수 있을까?"

"가능성은 있습니다."

가토는 '동의할 수 없지만'이라는 뉘앙스를 덧붙여 대답했다.

"나는 언제나 네 곁에 있을 거야……, 이것도 신경이 쓰이는 문장이야."

무카이도 가토와 똑같은 인상을 받은 듯했다.

"단순히 협박하는 문구인지, 아니면 실질적인 의미가 있는지 궁금합니다."

"실질적인 의미라면?"

무카이가 가토를 올려다보았다. 부하 직원 입에서 자신의 생각과 똑같은 말이 나오기를 기대하는 얼굴이다.

"범인이 내부 또는 아주 가까운 곳에 있다는 얘기겠죠. 하지만 만약 그렇다면 과연 이런 문장을 썼을까 하는 의문도 듭니다. 어쩌면 하타케야마 아키코가 섣불리 경찰에 신고하지 못할 거라고 판단했는지도 모르죠."

무카이가 잠시 눈을 감고 생각에 빠지는 듯했다.

"점원이 모두 다섯 명이었지? 일단 출퇴근길만이라도 감시를 붙이지."

●

5

　대상자의 집은 고토구 몬젠나카초에 있었다. 가사이바시 거리에 면한, 지은 지 5년 된 아파트로, 1층은 편의점이다. 그 탓에 낮에도 오가는 사람이 무척 많았다. 아파트를 출입하는 사람들만 체크하면 된다는 건 알지만, 이만저만 신경이 쓰이지 않았다.

　이런 하찮은 일을 내게 떠넘기다니, 하고 쓰키지히가시 서의 수사관은 속으로 투덜거렸다. 형사과에서도 중견인 그는 '하나야' 사건 피해자의 신변을 감시하라는 단순한 일을 지시받고 자존심에 상처를 입었다. 감시는 오늘로 사흘째다. 그동안 눈에 띌 만한 일은 없었다. 앞으로도 그럴 것이라고 체념한 상태다.

　본청 놈들의 속셈이야 뻔하지, 하고 그는 생각했다. 지하철 사린 사건과의 관련성을 의심해 부랴부랴 수사본부를 설치했지만, 도무지 그걸 뒷받침하는 증거가 나오지 않는 데다, 기껏 용의자로 떠오른 인물이 하잘것없는 변태 같은 작자이다 보니 귀찮은 일은 일찌감치 관할 서에 떠넘기기로 방침을 바꾼 것이다. 사람이 한 명이라도 죽었다면 어느 정도 힘이 실릴지 모르지만, 가장 큰 피해자인 사쿠라기라는 남자가 조만간 퇴원한다니 이대로 가다가는 살인 미수로 기소하기도 힘들 판이었다. 그렇다면 차라리 수사를 전적으로 관할 서에 맡기면 좋을 텐데, 그러지 않는 이유는 만에 하나 지하철 사린 사건과의 연관성이 드러날 경우를 대비해서일 것이다.

그는 라이트밴 운전석에 앉아 있었다. 차는 가전제품 가게를 하는 지인에게 빌렸다. 가사이바시 거리 왼쪽 끝부분에 노상 주차를 한 채 맞은편 아파트를 바라보았다. 감시 대상은 그 아파트 3층 중앙이다. 이 아파트는 바깥 복도가 도로에 면해 있어, 각 집의 현관문이 잘 보인다.

연거푸 두 번 하품을 하는 참에 조수석 유리창을 톡톡 두드리는 소리가 났다. 후배 형사가 들여다보고 있었다.

도어록을 해제하자 후배가 문을 열었다.

"교대 시간입니다."

"이제야 교대군. 시간이 왜 이리 더디게 가는지."

좁은 차 안에서 기지개를 켰다.

그때였다. 아파트를 쳐다보던 후배가 어, 하고 소리를 질렀다. 그가 반사적으로 그쪽을 바라보았다.

감시 대상인 집의 현관문 앞에 남자 하나가 서 있었다. 회색 블루종을 걸친 보통 체격의 남자다. 나이는 사십 전후 또는 좀 더 위일까. 얼굴은 자세히 보이지 않는다.

남자가 문에 달린 우편함을 뒤적였다. 이 아파트에는 1층에 우편함이 있다. 집 현관문까지 배달되는 우편물은 속달이나 등기뿐이다. 물론 남자는 집배원으로 보이지는 않는다. 택배 기사도 아닌 듯하다.

"말을 걸어 볼까요?"

후배가 물었다.

"기다려 봐. 상황을 좀 더 지켜보자고."

이윽고 남자가 문 앞을 떠나 엘리베이터 쪽으로 향했다. 다른 현관문에는 관심이 없는 듯하다.

"여기서 기다려."

후배에게 지시한 후 그는 차에서 내렸다. 대단한 공훈은 아니지만 후배에게 빼앗길 수는 없었다.

그는 잰걸음으로 길을 건너 아파트 공동 현관 앞에서 대기했다. 그곳에서도 우편함이 보인다는 사실을 잠복 첫날 이미 확인했다.

마침내 조금 전 그 남자가 나타났다. 만일 우편함을 그냥 지나치면 어떻게 할 것인가. 그래도 일단 말을 걸어 보기로 형사는 마음을 정했다.

예상대로 남자는 우편함 쪽으로 걸어갔다. 그리고 주위를 살피는 기색을 보였다. 형사는 일단 고개를 움츠렸다가 다시 그쪽을 바라보았다.

남자가 어느 우편함의 투입구로 손을 밀어 넣었다. 뭔가를 넣으려는 게 아니라 우편함 안에서 뭔가를 끄집어내려는 것이 분명했다. 우편함은 비밀 번호를 모르면 투입구가 열리지 않는 구조였다.

남자가 뭔가를 블루종 주머니에 넣었다. 그 모습을 보고 형사는 아파트 현관 안으로 들어갔다. 그 기척을 느꼈는지 남자가 우편함에서 떨어졌다. 그리고 시치미를 뗀 표정으로 나가려고 했다.

"잠깐 실례하겠습니다."

뭐야, 하는 표정으로 남자가 걸음을 멈췄다.

"방금 여기서 뭘 하셨습니까?"

"뭘 하다니……, 아무것도 안 했는데요."

남자가 고개를 저었다. 그는 수사관과 얼굴을 마주 보려 하지 않았다.

"내내 지켜보고 있었어요. 우편물을 훔치려고 하지 않았습니까."

"그런 적 없어요."

"그럼 뭘 하고 계셨습니까?"

"아무것도 안 했다고 했잖아요. 거참, 귀찮게 구네."

남자가 도망치려는 기색을 보였다. 형사가 그것을 눈치채고 남자의 팔을 잡았다. 남자가 인상을 썼다. 그러나 그가 고함을 지르려는 참에 형사가 수첩을 내밀었다.

"일단 주소와 이름을 적으세요. 그리고 주머니에 들어 있는 물건을 모두 꺼내세요. 선생님은 명백한 위법 행위를 저지르셨습니다."

남자의 얼굴에서 일시에 핏기가 가셨다. 수사관은 불심 검문으로 보기 좋게 용의자를 검거했을 때의 쾌감을 느꼈다.

●

6

가토 와타루는 심문을 하면서도 눈앞에 드러난 전개에 자못 당황스러웠다. 아직 정답으로 결정된 것은 아니지만, 자신들이 쳐 놓은 감시망에 걸려든 이상 용의자인 것은 사실이다.

하마나카 요이치는 요 몇 시간 사이에 눈에 띄게 초췌해져 있었다. 초점 잃은 눈을 취조실 책상으로 떨어뜨린 채 입을 반쯤 벌리고 있다. 그 모습과 표정은 어느 모로 보나 긴자의 유명한 보석·장신구점 플로어 매니저라고 여겨지지 않았다.

책상 위에는 봉투가 하나 놓여 있었다. 전화국에서 보낸 것으로, 이용 명세서와 청구서가 들어 있었다. 하마나카가 우편함에서 훔친 것이다.

수신인은 신카이 미후유. 하마나카가 그녀의 아파트 현관문에 달려 있는 우편함에 손을 대는 장면을, 감시 중이던 수사관이 목격했다.

"하마나카 씨, 이쯤 해서 사실대로 털어놓지 그래. 왜 신카이 씨의 우편물을 훔쳤어요?"

가토가 물었다. 벌써 몇 번째 똑같은 질문을 하고 있다.

하마나카가 고개를 숙인 채 입을 열었다.

"그러니까 그게……."

"훔친 게 아니라 주웠다, 이 말이에요? 그래서 그녀에게 전해 주려고 아파트까지 갔다고? 현관문에 달려 있는 우편함에 넣으려다 생각을 바꿔 1층 우편함에 넣으려고 했지만 잘 들어가지 않아서 포기하고 돌아가려는 참에 형사가 말을 걸었다는 거예요?"

가토는 지금까지 하마나카가 진술한 내용을 장난스러운 말투로 따라 읊었다.

"이봐, 당신이 형사라면 이런 진술을 곧이곧대로 받아들이겠어요? 아아, 그러세요, 하고 납득하겠느냔 말이야. 그럴 리 없겠죠? 그러니까 우리가 수긍할 만한 얘기를 하란 말이에요."

하마나카가 점점 더 고개를 깊이 숙였다. 어떻게든 이 궁지에서 벗어나야 하는데 묘안이 떠오르지 않아 입을 꾹 다물고 있는 것이다. 그가 숨기는 게 대체 무엇일까.

"하마나카 씨, 간혹 파친코를 한다면서요? 아까 부인한테 들었어요. 동네에 단골 파친코 점이 있다고."

느닷없이 화제가 바뀌어선지 하마나카가 눈을 껌벅거리며 가토를 보았다.

"그 파친코 점에서 파친코 구슬을 가져온 적 있지요?"

"파친코 구슬을요? 아니요, 그런 적 없어요."

"호오, 그래요?"

가토가 턱을 끌어당긴 채 눈을 치뜨고 하마나카의 얼굴을 비스듬히 올려다보았다.

"그 파친코 점의 구슬이 사용되었단 말이에요, 예의 독가스 발생 장치에. 이걸 우연이라고 할 수 있겠어요?"

그제야 겨우 가토의 의도를 알아차린 하마나카가 손을 내저었다.

"모르는 일이에요. 나랑 상관없는 일이라고요. 파친코 구슬이라니, 내가 왜……."

"그럼 질문을 바꾸죠. '하나야' 정도의 보석점 플로어 매니저라면 컴퓨터를 사용할 기회도 있겠죠?"

하마나카가 살짝 고개를 들었다.

"어떤가요?"

가토가 거듭 물었다.

"그건, 간혹 사용합니다."

"집에도 컴퓨터가 있어요?"

하마나카가 잠시 생각하는 표정을 보이다가 네, 하며 고개를 끄덕였다.

"기종은요?"

"기종⋯⋯, 왜 그런 걸 묻죠?"

"따지지 말고 묻는 말에 대답이나 해요."

위협조로 으름장을 놓은 후 가토는 원래의 부드러운 말투로 돌아갔다.

"컴퓨터 기종을 말해 봐요."

"후지쓰의⋯⋯ 뭐였는데."

하마나카가 입안에서 우물거리더니 고개를 갸우뚱했다.

"죄송합니다. 자세한 건 기억이 안 나요."

"워드 프로세서도 사용하겠죠?"

"사용합니다."

"소프트웨어는 뭘 쓰죠?"

"이치타로예요."

"프린터 기종은? 기억나지 않으면 제조사라도 가르쳐 주세요."

"아마⋯⋯ 엡손일 겁니다."

가토는 의자에 기대며, 여전히 고개를 숙인 용의자를 바라보았다. 워드 프로세서와 프린터 모두 하타케야마 아키코가 받은 협박장의 분석 결과와 일치한다. 그러나 이렇게 솔직히 진술하는 점이 오히려 마음에 걸렸다. 등을 구부리고 어깨를 움츠린 하마나카의 모습에서 느껴지는 것은 오직 두려움뿐이었다.

노크 소리가 나고 문이 열렸다. 무카이가 얼굴을 들이밀었다. 그가 가토에게 살짝 턱짓을 하자 가토가 일어나 취조실을 나왔다.

"신카이 미후유는 조사가 끝났어."

무카이가 조그만 소리로 말했다.

"그녀가 뭐라던가요?"

"놀라더군. 당연하겠지."

"하마나카와는 무슨 관계래요?"

무카이가 절레절레 고개를 저었다.

"플로어 매니저여서 신세를 졌고 좋은 상사라고 생각했다, 그래서 좋은 부하 직원이 되려고 애썼다, 이런 일이 생기다니 지금도 믿기지 않는다······. 뭐, 모범 답안이지."

"돌려보냈습니까?"

"아니, 기다리라고 했어. 만나 볼 텐가?"

"만나 보고 싶군요."

"그러는 게 좋겠지."

무카이가 고개를 끄덕였다.

"하마나카 쪽은 어때?"

"진전이 없습니다."

"그렇군. 오늘 밤에는 돌려보내지 않아도 될 거야. 내일이면 놈도 마음이 변할지 몰라."

"반장님."

"왜?"

"하마나카는 독가스 사건과 관련이 없습니다."

무카이가 허를 찔린 듯한 눈빛을 하더니 멀거니 부하의 얼굴을 바라보았다. 다음 순간 그의 입에 어렴풋한 미소가 번졌다.

"근거는?"

"놈은 그럴 만한 재주가 없어요. 그런 장치를 설치하려면 배짱이 상당히 두둑해야 합니다."

"하마나카는 그만한 배짱이 없다는 건가? 감으로 그런 말을 하면 자네답지 않지. 어서 신카이 미후유를 만나 봐."

신카이 미후유는 소매 없는 니트 차림이었다. 하얗고 가느다란 두 팔이 눈부셨다. 지금까지 유니폼이나 정장을 입은 모습만 봐서인지 평상복 차림의 그녀가 가토에게는 신선하게 다가왔다.

"'하나야'가 현재 휴업 중이라면서요?"

인사 대신 그는 그렇게 말을 건넸다.

네, 하고 미후유는 고개를 끄덕였지만, 그녀의 굳은 표정은 여전했다.

"오늘은 집에 계셨다던데, 문에 달려 있는 우편함을 건드리는 걸 전혀 눈치채지 못했습니까?"

"안에서 텔레비전을 보고 있어서……"

"하마나카 씨가 몇 번이나 전화를 걸었다더군요. 그런데 받지 않아서 집까지 찾아갔다고 하더군요."

"전화선을 뽑아 두었거든요. 전에도 말씀드렸지만, 요즘 이상한 전화가 자주 걸려 와서요."

"하지만 그러면 불편하잖아요. 다른 사람 연락도 받을 수가 없는데요."

"어쩔 수 없죠. 이상한 전화를 받고 스트레스가 쌓이는 것보다는 나아요. 게다가 지금은 제게 급히 연락할 만한 사람이 없어요. 가족도 없는걸요."

미후유가 고개를 숙인 채 말했다.

그녀가 한신 아와지 대지진의 피해자라는 사실은 가토도 알고 있었다.

"이번 사건과 관련해서 뭔가 짚이는 거라도 있으면 말씀해 주세요."

"조금 전에 다른 형사님께……"

"죄송합니다. 다시 한 번 부탁드리죠."

가토가 고개를 살짝 숙였다.

미후유는 가느다랗게 한숨을 내뱉고 나서 얘기를 시작했다. 그녀의 말에 따르면, 지난달에도 전화국에서 고지서가 오지 않아 의아해했다고 한다. 전화 요금 외에 가스 요금과 전기 요금 고지서마저 오지 않았다고 한다.

"실제로 우편물을 훔쳐 갔다면 정말 충격적인 일이에요. 솔직히, 믿고 싶지 않습니다."

미후유가 가슴 앞에서 기도하듯이 손깍지를 끼는데 손이 미세하게 떨리고 있었다. 지난번 만났을 때는 상당히 다부진 여자라는 인상을 받았는데, 역시 이번 일로 정신적인 충격이 큰 듯했다.

"플로어 매니저인 하마나카 씨를 어떻게 생각합니까? 직장에서 지금까지 신카이 씨에게 이상한 태도를 취한 적이 있었나요?"

가토가 단도직입적으로 물었다.

잠시 침묵하던 신카이 미후유가 고개를 들고 숨을 크게 내쉬었다.

"방금도 말했지만, 아직 믿기지 않아요. 뭔가 오해가 있는 게 아닐까요? 하마나카 씨가 정말로 제가 떨어뜨린 우편물을 돌려주려고 집까지 찾아온 것 아닐까요?"

"그 얘기에 설득력이 있다고 생각합니까?"

가토의 물음에 그녀는 다시 입을 다물었다. 그리고 잠시 후 앞머리를 쓸어 올리며 고통스럽다는 듯이 눈썹을 찡그렸다.

"믿을 수 없어요. 하마나카 씨는 일도 잘해서 상사로서 존경했는데……. 이제부터는 아무도 믿지 못할 것 같아요."

●

7

장식장 위에 조그만 액자가 놓여 있다. 거기에는 마치 그림처럼 평화롭고 행복한 가족의 스냅 사진이 들어 있다. 초등학생으로 보이는 아들이 한가운데 서 있고 그 뒤에 부부가 나란히 섰다. 세 사람 모두 눈이 부신 듯이 눈을 가늘게 뜬 채 웃고 있었다. 어딘가의 산에라도 갔는지 남편뿐 아니라 아내도 청바지에 스니커즈 차림이다.

그 아내가 손수건을 쥔 왼손을 무릎에 올려놓은 채 가토 앞에서 고개를 수그리고 있었다. 복장은 니트 카디건에 흰 스커트. 이 여성에게는 청바지보다 이런 차림이 더 어울린다고 가토는 생각했다.

"그럼 태도가 이상하다는 걸 이미 눈치채셨군요."

가토의 물음에 하마나카 준코는 고개를 살살 끄덕였다.

"뭔지는 몰라도 딴생각을 하고 있을 때가 많았어요. 제 얘기를 전혀 귀담아듣지 않는 느낌이고⋯⋯."

가토는 세상의 남편이란 아무 일이 없어도 대부분 그런다고 말하고 싶었지만 꾹 참았다. 4년 전 이혼한 그는 자신도 결혼 생활 동안 그랬다는 걸 안다.

"그리고,"

그녀가 덧붙였다.

"귀가가 전보다 늦어졌어요. 전에는 9시쯤에는 들어왔는데 최근에는 11시 가까이 되어 들어오는 일도 있었습니다."

"외박도 했습니까?"

"별로 그러지는⋯⋯."

"그럼 반대로 아침 일찍 나가는 일은요?"

가토의 말에 비로소 알아차렸다는 표정으로 준코가 고개를 끄덕거렸다.

"그러고 보니 그럴 때도 있었어요. 자주 그러지는 않았지만, 평소보다 한 시간쯤 일찍 나가는 일이 간혹 있었습니다. 매장에서 준비할 일이 있다느니 하면서요."

"그런 변화가 언제 나타났는지 기억하십니까?"

준코가 야윈 뺨에 손을 갖다 댔다.

"아마 2월쯤부터였을 거예요."

가토가 고개를 끄덕였다. 하타케야마 아키코나 신카이 미후유 주변을 맴돌던 사람이 하마나카라면 이 대답과 시기가 일치한다. 귀가가 늦어지거나 출근이 일러진 이유도 그녀들을 미행하거나 쓰레기를 뒤지려는 것이었다고 추정할 수 있다.

"저……."

준코가 겁먹은 눈으로 가토를 올려다봤다.

"남편이 정말 그런 짓을 했을까요? 가게의 점원들에게 그런 몹쓸 짓을……."

"어느 여성의 우편물을 훔친 건 사실인 듯합니다. 수사관이 목격했으니까요."

준코가 눈을 감고 다시 고개를 앞으로 푹 꺾었다. 그녀에게 확고했던 것들, 그러니까 안정된 생활이라든가 미래 같은 것들이 크게 흔들리는 모습을 가토는 지켜볼 수밖에 없었다.

그녀의 입에서 자기 남편이 그랬을 리 없다는 말은 나오지 않았다. 뭔가 이변이 일어난 것 같다고 어렴풋이 감지했기 때문일 것이다.

지금 하마나카 요이치 집에서는 가택 수색이 이루어지고 있었다. 목적은 두 가지였다. 하나는 '하나야'의 점원들을 괴롭힌 흔적을 찾는 일, 또 하나는 독가스 발생 장치를 만들었다는 증거를 찾는 일.

"질문을 바꾸겠습니다."

가토가 테이블 위에 놓인 찻잔으로 손을 뻗었다. 차를 따를

때 준코가 손을 떨던 모습이 떠올랐다.

"일주일 전쯤, 남편이 방에서 뭔가를 하는 기척이 있지 않았습니까? 가령 뭔가를 만들었다든가……."

준코가 고개를 갸웃했다. 미간에는 여전히 주름이 잡혀 있었다.

"아까도 말씀드렸지만, 최근에 그 사람이 자주 방에 틀어박혀 있었던 건 사실이에요. 하지만 뭘 했는지는 잘 몰라요."

"부인은 남편 방에 자주 들어가십니까? 남편이 집에 없을 때 말이에요."

준코가 고개를 저었다.

"전에 들어갔다가 굉장히 혼난 적이 있어요. 손님이 맡긴 중요한 물건들도 있으니 절대 멋대로 들어가지 말라고 하더군요."

"그럼 방 안이 어떤 상태인지 전혀 모르시겠네요?"

"네, 거의 몰라요. 정말 심하게 나무랐거든요. 요 며칠 전에도 혹시 방에 들어갔었냐면서 화를 냈어요."

"조금 전에 남편 분 방을 얼핏 봤는데 좀 이상한 물건들이 놓여 있더군요. 작업대라든가 바이스, 조그만 공구류 같은 것들이요."

"취미로 금속 가공을 해요. 보석이나 장신구를 파니까 기술적인 면도 잘 알아야 한다면서요."

"금속 가공은 아주 세밀한 작업인데, 남편이 손재주가 좋은 편인가요?"

"글쎄요, 그건 잘 모르겠네요. 그저 남들만큼 하지 않을까요. 남편이 만들었다는 반지랑 브로치를 본 적이 있는데, 역시 아마추어의 솜씨로밖에 보이지 않았어요."

대답하면서도 준코는 왜 이런 질문을 하는지 의아해하는 눈치였다. '하나야'에서 발생한 사건에 관해서는 아직 그녀에게 말하지 않았다.

"가토 선배!"

젊은 형사 니시자키가 문가에 서서 그를 불렀다. 가택 수색 중인 그는 하얀 장갑을 끼고 있었다.

"잠깐 나와 보세요."

실례하겠습니다, 하고 가토가 소파에서 일어났다.

"뭐 나온 거라도 있어?"

복도로 나간 가토가 물었다.

"이거요."

니시자키가 사진 몇 장을 내밀었다.

신카이 미후유의 모습이 찍힌 사진이었다. 몰래 찍은 게 분명했다.

8

상대가 지정한 장소는 스이텐구 근처에 있는 어느 호텔의 티 라운지였다. 웨이터라기보다 갸르송이라고 부르는 편이 어울릴 것 같은 검은 복장의 사내가 세련된 동작으로 가토와 니시자키를 구석 자리로 안내했다.

메뉴를 본 가토가 자신도 모르게 벌렁, 몸을 뒤로 젖혔다.

"이것 좀 봐. 커피가 한 잔에 천 엔이나 해!"

"호텔이니까 당연하죠. 아마 리필은 무제한으로 해 줄 겁니다."

"그래? 그럼 적어도 두 잔은 더 마셔야겠군."

가토는 주위를 둘러보았다. 회사원으로 보이는 양복 차림의 남자가 많다. 가토도 양복을 입었지만, 그들이 입은 것과는 명칭만 같을 뿐 전혀 다른 옷으로 보였다. 외국인도 많다. 차분히 앉아 있을 만한 분위기는 아니다.

"왜 이런 곳을 선택했을까?"

"볼일이 있어서 이 근처에 와 있답니다. 그리고 평소에 자주 이용하는 곳이라나요."

"커피 한 잔에 천 엔이나 하는 곳에 자주 온단 말이야? 보석점 점원이 그렇게 월급이 많아?"

"잘은 모르지만, 독신 여성들은 돈이 좀 있나 봐요. 게다가 거품 경제 시절에는 사치깨나 부렸을 텐데 그 버릇이 어디 가겠어요?"

"그런 여자를 아내로 맞으면 고생 좀 하겠군."

"제 생각도 그래요. 하지만 상당히 미인이니 달려드는 남자도 많을 거예요."

"미인인 건 사실이지만, 나는 사양하겠어. 다부진가 하면 약한 모습을 보이기도 하고, 도대체 속을 알 수 없단 말이지."

"걱정 마세요. 그쪽은 가토 선배가 눈에 들어오지도 않을 테니까요."

니시자키가 얄밉게 받아치는데 커피가 나왔다. 가토에게는 향기도 색깔도 일반 찻집의 커피와는 다르게 느껴졌다. 마셔보니 실제로 맛있다.

"왔어요."

니시자키가 조그만 소리로 말하면서 로비 쪽으로 눈길을 주었다.

흰 투피스를 입은 신카이 미후유가 걸어오고 있었다. 모델처럼 자세가 바르고 걸음걸이도 아름답다. 게다가 의연한 품격마저 감돈다. 정말 평범한 보석점 점원이란 말인가 하고 가토는 새삼 감탄했다.

형사들을 알아본 그녀가 입가에 살포시 미소를 머금으며 다가왔다.

"기다리시게 해서 죄송합니다."

"아니에요, 우리도 방금 왔습니다."

검은 롱스커트를 입은 웨이트리스가 다가왔다. 미후유는 로열 밀크티를 주문했다. 망설이는 기색이 전혀 없는 걸 보니 여기서 늘 마시는 음료인가 보다고 가토는 짐작했다.

"바쁘실 텐데 죄송합니다."

가토가 앉은 채 고개를 숙였다.

"아닙니다. 지금은 그다지 바쁜 일이 없어요."

"가게는 내일부터 영업을 재개한다면서요?"

"네. 그런 일이 있었던 만큼, 이미지 회복을 위해서도 더 열심히 하려고 해요."

그녀가 가토의 눈을 똑바로 바라보았다. 자신도 모르게 빠져들 것 같은 눈이다. 가토는 커피 잔으로 손을 뻗었다.

"오늘 이렇게 시간을 내 주십사 한 이유는, 실은 아주 미묘한 문제를 확인하고 싶어서입니다. 장소를 신카이 씨에게 정하시라고 한 것도 그 때문이고요."

"무슨 일인데요?"

미후유의 눈빛이 진지해졌다.

가토는 하마나카를 체포했을 당시의 일을 떠올렸다. 그때이 여자는 몹시 겁에 질려 있었다. 그런데 오늘은 사뭇 당당

해 보인다. 겨우 며칠 사이에 충격에서 벗어난 것일까.

"며칠 전 하마나카 씨의 집을 수색해서 증거물을 여러 개 압수했어요. 그것들을 바탕으로 하마나카 씨를 심문하던 중에 뜻밖의 얘기를 들었습니다."

로열 밀크티가 나왔다. 미후유는 고맙다고 말하고 일단 한 모금 마셨다. 가토의 눈에는 털끝만큼도 동요하는 기색이 없어 보였다.

"하마나카 씨의 말이,"

미후유의 표정에서 사소한 변화 하나라도 놓치지 않도록 주의를 기울이며 그는 말을 이었다.

"그가 노린 사람은 신카이 씨 하나였대요. 게다가 일방적으로 신카이 씨를 좋아한 게 아니라 두 사람이 특별한 관계였다고 주장했습니다."

미후유의 표정에는 변화가 없었다. 아니, 무표정한 가면을 뒤집어쓴 것 같다는 표현이 더 적합할 것이다. 잠시 가토의 얼굴을 물끄러미 바라보던 그녀가 눈을 두 번 깜박거린 후 무표정한 얼굴로 말했다.

"그게 무슨 말이죠, 무슨 뜻인가요?"

"들으신 그대로입니다. 하마나카 씨는 신카이 씨가 자신의 연인이라고 했습니다."

"제가 말인가요?"

미후유가 손으로 자기 가슴께를 가리켰다.

"어떻게 그런 일이 있을 수 있죠?"

"거짓말이라는 말씀인가요?"

"당연하죠. 제가 왜 그런 말을 들어야 하는지 모르겠네요."

"저희 얘기가 아니라 하마나카 씨가 그렇게 주장하고 있습니다. 그래서 확인하려고 이렇게 나오시라고 한 겁니다."

"어처구니가 없군요. 제가 플로어 매니저랑……."

그녀가 숨을 크게 내쉬며 고개를 저었다.

"하마나카 씨가 정말 그렇게 말하던가요?"

"그렇습니다."

"믿기지 않아요."

미후유가 빠르게 눈을 깜빡이면서 입술을 깨물었다.

"저는 하마나카 씨와 아무 관계도 아닙니다. 상사와 부하 직원일 뿐이에요."

"하지만 하마나카 씨의 얘기가 상당히 구체적이에요. 신카이 씨가 그 보석점에 들어온 지 얼마 안 돼서 관계가 시작되었고, 도요초에 있는 큰 호텔인 네오타워에서 주로 만났다고 하더군요. 신카이 씨가 사는 아파트에서도 가까운 곳입니다. 그 사람 말로는 신카이 씨가 먼저 체크인을 하고 방에서 기다리고 있으면 자신이 그곳으로 갔다는데요."

"그만하세요."

미후유가 날카롭게 내뱉었다.

"그런 곳에는 간 적도 없어요."

그녀는 정말로 화가 난 것처럼 보였다. 연기라고는 여겨지지 않는다. 그러나 그녀와의 관계를 고백하던 하마나카 역시 거짓말을 하는 것 같지는 않았다. 과연 어느 쪽이 진실을 숨기고 있을까.

"만일 거짓말이라면, 하마나카 씨는 왜 그런 거짓말을 했을까요?"

"그야 모르죠. 저는 '하나야'에 들어온 지 얼마 되지도 않았고, 플로어 매니저가 어떤 사람인지도 잘 몰라요."

"하마나카 씨가 그런 식으로 접근한 적도 없었습니까? 그러니까, 그, 치근대지 않았냐는 뜻입니다."

"그런 일은……."

그 순간 미후유의 얼굴에 변화가 나타났다. 비로소 뭔가를 깨달았다는 듯한 표정이었다.

"뭔가 짐작이 가는 일이라도 있으신가요?"

"아니요, 짐작이라고 할 것까지는……."

"사소한 일이라도 좋으니 말씀해 보세요. 사건과 관계없다고 판명되면 앞으로 이런 종류의 질문은 일절 하지 않을 것이고, 불쾌하게 하는 일도 없을 겁니다. 저희는 신카이 씨의 사생활에 개입할 생각이 전혀 없습니다."

미후유는 잠시 망설이는 듯하더니 마침내 입을 열었다.

"지금의 직장으로 옮긴 직후에 두어 번 플로어 매니저와 차를 마시러 간 적이 있어요. 일이 끝난 다음에 잠깐 할 얘기가 있다고 해서."

거기까지 말하고 나서 그녀가 고개를 주억거렸다.

"아, 그렇구나. 그 찻집이 어쩌면……."

"어쩌면 뭐죠?"

"아까 그러셨죠, 도요초에 있는 호텔이라고?"

"호텔 네오타워입니다."

"거기였을지도 모르겠어요. 집까지 바래다주던 도중에 들렀는데, 호텔 이름까지는 몰랐어요."

"거기서 차를 마셨다는 겁니까?"

"네."

"차만 마셨나요?"

"그렇습니다."

미후유의 표정이 다소 누그러졌다.

"차를 마시면서 가게 방침 등에 관해 얘기를 들었어요. 그게 전부입니다."

"집요하게 여쭤봐서 죄송하지만, 그 자리에서 치근대지는 않았습니까?"

"그건,"

그녀가 고개를 갸웃했다.

"그랬을지도 모르겠네요."

"무슨 뜻입니까?"

"바에 가자고 했거든요. 조금 더 진지하게 얘기를 나누고 싶다면서요."

"그런데 신카이 씨가 거절했나요?"

"늦은 시간이었거든요. 그리고 잘 알지도 못하는 사람과 마셔 봐야 재미도 없고요."

"그렇군요."

직업이 직업인 만큼 상대가 하는 말의 진위를 파악하는 데는 자신이 있는 가토였지만, 신카이 미후유에게서는 이렇다 하게 파악되는 것이 없었다. 그녀가 진실을 말하고 있든지, 아니면 그녀의 연기력이 뛰어나든지, 둘 중 하나다.

"직장의 다른 여성 분에게도 비슷한 얘기를 들은 적이 있습니까? 그러니까 하마나카 씨가 유혹한 적이 있느냐는 뜻입니다."

글쎄요, 하며 그녀가 고개를 저었다.

"저는 들어온 지 얼마 안 되어서 아직 그런 얘기를 들어 본 적이 없어요."

"그래요."

가토가 다음 질문을 생각하고 있는데, 저, 하고 미후유가 입을 열었다.

"하마나카 씨가 왜 제 우편물을 훔쳤다고 하던가요?"

"그게 말이죠,"

말해야 할지 말아야 할지 망설여졌지만, 대답하지 않으면 이 여자도 납득하지 못할 것 같았다.

"이건 어디까지나 하마나카 씨의 말입니다만, 신카이 씨에게 다른 남자가 생긴 것 같아서 그 상대를 확인하려고 그랬답니다."

"네에?"

미후유가 미간을 찡그렸다.

"그 사람, 머리가 어떻게 되지 않았나요?"

"뭐, 정상이라고 하기는 힘들겠죠."

가토가 피식 웃었다.

"설사 그 사람 말이 사실이고, 신카이 씨와 특별한 관계였다 해도 우편물을 훔친 일은 정상이 아닙니다."

"저는 그 사람과 아무 관계도 아니에요."

그녀가 가토를 매섭게 노려보았다.

"말씀은 충분히 알겠습니다. 본부에 돌아가서 검토해 보죠. 다만, 어쩌면 또 확인할 일이 생길지도 모르니 그때는 아무쪼록 협조해 주셨으면 합니다."

"저는 거짓말하지 않았어요."

가토는 고개만 끄덕이고 말았다. 테이블에 놓인 계산서를 집으려고 하자 그녀가 재빨리 낚아챘다.

"됐습니다. 장소를 여기로 정한 사람은 저니까요."

"아니, 이러시면……."

"여기 조금 더 있고 싶어서 그래요. 이런 기분으로 나가고 싶지 않거든요."

"아, 그래요?"

가토는 머리를 긁적였다.

"그럼 염치없지만 그렇게 하죠."

호텔에서 나온 후 가토는 니시자키에게 물었다.

"어때 보여? 저 여자가 거짓말하는 것 같아?"

"뭐라 말하기 힘들어요. 다만……."

니시자키가 뒤를 돌아보고 나서 조그만 소리로 계속했다.

"기가 센 여자예요."

동감이라며 가토는 피식 웃었다.

수사본부로 돌아가기 전에 두 사람은 도요초에 있는 네오타워 호텔에 들렀다. 하얀 고층 건물로, 패밀리 레스토랑과 할인 매장 등이 줄지어 있는 거리에서는 이색적인 존재였다.

가토는 프런트 직원에게 사진 한 장을 보여 주었다. 신카이 미후유의 이력서 사진으로, '하나야'에서 빌린 것이다. 이런 여성을 본 적이 있느냐고 물어보았다.

머리를 7대 3으로 가른 프런트 직원이 옆에 있던 몇 사람에게 돌아가며 물어본 후 가토 일행이 있는 곳으로 되돌아왔다.

"아무도 본 기억이 없다는데요."

"그럼 신카이 미후유나 하마나카 요이치라는 이름의 숙박객이 있었습니까? 한자로 이렇게 쓰는데요."

가토는 두 사람의 이름을 적은 메모지를 프런트 직원에게 보였다.

"잠시만 기다리십시오."

컴퓨터 단말기를 익숙한 손놀림으로 조작하던 프런트 직원이 뭔가를 메모해 가지고 돌아왔다.

"하마나카 요이치 씨는 두 번 이용한 적이 있습니다."

"네? 언제입니까?"

"재작년이군요. 10월에 두 번요."

"재작년이라……."

"신카이 미후유라는 이름은 기록에 없습니다."

의외는 아니었다. 불륜을 저지르면서 본명을 사용하지 않는 게 오히려 보편적이다.

가토가 사진을 한 장 더 꺼냈다. 이번에는 하마나카 요이치 사진이었다.

"이 손님이라면 몇 번인가 뵌 적이 있는 것 같습니다."

사진을 보며 프런트 직원이 말했다.

"언제쯤이죠?"

"그러니까…… 올해 들어서인 것 같긴 한데."

프런트 직원이 그다지 자신 없는 목소리로 말했다.

"여자가 함께 오지는 않았나요?"

"글쎄요, 거기까지는."

프런트 직원이 난처한 듯이 고개를 저었다. 가토는 고개를 끄덕였다. 기억하기를 바라는 게 무리다.

쓰키지히가시 서로 돌아온 가토는 그 즉시 하마나카를 취조실로 불렀다. 신카이 미후유가 관계를 부인했다는 말을 듣자 하마나카는 벌떡 일어서며 고개를 세차게 저었다.

"거짓말입니다. 아무 관계가 없다니, 당치 않아요. 형사님, 믿어 주십시오."

하마나카가 애원하는 눈빛으로 말했다.

"하지만 당신이 그랬잖아, 호텔 체크인을 그녀가 했다고 말이야. 하지만 호텔에는 아무도 그녀를 기억하는 사람이 없었어."

"수많은 손님을 어떻게 다 기억하겠습니까."

"그래도 당신을 기억하던걸. 체크아웃이 당신 역할이었나? 그런 호텔에서는 프런트 수속을 남자가 맡는 경우가 압도적으로 많은데, 당신을 기억하면서 신카이 씨를 기억하지 못한다는 건 부자연스럽지."

"하지만 사실이……."

"당신 말이야, 전에도 그 호텔을 이용한 적이 있더군. 재작년 가을이던데, 누구와 갔었지?"

가토의 질문에 하마나카의 일그러졌던 표정에서 힘이 빠졌다. 허를 찔린 듯한 반응이었다.

"그 일은…… 아무 상관이 없잖아요."

"그래, 상관없지. 당신이 외도 상습범이든, 다른 여자와 불륜을 저지르든, 여직원 몇 명에게 치근댔든, 우리와는 아무 상관이 없는 일이야. 우리가 알고 싶은 것은 '하나야' 사건의 범인이 누구냐는 것뿐이야. 하지만 이런 게 발견된 이상, 이걸 쓴 사람을 찾아내려고 하는 게 당연하지 않아?"

그러면서 그가 하마나카 앞에 내민 것은 복사지 한 장이었다. 하타케야마 아키코에게 배달된 예의 협박장이다.

"이쯤에서 불지 그래. 사실 당신, 여직원 한 명 한 명에게 모두 접근했지? 신카이 씨나 하타케야마 아키코 씨도 거기에 포함됐고 말이야. 그런데 아무도 상대해 주지 않으니까 화가 치밀어서 그런 거잖아."

"아닙니다, 아니에요. 나는 그러지 않았어요. 미후유를 불러 주세요. 그녀와 얘기하게 해 주세요."

가토는 애원하는 하마나카를 내려다보았다. 그리고 지금 이 행동이 과연 연기일까, 하고 냉정하게 자문해 보았다.

9

"둘이라고?"

무카이가 미간을 찡그렸다.

"그렇게 생각하면 앞뒤가 맞습니다."

가토가 무카이의 책상 앞에서 말했다. 그러면서도 그는 아마 받아들이지 않겠지, 하고 반쯤 체념했다.

무카이가 가볍게 팔짱을 끼며 부하 직원을 올려다보았다.

"변태가 두 명이란 말이야?"

"변태인지 아닌지는 알 수 없지만, '하나야'의 여직원들의 주변을 맴돈 자가 하마나카 하나뿐은 아니라고 생각합니다. 어딘가에 한 사람이 더 있어요. 하마나카가 쫓아다닌 사람은 본인 말대로 신카이 미후유뿐이지 않을까요?"

"신카이는 하마나카와의 관계를 부정했잖아."

"그 말이 사실이라고 단정할 수는 없습니다. 직장에서의 입장도 있고 하니까요."

"하마나카가 노린 사람은 신카이뿐이고 다른 직원들에게는 아무 짓도 하지 않았다는 건가?"

"만약 하마나카가 모두에게 이상한 짓을 했다면 전적으로 부정했을 겁니다. 신카이 일만 고백하는 건 이해가 가지 않아요."

"우편물을 훔치는 장면을 들켰으니 변명의 여지가 없다고 여겼겠지."

"그 점에 대해 하마나카는 신카이에게 다른 남자가 생긴 것 같아서 상대가 누군지 알아내려고 우편물을 훔쳤다고 하더군요. 그 동기는 설득력이 있어 보입니다."

"그래서?"

"신카이에게 그 정도로 심하게 질투심을 느끼는 남자가 동시에 여러 여자에게 비슷한 마음을 품을 수 있겠습니까? 하타케야마 아키코가 받은 협박장 같은 메모는 다른 인물의 또 다른 질투심에서 비롯되었다고 생각합니다."

"그러니까 변태가 둘이라는 말이군."

무카이는 입술을 일그러뜨렸다.

"자네 말을 빌리자면 이런 얘기가 되겠군. '하나야'라는 보석점이 있고, 그 가게의 여직원에게 동시에 똑같은 마음을 품은 자가 우연히 두 명 출현했다. 게다가 그 둘은 같은 시기에 똑같이 각자의 여자에게 질투심을 느꼈다. 그래서 한 명은 우편물을 훔치고, 또 한 명은 독가스 발생 장치를 가게에 설치했다. 이봐, 가토. 이게 말이 되는 얘기야?"

"반장님은 스토커라는 말을 아세요?"

"뭐……라고?"

"스토커요. 미국에서 주목받는 말입니다. 우리말로 하자면 붙어서 떨어지지 않는 인간이라고 할까요."

"자네가 외국 사정을 잘 안다는 건 이해하겠는데, 그게 어쨌다는 거야?"

"스토커는 일종의 정신병이에요. 상대를 연모하는 마음이 지나치게 강한 나머지 상대의 일상을 전부 지배하지 않으면 성에 차지 않는 상태죠. 신카이에 대한 하마나카의 이번 행위도 거기에 해당한다고 여겨집니다. 스토커는 해마다 늘고 있어요. 일본에서도 언젠가는 문제가 될 겁니다."

"스토커가 늘고 있으니까 동시에 두 명이 나타나도 이상하지 않다는 얘기야?"

"물론 이번 경우는 모든 일이 시기적으로 지나치게 일치한다는 느낌이 없지 않습니다만……."

"지나친 생각이야. 합리주의자인 자네가 그런 식으로 치우친 대답을 내밀면 곤란해."

"하지만 우연이 아니라면요?"

"뭐야?"

"하마나카가 제1스토커라면, 제2의 인물이 하마나카의 행동을 알고서 그에 편승하는 형태로 제2의 스토커가 되는 겁니다. 수법이 비슷한 이유도 바로 그 때문이고요. 이윽고 그 인물은 하마나카에게 죄를 덮어씌울 작정으로 독가스를……."

가토가 얘기하는 도중에 무카이가 고개를 젓기 시작했다.

"방금 자네가 말했잖아, 스토커는 일종의 정신병이라고. 다시 말해서 본인의 의사와는 상관없이 발병하게 되어 있어. 자, 지금이 기회다, 그러면서 그 병에 걸리는 게 아니란 말이야."

"그러니까,"

가토가 혀로 입술을 축이고 말을 계속했다.

"제2의 스토커는 정신병이 아닌 거죠. 스토커를 연기한 겁니다."

이 말에는 무카이도 놀라는 표정을 지었다.

"무슨 이유로?"

"그건 아직 모릅니다. 하지만 반장님, 어제 과학 수사 연구소에서 보내온 보고서를 보셨습니까?"

"기술에 관한 얘기 말인가?"

가토가 고개를 끄덕였다.

"보고서에 따르면 부품 일부가 아주 고도의 기술로 연마되었다고 했잖습니까. 일류 기술자가 만든 것으로 보인다고요. 취미로 금속을 다루는 사람이 하기는 어려운 일입니다."

"그러니까 제2의 스토커가 한 짓이라는 말이야?"

무카이가 다시 고개를 저었다.

"흥미로운 얘기이긴 하지만, 공상만으로 수사할 수는 없어."

"하지만."

"자네가 해야 할 일은."

무카이가 가토의 말을 끊으며 냉정하게 말했다.

"하마나카 주변에 그런 고도의 기술을 지닌 자가 있는지 조사하는 거야. 하마나카가 혼자서 벌인 짓이라고 단정을 짓지는 않았으니까."

"스토커는 늘 단독으로 행동합니다."

"스토커 얘기는 그만해."

무카이가 손사래를 쳤다.

●

10

사쿠라기는 '하나야'가 영업을 재개한 지 닷새째 되는 날 직장에 복귀했다. 그날 그는 먼저 영업 담당 간부에게 불려 가 사건으로 피해를 입은 데 대해 사과의 말을 들은 후 그 자리에서 플로어 매니저로 발령을 받았다. 부매니저는 당분간 두지 않을 것이라고 한다. 뜻하지 않은 일이어서 놀란 탓에 그는 저도 모르게 "하마나카 씨는요?"라고 묻고 말았다. 그리고 괜한 말을 했다고 이내 후회했다.

사쿠라기의 우려대로 간부는 불쾌감과 당혹감을 얼굴에 드러냈다.

"지금 상태로 플로어 매니저 자리에 놔둘 수는 없잖아. 사실이 어땠는지는 알 수 없지만, 설사 혐의가 풀린다 해도 그를 당분간 쉬도록 하기로 했어."

대답은 그뿐이었다. 그 이상의 질문은 허락지 않겠다는 단호함을 간부는 온몸으로 뿜어냈다.

오랜만에 돌아온 직장에서 사쿠라기는 신선한 분위기를 느꼈다. 단순히 공백이 있어서만은 아닌 듯했다. 직원들이 모두 생기가 넘쳐 보였다. 그들은 사쿠라기가 플로어 매니저로 승진할 거라는 사실을 이미 알고 있었다. 삽시간에 새로운 직함으로 불리자 가슴이 두근거렸다.

불경기인 데다 그런 사건이 있었던 직후라 역시 손님의 발길이 늘었다고 보기는 어려웠지만 그렇다고 절망적으로 줄지도 않은 듯했다. '하나야'는 유서 깊은 가게다. 이 가게 물건이 아니면 안 된다고 고집하는 손님도 많았다. 괜찮아, 잘해 나갈 수 있어, 하고 그는 자신을 격려했다.

그는 평소처럼 유니폼 차림으로 가게 안을 둘러보았다. 하타케야마 아키코는 여전히 요령이 없지만, 그래도 남자 손님을 상대로 열심히 약혼반지를 권하고 있다. 신카이 미후유는 역시 빈틈이 없다. 돈깨나 있어 보이는 손님이 지나가자 자연스럽게 신상품을 보인다. 다른 점원들도 어떻게든 '하나야'의 이미지를 회복하려고 애쓰는 듯했다.

하마나카 씨, 당신이 사라진 덕분에 이 매장의 결속력이 한층 견고해진 것 같군요. 사쿠라기는 지금은 자택에 있을 전상사에게 마음속으로 보고했다.

하마나카 요이치는 현재도 근신 중이다. 하지만 범인으로 단정된 것은 아닌 듯하다. 그가 체포된 경위를 비롯해 자세한 사정을 사쿠라기는 모른다. 하마나카가 체포되었다는 소식도 요양 중에 들었다.

그러나 정확한 경위를 모르기는 다른 점원들도 마찬가지였다. 최근에 여직원들을 괴롭혔던 몇몇 사건과 이번 독가스 사건에 하마나카가 관련되었다고 경찰은 보는 듯하지만, 왜 그가 거론되는지는 전혀 알 수 없었다.

지금도 '하나야'에는 시시때때로 형사가 찾아온다. 그들의 날카로운 눈빛은 하마나카의 범행을 뒷받침할 뭔가를 찾고 있었다.

과연 하마나카가 독가스 사건의 범인일까. 그 점에 대해서 아무리 생각해 보아도 사쿠라기는 도무지 실감이 나지 않았다. 하마나카를 잘 아는 것은 아니지만, 그가 그토록 복잡한 장치를 만들었으리라고는 생각하기 어려웠다. 언제였던가, 누군가 비디오카메라를 가져왔을 때도 그만은 건드리려고 하지 않고 피하기만 했다. 신문에서 읽은 바로는 그 독가스 발생 장치가 상당히 교묘하게 만들어졌던 것 같은데. 하마나카는 금속 가공을 취미로 하니 손재주는 좋을지 몰라도 과학 지식과는 거리가 먼 듯하다.

물론 설사 하마나카가 범인이 아니라고 해도 '하나야'로서는 그냥 넘어갈 수 없는 일이다. 일단은 체포되었던 사람을 같은 자리에 그대로 놔둘 수는 없다. 증거 불충분이라는 애매한 상황이라면 더욱 그렇다. 또 만에 하나 그가 여직원들을 괴롭힌 범인이라면 여직원들에게 미칠 심리적 영향도 걱정된다. 그러니 이번 인사는 당연하다고 할 만하다.

역시 그 버릇이 제 발목을 잡았군. 여자를 조심해야겠어.

사쿠라기는 하마나카의 나쁜 버릇을 떠올렸다. 하마나카는 여자를 좋아해서, 마음에 드는 여성이 있으면 다른 플로어에 있어도 어떻게든 접촉하려고 했다. 언젠가는 문제가 생기지 않을까 염려했는데 급기야 현실이 되고 말았다.

자업자득이지, 하고 그는 생각했다. 나는 절대 그러지 말아야지, 한 직장 여성에게 손을 대는 어리석은 짓은 하지 말아야 한다.

그런 생각을 하며 매장 안을 둘러보던 그는 어느 진열장 뒤에 놓여 있는 쇼핑백을 보고 움찔하며 걸음을 멈췄다. 그때의 악몽이 되살아났다.

자극적인 냄새, 구역질, 두통, 숨 막힘……, 그런 것들이 순식간에 떠올랐다. 병원 침대에서 자다가도 그런 악몽에 몇 번이나 눈을 떴다. 그리고 그건 지금도 여전하다. 아마 당분간은 잊기 힘들 것이다. 지하철 사린 사건에서 살아남은 사람들도 분명 똑같은 심정일 것이다. 범인이 체포되더라도 피해자에게는 사건이 끝난 것이 아니다.

그는 머뭇거리며 쇼핑백으로 다가갔다. 그러나 섣불리 손을 대지는 않는다. 1미터 정도 앞에서 걸음을 멈추고 목을 길게 빼서 들여다보았다.

쇼핑백은 비어 있었다. 누군가 잊고 간 듯하다. 사쿠라기는 안심하고 다가가 손을 뻗었다. 그런데도 집어 들 때는 일말의 불안이 뇌리를 스쳤다.

물론 쇼핑백을 집어 들어도 아무 일 없었다. 그는 숨을 길게 내쉬고 쇼핑백을 얌전하게 접었다.

고엔지역에 도착했을 때는 밤 11시가 조금 지나 있었다. 늘 그러듯이 가로등 밑을 골라 걷던 아키코는 뒤에서 따라오는 발소리를 들은 순간 오싹, 소름이 끼쳤다. 설마 싶었지만 발걸음이 빨라지는 건 어쩔 수 없었다.

앞쪽에 사람 그림자가 보였다. 중년 여자의 뒷모습이다. 아키코는 도움을 청할 요량으로 그녀를 바짝 쫓아갔다. 그러자 뒤에서 따라오는 발소리도 좀 더 빨라졌다. 예전과 똑같다.

그 남자가 다시 나타난 것인가.

몇 미터만 더 가면 앞선 여자를 따라잡으려던 찰나였다.

"이봐."

뒤에서 부르는 소리가 들렸다.

아키코는 하마터면 비명을 지를 뻔했다. 그대로 달리려고
했다.

"이봐, 잠깐만."

남자가 또 부른다.

아키코는 앞서가는 중년 여자에게 도움을 청하려고 했다.
그런데 그러기 직전에 중년 여자가 뒤를 돌아보았다. 그녀는
아키코가 아니라 그녀 뒤쪽으로 눈길을 향했다.

"어머나."

중년 여자가 걸음을 멈췄다.

"이제 오는 거야?"

아키코 등 뒤에서 목소리가 들렸다. 아까 그 남자 목소리다.

아키코는 살짝 뒤를 돌아보았다. 양복 차림의 안경 낀 남자
가 빠른 걸음으로 다가왔다. 하지만 그의 눈은 아키코가 아니
라 중년 여자를 향해 있었다. 발소리도 조금 전부터 아키코가
들었던 그 소리다.

아키코는 중년 여자를 앞질러 그대로 걸었다. 부부로 보이
는 두 사람이 나란히 걷기 시작한 모양이다. 둘의 목소리가

한동안 뒤에서 들리다가 이윽고 어딘가로 사라졌다.

자신이 지레 겁먹었음을 느끼고 그녀는 혼자 쓴웃음을 지었다. 그 착실해 보이는 남자가 자신이 조금 전에 변태 취급을 당했다는 사실을 알면 얼마나 기가 막힐까.

당연히 집에 도착할 때까지 아무 일도 일어나지 않았다. 요즘 들어 내내 그랬다. 미행당하는 일도 없고, 기분 나쁜 편지나 전화를 받는 일도 없다. 쓰레기봉투나 우편물을 뒤진 흔적도 없었다. 모든 것이 평화로웠던 시절로 돌아갔다.

하마나카 요이치가 체포된 후로 그랬다. 그 후로는 이상한 일이 생기지 않았다.

그가 독가스 사건의 범인인지 아닌지는 모른다. 그러나 자신에게 이상한 짓을 한 사람은 하마나카가 틀림없다고 아키코는 확신했다. 타이밍이 너무나 절묘했기 때문이다.

다른 여직원들에게도 슬그머니 확인해 봤지만 역시 그가 체포된 뒤로는 아무 일이 없는 듯했다. 신카이 미후유도 같은 말을 했다.

그건 그렇고, 하마나카는 왜 그런 짓을 했을까. 이틀 전쯤 가토라는 형사가 또 나타나 하마나카가 유혹한 적이 있느냐는 의미의 질문을 했다. 아키코는 찬찬히 기억을 더듬어 봤지만 그럴 만한 일이 생각나지 않았고, 사실대로 대답했다. 형사는 말없이 고개를 끄덕였다.

하마나카에 관한 소문을 들은 적이 있긴 하다. 성실해 보이지만 여자를 너무 좋아한다는 것이다. 유혹에 넘어갈 뻔했던 여자도 몇 명 있는 모양이다. 그러나 아키코 자신은 그런 경험이 없었다.

아파트에 들어서자 그녀는 먼저 우편함을 들여다보았다. 신문과 광고 우편물 외에 별다른 것은 들어 있지 않았다. 그런 다음 자기 집 문 앞에 서자 이번에는 문틈에 뭔가 끼여 있지 않은지 확인했다. 언제부터인가 그런 습관이 붙고 말았다.

그러나 아무 이상이 없었다. 그녀는 후, 안도의 한숨을 내쉬고서 현관문을 열었다.

집 안의 불을 켠 뒤, 울리지 않는 전화기를 바라보며 그녀는 하마나카가 영원히 돌아오지 않기를 기도했다.

3장

1

눈을 감고 금속의 가공 면을 손가락 끝으로 더듬었다. 아주 미미하게 요철로 느껴지는 부분이 있다. 직감적으로 약 20마이크로미터라고 짐작한다. 사포로 그 부분을 가볍게 문지른다. 그리고 다시 한 번 손가락으로 더듬어 본다. 10마이크로미터쯤일까. 이제 얼마 안 남았다. 이마에 흐르는 땀을 수건으로 닦았다. 오늘도 덥다. 아마 30도가 넘을 것이다. 에어컨은 거의 소용이 없다.

다시 사포를 금속면에 대려는데 누군가 뒤에서 마사야의 어깨를 두드렸다.

"3시야. 좀 쉬지."

후쿠타가 무뚝뚝하게 말한다. 얼굴이 크고 뺨이 늘어진 느낌인 데다 귀가 커서 복의 신이라는 별명이 붙을 법도 하지만, 대체로 표정이 무뚝뚝했다. 지금도 그렇다.

"이거 마치고 가겠습니다."

후쿠타가 얼굴을 살짝 찡그린다.

"쉬는 시간이라도 제대로 어울려야지. 급한 일도 아니잖아."

"네."

사실은 지금의 손끝 감각을 잃고 싶지 않았지만, 사장 말을 거스를 수는 없다. 마사야는 사포를 내려놓고 작업대를 벗어났다.

휴게실은 공장 구석에 있다. 낡은 테이블을 둘러싸고 파이프 의자가 놓여 있었다. 나카가와와 마에무라가 앉아서 담배에 불을 붙이려는 참이었다. 마사야도 작업 바지 주머니에서 담배를 꺼냈다. 나카가와는 예순이 넘은, 키가 작은 남자로, 용접과 담금질의 선수다. 삼십 대 중반인 마에무라는 공작 기계 전반을 다룬다.

후쿠타의 아내가 보리차가 든 주전자와 컵을 들고 왔다.

"사장, 이제 어떻게 되는 거요? 오늘 그 샤프트 용접을 하기로 되어 있잖아. 물건이 아직 배달되지 않았던데."

나카가와가 물었다.

후쿠타는 벌써 보리차를 두 잔째 마시고 있었다. 관자놀이에서 땀이 줄줄 흐른다.

"그 일은 취소되었어. 말한다는 걸 깜박했군."

"뭐, 캔슬이란 말이야?"

"당분간 필요가 없다는군. 말투로 봐서는 제조가 중단될 것 같아. 그 건강 기구, 잘 안 팔리는 모양이야."

"또요?"

마에무라가 입을 비죽 내밀었다.

"아이디어 상품을 줄줄이 출시하는 건 좋지만, 히트도 좀 있어야잖아."

"이제부터는 에어건 쪽 일을 해 줘. 새 도면이 와 있으니까."

"또 에어건이에요? 잘 팔리네."

마에무라가 감탄스럽다는 듯이 말했다.

"이번에는 어떤 총이랍니까. 역시 피스톨인가요?"

"콜트라는 거야."

"아, 그거라면 저도 들어 본 적이 있어요."

"프레임 도면이 와 있어. 까다로운 부분이 좀 있지만, 아주 어렵지는 않을 거야."

"이 나이가 되어서 설마 피스톨을 만들게 될 줄은 몰랐어."

나카가와가 짧아진 담배를 빈 깡통에 던져 넣었다. 치익, 하고 소리가 난다.

"그래 봐야 장난감인데 뭘 그래, 나카가와 씨."

후쿠타가 달래듯이 말했다.

"그야 나도 알지만, 왠지 불안해서 그러지. 나쁜 일에 쓰이지 않을까 싶어서 말이야."

"지나친 생각이에요."

마에무라가 끼어들었다.

"무엇보다, 지금 그런 말을 할 때가 아니에요. 일거리가 있는 것만도 다행이라고 여겨야죠."

그 말에 후쿠타도 고개를 끄덕였다.

"만들 수 있을 때 최대한 만들어서 납품할 생각이야. 언제 제조가 금지될지 모르는 판국이니까."

"그렇게 상황이 안 좋은가요?"

마에무라가 눈을 휘둥그렇게 떴다.

"에어건 메이커 조합이 항의하고 있어. 얼마 전에는 팔지 말라고 소매점에 정식으로 신청이 들어온 모양이야."

"그래서, 소매점에서는 뭐라고 했대? 설마 하라는 대로 하지는 않겠지."

"일단은 버티고 있나 봐. 하지만 이제는 경시청도 움직이려고 한다는군. 너무 오래 버티다가 경찰을 화나게 해서는 안 되니까 때가 되면 자율적으로 규제하게 될지도 모르지."

"그때까지가 좋은 시절이로군요."

그러고서 마에무라는 보리차를 꿀꺽 마셨다.

마사야는 대화에 끼지는 않았지만 그 내용은 이해했다.

서바이벌 게임이 유행하면서 에어건의 인기가 높아졌지만, 작년께부터 에어건의 본체가 아니라 그 부품만 팔리는 일이 잦아졌다. 그 부품의 특징은 단 하나, 금속제라는 점이다.

일본 유희 총 협동조합은 '권총형 에어건 본체는 플라스틱제로 한다.'는 자율적인 기준을 만들었다. 플라스틱은 아무리 실물과 똑같아도 총검법에 걸리지 않기 때문이다.

그런데 작년에 여러 부품 메이커가 알루미늄제 부품을 만들기 시작했다. 에어건 마니아는 그런 부품을 사서 플라스틱 부품과 교체한다. 거의 모든 부품이 발매되고 있으므로 마음만 먹으면 완벽한 금속제 에어건을 만들 수도 있다. 그 완성품은 명백히 총검법에서 말하는 모조 권총이다.

이 사태에 맨 먼저 반응을 보인 당사자는 경찰이 아니라 일본 유희 총 협동조합이었다. 사건이 발생하면 모든 에어건이 문제시될 우려가 있기 때문이다. 조합은 몇몇 부품 메이커에 제조 판매 중지를 요청했다. 그러나 현재 그 지시를 따르는 메이커는 없다. 당연했다. 인기 있는 부품의 경우 만 엔 가까이 팔린 것도 있다. 부품 메이커로서는 오랜만의 히트 상품이었다.

후쿠타의 아내가 쟁반에 무언가를 담아 왔다.

"어제랑 같은 거라서 미안하네."

야윈 몸집의 그녀가 민망한 듯이 말했다.

테이블 위에 컵에 든 젤리가 놓였다. 나카가와가 먼저 손을 내밀었다. 단것을 싫어하는 마에무라는 씁쓸하게 웃었다.

"그런데 최근에 야스우라를 본 적이 있어?"

나카가와가 후쿠타에게 물었다.

"야스우라? 아니."

"요즘은 파친코에도 안 보이던데, 뭘 하고 지내는지 몰라."

"부인은 본 적 있어요."

마에무라가 테이블에 턱을 괸 채 보리차를 컵에 따랐다.

"어디서?"

후쿠타가 물었다.

"가와구치역 앞에서요. 슈퍼마켓 계산대에서 일하던데요. 가슴에 실습생이라는 명찰을 붙이고요."

"아르바이트를 하나 보군."

단숨에 젤리를 먹어 치운 나카가와가 한숨을 지었다.

"야스우라가 일을 못하니 부인이라도 나서야 했을 거야. 억척스럽기도 하지."

"하지만 가와구치는 야스우라네 집에서 상당히 멀잖아."

"일부러 멀리 있는 슈퍼마켓에 취직한 거죠. 뻔하잖아요. 아는 사람과 마주치고 싶겠어요? 그래서 저도 말을 걸려다 말았어요."

마에무라의 대답에 후쿠타와 나카가와는 수긍이 간다는 듯이 고개를 끄덕거렸다.

"야스우라 씨는 참 운도 없지. 이제 어쩔 셈일까."

후쿠타의 아내가 말을 툭 뱉었다. 그녀의 이름은 마사야도 모른다.

"글쎄요, 어떻게 할지……. 기술자가 손가락을 못 쓰는데 뭘 할 수 있겠어요."

마에무라가 얼굴을 찡그리며 짧게 자른 머리를 긁적거렸다.

"아직도 못 쓰나? 그 후로 몇 달이나 지났잖아. 병원에는 다
니나 모르겠네."

나카가와가 고개를 갸웃했다.

"지난번 만났을 때가 4월인데, 그때는 움직이지 않는 것 같
았어."

후쿠타가 자신의 오른손을 내려다보며 말했다.

"커피 잔도 왼손으로 쥐더라니까. 오른손은 전혀 사용하지
않더라고. 수술하면 희망이 있는 것처럼 얘기하더니만, 어떻
게 된 일인지……"

"멍청한 녀석. 그렇게 조심하라고 일렀건만, 지치지도 않고
놀더니 그 꼴이 되었지 뭐야. 덕분에 아내까지 일을 시키질
않나. 꼴사나운 줄도 모르고 말이야."

"그래도 그런 식으로 말하지는 마. 야스우라인들 그리될 줄
알았겠어?"

"말은 그렇게 하지만 사장도 그 녀석 때문에 피해를 봤잖아.
그때 거푸집 만드는 일이 몇 건이나 있었는데 야스우라 그 친
구가 없어서 얼마나 애를 먹었어?"

"그야 그렇지."

"사장님이 크게 애를 먹지는 않았을걸요."

마에무라가 일어서서 수건을 목에 감으며 마사야에게 힐끔 시선을 주었다.

"솜씨 좋은 대타를 금방 찾았으니까요. 오히려 그 사건에 고마워하시지 않나요?"

"이봐, 마에무라!"

"잘 먹었습니다. 저는 일하러 갑니다."

마에무라가 마사야 옆을 지나 작업장으로 향했다.

"그럼 나도 이만."

나카가와도 자리에서 일어섰다.

마사야는 얼마 피우지 않은 담배를 빈 깡통에 던졌다. 후쿠타가 엉덩이를 들면서 그의 귓가에 속삭였다.

"신경 쓸 거 없어."

"별로 신경 쓰지 않습니다."

후쿠타의 아내가 테이블을 정리하기 시작했다. 그 모습을 곁눈질하며 후쿠타가 조그만 소리로 말했다.

"할 얘기가 있어. 일 끝나고 잠깐 남아 있게."

후쿠타 공업은 센주신교 옆에 있는 소규모 공장이다. 소규모라고는 해도 전에 마사야 아버지가 경영했던 미즈하라 제작소보다는 훨씬 컸다. 경영 상태도 최근의 불황을 감안하면 그런대로 선전하고 있다고 할 수 있다. 종업원은 세 명. 사장인 후쿠타는 전에 뇌혈전으로 쓰러진 적이 있어 그 후로 어지간해서는 직접 작업에 나서지 않는다고 한다.

마사야가 이 공장에서 일하게 된 것은 2월 말부터다. 도쿄에 올라오기는 했지만 좀처럼 일자리가 구해지지 않아 초조해하던 참이었다. 아버지의 생명 보험금은 들어왔지만, 미즈하라 제작소의 채무를 처리하고 나니 생각만큼 돈이 남지 않았다. 그러나 제조업이 부진을 겪는 지금으로서는 기술이 있는 마사야도 일자리를 찾기가 쉽지 않았다. 어느 공장이나 현장 작업자를 줄이는 게 추세였다.

그러던 차에 미후유가 후쿠타 공업을 소개해 주었다. 비교적 안정된 일감이 있는 회사로 보이니까 고용할지도 모른다는 것이었다. 그녀는 그 얘기를 '하나야'에 오는 손님에게 들은 것 같았다.

그러나 후쿠타 공업을 처음 찾아갔을 때는 문전박대를 당하다시피 했다. 일손이 충분해서 기술자를 늘릴 생각이 없다고 후쿠타가 딱 잘라 말했다.

그래도 마사야는 이력서를 건넸다. 거기 기재된 자격증과 면허들을 보며 후쿠타의 눈이 점점 커지더니 마침내 그는 자리가 나면 연락하겠다고 말했다.

그리고 얼마 뒤 후쿠타에게서 전화가 왔다. 그는 마사야에게 방전 가공기를 사용해 제품을 만들어 본 적이 있느냐고 물었다. 전에 몇 번 해 본 적이 있다고 대답하자 그럼 내일 바로 공장으로 오라고 했다.

다음 날 마사야는 후쿠타 공업을 찾아갔다. 그리고 그 자리에서 일거리가 주어졌다. 정식 소개조차 없이 시작했고, 그날이 마사야에게는 입사일이었다.

무슨 일이 있었는지 마사야는 자세한 내용을 알지 못한다. 들은 얘기라고는 야스우라라는 기술자가 사고를 당해 일할 수 없게 되었다는 것뿐이었다. 그러나 최근 들어 마사야는 그 일이 단순한 사고가 아니었다는 것을 눈치채게 되었다. 사고라기보다는 사건이라는 표현이 어울릴 법한 일이 있었던 듯했다. 하지만 그 일에 관해 깊이 파고들 생각은 없었다.

5시가 되자마자 마에무라와 나카가와는 일을 정리하고 퇴근했다. 아니, 애초에 할 일이 별로 없었다. 3시에 휴식 시간이 있었는데도 4시가 지나서부터 나카가와는 계속 담배만 피웠다.

마사야가 옷을 갈아입고 휴게실에서 잡지를 읽고 있는데 후쿠타가 나타났다.

"뭐야, 벌써 옷을 갈아입었어?"

"그럼 안 되나요?"

"부탁할 일이 있어서 그래. 이거, 만들 수 있겠나?"

후쿠타가 테이블에 도면 한 장을 펼쳐 놓았다. 스테인리스

강판에 가는 고랑 같은 줄들이 비스듬히 파여 있는 것이었다. 마사야는 그 세밀한 치수에 눈이 휘둥그레졌다. 표면을 마무리하는 데도 최상급의 기술이 요구되었다. 이게 대체 무슨 부품일까. 여태 만들어 본 적 없는 것이다.

"뭡니까, 이게?"

"어, 기계 부품이야. 개인적으로 의뢰받은 일이네만."

"정밀도가 상당한데요."

"안 되겠나?"

"시간이 넉넉하면 만들 수 있을 것 같습니다만."

"그래, 자네라면 만들 수 있지 않을까 생각했어. 야근 수당을 줄 테니 지금 좀 해 줄 수 있겠나?"

"알겠습니다."

마사야가 의자에서 일어섰다. 작업복으로 갈아입을 필요도 없었다. 어차피 티셔츠에 청바지 차림이다.

밀링 선반에 강판을 얹는데 후쿠타가 다가왔다.

"실은 나카가와 씨를 정리할 생각이야."

마사야가 동작을 멈췄다.

"왜 또⋯⋯."

"그럴 만한 이유가 있어서 그래. 일전에 납품한 부품이 10퍼센트나 클레임이 걸렸어. 용접에 비틀림이 너무 많다는 거야. 용착 부분도 지저분하고. 예전에는 생각할 수도 없는 일이었는데, 나카가와 씨도 나이가 드니 눈이 나빠진 거지. 본인은 숨기고 있지만, 결과는 숨길 수 없잖아."

"그것 말고도 일이 있잖아요."

"없어."

후쿠타가 말하면서 마사야의 눈을 지그시 바라보았다.

"일이 별로 많지 않아. 대기업도 구조 조정을 하는 마당에 우리 같은 소규모 공장이 도움도 안 되는 사람을 마냥 놔둘 수야 없지. 나카가와 씨에게는 조만간 얘기할 거야. 용접 일거리가 없다고 설명할 생각이네. 다시 일이 많아지면 부르겠다고 말이지."

실제로는 그럴 생각이 없다는 뉘앙스가 사장의 말투에서 묻어났다.

"용접 일이라면 자네도 잘하잖아. 그러니 나카가와 씨는 없어도 되네."

"하지만 제가 용접을 하면 그 사실이 마에무라 씨를 통해서 나카가와 씨에게 알려질 텐데요."

"마에무라가 없을 때만 용접을 하면 되잖나. 마에무라도 앞으로는 공장에 매일 올 필요가 없을 걸세."

"시간제로 고용하겠다는 말씀인가요?"

"그야 방법은 여러 가지겠지."

후쿠타가 머리를 긁적였다.

마사야는 한숨을 내쉬었다. 여기도 마찬가지인가 싶어 절망적인 심정이었다.

●

2

도부 이세사키선을 타고 히키후네역에서 내려 아파트로 돌아가던 마사야는 중간에 단골 식당에 들렀다. '오카다'라는 이름의 가게다. 저녁때는 선술집도 겸하므로 근처 상점의 주인들과 기술자로 보이는 남자 손님들이 많이 보인다. 6인용 테이블이 많은 이유는 합석을 염두에 두었기 때문일 것이다. 마침 구석에 있는 4인용 테이블이 비어 있어 마사야는 그쪽에 앉았다. 머리 위에 매달려 있는 텔레비전에서는 야구 야간 경기가 방영되고 있었다. 그 아래 자리는 텔레비전이 보이지 않아서 인기가 없다.

유코가 물수건을 가져왔다.

"안녕하세요."

그녀가 방긋 웃으며 인사한다.

"생선구이 정식이랑 맥주."

네, 하고 짧게 대답하고 그녀는 주방으로 들어갔다.

이십 대 전반으로 보이는 유코는 늘 화장기 없는 얼굴에 청바지와 티셔츠 차림이다. 이름이 유코라는 건 다른 손님이나 그녀의 어머니가 부르는 소리를 듣고 알았다. 그녀의 어머니는 대개 안채에 들어가 있지만 홀 쪽이 붐비면 나와서 일을 거들기도 한다. 요리는 유코의 아버지가 도맡아 하는 듯했다. 과거에는 유명 요릿집에서 요리사로 일했다고 한다. 마사야는 처음 도쿄에 왔을 때 과연 이 지방 음식이 입에 맞을까 싶어 불안했는데, 이 집을 알게 되면서 그런 걱정을 덜었다.

손님 하나가 텔레비전을 보며 손뼉을 쳤다. 응원하는 구단이 득점한 모양이다. 물론 자이언츠일 것이다. 마사야는 한신 팬은 아니지만 입을 함부로 놀리지 않으려고 조심한다. 간사이 사투리를 썼다가 괜스레 트집이 잡힐까 봐서다.

미후유는 빨리 사투리를 고치라고 성화다. 간사이 사투리가 유리할 때도 있지만 불리할 때도 있으니까 그때그때 상황에 따라 구분해서 사용하면 좋겠다고 한다. 실제로 미후유는 자유자재로 표준어와 사투리를 구사한다. 굳이 밝히지 않으면 그녀가 간사이 출신이라는 사실을 아무도 모를 정도다.

"표준어 그까짓 것, 간단해. 영어나 프랑스어를 배우는 거랑은 다르다니까. 어차피 일본말이잖아. 게다가 텔레비전에서 매일 흘러나오니까 싫어도 귀에 들어오기 마련이고. 그걸 귀담아들으면 돼."

하지만 아무리 귀에 익어도 말하는 건 또 다른 문제다. 언어는 말로 해야 비로소 습득된다. 그런데 지금의 마사야에게는 대화를 나눌 기회가 없다. 원래 말을 잘하는 편도 아니었다.

유코가 음식을 가져왔다. 마사야가 젓가락을 가르는 사이에 그녀가 잔에 맥주를 따라 주었다. 마사야가 놀라서 그녀를 올려다보았다.

"한신이 올해는 어떻게 될까요?"

그녀가 그와 눈을 마주치지 않은 채 묻는다.

"글쎄."

그가 피식 웃어 보였다. 그녀는 마사야가 한신 팬이라고 믿는 모양이다. 그의 사투리를 듣고 나름대로 추측했을 것이다. 그도 굳이 부정하지 않는다.

"오늘은 주먹밥을 뭘로 하실래요?"

"아, 그렇지. 매실장아찌랑 가다랑어포 한 개씩."

"매실이랑 가다랑어포요."

그녀가 고개를 끄덕이고 물러갔다.

마사야는 전쟁이 소금구이를 먹으면서 맥주를 마셨다. 하루의 피로가 날아가는 순간이다. 아버지 공장에서 일할 때는 이렇게 행복한 시간이 거의 없었다. 공장의 경영 상태가 늘 위태위태했기 때문이다.

그러나 후쿠타 공업 또한 마음 편히 지낼 수 있는 곳은 아닌 것 같다. 후쿠타와 나눴던 대화가 떠올랐다.

뾰족한 수가 없을 것이다. 미즈하라 제작소의 말기와 똑같다고 마사야는 생각했다. 여러 명이던 종업원을 한 명 한 명 해고하고 일의 규모를 축소한다. 상황이 나쁜 쪽으로 흘러가는 악순환의 전형적인 패턴이다.

물론 후쿠타의 심정은 이해한다. 마사야도 일을 시작한 지 얼마 안 되어 이 공장에 기술자가 세 명이나 있을 필요는 없다고 생각했다. 믿고 맡길 수 있는 사람 한 명이면 충분하다. 마사야의 솜씨를 본 후쿠타도 그렇게 판단했을 것이다.

그건 그런데, 그 부품은 대체 뭘까.

마사야가 만든 부품을 보고 후쿠타는 만족스러워했다. 물건이 잘 빠졌다고 칭찬한 뒤 그는 속삭이듯이 덧붙였다.

"다른 두 사람에게는 모르는 척해. 그 친구들은 모르는 일이니까. 그리고 앞으로도 가끔 주문이 들어올 테니 잘 부탁하네."

마사야는 잠자코 고개를 끄덕였다. 수당을 준다니 불만은 없다.

식사를 마친 뒤 담배를 한 대 피우고 마사야는 자리에서 일어섰다. 계산을 치르는데 유코가 종이에 싼 주먹밥을 내민다.

"자요, 이거."

"고마워."

밤참으로 주먹밥을 사 들고 가는 일이 습관처럼 되었다.

"아 참, 그리고 이거."

유코가 조그만 종이봉투를 내밀었다.

"단것 좋아해요?"

"싫어하진 않아."

"그럼 이것도. 특별 서비스."

그녀가 콧잔등을 찡그리며 웃었다.

'오카다'를 나와 5분 정도 걸어가면 아파트가 나온다. 2층짜리 조그만 건물이다. 도쿄로 올라왔을 당시 마사야는 무직이었다. 보증인도 없었다. 그런 상황에서 살 곳을 찾기가 만만치 않았다. 만일 혼자였다면 이곳 사정에 어두운 마사야로서는 대책이 없었을 것이다.

방에 들어와 형광등을 켜는데 전화벨이 울렸다.

"여보세요, 나야."

"응."

"지금 가도 될까?"

"그래."

"그럼 앞으로 10분 후에."

그러고서 전화는 끊겼다.

10분 후라는 말은 그녀가 이 근처에서 전화를 걸었다는 뜻이다. 늘 그랬다. 그녀가 자기 집에서 전화를 한 적은 그가 기억하는 한 한 번도 없었다.

잠시 후 싸구려 초인종 소리가 났다. 마사야는 일어나서 문을 열었다. 그녀는 이 아파트 열쇠를 가지고 있지 않다. 마사야에게도 그녀가 사는 집 열쇠가 없었다.

신카이 미후유는 티셔츠 위에 청재킷 차림이었다. 하의는 청바지. 마사야네 집에 올 때는 여성스러운 옷차림을 하지 않는다. 머리도 단정하게 빗지 않는다.

"잘 지냈어?"

다리를 뻗고 앉으며 그녀가 물었다. 열흘 전쯤 만나고 처음이다.

"뭐, 그럭저럭."

"일은 어때?"

"그게, 좀 이상하게 돌아가네."

마사야는 후쿠타 공업의 상황을 미후유에게 이야기했다. 그녀가 심각한 표정을 지을 줄 알았는데, 오히려 눈을 반짝거렸다.

"그러니까 마사야의 솜씨를 인정했다는 얘기잖아? 그거 잘됐다."

"하지만 나 때문에 두 사람이 일자리를 잃게 되었는걸."

"그게 어때서? 이 세상은 약육강식, 약자가 먹히는 건 어쩔 수 없어."

마사야는 대꾸하지 않았다. 무슨 말인지는 그도 안다. 하지만 어쩐지 께름칙했다.

"마사야."

미후유가 나지막이 말했다.

"우리가 그렇게 다른 사람을 걱정할 처지는 아니야."

그는 고개를 끄덕였다. 옳은 말이라고 생각했다. 대지진이 일어났던 날, 도시로를 죽인 순간부터 자신의 인생은 달라지고 말았다.

"이게 뭐야, 케이크?"

무거워진 분위기를 풀어 보려는 듯이 밝은 목소리를 내면서 미후유가 테이블 위에 놓인 종이봉투로 손을 뻗었다.

"어머나, '하모니'의 슈크림이네! 어쩐 일이야, 마사야도 이런 걸 살 때가 있어?"

"사지 않았어. 식당 여자애가 줬어."

"식당 여자애?"

순간 미후유의 눈이 빛났다.

"아아, 그 예쁘다는?"

"예쁘다고 하진 않았어."

"그랬나? 아무튼 마사야에게 관심이 있나 보네."

"그런 거 아니야."

"숨길 필요 없어. 나쁜 짓도 아닌데, 뭐. 한 개 먹어도 돼?"

"그럼."

잘 먹을게, 하고 그녀는 슈크림을 입에 넣었다. 그리고 입술에 묻은 크림을 손가락으로 훔친 뒤 그를 보았다.

"마사야."

"응?"

"그 애랑 자고 싶으면 그래도 돼."

그녀의 말을 얼른 알아듣지 못해 마사야의 반응이 늦어졌다.

"그게 무슨 말이야, 바보같이. 내가 그럴 리 없잖아."

"자도 좋은데, 대신 조건이 있어."

미후유가 그에게 얼굴을 들이대고 그의 눈을 빤히 바라보았다.

"절대 다른 여자 몸 안에 사정하면 안 돼. 그것만 맹세해."

마사야는 눈살을 찌푸렸다. 미후유의 말이 농담이 아니라는 걸 깨달았던 것이다.

"만약 그런 일이 있으면 우리 사이는 끝이야. 모든 게 끝."

"쓸데없는 소리 하지 마. 그런 일 없을 거라고 했잖아."

그가 담배와 라이터를 집어 들었다.

미후유는 싱긋 웃고서 슈크림을 입안 가득 넣었다.

"맛있네. 역시 '하모니' 슈크림은 최고야. 마사야도 먹어."

마사야는 혀를 한 번 차고서 담배 연기를 내뿜었다.

페니스가 그녀 안에서 요동친다. 마사야는 쾌감을 좇아 온

몸의 근육을 움직였다. 솟아난 땀이 미후유의 젖가슴에 떨어진다. 머릿속이 일정한 간격을 두고 찌릿찌릿했다.

사정의 기미를 느꼈다. 오늘은 괜찮지 않을까 하고 그는 머리 한구석으로 생각했다. 다른 여자의 몸 안에는 절대 그러지 말라고 했다. 그 말은 즉, 사정할 거면 자기 몸 안에, 라는 뜻이 아닐까.

그녀가 아무 말도 하지 않으니 이대로 끝까지 가자고 마사야는 생각했다. 임신할지도 모른다. 그러나 그건 그때 가서 생각하기로 한다. 각오는 되어 있다.

쾌감이 밀려왔다. 그는 하반신을 더 강하게 움직이려고 했다.

"안 돼."

바로 그 순간 미후유의 몸이 위로 스르륵 빠져나갔다. 그녀는 재빨리 윗몸을 일으켰다.

"왜……."

"안 돼."

미후유가 마사야를 앉히더니 입술을 포갰다. 손은 그의 페니스를 잡는다. 손끝으로 요도를 쓰다듬고 음경을 문질렀다. 어디를 어떻게 자극해야 하는지 익히 아는 동작이다.

다시 쾌감의 절정이 다가왔다. 마사야는 조그맣게 신음하며 그녀가 이끄는 대로 사정에 이르렀다.

"있잖아, 좀 물어봐도 될까?"

마사야는 이부자리에 드러누워 천장을 바라보고 있었다. 오른팔을 베고 왼팔은 가볍게 구부리고 있다. 그 겨드랑이에 미후유의 머리가 놓여 있었다. 그녀는 그의 가슴에 손을 얹고 있다.

"뭔데?"

미후유가 응석기 어린 목소리를 낸다.

그는 입술을 혀로 적시고 나서 말했다.

"콘돔 끼면 어떨까?"

그 말을 듣자마자 그녀의 표정이 변했다. 얼굴을 보지 않아도 마사야는 느낄 수 있다.

"그 얘기는 전에 이미 했잖아."

"잊어버렸어. 다시 설명해 줘."

미후유가 한숨을 쉬었다. 그녀는 그의 겨드랑이에서 빠져나와 상반신을 일으켰다.

"마사야는 왜 그렇게 안에서 하고 싶은데?"

"그야 남자니까 당연하지. 기분이 제일 좋을 때 자연스럽게 사정하고 싶단 말이야. 임신이 두려워서 밖에다 하는 경우도 있지만, 사실은 아무도 그러고 싶지 않을 거야. 그래서 콘돔을 끼는 거고."

"내가 손으로 해 주잖아. 그건 기분이 좋지 않아?"

"그렇진 않지만, 역시 좋아하는 여자를 안고 사정하는 게 제일 좋아."

미후유는 조금 더 멀찍이 떨어지더니 이불로 몸을 가리고 벽에 기댔다.

"그러는 걸 좋아하는 여자도 많겠지. 하지만 나는 마사야가 그런 남자가 아니었으면 좋겠어. 본능에 몸을 맡긴 채 섹스에 지배당하지 않았으면 해. 언제든지 욕망을 조절할 수 있는 남자였으면 좋겠단 말이야."

"나는 욕망에 지배당하지 않아."

그러자 미후유가 자기 말을 못 알아듣는다는 듯이 고개를 저었다.

"안에서 사정하게 되면 그게 섹스의 목적이 되고, 마사야는 쾌감을 우선적으로 추구하게 될 거야. 그럼 보통 남자들이랑 똑같잖아. 우리는 그러면 안 돼. 섹스할 때는 상대를 지배하려고 해야 해. 자신의 쾌감은 그다음이야. 그러려면 사정을 목적으로 두지 않아야 하지. 그것밖에 방법이 없어."

"그럼 미후유에게는 섹스도 인간을 조종하는 수단이야?"

"당연하지. 내게 이익을 주지 않는 섹스 따위는 아무런 의미가 없어."

마사야는 천천히 일어나며 머리를 긁었다.

"나랑 섹스하는 데는 무슨 의미가 있어?"

"마사야랑은 서로의 애정을 확인한다는 의미가 있지. 그래도 마사야가 욕망에 무릎 꿇는 건 원치 않아. 섹스는 하더라도 사정을 추구하지 않는 남자였으면 좋겠어. 그렇게 되면 마사야는 한층 강해질 거야."

미후유가 마사야의 발을 만졌다. 그리고 그 손을 천천히 움직여 장딴지를 쓰다듬었다.

마사야는 석연치 않은 마음을 어쩌지 못한 채 곤혹스러워했다. 미후유의 그 기이한 섹스관이 어디에서 비롯되었는지 알고 싶었지만, 더 캐묻는다는 것은 위험한 진흙탕에 발을 들이는 것 같아 겁이 났다.

"아, 맞다. 그거, 다 됐어."

"정말?"

미후유의 눈이 빛났다.

마사야는 알몸인 채 일어나 조그만 책상의 서랍에 넣어 둔 물건을 꺼냈다. 그리고 그것을 손바닥에 올려놓은 후 미후유 앞에 내밀었다.

"고생 좀 했지."

그녀는 눈을 더욱 빛내며 그의 손바닥에 있는 물건을 집어 들었다.

그것은 반지였다. 그녀가 준 은으로 만든 것이다.

"정말 대단해. 역시 마사야야. 내가 원했던 것 그대로야."

"금속 가공은 고등 전문학교에 다닐 때 몇 번 해 본 게 전부여서 기초부터 다시 공부했어. 그런데도 몇 번이나 실패했지 뭐야. 운 좋게 우리 공장에 전용 기계가 있었으니 망정이지, 그러잖았으면 힘들었을 거야."

그의 얘기를 듣는지 마는지, 미후유는 반지만 뚫어져라 바라보았다. 그러다가 그 반짝이는 눈을 마사야에게로 향했다.

"보석 세 개를 정말 잘 붙였네. 어렵지 않았어?"

"그 부분이 제일 어려웠어. 시행착오도 여러 번 겪었고."

"정말 대단해. 마사야라면 할 수 있지 않을까 생각했지만, 이렇게 빨리, 게다가 이렇게 멋지게 만들어 낼 줄은 몰랐어."

그녀는 다시 반지를 들여다보았다.

"고마워, 마사야. 이제 승부를 걸어 볼 자신이 생겼어."

"안 그래도 궁금했는데 말이지, 대체 무슨 승부를 건다는 거야?"

"그건 비밀. 일이 잘 풀리면 가르쳐 줄게."

미후유가 반지에 입을 맞추었다.

마사야는 부엌으로 가서 냉장고를 열고 캔 맥주를 하나 꺼냈다. 그리고 뚜껑을 따서 넘쳐흐르는 거품을 걷어 내듯이 한 모금 마셨다.

한 달 전쯤, 미후유가 반지 도면을 보여 주면서 이걸 만들 수 있겠느냐고 물었다. 실은 상경 직후에도 금속 가공을 할 수 있느냐고 물은 적이 있었다. 그때 그는 조금 할 줄 안다고 대답했다. 실제로 경험이 있어서 그랬지만, 본격적인 일을 요구할 줄은 몰랐다.

그녀가 보여 준 반지 도면이 기발하다는 사실은 금속 가공의 기초만 아는 마사야도 충분히 짐작할 수 있었다. 가장 큰 특징은 보석의 배치였다. 세 개의 서로 다른 보석이 입체적으로 배치되어 있었다. 그렇게 디자인된 반지는 한 번도 본 적이 없었다.

캔 맥주를 든 채 그는 미후유 곁으로 돌아갔다. 그녀는 여전히 반지를 들여다보고 있었다.

"확인하고 싶은 게 하나 있어."

마사야는 맥주를 마시고 나서 말했다.

"그 승부라는 거, 위험한 일은 아니지?"

미후유가 천천히 반지에서 그에게로 시선을 돌렸다.

"무슨 뜻이지?"

"지난 4월 같은 일은 아닌가 해서."

마사야는 심각한 표정을 짓는다고 지었지만, 그녀는 아랑곳하지 않고 미소를 보였다.

"위험할 거 없어. 4월 일만 해도 그래. 마사야에게 걱정을 끼쳤나? 아니잖아. 나를 믿어."

"하지만 그건,"

"뻔한 얘기는 하지 말자, 마사야."

그의 심중을 꿰뚫어 보기라도 한 것처럼 미후유가 딱 잘라 말했다.

"둘이서 헤쳐 나가기로 약속했잖아. 주위가 온통 적이야. 우리가 살아남으려면 고상한 척할 수만은 없어."

"그건 알지만, 미후유가 걱정돼서 그래."

"나는 괜찮아. 마사야가 내 편인 한 싸울 수 있어. 그러니까 마사야."

그녀가 살짝 치켜 올라간 커다란 눈으로 그를 바라보았다.

"나를 배신하지 마."

그녀가 바라볼 때면 마사야는 온몸이 빨려들 듯한 착각에 빠진다. 눈을 깜박거리던 그가 머리를 털듯이 흔들고 나서 고개를 끄덕였다.

"나는 언제나 미후유 편이야. 절대 배신하지 않아."

"고마워. 그렇게 말해 줘서 기뻐."

미후유가 오른손으로 그의 목을 끌어안았다. 그리고 그대로 그를 끌어당겨 코 위에 키스했다.

옷을 입은 후 두 사람은 캔 맥주를 마셨다. 미후유가 이 집에서 자고 간 적은 한 번도 없었다. 오늘도 돌아가려는 모양이었다.

"그런데 내게 뭔가 볼일이 있었던 거 아니야?"

그러고서 마사야는 땅콩을 입에 던져 넣었다.

"응, 부탁할 일이 있어."

"뭔데?"

"어떤 사람에 관해 조사해 줬으면 좋겠어."

"또?"

마사야가 얼굴을 찡그렸다.

"또 미행하고 쓰레기봉투를 뒤지라고?"

"쓰레기봉투는 뒤지지 않아도 되는데, 미행은 하게 될 수도 있어."

그녀가 고개를 살짝 기울였다.

"누구를 조사해야 하는데? 또 '하나야'의 점원이야?"

"이번에는 '하나야'랑은 관계없어."

그녀는 핸드백에서 사진을 한 장 꺼내 마사야 앞에 놓았다.

남자 하나가 찍혀 있었다. 얼굴이 조그맣고 턱이 갸름한 남자다. 조그만 선글라스가 꽤 잘 어울렸다. 스키니 팬츠에 흰 셔츠를 걸친 모습이 촌스럽지 않다. 어느 가게 앞인 듯한데, 서 있는 자세도 세련되어 연예인 같은 분위기를 풍겼다.

"누군데, 이 사람?"

"이름은 아오에 신이치로."

미후유가 옆에 있는 주간지의 여백에 볼펜으로 青江一郎라고 한자를 썼다.

"미용사야."

"미용사? 아니, 남자 미용사?"

마사야는 다시 한 번 사진을 들여다보았다. 그 직업에 관해서는 지식이 전혀 없었다.

"별로 드물지도 않아. 요즘은 어느 미용실에나 남자 미용사가 있어."

"이 사람을 왜 조사하는데?"

"그야 물론 우리의 꿈을 이루기 위해서지."

"꿈을 이룬다고? 이 사람이 우리 꿈을 이뤄 준단 말이야? 고작해야 미용사 따위가?"

"마사야, 그렇게 우습게 여기면 안 돼."

미후유가 사진을 양손으로 들고 마사야를 향해 내밀었다.

"이 남자 얼굴을 자세히 봐 둬. 우리 운명을 바꿔 줄지도 모르는 남자야. 우리에게 황금 알을 낳아 줄 거위인지도 모른단 말이야."

●

3

그다음 주 후쿠타 공업에서는 내내 에어컨의 부품을 만들었다. 주조된 부품을 하나하나 꼼꼼히 마무리하는 것이 마사야의 일이었다.

　방아쇠의 부품을 줄로 다듬고 있을 때였다. 손에 그림자가
지기에 고개를 들어 보니 작업대 너머에 처음 보는 남자가 서
있었다. 그는 러닝셔츠 위에 알로하셔츠를 걸친 채 입에 이쑤
시개를 물고 있었다. 나이는 삼십 대 중반쯤일까.

　"사장은?"

　그가 거친 말투로 물었다. 공장 안쪽으로 눈길을 향한 채 마
사야 얼굴은 보지도 않았다.

　"안에 계실 겁니다."

　간사이 사투리가 억양에 섞여 있어서인지 남자는 신기한 물
건이라도 보는 듯한 눈길로 그를 바라보았다. 마사야가 피하
지 않고 마주 보자 남자의 시선이 작업대 위로 옮겨 가더니
마무리가 끝난 부품을 하나 집어 든다. 손자국이 묻으니까 맨
손으로 만지지 말라고 주의를 주려는 참에 남자가 그걸 원래
자리에 돌려놓았다.

　"그럭저럭 쓸 만하군."

　그러고서 남자는 안쪽으로 들어갔다.

　"야스우라, 어쩐 일이야!"

　드릴링 선반 뒤에서 소리가 들렸다. 마에무라다.

　응, 하고 대답하며 남자가 왼손을 들었다. 오른손은 바지 주
머니에 찔러 넣은 그대로다. 저 남자가 야스우라군, 하며 마

사야는 고개를 까딱거렸다.

마에무라가 통로에 모습을 드러냈다.

"정말 오랜만이야. 안 그래도 어떻게 지내나 하고 다들 궁금해하던 참이야. 잘 지냈지?"

"그런대로. 자네는 어때?"

"여전히 장난감이나 만들고 있지, 뭐."

"그래도 일감은 있는 모양이군."

"글쎄, 그렇다고 해야 할지……."

마에무라가 목에 걸려 있던 수건으로 얼굴을 닦았다.

"오늘은 무슨 일로 왔나?"

"아아, 뭐, 인사나 할까 하고. 그런데 나카가와 씨가 안 보이네. 또 그놈의 요통인가?"

"으응, 그게 말이야……."

마에무라의 목소리가 작아지는 바람에 마사야의 귀에는 들리지 않게 되었다. 그러나 무슨 얘기를 할지는 짐작이 갔다.

주말에 후쿠타가 나카가와에게 해고를 통보한 듯했다. 월요일부터 나카가와가 나오지 않았다. 이상하다고 여긴 마에무라가 후쿠타에게 가더니 사정을 듣고는 목청을 높여 항의하는 소리를 마사야도 들었다. 사람을 그 나이에 자르다니, 너무한 거 아닙니까. 나카가와 씨는 이제 어떡하라고요. 지금까지 뼈가 빠지도록 부려 먹고 그렇게 박정하게 굴 수 있는 겁니까……. 어지간히 화가 났는지, 오후가 되자 마에무라는 퇴근해 버렸다. 하지만 아이러니하게도 그가 조퇴하는 바람에 마사야 하나로도 공장이 충분히 돌아간다는 사실만 확인되고 말았다. 마에무라는 아직 그런 사실을 모른다. 내일은 자신이 그런 처지가 될 수도 있다는 위기감도 아직은 느끼지 못할 것이다.

"너무하네. 용접할 사람이 없으면 일에도 지장이 생길 텐데."

야스우라가 말했다.

"요즘은 용접 일이 아예 없어. 그러니까 사장도 결단을 내렸겠지."

"흐음."

야스우라가 뭔가를 생각하는 듯했다.

"사장, 안에 있어?"

"있을 거야. 보나 마나 장부랑 씨름하고 있겠지."

"그럼 잠깐 인사나 하고 올게."

야스우라가 사무실 겸 안채로 들어갔다.

잠시 후 3시가 되자 공장 사람들은 휴식에 들어갔다. 마사야가 휴게실에 가 보니 마에무라 혼자서 담배를 피우고 있었다. 마사야가 들어온 지도 몇 달이 지났는데 마에무라는 좀처럼 먼저 말을 거는 법이 없었다. 마사야도 굳이 이야기를 나눌 마음은 없다. 거북한 휴식 시간이 되겠다고 생각하는 참에 후쿠타의 아내가 평소처럼 보리차가 들어 있는 주전자와 컵, 그리고 스낵을 쟁반에 담아 들고 왔다. 나카가와가 없으니 단 것은 빠졌다.

"야스우라랑 사장님이 무슨 얘기를 나누고 있습니까?"

마에무라가 물었다.

글쎄, 하고 후쿠타의 아내는 고개를 갸웃했다. 대화의 내용을 모를 리 없지만, 입 밖에 낼 얘기가 아니라고 여기는 듯했다.

이윽고 후쿠타와 야스우라가 안에서 나왔다.

"제발 부탁해요. 일단 한번 봐 줘요. 이제 괜찮단 말이에요."

야스우라가 뭔가를 물고 늘어지는 형국이었다. 후쿠타는 난처한 얼굴이다.

"아무리 떼를 써도 우리는 그럴 여유가 없어. 섭섭하게 생각하지 말게."

"내가 없으면 곤란할 텐데요. 여기 기계들은 제각각 성질이 달라서 내가 아니면 제대로 다루지 못해요."

"그 말을 몇 년이나 믿었지만, 이제는 그게 다 헛소리였다는 걸 알아. 자, 그만 단념하고 돌아가게. 여기서 시간 낭비하느니 다른 데 가서 알아보는 게 나을 걸세. 부인이 슈퍼마켓에서 일한다면서? 자네가 빨리 다음 일자리를 찾아야지."

"그래서 이렇게······."

"글쎄 그건 안 된다니까. 미안하네."

후쿠타가 야스우라에게서 등을 돌리고 파이프 의자에 걸터 앉았다.

후쿠타의 등그런 등을 한참 노려보던 야스우라가 옆에 있던 양동이를 걷어찼다.

"알겠습니다. 이렇게 냉정한 양반인 줄 몰랐네요."

내뱉듯이 말하고 야스우라는 공장을 나갔다.

마에무라가 후쿠타를 보며 "다시 써 달라는 겁니까?"라고 물었다.

"응. 오른손이 이제는 멀쩡하다는 거야. 보니까 아직 안 되겠던데 말이지. 물론 다 낫는다 해도 그 녀석을 쓸 여유는 없어."

콰당, 소리를 내며 마에무라가 벌떡 일어섰다. 그리고 아무 말도 없이 뛰쳐나갔다. 야스우라를 뒤쫓아가는 듯했다.

후쿠타가 한숨을 내쉬었다.

"저 친구도 제 걱정이나 할 것이지……. 앞으로도 계속 지금처럼 일거리가 있을 거라고 생각하면 큰 착각이야."

"여보……."

"괜찮아. 이 친구한테는 다 얘기했어."

그리고 후쿠타는 보리차를 마셨다.

"야스우라 씨가 손을 못 쓰나요?"

"전혀 못 쓰는 건 아니지만 일하기는 무리야. 숨겨도 나는 보면 알지."

어머나 불쌍해라, 하고 후쿠타의 아내가 중얼거렸다.

"찔린 거야."

후쿠타가 말했다.

네? 하고 마사야는 되물었다. 말의 의미를 알 수 없었다.

"여자에게 찔렸다고, 여기를."

후쿠타가 오른 손등을 가리켰다.

"사고를 당했다고 들었는데요."

"체면도 있고 하니까. 실은 그렇게 된 거야."

"어쩌다 그런……,"

"자업자득이지."

흥, 하고 후쿠타는 콧방귀를 뀌었다.

"이케부쿠로에서 여자를 샀던 모양이야. 그래서 호텔에 갔다는데, 그다음은 뻔하지, 뭐. 자기도 모르게 수면제를 먹는 바람에 잠이 든 거야. 지갑만 가져갔으면 좋았을 텐데 여자가 나이프로 손등을 찍었어. 신경까지 다쳐서 저 꼴이지 뭔가."

마사야는 자신의 손등을 쓱쓱 문질렀다.

"경찰에 신고는 했답니까?"

"물론 했지. 그런데 비슷한 사건이 많다 보니 제대로 조사해 주지도 않는 모양이야. 경찰들도 여자 좋아하다 꼴사납게 됐다고 속으로 생각할지 모르지."

"그럼 범인도 안 잡혔겠네요?"

"잡힐 리 있겠어?"

후쿠타가 스낵으로 손을 뻗었다.

일과를 마친 마사야는 저녁을 먹은 후 시부야로 나갔다. 최근 들어 도쿄 지리에도 꽤 익숙해졌지만, 그래도 아직은 가끔가다 길을 헤매곤 한다. 특히 시부야는 길이 복잡한데, 그래도 미후유의 부탁을 들어주지 않을 수 없다.

늘 그렇듯 미야마스자카 거리에 있는 카페로 들어갔다. 요즘 날마다 이곳을 드나든다.

창가 테이블이 비어 있어 그곳에 자리를 잡고 커피를 주문한 후 담배와 라이터를 꺼내 놓았다.

길 건너에 있는 새로 지은 빌딩 2층에 '부쉬'라는 미용실이 있다. 전면이 유리로 되어 있어 밑에서 올려다보면 흰 천장이 보인다.

마사야는 시계를 보았다. 8시 5분 전이다. '부쉬'의 영업시간은 저녁 8시까지다. 그러나 그때까지 손님이 남아 있는 경우가 많아 폐점하는 시각은 대체로 8시 반쯤이다. 그리고 직원들이 나오는 시각은 그로부터 15분 정도가 지나서다. 따라서 목적한 상대가 나오려면 50분을 기다려야 한다는 계산이 나온다. 그렇다고 그 시간에 맞춰 늦게 올 수도 없다. 8시 정각에 문을 닫는 경우도 있기 때문이다.

그는 셔츠 주머니에서 사진을 꺼냈다. 더는 필요가 없을 정도로 얼굴을 익혀 두었지만.

아오에 신이치로. 이 남자가 왜 황금 알을 낳는 거위인지 마사야는 전혀 모른다. 물어봤지만 미후유는 "두고 보면 알아."라고 대답할 뿐이었다. 그리고 "마사야 하기에 달렸어."라는 말도 덧붙였다.

어제까지의 조사로 아오에가 도고시긴자 근처에 산다는 사실은 알아냈다. 5층짜리 원룸 아파트다. 자가용은 없다. 단골 술집은 아직 알아내지 못했고, 아파트 옆 편의점에서 패션 잡지를 자주 산다. 편의점 도시락도 자주 사는 걸 보면 밥을 스스로 지어 먹는 일은 거의 없는 것 같다.

마사야는 커피를 마시면서 담배를 피웠다. 커피를 다 마시자 잠시 후 밀크티를 주문했다. 9시가 되어 가고 있다. '부쉬'는 아직도 불이 밝혀져 있다. 이렇게 늦게 끝난 적은 지금까지 한 번도 없었다. 미후유 말에 따르면 큰 미용실에서는 정기적으로 스터디 같은 것을 한다고 한다. 머리 감기는 일만 하는 신입 종업원도 그런 스터디에서 실력을 연마한다고 한다. 오늘이 바로 그날이라면 장기전이 될지도 모른다는 생각에 마사야는 우울해졌다.

9시를 지나서 시계의 긴바늘이 3분의 1쯤 더 움직였다. 밀크티가 완전히 식었을 무렵, '부쉬'의 문이 열리더니 종업원으로 보이는 젊은이들이 나왔다. 그중에 아오에 신이치로가 있는 것을 발견하고 마사야는 자리에서 일어섰다.

평소 같으면 아오에는 시부야역을 향해 걸을 것이다. 그런데 오늘은 손을 흔들면서 신입 종업원과 헤어진 후에도 그 자리에 남아 있었다.

마사야는 계산을 치르고 카페를 나왔다. 아오에가 택시를 잡아타지 않을까 싶어서다. 이 거리는 혼잡해서 차들이 느리게 움직이지만, 아오야마 거리로 나서면 방향에 따라서는 단숨에 달려 나갈 우려도 있다. 미행하려면 1초도 지체할 수 없다.

아오에가 눈치채지 못하도록 주의하며 길을 건넜을 때 건물에서 젊은 여자가 나왔다. 청바지에 흰 티셔츠 차림이고, 숏 커트한 갈색 머리에 모자를 썼다.

여자가 아오에에게 다가갔다. 둘은 자연스러운 표정으로 나란히 걸음을 내디뎠다. 시부야역 방향이다.

여자의 사진을 찍고 싶은데, 하고 마사야는 생각했다. 단순한 직장 동료는 아니라고 직감했다.

"맞아, 사진을 찍었으면 좋았을걸. 그래도 이름을 알았으니까 '부쉬'에 가면 언제든지 볼 수 있겠네."

마사야 얘기를 듣고 미후유가 고개를 끄덕이면서 말했다.

"주소도 알아냈어."

그가 메모를 손으로 짚었다. 神泉町라고 쓰여 있었다.

"신센초…… 아니, 가미이즈미라고 읽나?"

"신센초가 맞아. 그런데 아오에가 이 여자 집에서 묵었단 말이지?"

"11시 반까지 기다렸는데도 나오지 않았으니까 아마 그랬을 거야."

여자의 이름은 이즈카 치에다. 성은 문패를 보고 알았지만 이름은 며칠 후 다시 아파트를 찾아가 우편물을 뒤지고서야 알았다. 전에는 남의 우편물을 뒤지는 데 거부감을 느꼈지만 이제는 그것도 익숙해졌다.

"아오에가 치에의 집에 간 날은 일주일 중 수요일뿐이었어. 스터디로 늦어진 김에 묵는 거 아닐까?"

"동거하는 것 같지는 않지?"

"지금 상태에서는 힘들 거야. 양쪽 다 조그만 원룸에서 사니까 같이 살려면 이사해야 할 거야."

"사귄 지는 얼마나 되었을까?"

"최근 들어 사귄 분위기는 아니었어."

"그래?"

미후유는 그 말을 듣고 생각에 잠겼다.

"있잖아, 그 녀석을 조사해서 대체 어쩔 셈이야? 열흘 가까이 지켜봤지만 딱히 이렇다 할 것도 없는 남자던데. 그런 미용사가 황금 알을 낳는 거위라니……."

그러자 미후유가 마사야의 얼굴을 물끄러미 바라보았다.

"마사야, 머리가 많이 길었네. 이쯤에서 자르는 게 좋지 않을까?"

"설마 나더러 '부쉬'에 가라는 건 아니지?"

"어때서 그래. 어차피 어디서든 자를 건데."

"안 돼. 미용실에는 가 본 적도 없어."

"창피해서 그래?"

"당연하지."

"그렇구나. 하지만 말이야, 그 당연한 일이 당연하지 않게 되는 날이 올지도 몰라."

"무슨 뜻이지?"

"앞으로는 남자도 당연한 것처럼 미용실을 드나들게 될 거야. 어린아이뿐 아니라 마사야 같은 어른들도."

"설마."

"경기가 나빠져도 사람들이 자신을 가꾸는 일에는 돈을 아끼지 않아. 아니, 오히려 자신을 가꾸는 일에만 돈을 쓰게 될 거야. 그리고 그중에서도 헤어스타일을 다듬는 건 가장 간단한 일이야."

"그래서 미용실이 유행한단 말이야? 그게 그리 쉬울까?"

"두고 봐. 내 직감은 빗나간 적이 없으니까."

그리고 미후유는 빙그레 웃었다.

●

4

신카이 미후유가 미용실에 들어섰을 때 아오에 신이치로는 손님의 머리를 자르고 있었다. 거울에 비친 그녀가 그와 눈이 마주치자 싱긋 웃으며 고개를 숙였다. 아오에도 거울을 향해 살짝 고개를 숙였다. 그녀는 오늘 하얀 투피스 차림이다. 보나 마나 샤넬이겠지, 하고 아오에는 생각했다. 그녀는 늘 그랬다.

오늘 그녀가 올 줄은 알고 있었다. 예약표에 이름이 있었기 때문이다. 커트만, 이라고 적혀 있었다. 지난번 커트는 두 주일 전. 그녀는 요즘 한 달에 한두 번은 찾아온다. 그리고 늘 아오에를 지명한다.

앞 손님의 세팅이 끝나 갈 무렵 조수가 다가와 미후유의 머리를 다 감겼다고 알렸다. 아오에는 말없이 고개를 끄덕였다.

미후유는 거울 앞에서 잡지를 읽고 있었다. 아오에가 뒤에서 다가가자 기척을 느꼈는지 얼굴을 들었다. 다시 거울 속에서 눈이 마주쳤다.

"안녕하세요."

"여전히 바쁘시네요."

"덕분에요."

아오에는 그녀의 젖은 머리를 두 손으로 힘 있게 헤쳤다.

"오늘은 커트만 하신다고요?"

"네, 늘 하던 대로요."

알겠습니다, 하고 작은 소리로 대답하고 아오에는 가위를 들었다.

밤색이 감도는 미후유의 머리카락은 가늘지만 한 올 한 올이 탄력 있고 매끄럽다. 아오에는 대담한 머리 스타일을 시도해 보고 싶지만 참고 있다. 미후유의 어른스러운 분위기와 어울리지 않아서다.

"오늘, 괜찮죠?"

앞머리를 가르는데 미후유가 물었다. 아오에가 순간 가위질을 멈추고 주저하자, 살짝 치켜 올라간 커다란 눈으로 그를 올려다본다.

"괜찮죠?"

"네에……."

"그럼 9시에, 지난번 거기서."

네, 하고 그는 대답했다. 그리고 지금 나눈 대화를 치에가 듣지는 않았는지 재빨리 확인했다. 다행히 치에는 다른 손님 머리를 세팅하느라 여념이 없었다.

기록을 보니 신카이 미후유가 '부쉬'에 다니게 된 것은 올 3월부터다. 처음부터 아오에를 지명했다. 소개자 칸이 비어 있어 그녀가 자신을 어떻게 알았는지, 또 왜 자신을 선택했는지 그때는 아오에도 몰랐다. 구태여 물어본 적도 없다.

그 후로 한 달에 한 번은 왔고, 차츰 그 간격이 짧아졌다. 미후유는 미용실 내에서도 다소 화제가 되었다. 틀림없이 모델이나 연예인, 아니면 최고급 클럽의 호스티스일 것이라고 젊은 여자 종업원들이 수군거렸다. 저런 미인이 평범하게 살 것 같지 않다는 것이었다. 그럴지도 모르지, 하고 아오에도 생각했다.

무슨 일을 하십니까, 라고 물어본 적은 있다. 미후유의 대답은 "평범한 일이에요."였다. 손님이 확실하게 대답하지 않으면 깊이 파고들지 않는 것이 철칙이다.

"일 끝나고 잠깐 시간을 낼 수 있어요?"

미후유가 그렇게 물은 것은 지난번 왔을 때였다. 한창 머리를 손질하는 중이었다.

아오에는 약간 놀라서 거울 속의 그녀를 보았다. 그녀가 쿡, 웃었다.

"안심해요. 데이트하자는 거 아니니까. 의논할 일이 있어서 그래요."

"제게, 말입니까?"

그래요, 하고 거울 속의 그녀가 눈을 살짝 치켜뜨며 그를 봤다. 그 순간 가슴이 쿵 내려앉았다. 요염하다는 말은 이런 모습을 두고 하는 말이구나, 하고 아오에는 생각했다.

미용실에서 2, 3분쯤 걸어가면 있는 카페에서 만나기로 했다. 그녀는 안쪽 테이블에서 기다리고 있었다. 아오에는 자세를 바로잡고 다가갔다. 의논할 일이 있다고 했지만, 어차피 대수롭지 않은 일일 거라고 단정했다. 결국 단둘이 만나고 싶다는 얘기겠지. 이런 식으로 손님이 유혹해 오는 적이 드물게 있다. 지금까지는 한 번도 응하지 않았다. 귀찮은 일이 생기면 가게에 폐가 되고, 치에가 알면 더욱 골치 아프다.

그러나 상대가 신카이 미후유라면 얘기가 다르다. 이 수수께끼에 싸인 미녀의 정체를 알고 싶다는 욕구를 느꼈다. 물론 남자로서의 욕망도 가슴속에 잠재되어 있다.

그런데 음료를 주문한 후 미후유가 꺼낸 얘기는 상상 밖의 것이었다.

"가게를요? 제가…… 말입니까?"

"당신 혼자가 아니라 당신과 내가."

그녀가 입술에 미소를 머금고 말했다. 당황하는 아오에의 모습을 즐기는 듯했다.

"지금 농담하는 거죠?"

"무슨 소리. 설마 농담이나 하자고 불러냈겠어?"

그녀는 다양한 조사를 통해 그를 알게 되었다고 했다. 예를 들어 길거리에서 헤어스타일이 멋진 여성을 발견하면 말을 걸어 어느 미용실에서 누구에게 머리를 했느냐고 물었다는 것이다. 그런 식으로 골라낸 몇몇 미용실에 직접 찾아가 본 끝에 선택한 사람이 아오에라고 한다.

"몇 가지 조건이 있었어. 우선 독창성이 있을 것. 나이가 젊을 것. 자기 가게를 운영하지 않아야 하고, 무엇보다 아우라가 있어야 한다."

"아우라?"

"그래. 앞으로는 그저 솜씨만 좋아서는 살아남을 수 없어. 손님의 마음을 사로잡는 뭔가가 있어야 하지. 극단적으로 말하자면 손님을 얼마나 맹신하게 만드느냐가 승부의 갈림길이란 말이야. 그 미용사에게 맡기면 머리 모양을 보기 좋게 만들어 줄 것이다, 이제는 그런 시대가 아니야. 그 미용사가 손을 댄 머리라서 멋지다, 그렇게 되어야지. 말하자면 미용사자체가 브랜드가 되는 거야. 나는 당신에게 그럴 만한 아우라가 있다고 확신했어."

열변을 토하는 미후유의 기세에 아오에는 압도되고 말았다. 미용계의 앞날을 거기까지 생각해 본 적이 없었고, 자신을 특별한 존재라고 여긴 적도 없었다.

여우에게 홀린 듯한 기분이었다. 놀리는 게 아닐까 하는 의문을 떨치기 힘들었다.

그녀의 얘기가 계속되었다. 단지 일을 잘하는 것만으로는 미용실이 살아남을 수 없다. 기술자와 경영자와 프로듀서의 자질이 요구된다.

"요컨대,"

미후유는 한 호흡 쉬었다가 말을 이었다.

"돈은 내가 준비할 거야. 어떤 콘셉트로 미용실을 꾸밀 건지는 둘이 의논해서 결정하기로 해. 그런 다음 그 콘셉트에 따라 당신은 머리를 손질해. 나는 어떻게 하면 미용실을 발전시킬 수 있을지 연구하고 돈 계산도 할 거야. 둘이 힘을 합하면 분명 잘될 거야."

"잠깐만요. 느닷없이 그런 말을 하면⋯⋯. 나는 당신에 대해서 아무것도 몰라요. '부쉬'에 오는 여러 손님 중 한 사람일 뿐이죠."

그녀가 난감하다는 듯이 미간을 찡그리고 두 손으로 자신의 가슴을 눌렀다.

"그걸로 충분하지 않아? 뭘 더 알아야 하지?"

"가령 무슨 일을 하는 사람이라든지요. 또 미용업계와 관련이 있는지, 어디에 사는지⋯⋯ 나는 아무것도 모르잖아요."

"그걸 알면 되겠어? 그럼 대답해 줄게. 지금은 긴자에 있는 '하나야'라는 보석점에서 일해. 미용업계에는 이제부터 관여할 계획이고, 사는 곳은 고토구. 이제 됐어?"

'하나야'라는 이름에 아오에의 경계심이 조금은 느슨해졌다. 그러나 마음을 열 정도로 힘이 있지는 않았다.

"우리 미용실을 자주 찾으시는 건 압니다. 하지만 당신을 믿을 만한 근거가 없어요."

그의 말에 미후유가 웃음을 터뜨렸다.

"그래서 어쨌다는 건데? 내가 당신을 속이기라도 한다는 말이야?"

"그런 건 아니지만……."

"그럼 하나 물어볼게. 내가 터무니없는 사기꾼이라 치고, 당신한테 이런 제안을 해서 내게 무슨 이익이 있지? 다시 말하지만, 돈은 내가 낼 거야. 당신은 한 푼도 낼 필요가 없어. 연대보증을 서라고 하지도 않을 거야. 즉 내 얘기가 거짓이라 해도 당신에게는 아무 피해가 없단 말이야. 안 그래?"

아오에는 받아칠 말이 없었다. 그녀의 말이 옳다. 위험 부담은 전적으로 그녀의 몫이다. 경영에 실패할 경우 아오에는 고개를 숙이고 원래 있던 미용실로 돌아가면 그만이지만, 사라진 돈은 돌아오지 않는다.

"자금이 정말 당신 돈인가요?"

아오에는 말을 조금 돌려서 물었다.

그 질문의 의도를 눈치챘는지 신카이 미후유의 입가에 미묘한 미소가 떠올랐다.

"돈에 불순한 조건이라도 붙어 있을까 봐 걱정하는 거야? 뭐, 그럴 만도 하지."

"'하나야'가 일류 보석점이기는 하지만,"

"그 월급만으로 그만한 자금을 모으기는 힘들다, 그런 말을 하고 싶은 거지? 맞는 말이야. 하지만 내 돈은 의심할 여지가 없이 깨끗한 돈이야. 슬픈 사연이 있긴 하지만."

"슬픈 사연이라니?"

"생명 보험금이거든, 우리 부모님의."

그리고 미후유는 덧붙였다.

"부모님이 한신 아와지 대지진 때 돌아가셨어."

아오에는 조금 전과는 다른 이유로 할 말을 잃었다.

지진 피해로는 일반적으로 지급되기 어려운 생명 보험금이 한신 아와지 대지진 때는 예외적으로 적용되었다는 얘기를 아오에도 들은 적이 있었다. 미후유도 그 덕에 거금을 손에 쥐었지만, 아직 사용처를 정하지 못했다는 것이다.

"몇천만 엔이 있다 해도 조금 사치를 부리다 보면 금방 바닥 날 게 뻔하거든. 나는 형태가 있는 뭔가로 남기고 싶었어. 그것이 내 미래를 지탱해 주는 일이라면 더욱 좋겠지. 그래서 결심한 거야, 독립해서 혼자 사업을 시작해 보겠다고."

"그래서 미용실을 경영하겠다는 건가요? 왜 하필이면……."

"설명하기는 어렵지만, 굳이 말한다면 번뜩 스치는 게 있었달까."

그녀가 자신의 머리를 가리키며 말했다.

"그것 때문에 큰돈을 잃을 수도 있는데도요?"

"그 또한 어쩔 수 없지. 하지만 3년 후에 당신은 틀림없이 내게 고마워할 거야."

그녀는 자신만만했다.

이 얘기는 치에에게 곧바로 전했다. 이즈카 치에와 사귄 지 2년 반이다. 언젠가는 둘이서 미용실을 차리자고 몇 번이나 다짐해 왔다. 하지만 구체적으로 어떻게 하자는 얘기를 나눈 적은 없다. 아오에는 올해 스물아홉, 치에는 스물셋. 결혼이라는 말은 아직 어느 쪽도 꺼내지 않았다. 아오에는 미용실을 차린 다음에, 라고 생각하고 있고 치에 또한 그럴 것이다.

"그게 뭐야, 수상하잖아."

얘기를 듣고 난 치에의 첫마디는 그랬다.

"어째 좀 위험해 보이네. 거절하는 게 나을 것 같아."

"하지만 신카이 씨는 치에도 알잖아. 나쁜 사람처럼 보이지는 않아. 치에도 전에 저렇게 멋진 여자가 되고 싶다고 말했잖아."

"그건 그런데, 아무래도 제안이 너무 달콤하게 들려. 자기는 한 푼도 낼 필요가 없다는 말도 그렇고."

"그렇게 달콤하지만도 않아. 공동 경영이라는 건 모든 걸 반

반씩 한다는 뜻이잖아. 그런데 실제로 일하는 사람은 나뿐이야. 저쪽은 주판알만 튕길 뿐이고."

"그럼 자기는 손해네?"

"그런가……."

아오에는 고개를 갸웃거렸다.

지금의 미용실에서 일한 지 꼭 10년째다. 조만간 독립해야겠다고 마음먹고 있었다. 내 가게를 차린다면 이렇게 저렇게 하겠다고 작정한 바도 있었다. 그게 실현된다면 반드시 성공할 거라고 자신하고 있었다.

다만 한 가지, 자금이 부족했다. 물론 타협한다면 어떻게든 마련할 방법은 있었다. 쉬운 얘기로, 임대료가 싼 데다 미용실을 열면 된다. 그러나 임대료가 싸다는 건 그만큼 도심에서 멀다는 뜻이다. 패션 정보에서 소외된 지역에서는 자신의 솜씨를 충분히 발휘하기 어려울 것 같았다. 일의 보람을 느낄 수 있을까도 의문이다.

신카이 미후유는 아오야마 근처에 미용실을 내고 싶다고 했다. 그게 사실이라면 더 바랄 것이 없다. 지금 근무하는 미용실은 시부야에 있으니까 사업 영역을 침범할 우려도 없어 의리를 지킬 수 있다.

"응하지 않는 게 좋겠어."

치에가 그의 속마음을 꿰뚫어 보기라도 한 것처럼 말했다.

"가게는 역시 열심히 돈을 모아서 우리 힘으로 내는 게 좋을 것 같아. 가와무라 선생님도 그렇게 말씀하셨잖아."

가와무라 선생님이란 '부쉬'의 사장 겸 대표 미용사다.

"선생님이야 그렇게 말씀하시겠지. 내가 나가면 곤란하니까. 하지만 지금 받는 월급으로는 언제 그 돈이 모일지 알 수 없잖아."

"그럼 자기는 그 제안을 받아들이고 싶다는 거야?"

치에가 비난의 눈빛으로 아오에를 바라보았다.

"꼭 그런 뜻은 아니야. 여러모로 생각해 봐야 한다는 거지."

"그러지 말고 거절해."

치에가 불안한 듯이 말했다.

"왠지 불길한 예감이 들어. 물론 신카이 씨는 멋진 사람이라고 생각해. 하지만 그건 어디까지나 겉모습을 말할 뿐 그 속은 두려워."

"두렵다고?"

"응, 자기를 이상한 곳으로 끌고 갈 것 같아."

"이상한 곳이라니? 러브호텔 같은 데 말이야?"

결국은 질투인가, 하고 아오에는 히죽거리며 연인을 보았다. 그러나 그녀는 웃음기 없는 눈으로 그를 노려봤다.

"거절해, 제발."

"흠…… 그래. 조금 더 생각해 볼게."

아오에의 대답이 치에는 불만스러운 듯했다. 그러나 그로서는 그녀가 반대하면 반대할수록 눈앞의 기회가 크게 느껴졌다.

약속 장소는 지난번 그 카페였다. 신카이 미후유는 칭가 자리에서 로열 밀크티를 마시고 있었다. 높은 스툴에 앉아서인지 미니스커트 아래로 곧게 뻗은 다리가 유난히 길어 보였다. 그 긴 다리를 그녀는 가볍게 꼰 채 앉아 있었다.

아오에는 맞은편 자리에 앉으며 콜라를 주문했다. 일을 마치고 나면 늘 목이 몹시 마르다.

"수고했어."

미후유가 미소를 지어 보였다. 그 어떤 경계심도 허물어 버리게 만드는 미소다. 치에는 이런 점이 두려운지도 모른다.

"지난번 얘기 말인데요."

그가 거기까지 말했을 때 미후유가 그를 제지하듯 손바닥을 펼쳐서 내밀었다.

"서두를 필요 없어. 빨리 결정하라고 다그칠 생각은 아니니까."

"하지만,"

"오늘은 지난번과 반대야."

그녀가 장난기 가득한 얼굴로 어깨를 으쓱했다.

"지난번에는 내가 그랬지? 데이트하자는 게 아니라 의논할 일이 있다고. 그런데 오늘은 그 반대야. 아무 용건 없이 데이트하고 싶어."

그러고서 요염하게 미소를 짓자 아오에 내면의 뭔가가 또 흔들렸다.

뭘 먹고 싶냐는 물음에 아오에는 뭐든지 좋다고 대답했다. 그리고 그는 그녀의 데이트 신청을 받아들이고 말았다는 사실을 깨달았다. 그러나 번복할 틈이 없었다. 신카이 미후유는 이미 계산서를 손에 쥐고 계산대를 향해 걸어가고 있었다.

식사 정도야 뭐 어떻겠어. 균형 잡힌 그녀의 뒷모습을 바라보며 그는 생각했다.

그들이 택시를 잡아타고 간 곳은 아오야마였다. 미후유가 빌딩 지하로 통하는 계단을 내려갔다. 아오에는 따라가는 수밖에 없다.

계단 아래에는 언뜻 봐도 일본풍인 음식점이 있었다. 대나무를 비롯한 나무들로 실내 장식이 되어 있고 한쪽에는 양주가 진열된 카운터가 있었다.

예약을 해 두었는지 미후유가 이름을 대자 종업원이 두 사람을 안쪽에 있는 방으로 안내했다. 대나무 칸막이가 있는 테이블 자리였다.

못 먹는 음식이 있느냐는 질문에 아오에는 없다고 대답했다. 그러자 미후유가 요리를 모두 정했다.

"마실 것은 뭐로 할래? 여긴 와인도 있어."

"알아서 시켜 주세요."

미후유가 웨이터에게 와인을 주문하는데 아오에는 들어 본 적 없는 이름이었다. 하긴 그가 아는 와인이래야 몇 가지에 불과하다.

"여기 자주 옵니까?"

"이따금 와. 꽤 괜찮지? 음식이 마음에 들면 자주 들르도록 해."

네, 하고 고개를 끄덕이며 아오에는 재떨이를 끌어당겼다. 이런 집은 음식 값이 얼마나 나올까 상상해 보았다. 치에를 데려오면 깜짝 놀랄 것이다. 그럴 여유가 있으면 저축을 하라고 할지도 모른다.

"아오에 씨, 최근에 치과에 간 적 있어?"

"치과요? 아니요."

뜬금없는 질문이었다. 그는 불을 붙이지 않은 담배를 손가락 사이에 끼운 채 대답했다.

"담배를 피우니까 한 달에 한 번은 치과에 가는 게 좋아."

"이는 좋은 편이에요. 충치 같은 것도 없을 겁니다. 그리고 제법 꼼꼼히 닦는다고 생각하는데요."

미후유가 하얀 이를 드러내고 미소를 지으며 고개를 저었다.

"잘 닦는다고 될 일이 아니야. 충치가 없다고 안심할 수도 없고."

아오에는 담배에 불을 붙여 한 모금 빨아들인 후 연기가 그녀의 얼굴 쪽으로 가지 않도록 조심해서 내뿜었다.

"담뱃진이 낀다는 겁니까?"

"담뱃진만 끼면 다행이게. 잇몸에 좋지 않아. 담배는 치주균을 활성화하거든."

아오에는 고개를 살짝 기울이고 담배를 계속 피웠다. 치주염이라는 병명은 알지만 자세한 내용은 전혀 몰랐다. 그녀가왜 그런 얘기를 꺼내는지도 알 수 없었다.

"아오에 씨는 프로지?"

"그렇다고 생각합니다."

"그럼 내 말대로 해. 치아를 건강하게 유지하는 건 프로 미용사의 의무야."

"그런가요?"

"아오에 씨도 마늘 냄새를 풍기는 손님의 머리는 손대고 싶지 않을 거야."

아오에가 담배를 입에서 뗐다.

"제 입에서 냄새가 납니까?"

"아니, 아직은. 하지만 이에 신경을 쓰지 않으면 언젠가는그렇게 될 수도 있어. 손님 입장에서 보면 눈앞에 있는 미용사의 이가 더러운 것보다는 깨끗한 게 낫지 않겠어? 새하야니 말이야."

그건 사실이라고 아오에는 수긍하며 고개를 끄덕였다. 마늘 냄새 같은 건 신경을 쓰고 있지만 그 이상 생각해 본 적은 없었다.

"한 달에 한 번은 스케일링하기. 이 원칙을 꼭 지켜. 나도 그럴 테니까."

미후유가 검지를 세우자 아오에는 이 사람이 벌써 나를 파트너라고 여기는 건가 싶었다.

음식이 나오자 두 사람은 와인으로 건배했다. 전통식과 이탈리아 음식을 절충한 듯한 요리였다.

미후유는 미용실에 관련된 얘기를 꺼내지 않았다. 대신 여행이나 여행지에서 먹었던 음식 얘기를 주로 했다. 들어 보니 그녀는 꽤 여러 나라를 여행한 것 같았다. 특히 프랑스와 이탈리아에는 몇 번이나 다녀온 듯했다.

"그런 곳에는 관광으로 간 겁니까?"

"관광하러 간 적도 있지만 대개는 일 때문에 갔어. 액세서리나 의류를 구입하러 말이야."

"아아, '하나야'의······."

미후유가 고개를 살래살래 저었다.

"'하나야'에서 일한 건 올해부터야. 그 전에 다니던 가게 일 때문이었어."

"전에 있던 가게는 왜 그만두었어요?"

"음…… 그건, 한마디로 설명하기 어렵지만,"

미후유는 고개를 살짝 기울였다.

"간단히 말하자면 싫증이 났다고 할까."

"싫증이 났다고요?"

"내가 할 수 있는 일은 전부 한 느낌이었어. 뒤집어 말하면 더는 할 수 없겠다는 한계를 느꼈지. 지금 이대로는 안 된다, 변해야 한다, 그렇게 생각했어."

그녀가 눈을 치켜뜨고 그를 보았다.

"이런 설명으로는 부족한가?"

"아니, 그런 건 아니지만……."

"있잖아, 아오에 씨. 인간이 몇 번이나 다시 태어날 것 같아?"

또 뜬금없는 질문이다.

"나는 그런 거 믿지 않아요. 환생이니 전생이니 하는 거요."

"그런 뜻이 아니라, 일생에 몇 번이나 인생을 새롭게 시작하는지 묻는 거야. 예를 들어 결혼하면 인생이 바뀌잖아. 취직해도 마찬가지고. 그런 일이 대체 몇 번이나 있을까?"

"글쎄요……. 그런 의미라면 제 경우는 대학 진학을 포기하고 도쿄로 올라와서 미용사가 되겠다고 결심했을 때가 처음일 거예요. 하지만 그 후로는 극적인 변화가 없었어요."

"그럼 슬슬 변화해야 할 때가 아닐까?"

"그럴까요?"

아오에가 와인을 한 모금 입에 머금었다. 그리고 미후유가 본론에 들어가려고 포석을 까는가 보다 생각했다.

하지만 미후유는 미용실 개업으로 화제를 옮기지 않았다. 지금까지의 경험으로 얻은 장사의 지식이나 손님과의 밀고 당기기, 시장을 확대하는 방법 등을 다양한 일화를 곁들여 가며 얘기할 뿐이었다. 그런 얘기들이 아오에의 마음을 사로잡았다. 그녀는 화술도 능했다. 자기 얘기를 일방적으로 하지 않고 언제나 그의 의견과 감상을 물었다. 또한 그저 묻기만 하는 게 아니라 그의 대답에서 화제를 넓히거나 문제를 더 깊이 파헤쳤다. 그래서 얘기가 끊일 줄을 몰랐고, 시간이 눈 깜박할 사이에 지나가고 말았다. 그러는 동안 화이트 와인과 레드 와인이 각각 한 병씩 비었다.

"어디 가서 한잔 더 할까? 내일은 미용실이 쉬는 날이잖아."

음식점을 나오면서 미후유가 말했다.

식사비는 그녀가 치렀다. 이대로 돌아가면 먹고 튀는 기분이 들 것 같았다. 무엇보다 아오에 자신이 그녀와 조금 더 함께 있고 싶었다.

좋아요, 라고 대답하자 그녀가 손을 들었다. 아오에의 등 뒤에서 다가온 택시가 두 사람 앞에 섰다.

5

조그만 병에 담긴 술을 잔에 따르려고 했지만 손이 말을 듣지 않아 테이블에 엎지르고 말았다. 쯧, 혀를 차고 나서 옆에 있던 물수건으로 테이블을 닦았다. 바지까지 젖어 버렸다.

술 하나 제대로 못 따르나. 야스우라 다쓰오는 스스로를 욕하면서 오른손을 노려보았다. 꿰맨 자국이 아직도 또렷하게 남아 있다.

젓가락질에는 가까스로 익숙해졌다. 연필로 글자를 쓰는 데도 문제가 거의 없다. 그러나 그것도 손끝에 신경을 집중해야 가능하다. 조금이라도 정신을 팔면 젓가락도 연필도 스르르 손에서 빠져나간다. 손끝에 감각이 없어서다. 눈을 감으면 손가락이 아예 없는 것처럼 느껴지기도 한다.

기술자는 손이 생명인데, 이래서는 날개 잃은 새처럼 아무짝에도 쓸모가 없다.

요즘 들어 내내 일자리를 찾아다녔지만 오라는 곳이 없었다. 체념하고 공사 현장에서 일한 적도 있지만, 오른쪽 손가락이 자유롭지 않으니 무거운 물건을 옮기지도 못하고 곡괭이질도 할 수 없다. 결국 얼마 안 가서 잘리고 말았다.

그 일만 없었더라면, 하고 후회해 봐야 소용없다. 손가락은 원래대로 돌아가지 않는다.

갑자기 테이블에 그늘이 드리웠다. 눈앞에 나카가와가 서 있었다.

"술 마실 돈은 있나 보지?"

나카가와가 맞은편에 앉으며 말했다.

"이게 마지막이에요."

야스우라는 조금 전에 절반을 쏟은 술병을 왼손으로 들어 올렸다.

나카가와가 선술집 종업원을 불러, 찬 두부와 정종을 주문했다.

"자네 부인한테 여기 있을 거라는 소리를 듣고 왔어."

"그래요?"

"부인 하나는 잘 얻었어. 슈퍼마켓에서 아침부터 밤까지 일하면서 서방이 술 마시러 다니는 것도 말리지 않으니 말이야. 고마운 줄 알아야 해."

나카가와의 말에 야스우라는 대꾸할 말이 없다. 아내에게 미안해해야 한다는 건 누구보다 잘 안다. 애당초 손을 다친 것도 그의 주색에서 비롯되었다. 그런데도 아내는 불평 한마디 없이 이내 슈퍼마켓에 일자리를 구했다. 그녀가 없었다면 그는 굶어 죽었을 터였다.

그러니까 더욱이 일하고 싶다, 일자리가 필요하다고 생각한다.

"나카가와 씨도 후쿠타에서 잘렸다면서요. 요즘은 뭘 하고 살아요?"

"나야 이제 은퇴해야지. 쥐꼬리만 한 저금으로 입에 풀칠이나 하면서 사는 거지, 뭐. 연금을 받을 때까지는 그걸로 버텨야 해."

"그래도 괜찮아요?"

"괜찮기야 할까마는, 어쩔 수 없잖아. 이런 노인네를 누가 써주겠어."

"사장도 정말 너무하네요. 그 오랜 세월을 함께해 온 우리를 그렇게 간단히 자르다니. 결국 남은 사람은 기요시 씨뿐이죠?"

"그렇긴 한데, 기요시도 어떻게 될지 몰라."

나카가와는 술이 나오자 야스우라의 잔을 채운 후 자신의 잔에도 따랐다. 그리고 나무젓가락을 갈라 두부를 집었다.

"어떻게 될지 모르다니요, 기요시 씨까지 자른단 말인가요?"

"어제 기요시에게서 전화가 왔는데, 월급제가 시급제로 바뀐 모양이야. 그것도 두 시간이면 일이 끝난다는 거야. 그 벌이로는 집세도 내기 힘들다면서 투덜거리더군."

"그걸로 어떻게 먹고산답니까. 그렇게 일이 없나요?"

"일은 있을 거야. 에어건 주문이 여전하거든. 그리고 얼마 전에 공장 옆을 지나가는데 철재를 들여오는 것 같았어. 뭔가 일감이 또 들어왔겠지."

"이상하군요. 그런데 왜 사람을 줄입니까?"

"일은 있지만, 기술자는 한 명으로 충분한 모양이지."

"한 명이라면, 그 젊은 놈요?"

응, 하고서 나카가와는 술을 들이켠 후 또 한 잔을 따랐다.

얼굴은 자세히 보지 못했지만 키가 컸다는 건 기억난다. 일
솜씨도 봤다. 야스우라의 눈에도 일품으로 보였다. 이런 녀
석이 들어왔으니 사장이 더는 내게 볼일이 없겠군, 하고 생
각했다.

"후쿠타에 있는 기계도 전부 다룰 줄 알고 용접도 제대로 하
는 모양이야. 게다가 끝마무리 솜씨까지 깔끔하니 그 구두쇠
사장으로서는 그쪽을 선택하는 게 당연하지. 간사이에서 흘
러온 모양인데, 골칫덩이가 온 셈이지."

나카가와가 흥, 콧방귀를 뀌었다.

"그놈만 오지 않았으면 괜찮았을 거란 말인가요?"

"나랑 기요시 생각은 그래."

나카가와가 담배를 꺼냈다.

"자네도 그냥저냥 도로 들어왔을지도 모르고 말이야."

"그랬을까요?"

"나나 기요시만으로는 감당할 수 없는 일도 많으니까. 자네
손가락이 예전 같지는 않아도 그런대로 움직인다면 말이야."

"움직입니다. 이것 보세요."

야스우라가 오른손으로 나무젓가락을 움직여 장아찌를 집었다.

나카가와는 고개를 끄덕였지만, 표정은 여전히 떨떠름했다.

"하지만 그놈이 있으니 어쩌겠나. 그놈이 야스우라 자네처럼 어디서 팔이라도 잘려서 온다면 모르지만 말이야. 아니, 이건 우리끼리 하는 얘기야. 흘려듣게."

나카가와는 주위를 둘러보며 입술에 손가락을 갖다 댔다.

선술집에서 나와 나카가와와 헤어진 야스우라는 곧장 집으로 가야 한다고 생각했지만 어쩐지 마음이 내키지 않아 집과 반대 방향으로 어슬렁어슬렁 걷기 시작했다.

문득 정신을 차렸을 때는 후쿠타 공업 바로 앞에 와 있었다. 뭔가 목적이 있었는지, 아니면 늘 다니던 길이라 저절로 발걸음이 향했는지는 그 자신도 판단하기 어려웠다.

진절머리 나도록 맡았던 기계기름 냄새가 그리웠다.

사장에게 다시 한 번 고개를 숙여 볼까도 싶었다. 그 어떤 허드렛일이라도 하겠다고 사정하면 혹시 받아 주지 않을까.

그러나 그는 고개를 저었다. 일이 그렇게 쉽게 풀릴 것 같지 않았다. 지난번에도 그렇게 부탁했지만 결국은 매몰차게 거절당하지 않았는가.

더는 그 자리에 서 있을 이유가 없어서 발길을 돌리려고 했다. 그때 공장의 출입문 틈새로 새어 나오는 불빛이 보였다.

우리를 다 자르고 야근을 시킨단 말이야?

야스우라는 공장으로 다가갔다. 출입문이 살짝 열려 있었다. 대형 공작 기계가 움직이는 소리는 들리지 않았다.

문을 조금 더 열고 안을 들여다보았다. 키 큰 녀석의 뒷모습이 정면으로 보였다. 마이크로그라인더로 뭔가를 깎고 있는 것 같았다. 깎고 나서 작업 상태를 확인했다. 아주 작은 것을 깎는지, 야스우라에게는 깎는 물건이 보이지 않는다.

그게 뭐든, 야근인 건 분명하다. 야근 수당을 벌고 있는 것이다. 어디서 굴러먹다 왔는지도 모를 개 뼈다귀 같은 놈이…….

'어디서 팔이라도 잘려서 온다면 모르지만 말이야.'

나카가와의 말이 떠올랐다.

야스우라는 주위를 두리번거렸다. 인기척이 없는 걸 확인하고 공장 뒤쪽으로 돌아들었다. 거기에는 폐자재와 망가진 기계 같은 것들이 버려져 있다. 해마다 몇 번씩 업자에게 돈을 주고 처분하도록 하는데, 불경기인 요즘은 그럴 여유가 없어 금속 쓰레기가 산더미처럼 쌓여 있었다.

어둠 속에서 눈을 부릅뜨고 원하는 물건을 찾았다. 놈은 키가 크니까 길어야 하겠지. 가능하면 갈고리 모양으로 구부러져 있고 끝이 뾰족한 것으로.

그러나 그가 원하는 대로 딱 들어맞는 물건은 없었다. 결국 그가 집어 든 것은 50센티미터 정도의 쇠 파이프 끝에 짧은 파이프를 용접한 것이었다. 아크 용접이 엉성한 것이 아무래도 나카가와가 작업한 물건인 듯했다. 노안이 점점 심해지니 그 사람도 솜씨가 줄어들 수밖에 없다.

하지만 그런 이유만으로 쫓겨나는 건 참을 수 없다. 살아 있는 사람이니까 나이가 들면 일솜씨가 무뎌지기도 하고, 또 뜻하지 않은 사고로 몸이 부자유스러워지기도 한다. 그런 빈 구석을 메워 주는 존재가 동료 아닌가. 단순히 고용인과 피고용인의 관계가 아니었다고 생각한다. 야스우라는 후쿠타의 얼굴을 떠올렸다.

그는 어둠 속에 조용히 몸을 숨겼다. 취기가 살짝 느껴지기는 하지만 그리 많이 취하지 않았고, 취한 탓에 이런 일을 벌이려는 것도 아니라고 속으로 중얼거렸다. 이제 이 방법밖에 없다. 어쩔 도리가 없지 않은가.

문득 몇 달 전 밤의 기억이 되살아났다. 추운 밤이었고, 야스우라는 두꺼운 점퍼를 입고 있었다. 이케부쿠로에 있는 단골 술집에서 지금보다 약간 더 취한 정도로 술을 마신 후였다.

아가씨들이 있는 술집에 갈까, 아니면 외국인 여자들이 모여 있는 곳을 서성거려 볼까, 그런 생각을 하면서 걷고 있었다. 한신 아와지 대지진의 영향으로 건축용 부품의 주문이 늘었고, 그 덕분에 야근 수당을 많이 받아 지갑이 두둑했다.

"오빠!"

옆에서 누가 불쑥 말을 걸었다.

밤인데도 선글라스를 낀 여자가 싸구려 코트 차림으로 서 있었다. 요란하게 구불거리는 머리카락이 빨갛다.

괜찮은걸. 야스우라는 한눈에 그녀가 마음에 들었다. 코트 앞자락이 살짝 벌어져 있어 그 사이로 하얀 다리와 가슴골이 보였다.

여자가 말없이 손가락 세 개를 내밀었다. 좀 비싼데, 하는 생각과 동시에 이 여자라면, 하는 생각도 머리를 스쳤다.

야스우라는 여자에게 다가갔다. 향수 냄새가 풀풀 풍겼다. 그녀는 싸구려 액세서리를 목과 손목에 치렁치렁 감고 있었다. 화장도 짙었다.

"좀 비싼데, 이건 어때?"

그가 손가락 두 개를 내밀었다.

여자는 자신의 손으로 그의 손을 누르며 손가락 두 개를 내민 후 손을 쫙 펼쳤다. 2만 5천 엔이라는 말인가 보다.

"오케이, 좋아."

야스우라가 대답하자 여자는 그의 팔을 잡고 안내하듯이 걸음을 내디뎠다.

오늘 밤은 운이 따르는군. 한껏 들떠서 그런 생각을 했다.

내가 제정신이 아니었어. 그때를 돌이켜 볼 때마다 야스우라는 이가 갈린다. 그 길에서 호객 행위를 하는 여자는 지금까지 한 명도 없었다. 그런데도 전혀 수상하게 여기지 않았다.

여자의 미모에 정신을 빼앗겼기 때문이다. 그런 여자와 잔다는 생각에 기뻐서 어쩔 줄을 몰랐던 것이다. 그런 미인이 길거리에서 호객을 할 리 없다고 의심하기에는 지나치게 흥분해 있었다.

여자가 이끄는 대로 싸구려 호텔에 들어갔다. 소독약 냄새와, 그 냄새를 지우기 위한 방향제 향기로 가득한 곳이었다. 여자는 말을 한마디도 하지 않았다. 몸짓으로만 의사 표시를 할 뿐이었다. 우리말을 잘 모르나 보다고 야스우라는 판단했다. 일본에 온 지 얼마 되지 않은 것이다. 그래서 돈벌이를 할 줄 몰라 누군가 가르쳐 준 대로 그런 곳에 서 있었던 것이다. 야스우라는 부자연스러운 부분을 제멋대로 이리저리 상상해서 지워 버렸다. 여자를 빨리 안고 싶다는 욕망으로 머릿속이 가득했다.

방으로 들어서자마자 야스우라는 뒤에서 여자를 껴안았다. 긴 머리를 헤치고 목덜미를 핥았다. 여자의 목덜미에는 조그만 점이 두 개 나란히 있었다.

이번에는 코트를 벗기려고 했다. 그런데 여자가 그를 향해 돌아서더니 키스를 해 달라는 듯이 턱을 쳐들었다. 아름다운 입술이 눈앞에 있었다. 그는 달려들듯이 거기에 자기 입술을 포갰다.

거기까지다.

그다음은 기억이 나지 않는다. 정신을 차리고 보니 바닥에 쓰러져 있었다. 동시에 심한 통증을 느꼈다. 오른손에서 피가 흐르고 있었다. 그 광경이 하도 비현실적이라 사태가 금세 파악되지 않았다.

몸을 일으키며 소리를 질렀다. 뭐라고 외쳤는지는 기억나지 않는다. 그러나 아무도 오지 않았다. 당연한 일이지만 여자의 모습은 보이지 않았다.

극심한 통증에 식은땀을 흘리며 그는 전화기로 다가갔다. 119를 눌렀고, 전화가 연결되자 부리나케 현재 상황을 설명했다. 찔렸다, 피를 흘린다, 몹시 아프다, 모르는 여자에게, 어느 순간 정신을 잃었다, 이케부쿠로, 길거리에서……. 머리가 혼란스러운 상태에서 마구 지껄인 탓에 상대는 좀처럼 상황이 이해되지 않는 듯했다.

응급 처치를 받은 후 경찰 조사에 응했다. 형사는 대놓고 야스우라를 바보 취급했다. 여자를 밝히다가 칼에 찔리고 지갑까지 빼앗긴 멍청이로 여겼다. 질문하는 말 한 마디 한 마디에 경멸이 섞여 있었다.

꼭 그래서는 아니지만, 야스우라는 거짓말을 몇 마디 보탰다. 여자를 공원에서 만났고, 잠시 얘기를 나누다가 서로 마음이 맞아서 호텔에 들어갔다고 했다. 매춘했다고 비난받고 싶지 않아서였다. 또한 정신을 잃기까지의 경위도 털어놓기가 쉽지 않았다. 자세히 기억나지 않는 탓도 있지만, 방에 들어서자마자 껴안았다고 고백하고 싶지도 않았다.

결국 그는 여자가 자신에게 뭔가 먹였다고 주장했다. 여자가 준 음료수를 마시고 갑자기 잠들었다고 한 것이다.

형사도 그 부분에 관해서 깊이 캐고 들지 않았다. 흔히 있는 일인 데다, 사실과 조금 다르다고 해도 사건에 미치는 영향은 크지 않다고 판단했을 것이다. 요컨대 범인이 붙잡힐 가능성은 아주 낮다는 뜻이었다.

그 사건의 수사가 어느 정도 진행되었는지 야스우라는 전혀 모른다. 제대로 수사나 하고 있는지 어떤지도 모른다. 경찰에서 아무런 연락이 없는 걸 보면 용의자도 떠오르지 않았을 것이다.

경찰로서는 하찮은 사건일지 모르지만 야스우라는 자신의 인생을 망가뜨린 사건이라고 생각한다. 직업을 잃었고, 인간관계도 파괴되었다.

그러니까, 하고 그는 쇠 파이프를 쥔 왼손에 힘을 주었다. 다시 한 번 그런 하찮은 사건을 일으키는 거다. 그리고 내 인생을 되찾는다.

공장 불이 꺼졌다.

야스우라는 눈을 크게 떴다. 몸을 낮추고 공장 출입문을 응시했다. 잠시 후 키가 큰 사람이 안에서 나왔다. 그가 출입문을 닫고 자물쇠를 채운다. 가장 신참인 주제에 공장 열쇠를 갖고 있다니. 전에는 그 열쇠를 가진 사람이 최고참인 나카가와뿐이었다.

신참은 티셔츠에 작업복 바지 차림이었다. 한 손을 바지 주머니에 넣고, 다른 손으로는 어깨에 걸친 웃옷을 쥐고 있다.

야스우라는 그를 뒤쫓았다. 최대한 공장으로부터 멀리 떨어진 곳에서 덮치고 싶었다. 묻지마 범죄로 보이기를 바라는 것이다. 공장 옆에서라면 특정 상대를 노렸다는 게 들통 날 우려가 있었다.

하지만 그렇다고 역에서 너무 가까우면 사람이 많다. 주택이 밀집한 골목에 들어가면 덮치자고 마음을 굳혔다.

신참이 자동판매기 앞에서 걸음을 멈췄다. 캔 음료를 산다. 그 자리에서 캔을 따는데 팔뚝의 근육이 불끈거린다. 야위어 보이지만 힘은 셀 듯했다.

신참이 음료를 마시면서 걷기 시작했다. 캔을 오른손에 들었다. 나이프가 있었더라면, 하고 야스우라는 아쉬워했다. 뒤에서 몰래 다가가 녀석의 오른팔을 찔렀으면 좋겠는데. 상대가 얼굴을 보기 전에 도망치면 범인을 알 수 없을 것이다.

나이프나 부엌칼을 준비해서 다른 날 다시 올까 하는 생각이 머리를 스쳤지만 이내 지워 버렸다. 다른 이유는 없다. 지금 당장 행동하고 싶다는 욕구가 강했을 뿐이다.

신참이 모퉁이를 돌았다. 가로등이 별로 없는 골목이다. 바로 지금이야, 하며 야스우라는 걸음을 재촉했다.

바짝 뒤쫓아 모퉁이를 돌았다. 그런데 남자의 모습이 사라지고 없었다. 야스우라는 그 자리에 멈춰 서서 두리번거렸다.

"이봐!"

전신주 뒤에서 신참이 불쑥 나타났다.

야스우라는 소스라치게 놀라며 뒷걸음질을 쳤다. 다음 순간 자신이 무기를 가졌다는 사실을 깨닫고 무작정 덤벼들었다. 하지만 신참은 아무렇지도 않게 몸을 돌려 피하더니 야스우라의 배를 걷어찼다. 야스우라는 신음하며 쇠 파이프를 떨어뜨렸다. 그러고는 아무 소리도 낼 수 없었다.

"뭐 하는 거야?"

남자가 물었다. 그 목소리에 당황한 기색이라고는 눈곱만큼도 없었다.

야스우라는 허둥지둥 쇠 파이프를 주워 들었다. 그러나 오른손이었다. 잡고 휘두르기까지는 했지만 더는 손가락이 무게를 견디지 못했다. 쇠 파이프가 도로 땅에 떨어졌다.

그제야 신참이 괴한의 정체를 알아챈 듯했다.

"당신, 야스우라 씨?"

야스우라는 두 손으로 얼굴을 가리고 그 자리에 주저앉았다. 그리고 눈물을 흘리다가 급기야는 꺽꺽 소리를 내며 울었다. 모든 게 끝이라는 생각과, 쇠 파이프 하나 휘두를 수 없는 한심함이 머릿속에서 뒤범벅되었다.

"일어나, 일단."

신참이 야스우라의 멱살을 잡고 일으켜 세우더니 그대로 옆에 있는 담장으로 밀어붙였다.

"왜 그러는 거야. 왜 나를 공격했지?"

그가 어느새 쇠 파이프를 손에 들고 있었다. 그 끝으로 야스우라의 옆구리를 꾹꾹 눌렀다.

"네놈만…… 없었으면 했어."

야스우라가 헐떡거리는 소리로 간신히 대답했다.

신참은 이해할 수 없다는 듯이 눈썹을 찡그렸다. 그러나 이내 그 말의 의미를 파악한 듯, 야스우라의 얼굴을 보며 고개를 끄덕거렸다.

"그래, 그런 거였군."

"경찰에 신고하든 뭘 하든 마음대로 해. 어차피 난 틀렸어."

신참이 야스우라를 손에서 놓았다. 그리고 한숨을 푹 내쉬었다.

"됐어. 가 봐."

"가도 돼?"

"가라고 했잖아."

야스우라가 허둥지둥 돌아섰다. 그런데 등 뒤에서 부르는 소리가 들렸다.

"이봐, 기다려."

움찔하며 걸음을 멈추고 돌아보았다. 신참이 쇠 파이프로 자기 어깨를 툭툭 치며 다가왔다.

"모처럼 만났는데, 어디 가서 술이나 한잔할까? 그쪽 얘기도 들어 보고 말이야."

야스우라가 놀라며 상대의 얼굴을 바라보았다.

●

6

아오에는 정오 조금 전에 자신의 아파트에 도착했다. 바람이 상쾌하게 느껴지는 이유는 아직도 흥분이 가라앉지 않은 탓일까.

그건 그렇고, 오늘 아침에 마신 홍차는 참 맛있었다. 아침에 일어나면 언제나 커피를 마셨는데, 모닝 티가 그토록 기분을 산뜻하게 만들 줄은 몰랐다.

아니, 홍차가 맛있었던 게 아니라 같이 마신 상대가 좋았던 거라고 생각을 바꿨다. 아오에가 일어나 보니 미후유는 이미

침대에 없었다. 홍차 향에 이끌려 거실로 나가자 그녀가 부엌에서 다정하게 미소를 지었다. 화장까지 마친 상태였다. 그것도 아침에 어울리는 산뜻한 화장이었다.

술을 꽤 많이 마신 것 같은데 숙취는 없다. 다만 몸이 둥실둥실 떠다니는 듯한 감각은 있었다. 어젯밤의 일이 현실로 느껴지지 않는다. 기억을 더듬자 아찔한 쾌감이 되살아났다.

그녀가 유혹했으니 자신은 책임이 없다고 생각한다. 어디가서 한잔 더 하자는 말을 들었을 때 문득 기대감이 가슴을 스쳤다는 사실은 부정할 수 없다. 그러나 자신이 먼저 유혹할 마음은 털끝만큼도 없었다.

그녀의 집에 가게 된 경위는 기억이 자세히 안 난다. 아직 술이 부족하네, 어디 가서 조금 더 할까, 하지만 이런 시간에 문을 연 가게가 있을까, 그런 말을 주고받은 끝에 벌어진 일이다.

아오에는 자기 집 현관문을 열었다. 그 순간 치에가 와 있다는 걸 알았다. 현관에 그녀의 신발이 있었다.

칸막이 커튼을 열며 치에가 동그란 얼굴을 내밀었다.

"어디 갔다 오는 거야?"

다그치는 말투다. 어젯밤부터 기다린 모양이었다.

"롯폰기. 친구가 라이브 하는 데 갔었어."

"아침까지 마신 거야?"

"가라오케에서 잠이 들었어."

아오에는 화장실로 들어갔다. 치에와 얼굴을 마주하기 거북했다.

"전화라도 해 줬으면 좋았잖아. 휴일 전날에는 내가 거의 빼놓지 않고 오는데."

그가 화장실을 나오기가 무섭게 치에가 말했다. 입이 비죽 나와 있다.

"생각은 했는데, 그럴 기회가 없었어. 미안."

그래도 치에는 계속 부루퉁해 있었다. 싸구려 유리 테이블 위에는 그녀가 사 온 듯한 스낵 봉지와 주스 페트병이 놓여 있었다. 달라도 너무 다르네, 하고 아오에는 생각했다. 우아함이라고는 조금도 찾아볼 수 없다.

"있잖아, 우리 쇼핑하러 가자."

"오늘은 좀 봐줘. 너무 피곤해."

그러고서 벌렁 드러눕는데 발끝이 텔레비전 받침대에 닿는다. 견디기 힘들 정도로 좁다.

"아이참, 같이 가기로 약속했잖아."

치에가 아오에의 몸을 흔들었다.

이 여자는 아직 어린애다, 하고 그는 생각했다. 어른 여자가 아니다. 진짜 여자도 아니다.

아오에는 신카이 미후유의 목덜미에 있던 점 두 개를 떠올렸다.

4장

●

1

전에도 몇 번이나 간 적 있는 산노미야의 스테이크 집은 원래 장소에서 백 미터 정도 떨어진 곳으로 옮겨 가 있었다. 간판만은 예전 그대로여서 소가는 조금 안도했다. 거리에는 아직도 지진이 할퀴고 지나간 흔적이 곳곳에 남아 있었다. 그럼에도 회복의 조짐이 보이는 듯도 했다.

"이 철판만은 기를 쓰고 가지고 왔지요."

식당 여주인이 자랑스럽게 말했다. 뭉실뭉실한 체형도 분홍색이 감도는 얼굴색도 전에 봤을 때와 다르지 않다. 그러나 이런 표정을 되찾기까지는 나름대로 시간이 필요했을 것이다.

철판이 우리 재산이니까, 라며 여주인은 은색으로 빛나는 판을 쓰다듬는 손짓을 했다.

"그래도 대단하네요. 단 1년 만에 이렇게 가게를 다시 열다니요."

레드 와인이 담긴 잔을 손에 들고, 소가는 식당 안을 둘러봤다. 밤 10시 가까운 시간. 이미 다른 손님은 아무도 없다. 원래는 9시에 주문을 마감하지만, 미리 전화를 걸어 둔 덕분에 소가가 올 때까지 기다려 준 것이다.

"고마운 말이긴 하지만, 그래도 언젠가는 원래 있던 자리로 돌아가야죠. 시간이 좀 걸리겠지만요. 예전 가게를 알던 사람이 여길 보면 서운해할 거예요."

"여기도 훌륭한걸요."

"고맙습니다."

여주인은 미소를 지으며 생맥주를 마셨다. 인사치레라는 걸 아는 표정이다. 예전 가게는 지금보다 두 배는 넓었다. 그리고 무엇보다 좋았던 시절의 품격이 묻어 있었다. 그걸 인위적으로 재현하기란 어려울 것이다.

그녀의 말에 따르면 예전 가게가 지진으로 무너진 것은 아닌 모양이다. 주변의 집들이 차례차례 타들어 가는 상황에서 전혀 손을 쓰지 못하고 결국 전부 타 버렸다는 것이다. 그 와중에 몇십 킬로그램이나 되는 철판을 꺼내느라 죽을힘을 다했다는 말은 과장이 아닐 것이다.

"요컨대 옛날 집이 더 튼튼했다는 얘기죠. 예전 가게는 외국인이 살던 집을 개조해서 만들었거든요. 근방의 새로 지은 집들은 전부 무너졌어요."

소가는 적당히 맞장구를 쳤다. 실제로는 최신 조립 공법으로 지은 집들이 더 튼튼할 테지만, 그런 말을 군이 할 필요는 없다.

"소가 씨는 지금 도쿄에 있다고 했죠? 이제 여기로는 안 돌아오는 거예요?"

"글쎄요, 당분간은 아마 도쿄에 있을 것 같아요."

소가는 오사카에 본사를 둔 상사에 근무하고 있다. 사이타마 출신인 그는 3년 전까지 본사에 있다가 도쿄 지사로 발령이 났다. 지사라고는 해도 사옥의 크기나 업무의 규모가 본사를 능가하므로 실질적으로는 영전이라 할 수 있었다. 조만간 도쿄 본사라고 명칭도 변경될 예정이다.

그는 주로 산업 기기를 담당하는데, 오늘은 오사카에서 회의가 있었다. 그 일을 마치고 당초 예정했던 대로 고베로 왔다.

"오늘 밤은 여기서 묵나요?"

"네. 내일은 니시노미야에 갈 거고요."

"니시노미야에요? 아니, 거긴 무슨 일로……?"

"만나 볼 사람이 있어서요."

그러고 나서 그는 고개를 가로저었다.

"아니, 있었다고 해야 하나. 마담, 신카이 씨 기억하세요?"

"신카이 씨요?"

기억을 더듬는 표정을 짓던 그녀가 고개를 크게 끄덕거렸다.

"아아, 혹시 교토의 산조에 살았다는……."

"네, 맞아요."

"아주 점잖은 분이었죠. 새하얀 머리에 금테 안경을 끼고요."

"바로 그 신카이 씨가 니시노미야에 살았어요. 그런데 작년에 지진으로 돌아가셨죠."

"저런."

여주인이 눈썹을 찡그렸다. 그러나 놀라는 기색은 없었다. 그 지진을 겪었던 이에게는 피해자의 죽음이 놀라운 일이 아닐 것이다.

"거참, 안됐네요. 흠, 그분이……."

"부인도 돌아가셨답니다. 그래서 꽃이라도 바칠까 하고요."

"소가 씨가 옛날에 신세를 많이 졌다고 했죠?"

"제게 일을 가르쳐 준 분입니다. 회사를 그만두고 부인과 둘이 사셨던 모양인데, 그만 그런 일을 당하고 말았어요."

"돌아가신 분들의 태반이 노인이에요. 이제 겨우 유유자적하게 살아 볼까 하던 차에 그렇게 되었으니, 하늘도 정말 무심하시지."

누군가가 떠올랐는지 여주인이 앞치마로 눈두덩이를 눌렀다.

스테이크 집을 나온 뒤 붕괴를 면한 비즈니스호텔로 향했다. 호텔에 도착해 방에 들어간 소가는 먼저 창문의 커튼을 열었다. 그토록 아름답던 고베의 야경이 지금은 거의 캄캄했다. 사람이 살지 않는 건물, 망가진 채 방치된 네온사인 같은 것들이 그 어둠 속에 가라앉아 있다.

샤워를 하고 침대에 들었다. 나이트 테이블의 불을 끄려는

데 옆의 벽에 나 있는 조그만 균열이 눈에 띄었다. 지진으로 인한 것인지 아닌지는 알 수 없다. 지진의 영향이더라도 나중의 검사에서 문제없다고 판정을 받았을 것이다.

며칠 전 고베에서 '한신 아와지 대지진 희생자 추모식'이 있었다. 거기에는 총리 등도 참석한 모양이지만, 피해자들에게 원조가 충분히 이루어지고 있다고 볼 수는 없다. 지금도 10만 명에 가까운 사람이 임시 주택이나 학교, 공원 등에서 생활한다. 소가의 친구 중 한 명은 새로 산 아파트가 도저히 살 수 없을 정도로 망가졌는데도 대출금은 그대로 남았다. 그러나 국가가 그들을 진지하게 돕고 있다는 생각이 들지 않는다. 부채를 끌어안은 주택 금융 전문 회사에 7천억 엔에 가까운 공적 자금을 투입하려는 모양인데, 그중 몇 퍼센트라도 피해자들에게 돌아가도록 할 수는 없을까.

오사카 본사에 7년 동안 있었으므로 이쪽에 아는 사람이 많다. 지진으로 피해를 입은 사람만도 열 명이 넘는다. 다만 그중 사망이 확인된 사람은 신카이 씨 부부뿐이다.

그들의 죽음은 뉴스를 보고 알았다. 사망자 명단을 아나운서가 담담하게 읽어 내려갔다. 거기에 신카이 다케오, 신카이 스미코라는 이름이 있었다.

신카이는 소가가 오사카에서 근무했던 시절의 부장이었다. 그는 대학 후배인 소가를 많이 아껴 주었다.

그런 그가 정년퇴직을 2, 3년 앞두고 갑자기 회사를 그만두었다고 들었다. 내막은 알려지지 않았지만, 강제 사직을 당했다는 사실만은 당시 오사카 본부에 있던 사람들이 대부분 알고 있다.

거품 경기가 절정일 때였다. 모 자동차 기업이 새 공장을 지었다. 그때 생산 기기 대부분을 소가의 회사가 중개했다. 불황인 지금으로서는 상상도 할 수 없을 정도로 많은 물량이었다. 그만큼 뒷돈도 막대하고 관련된 사람도 많았다. 그런데 그중 한 명이 문제를 일으켰다. 부정한 돈거래가 고구마 줄기처럼 줄줄이 드러날 우려가 있었다. 그 끈을 어디서 끊을 것인지 고민한 끝에 결국 신카이가 희생자로 선택되었다.

자세한 내용은 알 수 없다. 그러나 사장이나 간부들이 본인들 말처럼 아무것도 몰랐을 리 없다. 그 작자들이 여전히 승승장구하는 모습을 볼 때마다 분노를 느낀다.

소문이 무성했다. 그중에는 입막음 조로 돈을 받았다는 내용도 있었다. 일설에 따르면 신카이가 정규 퇴직금의 두 배가넘는 돈을 받았다고 한다. 그래서 부장이 강제 퇴직으로 오히려 이득을 봤다고 하는 사람도 있었다.

소문이 사실인지는 확실치 않다. 설사 사실이라 해도 신카이가 그러기를 바라지는 않았을 거라고 소가는 확신한다. 성의 있게 꾸준히 일하는 자세야말로 유능한 회사원이 되는 지

름길이라는 게 평소 신카이의 지론이었으니까. 부정을 저질 렀다는 의혹을 받고 퇴직하다니 얼마나 억울했을지 상상하고 도 남는다. 제안을 받아들인 이유는 회사를 생각하는 마음에 서였을 것이다. 그리고 그 이상 추궁당하지 않으려고 몸을 숨 기듯이 살았을 것이다.

그러다 결국 재난을 당했다. 그가 죽은 것을 알고 환호작약 했을 놈들을 생각하면 부아가 치민다.

불을 끄고 눈을 감았지만 좀처럼 잠을 이룰 수 없었다. 신카 이를 생각해서인지 신경이 곤두서 있었다.

다음 날 아침, 호텔을 나온 소가는 니시노미야로 가서 택시 를 잡아탔다. 손에는 연하장이 들려 있었다. 퇴직 후에도 신 카이는 해마다 손으로 직접 쓴 연하장을 보내 주었다. 달필로 정성을 들여 쓴 글귀에는 그의 올곧은 인품이 배어 있었다.

연하장에 쓰인 주소를 운전사에게 알려 주었다. 전에 한 번 신카이 부부가 사는 아파트에 간 적이 있지만 그 기억은 아무 도움이 되지 않았다. 거리가 그때와는 전혀 달랐다.

운전사가 지도를 확인한 후 액셀을 밟았다.

"저 일대도 피해가 컸죠. 아는 사람 집이 저기 있었는데 불 이 나서 몽땅 타 버렸어요."

"기사님도 이쪽 분이세요?"

"저는 아마가사키에 살아요. 다행히 사는 곳은 무사했는데,

차가 부서졌죠. 한동안 일을 하지 못해서 고생 좀 했습니다."

그 말을 듣고서야 소가는 그 차가 개인택시라는 걸 알았다.

"그 연하장 보낸 분은 무사한가요?"

"아니요, 돌아가셨습니다. 부부가 함께요."

"그렇군요."

운전사가 한숨을 쉬었다. 스테이크 집 여주인과 같은 반응이었다.

"그래도 부부가 함께 가셨으니 어쩌면 다행인지도 모르죠. 이렇게 말하면 불쾌하실 수도 있겠지만, 어느 한쪽만 남는 것도 괴로운 일이거든요. 남편 혼자 남으면 아무것도 할 줄을 모르고, 아내만 남으면 생활이 막막하니까요. 그리고 무엇보다 먼저 간 사람을 잊기 힘들잖아요."

운전사의 말이 불쾌하게 들리지는 않았다. 지진으로 혼자가 된 노인이 임시 주택에 살다가 쇠약해져 죽고 말았다는 기사를 얼마 전에 읽었다. 그들에게는 돈이나 식료품뿐만 아니라 살아갈 기력을 쥐어짤 뭔가가 필요하다.

신카이 부부가 사망했다는 소식을 들었을 때 그는 곧장 현장으로 달려가고 싶었다. 그러나 들어오는 정보에 따르면 도저히 그럴 만한 상황이 아닌 듯했다. 게다가 지진의 영향으로 갑자기 일이 바빠지기도 했다. 결국 가 보지 못한 채 1년이 지났다.

소가는 가방 안쪽 주머니에 연하장을 집어넣었다. 그곳에는 소중한 물건이 하나 더 들어 있다. 그 존재를 확인한 후 그는 가방을 닫았다.

이번에 여기까지 걸음을 한 이유는 꽃을 바치는 것 외에 또 하나의 중요한 목적이 있었기 때문이다. 그 목적이란 신카이 부부의 딸에게 어떤 물건을 전하는 일이다.

그것을 발견한 것은 작년 말이다. 회사 책상 서랍을 정리하다가 우연히 나왔다. 원래는 소가가 갖고 있을 물건이 아니었다. 언젠가 신카이 씨가 맡겨 둔 것을 돌려주지 못한 채 그대로 가지고 있었다.

그걸 어떻게든 신카이 씨의 딸에게 돌려주고 싶었다. 소가가 갖고 있어 봐야 아무런 소용이 없고, 그렇다고 멋대로 처분할 수도 없었다. 무엇보다, 그녀에게는 매우 소중한 물건일 터였다.

미후유라고 들었던 것 같다. 소가는 만난 적이 없다. 그러나 그녀가 일한다는 가게에는 가 보았다.

"이번에 미나미아오야마에 있는 부티크에서 일하게 되었다는군. '화이트 나이트'라는 가게야. 뭘 파는지는 모르겠지만 짬이 나면 한번 들러 주게. 굳이 뭘 사지 않아도 좋으니까 말일세."

한번은 신카이 씨가 그렇게 전화를 했다.

미나미아오야마라면 고급스러운 물건만 있겠다고 생각하면서 소가는 퇴근길에 그곳에 들렀다. 전면이 유리로 된 가게 안에는 예상대로 그로서는 엄두가 안 나는 상품들이 진열되어 있었다. 그런데 그날은 하필이면 미후유가 쉬는 날이었다. 그를 응대한 사람은 가게 사장이었다. 나이는 서른 안팎으로 보이는데, 차분한 태도에 기품이 느껴지는 여자였다.

"모처럼 오셨는데 죄송합니다. 신카이 씨가 좀처럼 쉬는 일이 없는데, 오늘은 피할 수 없는 사정이 있었나 봅니다."

사장이 진심으로 미안하다는 듯이 말했다.

"일을 굉장히 잘하고 있어요. 신카이 씨 부모님께도 꼭 그렇게 전해 주세요."

그렇게 전하겠습니다, 하고 소가는 약속했다. 그리고 그날 밤 신카이 씨에게 전화를 걸었다.

'화이트 나이트'에 간 것은 그때가 처음이자 마지막이었다. 얼마 전 미후유를 만나러 갔더니 레스토랑으로 바뀌어 있었다. 그 기품 있는 사장도 불황의 파도를 넘어서지 못한 모양이라고 생각했다.

어쨌든 소가로서는 미후유가 사는 곳을 알아내고 싶었다. 하지만 뾰족한 방법이 떠오르지 않아 일단 부부가 살던 곳에 가 보기로 한 것이다.

아직 여기저기에 무너진 건물의 잔해가 남아 있는 거리를 택시로 달렸다. 텐트를 펼쳐 놓고 장사하는 가게도 몇 군데 있었다. 다들 살아남으려고 필사적인 것이다.

"이 부근이 아닌가 싶은데요."

운전사가 속도를 줄였다.

소가는 사방을 돌아보았지만, 기억을 되살려 주는 풍경은 어디에도 없었다. 모든 것이 너무 많이 변했다.

"여기서 내리죠. 걸으면서 찾아보겠습니다."

"그러시겠어요? 도움이 못 되어 죄송합니다."

택시에서 내리면서 가방과 함께 종이봉투를 집어 들었다. 운전사가 납득했다는 듯이 고개를 끄덕였다.

"아하, 그랬군요. 어째 좋은 냄새가 난다 했습니다."

소가는 웃음으로 답했다. 종이봉투 안에는 신카이 씨 부부에게 바칠 꽃이 들어 있다.

택시가 떠난 후에도 소가는 한동안 그 자리에 서 있었다. 무너진 건물의 잔해가 깨끗이 철거되어 거의 정리가 끝난 곳이 있는가 하면 아직 손을 대지 못한 곳도 적지 않았다. 운 좋게 재난을 면한 집도 눈에 띄었지만 교통편이 불편할 것 같았다. 어찌 되었든 복구의 길은 험난할 것이다. 모든 것이 이제부터라는 걸 알았다.

인적이 드물고, 그나마 보이는 사람이라고는 공사 관계자뿐이었다. 이래서는 신카이 부부가 살았던 곳을 찾기 어려울 듯했다.

조그만 집 앞에서 중년 여자가 화분에 물을 주고 있었다. 새로 지은 집 같지는 않으니, 운 좋게 재난을 면한 쪽일 것이다. 그래도 콘크리트 담장은 보수한 흔적이 있었다.

소가가 여자에게 말을 걸었다. 그녀가 천천히 그를 향해 고개를 돌렸다. 그는 신카이에게 받은 연하장을 그녀에게 보였다.

"이 주소라면 아마, 저 건물 너머 어디쯤일 텐데요."

그녀가 회색 건물을 가리켰다.

"하지만 그 근처 집들은 거의 무너졌어요."

"네, 압니다."

소가는 고맙다고 인사하고 그 자리를 떠났다.

새로 짓기 시작한 집도 몇 채 눈에 띄었다. 재해에 강한 마을을 만들자는 구호 아래 지역별로 재건에 힘쓰는 곳도 있는데, 이 지역은 거기에 보조를 맞추지 않는 것일까. 그러나 살집을 잃은 사람들에게 행정적인 계획이 수립될 때까지 집을 짓지 말고 기다리라는 것도 가혹하다는 생각이 든다. 저마다 사정이 다를 테니까 말이다.

중년 여자가 말해 준 장소에 도착했다. 역시 빈 땅으로 남은 곳이 많다. 소가의 기억으로 이곳은 주택보다 조그만 빌딩이 많았다. 개중에는 기초 공사를 시작한 곳도 있다. 안전모를 쓴 남자들이 중장비를 움직이고 있었다.

간판 한 장이 도로변에 떨어져 있었다. 그걸 본 소가가 걸음을 멈췄다. 간판에 '미즈하라 제작소'라고 적혀 있었다. 그것이 그의 기억을 건드렸다. 신카이 다케오의 목소리가 되살아난다.

"신호에서 꺾어져 조금 더 가면 왼쪽에 미즈하라 제작소라는 공장이 있어. 그 앞이 우리 아파트라네. 별 특징이 없는 2층짜리 건물이야."

전에 왔을 때 전화로 그에게 설명을 들었다. 그 공장이다. 틀림없다.

미즈하라 제작소는 간신히 피해를 면한 듯했다. 철골이 살짝 기울었지만 여전히 버티고 서 있었다. 하지만 내부를 들여다보니 콘크리트 바닥이 드러나 있을 뿐 무엇 하나 남아 있지 않았다. 바닥에는 다양한 모양의 흔적이 남아 있다. 산업 기기를 취급하는 소가는 그것들이 공작 기계가 있던 흔적이라는 사실을 금방 알 수 있었다.

거기서 조금 더 걸어가자 공터가 나왔다. 그 앞에서 소가는 걸음을 멈췄다. 가로로 난 좁고 기다란 그 땅이 바로 전에 신카이 부부가 살던 아파트가 있던 자리임에 틀림없었다. 왼쪽 끝에 콘크리트 계단의 일부가 남아 있다. 그 계단을 올라갔던 기억이 있었다.

"아아, 잘 왔어. 의외로 멀지?"

"정말 잘 왔어요. 둘이서 이제나저제나 하고 기다렸어요."

부부의 얼굴이 번갈아 떠올랐다. 그날 밤, 그들은 그야말로 목이 빠져라 하고 소가의 방문을 기다렸을 것이다. 신카이 부인이 손수 만든 요리가 그 같은 사실을 말해 주었다.

소가는 종이봉투에서 꽃을 꺼내 공터 구석에 놓은 후 그 앞에서 합장했다. 눈을 감으니 바람 소리가 느껴졌다. 그것은 마치 죽은 자들의 술렁거림처럼 들렸다.

합장을 마친 후에도 한동안 그대로 서 있었다. 그러다가 인기척이 느껴져 뒤를 돌아보았다. 스웨터 위에 두꺼운 코트를 걸치고 털모자를 쓴 노인이 그를 바라보고 있었다.

노인이 뭐라고 말했지만 목소리가 너무 작아 알아들을 수 없었다. 소가는 네? 하고 되물었다.

"아사히 하이츠를 찾아왔나?"

그러면서 노인이 다가왔다.

아사히 하이츠라는 말을 듣자마자 떠올랐다. 신카이 부부가 살던 아파트 이름이다.

"그렇습니다. 아는 분이 사셨어요. 무너진 모양이군요."

"그래, 엉망진창이 되었지. 별로 튼튼하게 짓지 않았던 게야."

"할아버지도 이 근처에 사세요?"

"우리 집은 요 앞일세. 다행인 게, 약간 기울기만 했지 무너지지는 않았어."

"이 아파트에 신카이라는 분이 사셨는데 혹시 아십니까?"

"신카이? 글쎄, 들은 적이 없는 것 같아."

노인이 고개를 갸웃거렸다.

"그 사람은 몰라도 아파트 주인이라면 잘 알지."

"아파트 주인을요?"

"사카모토라는 사람이야. 저 앞에 있는 모퉁이를 돌면 새로 짓고 있는 집이 보일 걸세."

아까 봤던, 공사 중인 집인지도 몰랐다.

"짓고 있다면 아직 거기 살지는 않겠군요."

"글쎄, 그럴지도 모르지."

노인에게 인사한 후 소가는 왔던 길을 되짚어 걸었다. 건축 중인 집 앞에 도착하니 방한복을 입은 남자가 길에 선 채 도면을 들여다보고 있다. 잠깐 실례하겠습니다, 하고 말을 걸었다. 남자가 도면에서 얼굴을 들었다.

"여기가 사카모토 씨 댁인가요?"

"그런데요."

"죄송하지만, 사카모토 씨의 연락처를 알 수 있을까요? 사카모토 씨가 임대했던 아파트에 관해 여쭤보고 싶은 일이 있어서요. 저는 이런 사람입니다."

소가가 명함을 내밀었다.

남자는 당혹스러운 표정으로 명함과 소가를 번갈아 보았다.

"아파트라면, 바로 저기에 있던 건물 말인가요?"

"그렇습니다, 아사히 하이츠요. 아는 사람이 거기 살았거든
요."

"흐음……, 잠깐 기다려 봐요."

남자가 짓고 있는 건물 안으로 들어갔다.

잠시 후 돌아온 그는 손에 조그만 메모지를 들고 있었다.

"전화번호밖에 몰라요."

"아, 그거면 충분합니다."

전화번호는 지역 번호가 06이었다. 집주인이 오사카에 사는
듯했다.

니시노미야역에서 전화를 걸었다. 다행히 상대는 집에 있었
다. 신카이 씨 일로 묻고 싶은 게 있다고 단도직입적으로 말
을 꺼냈다.

"신카이 씨를 알아요? 그거 마침 잘됐군요. 나도 볼일이 있
었는데."

남자가 말했다.

"무슨 일이신데요?"

"신카이 씨의 딸을 찾고 있어요. 연락처를 알 수 없어 난감
해하던 참이오."

소가는 낙담했다. 그가 알고 싶은 것이 바로 신카이 씨 딸의

연락처였기 때문이다. 그런 사실을 말하자 수화기 저쪽에서 실망스럽게 한숨을 쉬는 소리가 들려왔다.

"허허, 그래요? 기껏 찾아왔는데 안타깝소만, 방금도 말했다시피 나도 몰라요."

"주민센터에 가면 알 수 있을까요?"

"아니, 소용없을 거요. 나도 가서 알아봤지만, 주소가 분명하지 않아요. 지진이 났을 때만 해도 부모랑 같이 그 아파트에 있었던 것 같은데 말이오."

"그럼 따님도 피해를 입은 걸까요?"

"그렇다고 봐야겠지."

일가족 세 명이 모두 지진으로 사망하다니, 생각지도 못한 일이었다.

"저, 지금 제가 그쪽으로 찾아뵈어도 괜찮을까요? 자세한 말씀을 듣고 싶어서요."

"오시는 거야 상관없소만, 해 드릴 얘기가 별로 없어요. 지금 얘기한 정도밖에는."

"그래도 괜찮습니다. 부탁드리겠습니다."

소가는 수화기를 귀에 댄 채 고개를 숙였다.

약 30분 후 그는 오사카의 후쿠시마구에 와 있었다. 오사카 순환선 노다역에서 걸어 몇 분 거리에 사카모토가 알려 준 아파트가 있었다. 임대 아파트로, 지진 직후에 부동산을 하는

지인이 소개해 주었다고 한다.

"지진 직전에 비운 집이라오. 상태는 엉망이지만, 생활할 수만 있어도 다행이다 싶어서 두말없이 옮겨 왔지요. 살 곳을 구하느라 서로 쟁탈전을 벌일 때니까 말이지. 남에게 십을 임대하며 살아온 사람이 본인이 살 곳조차 없어질 줄은 꿈에도 몰랐어요."

소가에게 차를 권하며 사카모토가 말했다. 살던 집이 완전히 타 버린 데다 임대하던 아파트마저 무너진 상황인데도 사카모토의 말투에는 그늘이 없었다. 그는 우메다에서 카페도 운영하고 있다고 했다.

"그래서 말인데, 아사히 하이츠가 그렇게 되었으니 보증금을 돌려줘야 하거든. 다른 세입자들은 전부 돌려줬는데 신카이 씨네만 그대로 남아 있지 뭐요."

"그래서 주민센터에 조사하러 가셨군요."

"그렇지요. 하지만 전화로도 말했듯이 결국 아무것도 알아내지 못했다오."

사카모토가 살짝 벗어진 머리를 쓰다듬었다. 여간해서는 빈틈을 보이지 않을 듯한 얼굴인데, 보증금을 돌려주려고 애쓰는 걸 보면 선한 사람인 듯하다. 아니면 똑같이 재난을 입었다는 동류의식에서 차마 부정을 저지르지 못하는 것일까.

"따님도 피해를 당한 게 사실일까요?"

"체육관에 부모의 시신과 함께 대피했던 모양이에요. 우리는 그날 아침에 히로시마에 있어서 집이랑 아파트가 어떻게 되었는지 궁금해서 견딜 수 없었지만, 전철도 자동차도 움직이지 못하니 어쩔 도리가 없었어요."

"그럼 선생님은 그 후로 신카이 씨의 따님을 본 적이 없으신가요?"

"나는 본 적이 없어요. 하지만 신카이 씨 옆집에 살던 사람이 대피소에서 인사를 나눴다고 합디다. 그 사람 말로는 신카이 씨 딸이 지진 전날 밤에 아파트에 와 있었던 것 같다던데……. 평소와 달리 떠들썩한 소리가 들렸다나 뭐라나."

"지진 전날 밤에요? 아니, 무슨 그런……."

불운이, 하고 말하려다 소가는 마지막 말을 속으로 삼켰다. 사카모토 역시 피해자라는 사실이 떠올랐기 때문이다.

"아무튼 그래서 나도 그 딸을 찾고 있었어요. 애써 여기까지 왔는데 미안하게 되었소만."

"아닙니다. 제가 제 마음대로 찾아왔는걸요."

소가가 손을 내저었다.

"혹시 신카이 씨와 임대 계약을 맺었을 당시의 계약서가 남아 있습니까?"

"그거야 물론 있지요."

사카모토가 의자 옆에 놓아두었던 납작한 가방을 열고 안에서 파일을 꺼냈다.

"이거요."

잠깐 실례하겠습니다, 라며 소가가 파일을 받아 들었다.

그가 확인하고 싶었던 내용은 보증인 부분이었다. 친척 이름이라도 적혀 있지 않을까 싶었던 것이다. 그러나 그 부분은 공란으로 되어 있었다. 대신 긴급 연락처가 적혀 있었다.

도쿄도 시부야구 하타가야 2-X-X-306

신카이 미후유(장녀)

전화번호 03-XXXX-XXXX

"여기는요?"

사카모토를 보며 물었다.

"전화를 해 봤지만 이미 거기에 없는 것 같습니다. 사용하지 않는 번호라는 안내가 흘러나왔으니까."

소가는 웃옷 안주머니에서 수첩을 꺼냈다.

"베껴 적어도 괜찮을까요?"

"괜찮긴 하지만, 가 봐야 헛걸음일 텐데……."

사카모토는 고개를 갸웃했다.

"그래도 만약 그 딸을 찾으면 내게 연락해 달라고 전해 주겠소?"

물론이죠, 하고 소가는 메모를 하며 웃음 지었다.

●

2

예약 상황표를 봤을 때 아오에는 뭔가 잘못되지 않았나 생각했다. 이번 주뿐 아니라 다음 주까지 거의 꽉 차 있었다. 이런 일은 오픈 이래 처음이다.

"말도 마세요. 전화가 어찌나 울려 대는지."

견습생 하마다 미카가 눈을 동그랗게 뜨고 말했다. 전화 담당이기도 한 그녀가 지금까지 예약 접수에 쫓긴 적은 한 번도 없었을 터였다.

예약 상황표에 줄줄이 적힌 이름을 보니 아오에가 모르는 손님이 대부분이었다. 그런 손님들이 아오에의 미용실에 와 보려고 하는 이유는 불을 보듯 뻔했다.

"역시 광고의 힘이란 엄청나네요."

하마다 미카가 아오에의 속마음을 대변했다.

그러네, 하고 그도 고개를 끄덕일 수밖에 없었다. 그리고 새삼 생각했다. 그녀가 대단하다고.

하마다 미카가 말하는 광고란 패션 잡지에 실린 소개 기사다. 요즘 들어 몇몇 잡지에서 잇달아 헤어 디자인에 관한 특집 기사를 꾸몄는데, 거기에 아오에의 '몬·아미'가 반드시, 라고 해도 좋을 만큼 여러 번 소개되었던 것이다. 물론 다른 미용실들도 소개되긴 했지만, 하나같이 미용업계에서 이미 확고한 지위를 쌓은 곳들이었다. 갓 오픈한 미용실은 '몬·아미'뿐이었다.

물론 그건 우연이 아니다. 그렇다고 각 잡지사 편집자들이 도쿄의 미용실을 일일이 돌아다닌 결과 한목소리로 '몬·아미'를 추천한 것도 아니었다.

일을 꾸민 사람은 미후유였다. 그녀는 미용실을 오픈하기 전부터 아오에에게 이렇게 말했다.

"독창적이면서 누가 뭐래도 자신 있는 디자인을 몇 가지 생각해 봐. 완성되면 사진 찍을 거야."

그 사진을 어디에 쓸 건지 묻자 그녀는 그것도 모르느냐는 듯이 양팔을 좍 벌리고 쓴웃음을 지었다.

"'몬·아미' 홍보에 사용할 거야. 당연하잖아."

아오에가 몇 가지 헤어스타일을 고안해 내자 미후유는 어디선가 모델들과 사진작가를 데려왔다. 아오에가 매만진 모델들의 헤어스타일이 하나하나 카메라에 담겼다.

미후유는 완성된 사진들을 몇 군데 출판사에 보냈다. 모두 젊은 여성 취향을 대상으로 한 패션 정보지를 출간하는 출판사였다. 그중 특별히 중요한 몇몇 출판사에는 그녀가 직접 사진을 들고 가서 편집자를 만나기도 했다. 그녀는 이미 '하나 야'를 그만둔 상태였다.

그런 노력이 앞서 말한 기사로 이어진 것이지만, 잡지마다 하나같이 헤어스타일 특집 기사를 싣지 않았다면 미후유의 노력도 결실을 보지 못했을 것이다. 지금의 세상이 어떤 정보를 원하는지, 정보 발신자가 무엇을 내보내고 싶어 하는지를 냉정하게 관찰한 미후유의 전략이 승리했다고 할 수 있었다.

잡지에 소개된 후 '몬·아미'는 유명 미용실로 떠올랐다. 아오에가 전에 일하던 '부쉬'에서 직원 두 명을 데려왔는데도 금방 일손이 부족해졌다. 급히 직원 몇 명을 더 고용했다. 그래도 일손이 부족하자 아르바이트생을 구했다.

아오에는 자신이 도박에서 이겼다고 생각했다.

그날 저녁 이즈카 치에가 미용실로 찾아왔다. 우연히 입구 근처 카운터에 있던 아오에는 유리문 너머에 있는 그녀와 눈이 마주쳤다.

그가 다가가 문을 열었다.

"어, 왔어."

"안녕."

치에는 겸연쩍은 표정이었다.

"바쁜 모양이야."

"그러네."

그가 시계로 눈을 돌렸다.

"이제 곧 예약 손님이 올 거야. 하지만 커트만 하면 되니까 시간이 오래 걸리지는 않아. 8시면 나갈 수 있을 것 같은데……."

"그럼 그때쯤 다시 올까?"

"그래도 되지만, 이 근처에 이탈리안 레스토랑이 있어. 거기서 기다려 주겠어?"

"좋아."

아오에는 그녀에게 레스토랑의 위치를 알려 주었다. 치에가 그럼 8시에, 하며 돌아갔다.

예약 손님의 머리를 자르면서 그는 치에를 생각했다. '부쉬'를 그만둔 후로 그녀를 만나지 않았다. 다투고 헤어지지는 않았지만, 사이가 어색해진 것은 사실이다.

그 이유는 아오에가 그녀의 충고를 무시한 데 있었다. 그녀는 신카이 미후유의 힘을 빌려 독립하려는 그를 끝까지 말렸다.

치에의 뜻을 이해하지 못하는 것은 아니었다. 잘 알지도 못하는 사람의 돈으로 가게를 낸다는 건 께름칙한 일이다. 물론 독립하고 싶으면 착실하게 돈을 모아서 하라는 그 견실한 사고방식이 잘못된 것은 아니다.

예전의 아오에였다면 그녀의 그런 의견을 존중했을 것이다. 그러나 미후유를 만난 후로는 치에의 말이 전부 어린애가 하는 말처럼 들렸다. 이 세상은 견실함만으로는 헤쳐 나갈 수 없고, 노력이 반드시 보답을 받는다는 보장도 없으며, 성공하려면 어딘가에 승부를 걸어야 한다……, 그런 생각이 현실에 들어맞는다고 느꼈다.

미후유를 만나고서 아오에의 여성관도 변했다. 그는 지금까지는 연인이 귀여웠으면 하고 바랐다. 치에에게도 마찬가지였다. 그러나 미후유에게는 전혀 다른 매력을 느낀다. 성인의 섹시함같이 단순한 것이 아니다. 그녀와 있으면 날카로운 칼날을 마주할 때처럼 감각이 예민해지고, 자기 안의 뭔가가 고양되는 느낌이다.

말하자면 아오에는 모든 면에서 치에에게 부족함을 느꼈다. 그런 그의 변화를 치에도 눈치챈 듯했다. 어쩌면 그와 미후유의 관계를 의심하는지도 몰랐다. 그러다 보니 어느 쪽이 먼저랄 것 없이 거리를 두게 되었다.

그런데 왜 이제 와서 치에가 나를 만나러 왔을까 하고 아오에는 생각했다. 관계를 되돌리고 싶다고 말하면 어떻게 할까. 자신에게도 그러기를 바라는 마음이 있다는 걸 그도 느끼고 있었다.

8시 정각에 약속한 레스토랑으로 향했다. 지하에 있는 레스토랑이다.

"미용실이 굉장히 잘되던걸."

그가 테이블에 앉자 치에가 말했다.

"잡지의 영향력이 대단한 거지."

"하지만 그것도 자기 실력을 인정받은 결과잖아."

"글쎄."

두 사람은 웨이터에게 음식을 주문했다. 주방장 추천 코스 메뉴였다.

"그거, 잘 어울린다. 그 펜던트 말이야."

치에가 말했다.

"아아, 이거 말이야? 얼마 전에 롯폰기에서 샀어. 꽤 마음에 들어."

아오에가 목걸이를 만지작거렸다. 해골과 장미가 새겨진 그 펜던트는 치에와 헤어진 후에 산 것이다.

서로의 근황을 얘기한 후 치에가 머뭇거리며 물었다.

"있잖아, 내가 어리석었다고 생각해?"

"무슨 소리지?"

"자기가 미용실 내는 걸 반대했잖아. 그런데 대성공을 거뒀으니 거봐라, 하고 생각하지 않아?"

"그렇지 않아. 그리고 아직 확실히 성공을 거두지도 않았고. 모든 게 이제부터 시작인걸."

"하지만 내 말대로 하지 않아 다행이다 싶지?"

치에는 눈을 살짝 치켜뜨고 그를 보았다.

그건, 하고 나서 아오에는 말문이 막혔다. 그럴 듯하게 둘러

댈 말이 떠오르지 않았다.

"얼버무릴 필요 없어. 그렇게 생각하는 게 당연해."

"얼버무리려는 게 아니라……."

아오에는 말끝을 흐리고 말았다.

모처럼 먹는 코스 요리인데 맛이 느껴지지 않았다.

"그런 말을 하려고 굳이 찾아온 거야?"

그가 물었다.

"그런 건 아니고…… 문득 자기 얼굴이 보고 싶어졌어. 어
떻게 지내는지 궁금하기도 하고."

치에는 포크와 나이프를 쥔 채 고개를 숙였다.

역시 관계를 되돌리자는 얘기구나, 하고 아오에는 생각했다.
그런데 그 말을 꺼내지 못하는 것이다. 자신이 먼저 말해야 할
지 어떨지 망설여졌다.

그때였다. 어서 오십시오, 하는 소리가 들렸다. 그쪽을 바라
본 치에가 눈을 번쩍 떴다. 그 눈길을 따라 고개를 돌린 아오
에 역시 화들짝 놀랐다.

신카이 미후유가 들어오는 참이었다. 그녀는 아오에와 치에
가 여기 있을 줄 알았다는 표정으로 다가왔다.

"안녕."

그녀가 치에를 향해 미소 지었다.

안녕하세요, 하고 치에도 인사했다. 그러고 나서 아오에를

보았다. 자기가 불렀어? 하고 묻는 표정이다. 그가 고개를 살래살래 저었다. 그럴 리 없잖아, 하는 뜻을 담아서.

"앉아도 될까?"

미후유가 아오에 옆의 의자를 끌어당기며 물었다.

그러세요, 라고 대답할 수밖에 없었다.

미후유는 자리에 앉자 웨이터에게 셰리주를 주문했다.

"이 레스토랑에 있을 거라고 생각했어."

"왜요?"

"'몬·아미' 직원한테 물어봤더니 귀여운 손님이 아오에 씨를 만나러 온 것 같다는 거야. 아오에 씨가 이 가게를 마음에 들어 하니까 아마 여기서 만날 거라고 짐작했지."

미후유가 콧잔등을 찡그리며 웃었다.

"아, 이쪽은 제가 전에 있던 '부쉬'의……."

아오에가 치에에 대해 설명하려 하자 미후유는 미소를 머금은 채 고개를 끄덕였다.

"알아, 이즈카 치에 씨. 몇 번 본 적이 있어."

치에가 다시 고개를 살짝 숙였다.

"무슨 의논이라도 하는 거야?"

미후유가 두 사람을 번갈아 보았다. 치에는 눈길을 아래로 향했다.

"딱히 의논이랄 건……. 근처에 왔다가 들렀대요. 그래서 모처럼 왔는데 식사라도 같이할까 하고요."

아오에가 변명하듯 말했다.

"그렇구나. 그럼, 내가 얘기를 좀 해도 될까?"

"네."

"치에 씨에게 할 말이 있어."

미후유가 치에에게 눈길을 주었다.

"저기, 지금 월급을 얼마나 받지?"

네? 하는 소리가 치에의 입에서 흘러나왔다.

"혹시 '몬·아미'에서 일하지 않을래? 지금 일손이 달려서 난감하거든. 치에 씨라면 아오에 씨랑 호흡도 잘 맞을 테니 와 주면 참 좋을 텐데."

그 말에 아오에는 소스라치듯 놀랐다.

"잠깐만요. 그럴 수는 없어요."

"왜지?"

"'부쉬'에서 직원을 데려오는 일은 저쪽과 몇 번이나 의논해서 결정했습니다. 이제 와서 한 명을 더 빼내면 무슨 말을 들을지 몰라요."

"'부쉬'에는 내가 말해 둘게. 물론 치에 씨가 오케이 했을 때 얘기지만."

"말씀은 고맙지만 저는 '부쉬'를 그만둘 마음이 없어요."

치에가 미후유를 보면서 딱 잘라 말했다.

"계속 거기 있을 생각입니다."

"그래? 아쉽네. 아오에 씨의 오른팔로 더없이 좋을 거라고 생각했는데."

그리고 미후유는 아오에를 보면서 의미심상하게 웃었다.

"저, 저는 그만 실례할게요."

치에가 자리에서 일어섰다.

"잠깐만. 아직 다 안 먹었잖아."

"미안. 배가 너무 부르네."

치에가 아오에의 얼굴도 보지 않은 채 말하고는 핸드백을 들고 출구로 향했다. 웨이터가 허둥지둥 그녀에게 코트를 내밀었다.

아오에는 그녀를 쫓아가려고 했다. 그러나 미후유의 옆얼굴을 보는 순간 그대로 얼어붙고 말았다. 꼴사나운 짓 하지 마, 하고 무언의 경고를 보내고 있었다.

치에의 모습이 사라지자 미후유는 천천히 일어나 치에가 앉았던 의자로 자리를 옮겼다.

"아아, 아까워라. 이렇게 많이 남기다니."

"왜 느닷없이 그런 말을 한 겁니까?"

"왜라니, 좋은 아이디어 아니야? 아오에도 실력 있는 직원이 필요하다고 했잖아."

"그건 그렇지만."

"그런데,"

미후유가 입가에 미소를 머금은 채 그를 쏘아보았다.

"옛 연인을 고용하기는 거북하다고?"

아오에가 움찔하며 눈을 활짝 떴다. 그녀는 그의 그런 반응을 즐기는 듯했다. 그리고 웨이터를 불러 테이블을 정리해 달라고 말한 뒤 아오에와 치에가 먹었던 코스 메뉴를 새로 주문했다.

"있지, 아오에. 바보짓은 이제 그만둬. 아오에는 지금부터가 고비야. 한낱 미용사로 끝나느냐, 아니면 한 단계 올라선 존재가 되느냐의 갈림길이란 말이야. 그런데 그렇게 어정쩡한 자세로는 곤란하지."

"옛 동료와 식사하는 게 바보짓인가요?"

"아직도 뭘 모르네. 지금 아오에는 예전의 아오에가 아니야. 과거는 버려. 그러지 않고는 승부에서 이기지 못해. 아오에, 이기고 싶잖아."

"그야 물론……."

"그렇다면,"

미후유는 테이블에 놓여 있던 나이프를 집어 들고 그 끝을 아오에에게 겨누었다.

"나를 배신할 생각 따위는 하지 말아야지."

그 차가운 말투에 소스라치며 아오에는 말없이 고개를 끄덕였다.

●

3

신주쿠에서 있었던 미팅이 생각보다 빨리 끝났다. 소가는 시계를 보았다. 저녁 7시가 조금 지나 있었다. 회사 행선지 게시판에는 미팅 후 귀가라고 적어 놓고 나왔다. 소가의 집은 스기나미에 있다.

지금 가 볼까, 하고 생각했다. 코트 안에 손을 넣어 양복 안주머니에서 메모지를 꺼냈다. 거기에는 신카이 미후유의 옛 주소가 적혀 있다.

간사이에서 돌아온 후 몇 번이나 가 보려고 했다. 그러나 일에 쫓기기도 하고, 휴일에는 가족에게 봉사하다 보니 결국 여태 가지 못했다. 한편으로 가 봐야 소용없을 거라는 생각도 있었다. 신카이 미후유가 메모에 적힌 주소지에 살았던 건 1년도 더 전이다.

그럼에도 어금니에 뭔가 낀 듯한 찜찜함이 늘 가슴속에 있었다. 일단 한번 가 보지 않고는 이 메모를 없애 버릴 수도 없었다.

신주쿠역에서 택시를 잡아탔다. 고슈 가도를 직진해서 하타가야 인터체인지 앞에서 우회전하자 바로 하타가야 2가였다. 거기서부터는 걸어서 찾아보기로 하고 소가는 택시에서 내렸다. 큰 병원과 유명 광학 기기 제조사 건물 등이 줄지어 있다. 그는 일 때문에 그곳에 가 본 적이 몇 번 있었던 것을 떠올렸다.

메모에 적힌 주소지에는 아담한 아파트가 있었다. 최근에 지은 건물은 아닌 것이, 현관문이 오토 록이 아니다.

정면 현관을 들어서자마자 왼쪽에 관리실이 있었다. 지금은 조그만 창문이 닫혀 있고 불도 꺼져 있다. 늦은 시간에는 관리인이 없는 모양이었다.

오른쪽에 우편함들이 나란히 있었다. 소가는 306호 우편함에 붙은 이름표를 보았다. 스즈키, 라는 글자가 씌어 있다. 305호는 나카노, 307호에는 이름표가 붙어 있지 않았다.

잠시 망설이다가 엘리베이터를 타고 3층으로 올라갔다.

306호는 복도 중간쯤에 있었다. 그 앞을 지나 305호 앞에서 걸음을 멈췄다.

가볍게 심호흡한 후 인터폰을 눌렀다. 이왕이면 남자가 나왔으면 좋겠다고 생각했다. 여자라면 공연히 경계할 우려가 있어서다. 하지만 스피커에서 들려온 "네." 하는 음성은 여자 목소리였다.

"이거, 불쑥 죄송합니다. 전에 옆집에 살았던 신카이 씨에 관해 여쭤보고 싶은 일이 있어서요."

"······누구신데요?"

"저는 소가라고 합니다. 신카이 씨를 찾고 있어요."

"아아, 그래요?"

잠시 후 문이 열리고 머리가 긴 여자가 얼굴을 내밀었다. 도어체인은 걸려 있지 않았다. 경계심이 없는 건가, 생각하며 발치를 내려다보니 남자용으로 보이는 구두가 놓여 있다.

"무슨 일로 그러시죠?"

목소리에 미심쩍어하는 뉘앙스가 배어 있었다.

"실은……."

소가는 지금까지의 사정을 간단히 설명했다. 과거에 상사였던 사람의 딸을 찾고 있으며, 그 상사와 부인은 한신 아와지 대지진으로 사망했고, 아는 것이라고는 딸이 전에 살았던 주소, 즉 이 아파트뿐이라는 내용이었다.

나카노라는 여자는 처음에는 의심하는 표정이더니, 한신 아와지 대지진이라는 말을 듣자 고개를 살살 끄덕였다.

"신카이 씨라면 몇 번인가 얘기를 나눈 적이 있어요."

여자가 말했다.

"이사를 왔다면서 인사하러 왔더군요. 요즘 보기 드문 아가씨라고 생각했어요."

소가도 고개를 끄덕였다. 아닌 게 아니라 독신이 많이 사는 아파트에서는 이사를 왔다고 인사하러 오는 일이 드물다. 그러나 신카이 미후유라면 제대로 예의를 갖췄으리라고 상상할 수 있었다. 그녀를 알지는 못하지만, 아마 그러도록 배웠을 거라고 짐작했다.

"그럼 집을 떠날 때도 인사하러 왔던가요?"

"네, 왔었어요."

"그때 무슨 얘기 듣지 못하셨습니까? 이사하는 주소라든지
……."

그러나 그녀는 안타깝다는 듯이 고개를 저었다.

"오래전 일이라 기억이 확실치 않지만, 듣지 못한 것 같아요."

"그렇군요."

예상했던 일인데도 소가는 낙담했다.

"그 아가씨가 지진으로 피해를 입었을 줄은 몰랐어요. 외국
에 있을 줄 알았거든요."

소가가 고개를 들고 그녀를 바라보았다.

"외국이라니요?"

"이 아파트를 떠나면 한동안 외국에 가 있을 거라고 했거든
요. 런던……이라고 했나."

"그게 언제 일입니까?"

"그러니까 아마…… 재재작년 말이었을 거예요."

"재재작년 말……."

전혀 뜻밖의 대답이었다. 미후유가 니시노미야로 돌아가기
직전에 이곳을 떠났을 거라고 여겼기 때문이다.

"외국에 가 있었던 기간이 얼마나 될까요?"

나카노라는 여자는 고개를 갸웃거렸다.

"글쎄요…… 다른 사람과 함께 아파트를 빌려서 살 거라고
했나, 뭐, 그랬으니까 1년 정도가 아닐까 하고 막연히 생각했
는데요."

"다른 사람과 함께요?"

"네. 굉장히 좋아하는 사람이 있어서 그 사람이랑 같이 간다
고 들은 것 같아요."

"남자인가요?"

소가의 질문에 그녀가 슬그머니 미소를 지었다.

"저도 그런 줄 알았는데 여자라더군요."

"일은 어떻게 하고 간다던가요?"

"일을 그만둔다던가…… 아니지, 그게 아니라……"

그녀가 기억을 더듬는 듯한 표정을 지었다.

"일하던 곳이 망했다고 했나 사장이 바뀌었다고 했나, 그 비
슷한 얘기를 들은 기억이 있어요."

미나미아오야마의 부티크 얘기인가 보다고 소가는 짐작했다.

"저…… 하도 오래전 일이라 기억도 잘 안 나고, 이제는 서
로 연락하는 사이도 아니어서요. 이쯤 하면 어떨까요?"

여자가 말했다.

"아, 이거 시간을 너무 오래 끌었군요. 저, 죄송하지만 부탁
한 가지만 더 드리겠습니다."

소가는 그녀에게 명함을 꺼내 건네면서, 기억나는 일이 있으면 연락해 달라고 부탁했다.

문이 닫히는 걸 확인하고 나서 그는 306호 앞을 지나 307호 인터폰을 눌렀다. 그 집에는 남자가 살고 있었다. 그러나 그는 신카이 미후유를 전혀 기억하지 못했다.

"인사하러 왔을지도 모르지만, 제가 출장이 많아서 집에 없었을 겁니다. 그러다가 어느 날 보니 옆집이 비어 있더군요."

트레이너 차림의 남자가 귀찮은 듯이 대답했다.

"그게 언제쯤입니까?"

"글쎄, 기억이 안 나는군요. 지금 옆집에 사는 사람이 이사 온 게 3년쯤 전이니까, 그보다 더 전이 아니겠어요?"

말은 애매했지만, 조금 전 여자의 말과 내용은 거의 비슷했다.

소가는 고맙다고 인사한 뒤 그곳을 떠났다. 307호 남자에게는 명함을 건네지 않았다.

택시를 잡아타고 집으로 돌아가면서 소가는 생각했다. 정리하자면 이런 얘기다. 우선 신카이 미후유는 재재작년, 그러니까 1993년 말에 그 아파트를 떠났다. 그때 그녀는 일을 그만두고 '자신이 굉장히 좋아하는 여성'과 해외로 갔다. 그로부터 약 1년 후에 부모가 사는 니시노미야에서 한신 아와지 대지진을 맞닥뜨렸다.

그 '굉장히 좋아하는 여성'이란 누구일까. 그런 사람이 있다면 지진 후에 미후유가 맨 먼저 의지하지 않았을까. 또한 그 여성도 재난을 당한 그녀를 그냥 내버려 두지 않았을 것이다. 일단은 자신과 함께 지내자고 권하지 않았을까. 하지만 만일 그랬다면 미후유는 그 여성의 주소나 전화번호를 주민센터나 경찰에 남겨 두었을 것이다.

그는 오른쪽 가슴을 눌러 보았다. 그쪽 안주머니에 신카이 미후유에게 전해야 할 것이 들어 있다. 언제라도 전할 수 있도록 늘 지니고 다닌다.

정보가 들어온 것은 그 사흘 뒤였다. 305호 나카노라는 여자가 전화한 것이다. 재작년 정월에 신카이 미후유에게 받은 연하장을 발견했다고 했다.

소가는 즉시 그 연하장을 보러 가기로 했다. 아파트로 찾아가자 나카노라는 여자가 그에게 연하장을 건넸다.

"내용을 옮겨 적어도 될까요?"

소가가 수첩을 꺼내며 물었다.

"아니에요, 그냥 드릴게요. 제가 갖고 있어 봐야 소용도 없고요."

"그래요? 감사합니다."

아파트를 나온 그는 다시 연하장을 들여다보았다. 새해 인사 문구가 인쇄된 연하 엽서로, '옆집 살 때 신세를 많이 졌어요. 외국에 가서 배우고 오겠습니다. 건강히!'라는 손글씨가 덧붙여져 있었다.

인쇄된 주소와 전화번호 옆에 '신카이 미후유 방'이라고 적힌, 워드 프로세서로 출력한 듯한 종이가 붙어 있었다. 아마도 집주인이 사용하고 남은 연하 엽서를 얻어서 보냈을 것이다.

주소가 미타로 되어 있었다. 아파트인 듯했다. 잠시 망설이던 소가는 마음을 정하고 휴대 전화를 꺼냈다.

●

4

오늘의 생선구이 정식에는 청어 소금구이가 나왔다. 마사야는 맥주를 한 모금 마시고 나서 젓가락을 청어로 가져갔다. 옛날부터 생선을 잘 먹어서 가시가 많은 것쯤은 문제도 아니었다. 고양이가 울고 가겠다는 소리를 친척 아주머니에게 들은 적도 있다. 그만큼 생선 살을 잘 발라 먹는다는 뜻이다. 그러니까 마사야는 기술자 타입이라는 거야, 하는 말도 들었다.

청어는 기름이 적당히 올라 맛있었다. '오카다'는 밥을 얼마든지 더 먹을 수 있다. 한 그릇을 뚝딱 비운 뒤 유코에게 손짓했다.

"식욕이 왕성하네요."

밥그릇을 받아 들고 유코가 웃었다.

"일이 바쁜가요?"

"그렇지도 않아. 이 집 밥이 맛있어서 그래."

"대장이 들으면 좋아하겠어요."

유코가 웃으면서 물러갔다. 그녀는 가게에서 자기 아버지를
대장이라고 부른다.

일이 바쁜 건 사실이었다. 올해 들어 미니어처 카 부품 주문
이 늘었다. 게다가 후쿠타가 용도가 불분명한 이상한 부품을
만들어 달라고 부탁하는 일도 많았다. 그래서 야근이 계속되
고 있다. 하지만 마사야가 피곤한 이유는 그 탓만이 아니었
다. 미후유가 때때로 부탁하는 일이 그의 어깨를 짓눌렀다.
신경을 많이 써야 하는 일이기도 하지만, 무엇보다 사장 후쿠
타에게 들키지 않으려니 더 힘들었다.

미후유는 여전히 반지나 펜던트 도면을 가져와 그에게 만들
어 달라고 한다. 그것도 최근에는 도면이 아니라, 컴퓨터를
사용해 입체적으로 그린 일러스트를 가져온다. 어디서 배웠
는지, 미후유는 컴퓨터도 곧잘 다뤘다. 때로는 유명 브랜드
제품의 사진을 원본인 것처럼 매만져서는 그 사진처럼 만들
어 달라고 하는 일도 있다. 금속 가공을 본격적으로 배운 적
이 없는 마사야로서는 시행착오의 연속이다. 그래서 완전히
지쳐 떨어지곤 하는 것이다.

그러나 완성품을 보고 기뻐하는 미후유의 얼굴을 대하면 그런 피로감은 눈 녹듯이 사라지고 만다. 그리고 이 여자를 위해서라면 무슨 일이든 할 수 있다고 확신하게 된다.

대체 왜 자신에게 이런 걸 만들어 달라고 하느냐고 물어본 적이 있다. 돌아오는 대답은 늘 똑같다.

"우리의 미래를 위해서야. 마사야가 만들어 준 작품 하나하나가 언젠가는 우리를 지탱해 줄 거야."

그게 무슨 뜻인지는 가르쳐 주지 않는다. 아무래도 보석 장신구의 세계에서 승부를 보려고 하는 것 같은데, 구체적인 내용을 알 수 없었다.

그 미용사의 존재도 마음에 걸렸다. 미후유는 마사야도 모르는 사이에 미용실을 냈다. 그 점장이 아오에라는 사실을 알았을 때는 적잖이 놀랐다. 무슨 수로 그를 회유했을까. 아니, 그러기 전에 미용실을 냈다는 사실 자체가 놀라웠다.

"별일 아니야. 건물 일부를 빌려서 내장 공사를 하는 것뿐이니까. 문제는 그다음이지. 어떻게 이름을 알리느냐가 승부의 갈림길이야."

미후유는 그 승부에서 이긴 듯했다. 그녀가 경영하는 '몬·아미'는 이제 유명 미용실의 대열에 올라섰다. 아오에는 잡지사의 인터뷰 요청이 들어올 만큼 인기 미용사가 되었다.

사업에 성공하는 건 좋은 일이다. 그러나 미후유의 행동을 볼 때마다 마사야는 정체를 알 수 없는 불안을 느낀다. 그녀가 무엇 때문에 그렇게까지 하는지, 그녀가 도달하려는 목적지는 어디인지 전혀 감을 잡을 수 없다.

마사야는 미후유의 목덜미에 나란히 있는 점 두 개를 떠올렸다. 후쿠타 공업의 기술자였던 야스우라는 이상한 여자에게 걸려 직장을 잃었다. 그 여자의 정체는 수수께끼로 남았지만, 야스우라가 유일하게 기억하는 여자의 특징이 목덜미에 있는 점 두 개라고 한다.

설마 그럴 리가. 하지만 그녀라면 가능하다는 생각도 든다. 후쿠타 공업은 한때 은세공 작업을 주로 해서 금속 가공 설비가 남아 있다. 그러니까 마사야도 미후유의 부탁을 들어줄 수 있는 것이다. 하지만 이제 와서 보니 그녀가 그 같은 사실을 알고 그 공장을 마사야에게 추천하지 않았을까 하는 생각이 든다. 더 나아가 마사야의 일자리를 확보하려고 비슷한 기술이 있는 야스우라에게 덫을 놓았다면 지나친 생각일까.

생선구이 정식을 깨끗이 먹어 치우고 맥주잔도 비운 후 자리에서 일어났다.

"오늘은 주먹밥 안 가져가요?"

계산할 때 유코가 물었다.

"응. 오늘은 필요 없어. 목욕하고 바로 자려고."

"피곤한가 봐요."

유코가 다소 걱정스러운 표정을 지었다.

"혼자 산다면서, 청소랑 빨래 같은 건 어떻게 해요?"

"빨래는 기분 내킬 때 하고, 청소는 한 적이 없어."

가끔 여자가 와서 해 준다는 말은 할 수 없었다.

"방이 더러우면 건강에 좋지 않은데."

그리고 유코는 얼굴을 찡그리며 속삭이듯이 말했다.

"다음에 내가 청소하러 갈까요? 나, 정리 정돈이라면 꽤 자신 있는데."

"아니……"

그때 다른 손님이 유코를 불렀다. 그녀는 그 소리에 대답하고 나서 "그럼 잘 가요." 하고 마사야에게 인사했다. 그도 고개를 까딱해 보이고 가게를 나왔다.

저런 여자와 살면 어떨까, 하고 집으로 돌아가는 길에 생각해 보았다. 유코에 관해 자세히 아는 것은 아니다. 하지만 그녀와 함께라면 착실하고 안정되게 생활할 수 있을 것 같은 생각이 든다. 큰 모험을 하지 않을 테니 일확천금할 일은 평생 없을 것이다. 크게 오르기를 기대할 수 없는 수입으로 소박하게 살아갈 것이다. 그러나 그녀라면 그런 생활에 불평불만을 늘어놓는 일이 없지 않을까. 소박한 생활에서도 기쁨을 찾고 나름으로 행복한 가정을 꾸리지 않을까.

적어도 자신에게 팽팽한 긴장감을 강요하지는 않을 거라고 마사야는 생각했다.

집에 돌아오니 우편함에 뭔가가 들어 있었다. 꺼내 보니 편지였다. 이 집에 이사 온 후로 한 번도 편지 같은 걸 받아 본적이 없었던 그는 당황했다. 이 집 주소를 아는 사람이 거의 없을 터였다.

마사야는 봉투 뒤쪽을 보았다. 거기에 워드 프로세서로 찍힌 발신인 이름을 보고 그는 하마터면 소리를 지를 뻔했다.

요네쿠라 도시로라고 적혀 있었기 때문이다.

여태 그 이름을 잊은 적이 한 번도 없었다. 뭘 해도 그날의 광경이 눈앞에 어른거렸다. 한신 아와지 대지진이 발생한 날 마사야가 기왓장으로 이마를 내리친 고모부 이름이다.

왜 그 사람 이름으로 편지가 날아왔을까. 보낸 사람의 의도를 이리저리 상상하면서 마사야는 조심스레 봉투를 열었다.

안에서 나온 것은 편지 한 장과 사진이었다. 편지에는 역시 워드 프로세서로 작성한 다음과 같은 글이 적혀 있었다.

'그날 아침의 증거품을 팔고 싶다. 이쪽의 희망 가격은 천만 엔. 그 이하로는 거래하지 않겠다. 송금은 XX은행 신주쿠 지점, 계좌번호 1256498. 스기노 가즈오에게. 기한은 1996년 3월 말까지.

기한 내에 입금되지 않을 경우 거래가 성립되지 않은 것으로 간주하고 연락 없이 증거품을 제삼자에게 넘기겠다. 제삼자에는 사

법 관계자도 포함된다. 이상.'

몸이 떨려 왔다. 마사야는 사진을 보았다. 그 순간, 이번에는 현기증이 일 것 같았다. 그날 아침의 광경이 찍혀 있었다. 무너진 건물, 기울어진 미즈하라 제작소 간판, 초록색 방한복을 입은 키 큰 남자. 남자가 뭔가를 쳐들고 있다. 그리고 그의 발치에 대들보에 깔린 남자 하나가 더 있었다.

마사야는 사진을 손에 쥔 채 털썩 주저앉았다.

맨 먼저 떠오른 사람은 사키코다. 그리고 그녀의 내연남 고타니. 그들은 마사야가 도시로의 죽음과 관련이 있으리라고 보고 그 증거를 찾느라 눈이 벌게졌다.

그럼 이 편지의 발신인은 그들일까. 마침내 새로운 증거를 찾아낸 것인가.

하지만 그들이라면 가명을 쓰지 않았을 것이다.

다시 사진을 들여다보았다. 화질이 깨끗하다고는 할 수 없었다. 그리고 본 적이 있는 장면이다. 사키코가 손에 넣으려고 기를 썼던 비디오테이프 화면과 흡사했다. 그러나 그 테이프에는 마사야가 이런 식으로 덤벼드는 장면은 없었다.

그 테이프와 비교해 보고 싶었지만 이제는 불가능한 일이었다. 미후유에게 테이프를 받은 직후 마사야가 제 손으로 태워 버렸기 때문이다.

그럼 대체 누가, 하고 생각하는데 전화벨이 울렸다. 마사야
는 소스라치게 놀랐다.

전화를 건 사람은 미후유였다. 지금 오겠다고 한다. 마사야
는 당황스러웠다. 협박장 얘기를 해야 할지 말아야 할지 망설
였다.

"왜 그래? 내가 가면 안 될 일이라도 있어?"

"아니, 그런 건 아닌데……."

"그럼 지금 곧바로 갈게. 5분이면 도착할 거야."

전화를 끊은 마사야는 사진과 편지지를 봉투에 도로 넣어
작업복 주머니에 쑤셔 넣은 다음 옷을 갈아입었다. 트레이너
에 스웨터 차림이 되었을 때 현관 벨이 울렸다.

"저녁은?"

현관을 열자마자 미후유가 물었다.

"먹었어."

"그래? 맥도에 들렀다 왔는데."

그러면서 흰 봉투를 들어 보인다. 마사야와 있을 때 그녀는
여전히 간사이 사투리를 쓴다. 맥도날드를 맥도라고 부르는
것도 아마 마사야 앞에서만 그럴 것이다.

"갑자기 웬일이야. 또 반지?"

"내가 부탁이 있을 때만 오는 것처럼 말하지 마. 자기가 보
고 싶었을 뿐이야."

미후유가 그를 향해 미소를 지었다. 그러나 그 표정은 이내 흐려졌다. 그리고 의아하다는 듯이 눈썹을 찌푸린다.

"무슨 일 있어?"

"아니, 딱히."

그는 미후유의 눈길을 피했다.

"그런데 왜 이렇게 안색이 나빠? 감기라도 걸렸어?"

미후유가 마사야의 이마로 손을 뻗었다.

아무 일 없어, 하며 그는 그 손을 뿌리쳤다. 그녀가 놀라서 그를 올려다보았다.

"미안해. 정말 아무 일 없어."

그가 손을 저었다.

"커피라도 끓여 줄까. 미후유는 햄버거 먹을 거지?"

그러나 그녀는 대답하지 않았다. 마사야가 돌아보니 그녀는 그 자리에 선 채 입술을 깨물고 있었다.

"마사야."

그녀가 입을 열었다. 차분하고 낮은 목소리다.

"무슨 일 있는 거지? 왜 내게 숨기는 거야? 우리는 일심동체 잖아. 곤란한 일이 생기면 서로 돕기로 맹세했잖아."

아니야, 정말, 하고서 마사야는 그다음 말을 잇지 못했다. 미후유의 진지한 눈빛에 압도되고 만 것이다.

마사야가 작업복에서 봉투를 꺼내 잠자코 내밀었다. 사실 도시로를 살해한 일에 관해서는 그녀와 얘기를 나누고 싶지 않았다. 두 사람 사이의 금기라고 여겼다.

협박장을 읽던 그녀의 눈이 순간 휘둥그레졌다. 몇 번을 되풀이해서 읽은 뒤 그녀는 다다미 위에 무릎을 꿇고 앉아 마사야를 바라보았다.

"이 사진에 관해 짚이는 거 있어?"

"아니."

"보낸 사람에 관해서도?"

"굳이 꼽자면 사키코 부부인데, 그들이라면 이런 식으로 하지 않을 거야."

"이 사진은 일반 카메라로 찍은 게 아니라 비디오테이프에서 프린트한 거야."

"그 테이프에서 뽑은 거라고 생각하긴 했어."

그 테이프라고 하면 과연 알아들을까 했는데 쓸데없는 걱정이었다.

"거기에 이런 장면이 찍혀 있었어?"

미후유가 대뜸 그렇게 물었다.

"그러지 않았을 거야. 내 모습은 찍혀 있었지만, 이런 장면은 없었어."

미후유가 사진을 다시 들여다보며 고개를 갸웃거렸다.

우리, 이상해. 그녀의 옆얼굴을 보며 마사야는 생각했다. 살인을 사소한 일처럼 얘기하고 있다.

이윽고 그녀가 고개를 들었다.

"그래서, 어떻게 할 거야?"

마사야는 대답할 말이 없었다. 허둥지둥하는 참에 그녀에게 전화가 온 것이다.

"돈을 보내려고?"

마사야는 후, 숨을 내쉬었다.

"지금 나한테 천만 엔이나 되는 돈이 어디 있어."

"있다면 보내게?"

"글쎄, 어떨지……."

고개를 갸웃했다. 협박한 놈은 입금되지 않으면 신고할 수도 있다고 했다. 단순한 협박이라고 여겨지지 않는다.

"자기가 돈을 보내고 싶다면 내가 해 줄 수도 있어."

"뭐야?"

마사야는 그녀의 얼굴을 바라보았다.

"하지만 나는 돈을 보내면 안 된다고 생각해."

미후유가 사진을 손끝으로 잡고 팔랑팔랑 흔들었다.

"이건 함정이야. 그리고 그 끝에는 개미지옥이 있지. 이 협박장을 보낸 인간이 이번 한 번으로 만족할 거라고 생각하면 큰 착각이야. 앞으로 몇 번이고 계속 돈을 요구할걸? 평생 따라다닐지도 몰라. 그래도 괜찮겠어?"

"괜찮을 리 없지. 하지만 경찰에 신고하면 난 끝장이야."

미후유가 사진을 테이블에 내려놓았다.

"상대는 그러지 않을 거야. 적어도 마사야가 기한 내에 돈을 보내지 않았다고 해서 곧바로 신고하지는 않을 거라고 봐. 그래 봐야 아무 이익이 없을 테니까."

"그렇다고 무시할 수도 없잖아. 그대로 두면 반드시 다음 행동으로 들어갈 테고."

"바로 그거야. 지금으로서는 우리에게 뾰족한 방법이 없어. 무엇보다 상대가 누군지도 모르니까. 맞서려면 일단 상대의 정체를 알아내야 해. 그러려면 실마리가 필요하지 않겠어? 그러니까 이번에는 그냥 내버려 둬. 그럼 마사야 말대로 상대는 반드시 뭔가 행동을 취할 거야. 그때는 상대도 무시당하고 싶지 않을 테니 다소 과격하게 나올 수도 있겠지만, 우리는 그걸 노리는 거야. 인간이란 초조해지면 허점을 드러내게 마련이거든."

눈을 반짝 뜨고는 미소까지 머금으며 얘기하는 그녀를 보며 마사야는 어쩌면 이 여자가 이런 줄다리기를 즐기는 게 아닐까 생각했다.

"그렇게 생각대로 될까?"

"마냥 지켜만 보자는 건 아니야. 이쪽도 최선을 다해서 지혜를 짜내야지. 하지만 지금은 우리가 할 수 있는 일이 아무것도 없어. 이 은행 계좌의 소유주를 조사해 볼 수는 있겠지만 어차피 차명일 테고. 대포 통장을 사고파는 세상이니까."

그 말에는 마사야도 동감이었다.

"우선은 상황을 지켜보자는 말이지?"

"그러는 게 좋을 것 같아."

미후유가 고개를 끄덕였다.

"근데 미후유, 내가 전부터 묻고 싶은 게 있었는데,"

마사야는 턱을 끌어당기고 치켜뜬 눈으로 그녀를 보았다.

미후유의 표정이 다시 진지해졌다.

"비디오테이프 말이지?"

"그래. 그거, 어떻게 손에 넣었어? 사키코네도 움직였을 텐데 말이지."

"그래, 정말 아슬아슬했어. 조금만 꾸물댔어도 그쪽으로 넘어갔을 거야. 운이 좋았다고 할까."

"그러니까 내 말은 그걸 어떻게……."

"그 테이프는 오사카의 어느 놈팡이가 갖고 있었어. 그럴듯한 미끼를 던졌더니 덥석 물고 냉큼 넘겨주던걸. 그 남자는 이번 일과는 무관할 거야."

"그럴까……."

마사야는 그 남자를 만난 적이 없으니 뭐라고 말할 수도 없었다.

미후유가 편지 봉투를 집어 들고 겉면을 바라보았다.

"고지마치 우체국 소인이 찍혀 있네. 간사이에 사는 사람이 편지 한 장 부치려고 도쿄까지 오지는 않겠지."

"그러고 보니까 지정한 계좌도 신주쿠 시점 세좌였어."

"그래. 대포 통장이야 전국 어느 지역 것이라도 손에 넣을 수 있을 텐데 군이 신주쿠 지점 계좌로 설정한 이유는 거기가 그놈에게 편리한 장소이기 때문일 거야."

그럴 수도 있겠다고 마사야는 생각했다.

"하지만 나는 도쿄에 아는 사람이 없어. 그런데 그 지진 때 있었던 일을 도쿄에 사는 사람이 대체 어떻게 알았을까?"

"지진 당시에는 간사이에 살았는데 지금은 도쿄에 와 있는지도 모르지. 아니면 내내 도쿄에 있었지만 어떤 이유로 사진이나 비디오테이프를 손에 넣었든지……."

미후유가 잠시 아련한 눈빛을 보이더니 "나, 니시노미야에 좀 다녀올게."라고 말했다.

"니시노미야에?"

"어디 사는 사람이든 그쪽은 마사야가 사는 곳을 알아내려고 움직였을 테니까 어딘가에 그 발자취가 남아 있을 거야. 그걸 조사해 봐야겠어. 다행히 지금 나는 시간 여유가 있으니까."

"나도 같이 가는 게 좋지 않을까?"

"자기는 가지 않는 편이 나아. 그쪽이 니시노미야에서 어떤 식으로 움직였는지 알 수 없으니까. 그리고 공장 일도 굉장히 바쁘잖아. 요즘 계속 야근하는 것 같던데. 게다가 나까지 자꾸 일을 맡기니까 힘들 거야."

"아니, 그런 정도는 아니야. 그럼 미후유 혼자서 다녀올래?"

"응, 내게 맡겨."

그녀가 자기 가슴을 탁 쳤다. 그러고서 다시 진지한 눈빛으로 마사야를 바라보았다.

"이 일이 우리에게는 첫 난관이네. 하지만 이런 일로 의지가 꺾일 수는 없어. 반드시 이겨 내야 해."

나도 알아, 하고 마사야도 그녀의 눈을 바라보았다.

미후유가 사 온 맥도날드 햄버거가 차갑게 식어 있었다. 그녀가 그걸 오븐 토스터에 다시 데우고 냉장고에서 캔 맥주를 꺼내 왔다.

"마사야랑 같이 있으면 뭘 먹어도 맛있어."

그러고서 미후유는 햄버거를 한 입 베어 물었다.

마사야도 맥주를 마셨다. 그 후 두 사람은 이불 속에서 서로를 껴안았다. 한동안 내다 말리지 않은 이불이 뻣뻣하고 차가웠지만, 벗은 몸을 밀착하고 있으니 땀이 날 정도로 따뜻해졌다.

미후유의 손이 그의 하반신으로 뻗어 왔다. 그러나 그곳의 반응이 신통치 않았다. 왜 그래, 하고 문듯이 그녀가 마사야의 얼굴을 들여다보았다.

"역시 협박장이 마음에 걸리나 봐."

사실이었다. 지금은 생각해 봐야 별 소용이 없다는 걸 알면서도 역시 그 글귀가 머리에서 떠나지 않았다.

미후유는 마사야의 가슴을 쓰다듬다가 거기에 자신의 볼을 비볐다.

"걱정하지 마. 내가 어떻게든 해 볼 테니까. 누가 마사야를 괴롭히는지 꼭 밝혀낼 거야."

마사야가 그녀의 어깨에 팔을 두르고 다른 한 손으로 그녀의 머리를 쓰다듬었다. 그녀의 머리카락에서 좋은 향기가 풍겼다. 경영하는 미용실에서 사용하는 샴푸인가 보다고 생각했다.

"있지, 마사야."

미후유가 고개를 들었다.

"만일 상대의 정체가 밝혀지면 어떻게 할 거야?"

그 질문에 마사야는 대답하지 않았다. 어쩌면 좋을지 그 자신도 알 수 없었기 때문이다. 상대의 정체가 밝혀진다고 해서 협박이 끝나는 것은 아니다. 당연한 얘기지만 경찰에 신고할 수도 없다.

미후유가 마사야의 가슴 위에서 손가락을 움직였다. 뭔가 글자를 쓰는 것 같았다.

"마사야, 나는 각오가 되어 있어."

그가 머리를 들었다. 그녀와 눈이 마주쳤다.

"각오라니?"

그녀가 그의 눈을 똑바로 바라보았다.

"전부터 내가 말했지? 이 세상은 전쟁터라고. 내 편은 마사야뿐이야. 마사야 편은 나뿐이고. 살아남기 위해서라면 나는 무슨 짓이든 할 각오가 되어 있어."

그녀가 무슨 말을 하는지는 마사야도 알았다. 협박의 그늘에서 벗어나려면 방법은 하나뿐이라는 것이다. 마사야도 그 생각을 하지 않은 것은 아니다. 다만 너무도 무서운 상상이라서 의식적으로 배제했을 뿐이다.

"마사야."

그가 잠자코 있자 미후유가 또 말했다.

"우리에게 쉬운 방법이란 없어."

"뭐라고?"

"하고 싶지 않은 일을 피해 가면서 앞길을 개척할 수는 없다는 말이야."

그의 속마음을 꿰뚫어 보는 듯한 말이었다.

"그건 알지만, 할 수 있는 일과 해서는 안 되는 일이 있잖아."

"하지만 그때는 했잖아."

미후유의 눈이 빛난 것처럼 보였다. 그녀가 말하는 '그때'의 의미는 마사야도 안다.

"그건…… 사고였어."

"후회하는 거야? 그때 마사야가 그러지 않았다면 어떻게 되었을까?"

그건 마사야도 알 수 없다. 그때 도시로를 죽이지 않았다면 과연 어떻게 되었을까. 아버지의 보험금을 빼앗겼을 게 분명하다. 그러는 편이 차라리 나았을까.

"자세한 사정은 모르겠지만, 마사야라면 충동적이든 뭐든, 반드시 가장 좋은 길을 선택했을 거라고 봐. 당신은 그럴 수 있는 사람이야."

"그게 좋은 길이었다는 말이야?"

"나는 마사야의 판단력을 믿어. 그리고 좋은 길인지 아닌지는 그 후의 행동에 달려 있다고 생각해. 아무리 옳은 길을 택했더라도 그 후에 잘못된 행동을 한다면 모두 허사가 되고 말아."

그 후의 행동……. 방해자를 모두 없애라는 뜻인가. 그것이 내가 나아갈 길이라는 말인가. 미후유에게 묻고 싶었지만 마사야는 그 말을 속으로 삼켰다.

"환한 낮의 길을 걸으려고 해서는 안 돼."

미후유가 정색하고 말했다.

"우리는 밤길을 걸을 수밖에 없어. 설사 주위가 낮처럼 밝다 해도 그건 진짜 낮이 아니야. 그런 건 이제 단념해야 해."

5

그로부터 일주일 후 미후유는 다시 마사야의 아파트를 찾았다. 도쿄역에서 곧장 왔다는 그녀는 짙은 감색 투피스 위에 검정 코트를 걸치고 있었다. 그런 차림으로 마사야의 아파트에 온 일은 여태껏 한 번도 없었다.

미후유가 코트를 벗어 던지고 방석 위에 앉았다.

"여러 가지로 걱정되는 일이 있어."

"무슨 일인데?"

"오니시라는 사람, 기억해? 마사야네 집 근처에 살았던 사람인데."

"오니시? 아아, 그래. 그런 사람이 있었어. 꽤 큰 집에 살았지, 아마. 마을 회장이었을 거야. 얘기를 나눈 적은 없지만."

"그 오니시 씨에게 들었는데, 작년 말에 그 근방의 피해를 찍은 사진이나 비디오가 있느냐면서 찾아온 남자가 있었대. 특히 소규모 공장의 피해 상황을 알 수 있는 자료가 있으면 좋겠다고 했다는 거야."

"소규모 공장?"

"응. 자기는 상사 직원인데, 산업 기기를 취급한다고 하더래. 그래서 지진으로 기계가 어떤 피해를 입었는지 조사해서 나중에 참고하고 싶다고 말이야. 그 근처에 마사야네 공장 말고도 소규모 공장이 많았잖아."

"흠……. 그 얘기만 들어서는 별일 아닌 것 같은데."

한신 아와지 대지진의 피해는 여러 기업과 연구 기관에서 분석하고 있다. 산업 기기를 취급하는 회사가 피해 자료를 수집하는 건 이상한 일이 아니었다.

"문제는 이제부터야. 그 남자가 올해 들어 또 오니시 씨를 찾아왔나 봐. 그런데 이번에는 지난번과 달리 꼭 집어 미즈하라 제작소의 일을 꼬치꼬치 캐물은 모양이야."

"우리 공장에 관해서? 구체적으로 뭘 물었다는 거지?"

"경제 상황이 어땠는지, 공장 경영은 순조로웠는지, 그리고 아버지에 관해서도."

"우리 아버지에 관해서?"

"보험금 때문에 자살했다는 말이 사실이냐고……."

미후유가 살짝 고개를 숙였다.

"어이가 없다."

마사야는 고개를 옆으로 돌렸다.

"우리 집이 빚더미에 올라앉았다든가, 그 때문에 아버지가 자살했다는 건 굳이 돌아다니며 묻지 않아도 온 동네가 다 아는 사실이야."

미후유가 속눈썹의 떨림이 보일 정도로 천천히 눈을 깜박거렸다.

"그 얘기를 들으니 감이 잡히더라. 협박장 보낸 범인은 그 남자야."

"왜 그렇게 생각하지?"

"처음에는 그 남자도 본인이 말한 것처럼 일 때문에 자료를 수집했겠지. 그런데 수집한 사진과 비디오테이프를 보다가 그 장면을 발견한 거야."

"내가…… 그러는 장면 말이야?"

고모부를 죽이는 장면, 이라고 말할 수는 없었다.

미후유가 고개를 끄덕였다.

"요즘은 어느 집에나 비디오카메라 정도는 있으니까 그때 그 주변을 촬영한 사람이 한두 명쯤 있었어도 이상할 게 없어."

마사야는 고개를 저었다. 비디오카메라라면 자신의 집에도 있었다. 하지만 그런 상황에서 주변을 촬영하겠다는 생각은 눈곱만큼도 들지 않았다.

"그 장면을 발견한 순간 남자의 목적이 달라졌을 거야. 그런 경우 대개는 경찰에 신고하겠지만, 그는 그러지 않았어. 비디오테이프에 찍힌 사람이 누구인지를 먼저 알아내려 했지. 미즈하라 제작소의 아들이라는 사실은 금방 밝혀졌을 거야. 다음 순서는 그때 죽은 사람을 조사하는 거지. 미즈하라 제작소에서 죽은 사람은 두 명, 마사야의 아버지와 요네쿠라 도시로. 그중 마사야 아버지는 자살했으니까 제외. 그럼 머리에 부상을 입고 죽은 요네쿠라 도시로가 살해된 사람이라고 단정할 수 있어."

"그래서 나한테 협박장을……."

미후유는 고개를 저었다.

"그러기 전에 남자는 요네쿠라의 신상도 조사했을 거야. 그랬다면 당연히 그 딸을 찾아갔겠지."

"사키코를?"

마사야는 입술을 깨물었다. 상황이 조금씩 이해되었다.

"남자는 은근슬쩍 요네쿠라와 마사야의 관계를 물어봤을 거야. 사키코 씨가 어떤 식으로 대답했을까?"

"빚과 관련된 얘기를 했겠지. 지진을 틈타 마사야가 자기 아버지를 살해한 게 아닌지 의심스럽다고 말이야. 그런 얘기를 하고도 남을 여자야."

"그걸로 남자는 퍼즐의 조각을 모두 손에 넣었어. 살해 동기, 증거, 그리고 마사야의 손에 들어간 아버지의 생명 보험금. 거기까지 파악하고서 마사야를 협박하기로 결심했을 거야."

"그런가."

마사야가 한숨을 쉬었다.

"그래서 천만 엔을 요구했나 보군. 아버지 보험금에서 빚을 갚고 나면 남는 돈이 그 정도일 테니까. 사키코에게 그런 애기를 들었을 거야."

"남은 일은 마사야가 어디 있는지 알아내는 것뿐일 텐데, 그건 어렵지 않았을 거야. 아버지가 가입한 생명 보험 회사에도 기록이 남아 있을 테고, 은행 채무를 정리할 때도 연락처를 여기로 해 두었잖아. 어떻게든 주소를 찾아냈겠지."

마사야의 얼굴이 일그러졌다. 미후유의 얘기는 앞뒤가 들어맞았고, 어디에도 모순이 없었다.

"그 남자 이름을 알아?"

"그것까지는 오니시 씨도 기억하지 못했어. 회사 이름도 잊어버렸나 보더라고. 다른 집에도 물어보고 다녔다면 혹시 알아냈을지도 모르지만, 너무 그러면 사람들이 수상하게 여길 것 같아서 말이지."

"그건 그렇겠다. 거기까지 조사한 것만 해도 용해."

"고생 좀 했지."

미후유가 풋, 웃었다.

마사야가 머리를 감쌌다. 갑자기 협박하는 사람이 나타난 이유는 납득했다. 그러나 앞으로 어떻게 해야 할지 도무지 대책이 서지 않았다.

미후유가 다리를 뻗으며 재킷을 벗었다. 안에 입은 파란 셔츠는 단추가 두 개 풀어져 있다. 머리를 쓸어 올리는데 브래지어 끄트머리가 언뜻 엿보였다.

"마사야, 그 남자를 그냥 둬서는 안 돼. 자칫하다가 돌이킬
수 없는 사태가 벌어질지도 몰라."

"하지만 상대의 정체를 모르는데 어떡하겠어."

"정체는 모르지만, 반드시 그쪽에서 접근해 올 거야. 그때
가서 망설이면 늦어. 미리 결심을 단단히 해 두어야 해."

"결심을…… 말이지."

"나는 이미 결심했어."

미후유가 마사야의 눈을 빤히 들여다보았다. 마음속까지 꿰
뚫어 볼 듯한 시선이다. 동요하는 마음을 들키고 싶지 않아
그는 그 눈길을 외면했다.

●

6

미후유의 예상은 적중했다. 4월에 들어서자마자 두 번째 편
지가 날아들었다. 보낸 사람은 지난번과 마찬가지로 요네쿠
라 도시로로 되어 있었다.

'지난번에 거래를 제안했지만 기한 내에 입금되지 않아 유감이
다. 그러나 그쪽도 사정이 있을 거라고 판단해 다시 한 번 기회를
주기로 했다. 단, 이번에는 은행 입금이 아니라 직접 물건과 현금

을 교환한다.

　일시 — 4월 8일 저녁 7시

　장소 — 긴자 중앙로 2가, 찻집 '계화당'

　반드시 혼자 올 것. 나는 당신의 얼굴을 알고 있다. 이쪽에서 말을 붙일 것이다. 그때까지 찻집 안에서 수상한 행동을 하지 말 것.

　시간 엄수. 1분이라도 늦으면 거래를 중지한다.

　다시 말하지만 이번이 마지막 기회다. 부디 나타나기를 간절히 바란다.

　편지를 읽고 난 미후유가 고개를 크게 한 번 끄덕했다.

　"이 남자가 썼듯이 이번이 정말 처음이자 마지막 기회야. 이 기회를 놓치면 상대의 정체를 알아내기 힘들어."

　"대체 어떻게 알아낸다는 거야. 돈을 건넨다고 자신의 정체를 드러낼까?"

　마사야의 말에 미후유는 몸을 살짝 뒤로 젖히며 얼굴 앞에서 손을 살래살래 저었다.

　"돈을 건네면 안 되지. 전에도 말했지만 이런 경우에 방법은 단 하나야."

　"어떤 방법?"

　"상대를 초조하게 만드는 거야. 아주 철저히 말이지. 그러면 반드시 드러낼 거야. 반드시."

그리고 미후유는 입가에 미소를 지었다.

4월 8일, 오후 6시 59분.

마사야와 미후유는 긴자의 카페에 있었다. 그러나 상대가 지정한 '계화당'이 아니라 그 맞은편에 있는 카페다. 벽이 유리로 되어 있어 '계화당' 안이 들여다보였다.

"사람이 꽤 많네."

마사야가 말했다. 테이블이 전면에 다섯 개, 그 안쪽에 네 개가 있는데 손님이 80퍼센트 정도 찼을까. 커플이 네 쌍. 여자끼리 앉은 테이블이 두 개, 그리고 남자 둘이 각각 다른 테이블에 앉아 있다. 그러나 남자 중 어느 쪽도 협박범이라고 단정하기엔 이르다. 멀리서 지켜보다가 마사야가 온 것을 확인한 후에 나타날 작정인지도 모른다.

"니시노미야에서 들은 바로는,"

마사야와 마주 앉아 있는 미후유가 중얼거렸다.

"보통 몸집에 키가 크지도 작지도 않다니까 평균적인 체격이라는 얘기야."

"그럼 오른쪽 끝에 앉은 남자는 제외."

마사야가 '계화당'에 눈길을 준 채 말했다. 오른쪽 맨 끝 테이블에 앉아 있는 남자는 비만이라는 인상을 주는 체격이었다.

다른 한 남자는 안쪽 테이블에 있다. 얼굴이 잘 보이지 않아 마사야는 가지고 온 소형 단안경을 눈에 대고 그 남자에게 초점을 맞추었다. 남자가 안경을 끼었다고 전하자 미후유는 고개를 갸웃했다.

"안경을 꼈다는 얘기는 듣지 못했는데."

"그럼 저 남자도 아닌가."

"속단은 금물이야. 평소에는 안 낄지도 모르지. 아니면 평소에는 끼는데 니시노미야에서 조사하러 돌아다닐 때는 일부러 벗었을지도 모르고."

마사야는 말없이 고개를 끄덕이고 관찰을 계속했다. 안경 낀 남자는 테이블에 잡지 같은 것을 펼쳐 놓고 있었다.

그때 또 다른 남자가 나타났다. 이번에는 회색 양복을 걸쳤고 회사원 분위기다. 그는 유일하게 비어 있던 왼쪽 맨 끝 테이블에 앉더니 손목시계를 들여다보는 듯한 몸짓을 했다. 그러고는 갑자기 시선을 창밖으로 돌렸다. 그 눈이 자신을 향한 것처럼 느껴져 마사야는 단안경에서 얼른 눈을 뗐다.

"또 한 사람이 등장했네."

미후유가 말했다. 그녀가 시계를 보자 마사야도 덩달아 자신의 손목시계를 들여다보았다. 7시 정각이었다.

그러고서 5분간은 별다른 변화가 없었다. 변화라면 오른쪽 맨 끝에 있는 뚱뚱한 남자의 자리에 그의 상대인 듯한 여성이 나타난 정도다.

"갔다 올게."

미후유가 자리에서 일어났다.

"뒷마무리는 약속한 대로."

"전화는 어디서 할 거야?"

"요 밑에 있는 공중전화에서 하려고."

"알았어."

미후유가 계단을 내려간다. 그 뒷모습을 바라보다가 마사야는 다시 '계화당'으로 시선을 돌렸다.

그녀가 이제부터 전화를 하려는 곳은 바로 저 '계화당'이다. 협박범의 이름을 모르니 요네쿠라라는 손님을 불러 달라고 말할 것이다. 협박범도 무시하지 못하고 뭔가 움직임을 보일 것이다. 물론 미후유는 아무 말도 하지 않는다. 협박범이 수화기를 건네받았을 때 전화는 이미 끊겨 있다.

미후유가 자리를 뜬 지 3분이 지났다. 이미 전화를 걸었을 것이다.

그때 '계화당' 안에서 움직임이 있었다. 종업원이 나서서 손님들에게 뭔가를 말하자 왼쪽 맨 끝 테이블에 앉아 있던 남자가 자리에서 일어난 것이다. 남자는 종업원의 안내를 받으며 안쪽으로 사라졌다.

그는 1분도 채 지나지 않아서 돌아왔다. 그러나 자리에 앉지 않고 테이블에서 계산서를 집어 든다. 찻집을 나갈 심산인 듯했다. 마사야도 서둘러 일어섰다.

계산을 치르고 찻집 계단을 내려가는데 때마침 미후유가 나타났다.

"어떻게 됐어?"

그녀가 물었다.

"맨 마지막에 들어온 남자야. 찻집을 나가려는 모양이던데."

"우리 계산대로 좀 수상하다는 생각이 들었나 봐."

두 사람이 카페를 나서는데 '계화당'에서 예의 남자가 나왔다. 그가 긴자 중앙로 4번가를 향해 걸음을 옮겼다. 마사야와 미후유도 그를 따라 걸었다.

오늘 마사야는 짙은 감색 양복에 흰 와이셔츠를 입고 넥타이를 맸다. 그런 차림이 가장 눈에 띄지 않는다고 미후유가 조언했기 때문이다. 이번 한 번 입으려고 전부 할인 매장에서 구입했다.

미후유 쪽은 청바지에 니트 스웨터 차림이다. 거기에 면 모자를 푹 눌러쓰고 선글라스까지 꼈다. '하나야'가 근처에 있어 만에 하나 아는 사람과 마주칠 경우를 대비했다.

이윽고 남자가 계단을 내려가 지하철 마루노우치선을 탔다. 마사야와 미후유도 옆 칸에 올라탔다. 지하철이 혼잡해서 남자의 모습을 확인하기가 힘들었다. 역에 정차할 때마다 미후유가 승강장에 내려 옆 칸을 확인하고 다시 올라탔다.

"어디까지 가려는 걸까?"

글쎄, 하고 그녀는 고개를 갸웃한다.

"아무튼 지하철을 내리면 각자 행동하는 거야."

알았어, 하며 마사야가 고개를 끄덕였다.

신주쿠역에서 승객이 많이 내렸다. 남자는 그대로 있다. 니시신주쿠, 나카노사카우에, 신나카노를 지나도 남자는 다른 움직임이 없었다. 손잡이를 잡은 채 눈을 살짝 감고 있는 듯했다. 미행하는 자가 있는지 경계하는 기색은 느껴지지 않았다. 마사야는 어쩐지 위화감이 느껴졌다. 찻집으로 수상한 전화가 걸려 오는 바람에 급히 나온 남자가 저토록 무사태평일 수 있을까.

미심쩍은 마음이 확실한 형태를 갖추기 전에 남자가 움직이기 시작했다. 미나미아사가야에 도착하기 직전에 지하철 문쪽으로 이동한 것이다. 마사야는 미후유를 보았다. 둘이 눈이 마주쳤다.

미나미아사가야역에 도착하자, 아니나 다를까 남자가 지하철에서 내렸다. 그 모습을 보고 미후유가 먼저 내리고 조금 뒤에 마사야도 내렸다.

역 밖으로 나간 남자는 JR아사가야역 쪽을 향해 나카스기 거리를 걸어갔다. 그와 10미터 정도 거리를 두고 미후유가, 그녀와 10미터 거리를 두고 마사야가 뒤를 따랐다. 거리를 오가는 사람이 많아 남자가 미행을 눈치챌 염려는 없을 듯했다.

또다시 마사야의 가슴속에서 의심이 고개를 들었다. 일이 너무 쉽게 풀리는 거 아닌가 싶었다. 차명 계좌까지 준비해 협박한 남자가 왜 이리 쉽게 모습을 드러냈을까.

뭔가 잘못된 게 아닐까 하는 의심을 떨칠 수 없었다. 사람을 잘못 본 것일까. 하지만 미후유가 전화를 걸었을 때 반응을 보인 사람은 그 남자뿐이었다.

앞서 걷던 남자가 길모퉁이를 왼쪽으로 돌았다. 미후유가 걷는 속도를 올려 그를 따라붙었다. 모퉁이를 돌 때 그녀가 마사야를 힐끔 보았다.

들어선 길에는 인적이 드물었다. 수상히 여기지 않도록 아까보다 거리를 조금 더 두었지만, 너무 멀어지면 갑자기 어느 건물에 들어갔을 때 놓칠 우려가 있었다. 마사야는 미행에 더 집중했다.

남자가 불쑥 방향을 틀었다. 뒤를 돌아보나 싶어 움찔했지만 그건 아니었다. 남자는 오른쪽에 있는 아파트로 들어갔다.

미후유가 마사야를 향해 살짝 손바닥을 내밀었다. 더는 따라오지 말라는 표시인 듯했다. 하긴 상대방에게 얼굴이 알려진 마사야가 이보다 더 접근하는 것은 위험했다.

그는 걸음을 멈추고 옆에 있는 자동판매기에서 담배를 샀다. 그 자리에서 불을 붙이고 담배를 피우면서 그녀가 돌아오기를 기다렸다.

5분 정도 있자 미후유가 아파트에서 나왔다. 그녀를 본 마사야는 걸음을 옮겼다. 미나미아사가야역 방향이었다.

나카스기 거리로 들어서자 그녀가 쫓아왔다.

"이름을 확인했어."

"뭐라는 놈이야?"

마사야가 앞쪽으로 시선을 향한 채 물었다.

미후유는 말없이 메모지 한 장을 내밀었다.

"이런 이름 알아?"

"아니, 전혀 모르는 이름이야."

마사야가 고개를 저었다.

메모지에는 '소가 다카미치'라고 적혀 있었다.

●

7

토스트에 야채수프, 햄에그, 그리고 식후에는 커피. 다카미치는 신문을 읽으면서 매일 먹는 대로 아침을 먹고 있다. 그런 습관을 고치라고 몇 번이나 말했지만, 그는 늘 변명만 늘어놓을 뿐, 아내의 말을 듣는 척도 하지 않았다. 그래서 요즘은 교코도 체념한 상태다. 텔레비전을 보지 않는 것만도 다행이라고 여기려고 한다. 딸인 하루카에게는 식사 중에 텔레비전을 보는 걸 엄격하게 금지해 왔다. 아빠가 그 규칙을 깨뜨리면 체면이 서지 않는다.

"원조 교제가 늘어나는 모양이야."

신문 너머에서 다카미치가 말했다.

"이거 결국 매춘이잖아. 너무들 하는군. 요즘 젊은 애들은 도대체 무슨 생각인지 모르겠어."

"하지만 남자도 나빠."

"그건 그래. 이 기사에도 났지만, 원조 교제 경험이 있는 회사원 중에는 중학생이나 고등학생 딸을 둔 사람도 있대. 그런 놈들도 자기 딸이 그런 짓을 하면 가만 놔두지 않겠다고 한다니, 이거야 원."

"그런 놈은 사형을 시켰으면 좋겠어. 고추를 잘라 버리든지."

교코의 말에 다카미치가 웃음을 터뜨렸다. 그러고서야 신문을 덮었다.

"오늘은 좀 늦을지도 몰라."

"또 접대야?"

교코가 눈을 치켜뜨고 본다.

"아니, 약속이 있어. 전에 얘기했던 신카이 씨 딸."

"아, 드디어 만나는구나. 지난주에는 저쪽에서 일방적으로 취소했다더니."

찻집에서 만나기로 약속해서 기다리고 있었는데 전화가 걸려 와 급한 일이 생겼다며 만나지 못할 것 같다고 했다는 것이다.

"그야 그렇지만, 일방적으로 취소했다고 말하면 상대에게 미안하지. 이쪽에서 불쑥 만나자고 한 건데."

"아무튼 잘됐네. 당신이 애를 많이 썼잖아."

"그래. 솔직히, 이 정도로 애를 먹을 줄은 몰랐어. 그래도 어떻게든 그걸 그 딸에게 전하지 않으면 마음이 편하지 않을 것 같아."

다카미치가 식탁에서 일어나 겉옷을 걸친 후 의자에 놓아둔 가방을 들고 현관으로 향했다. 교코도 그를 뒤따랐다.

"저녁은 집에서 먹을 거지?"

"그럴 생각이야."

그가 구두를 신으면서 대답했다.

그럴 생각이긴 한데 확실하지는 않다, 상사 직원인 남편의 등이 아내에게 그렇게 말하고 있었다. 결혼한 지 7년. 이제는 익숙하다.

"만약 밖에서 먹고 올 거면 전화해."

"어, 알았어. 어느 쪽이든 8시까지는 전화할게."

남편을 배웅한 뒤 교코는 하루카를 깨웠다. 올해 초등학교에 들어간 딸은 아직도 깨워야 일어난다. 졸려서 학교에 가기 싫다고 떼를 쓰는 일도 종종 있다.

그런데 오늘 아침에는 어쩐 일인지 고분고분 눈을 떴다. 그리고 파자마를 입은 채 거실로 나갔다.

"아빠는?"

사방을 두리번거린 후 하루카가 물었다.

"벌써 회사에 가셨지."

"에이, 벌써? 아빠 보고 싶었는데."

"얘는, 무슨 소리야. 늘 마찬가지인데. 그러니까 조금 더 빨리 일어나면 좋잖아."

그래도 하루카는 뾰로통한 표정으로 서 있다. 교코는 조금 짜증이 났다. 다른 때는 아빠가 먼저 나가든 말든 신경 쓰지 않더니 오늘따라 왜 저러는 걸까.

식탁에 앉은 뒤에도 하루카는 태도가 이상했다. 포크 끝으로 햄에그를 쿡쿡 찌르기만 할 뿐 좀처럼 먹지 않는다.

"아빠 일찍 들어와?"

"왜 그러는데. 아빠한테 무슨 할 말이라도 있어?"

"그런 건 아니지만."

"엉뚱한 소리 하지 말고 빨리 먹어. 학교 늦겠다."

평소에는 아빠에게 무관심한 편인 아이다. 다카미치가 바빠서 얼굴을 자주 마주치지 못하기 때문일 것이다. 교코에게는 투정을 많이 부리지만 다카미치에게는 그런 일이 거의 없다. 그래서 때로 그가 서운해하기도 한다.

딸을 학교에 보낸 후 교코는 혼자 아침을 먹기 시작했다. 하루카가 절반이나 남긴 토스트와 거의 먹지 않은 야채수프를 깨끗하게 먹은 뒤 토스트를 한 장 더 구웠다. 이런 식으로 식구들이 남긴 음식을 전부 먹어 치우니 살이 찌지, 하고 그녀는 중얼거렸다.

교코는 지금의 생활에 만족한다. 일류 상사에 근무하는 남편은 부지런하고 나쁜 버릇도 없으며 누구에게나 친절하다. 외동딸인 하루카도 건강하게 자라고 있다.

이 아파트도 만족스럽다. 미나미아사가야까지 몇 분이면 걸어가고 쇼핑하기에도 편리하다. 대출금을 갚아 나가는 데도 지금으로서는 그다지 버겁지 않다. 다카미치는 아내가 문화센터에 다니는 것을 못마땅해하지 않는다.

지금의 생활을 계속할 수만 있다면 더는 욕심 부리지 말자고 교코는 다짐했다. 그리고 그런 생활이 계속될 거라고 그녀는 믿는다. 그것이 깨어질 거라고는 한 번도 생각해 본 적이 없었다.

아침을 다 먹고 빨래를 시작했다. 그러고 나서 유리창을 닦고 내친김에 베란다를 청소했다. 오늘은 평소에 잘 하지 않는 곳을 청소하기로 한 것이다. 부엌 싱크대 밑을 정리하고, 냉장고 선반도 닦았다. 가죽 소파의 얼룩까지 전용 클리너로 닦는 일은 상당한 중노동이었다.

텔레비전을 보면서 늦은 점심을 먹고 있는데 하루카가 돌아왔다. 교코는 서둘러 텔레비전을 껐다.

하루카가 아빠를 위해 케이크를 만들자고 했다. 오늘은 이상한 말만 한다. 그러나 교코도 나쁘지 않은 아이디어라고 생각했다. 다카미치는 술이 세지 않다. 대신 단것을 좋아한다. 신혼 시절에는 쿠키를 자주 구워 줬다.

모녀가 케이크를 만드는 데 열중하다 보니 시간이 금방 지나갔다. 교코는 하루카를 데리고 저녁 찬거리를 사러 나갔다.

"오늘 저녁은 뭐 먹고 싶어?"

슈퍼마켓의 식료품 매장을 걸으면서 딸에게 물었다.

"그라탱."

하루카가 이내 대답했다.

"아빠가 좋아하니까. 새우 그라탱, 좋아해."

"아아, 그래."

저녁 메뉴는 항상 고민스럽다. 오늘은 쉽게 정해져서 좋았다. 그건 그런데, 하루카가 오늘따라 왜 아빠를 이리도 챙기는 걸까.

집에 돌아오자마자 준비에 들어갔다. 다카미치가 돌아오면 곧바로 오븐에 집어넣을 수 있도록 한다.

그런데 그 준비를 모두 마친 후에도 다카미치는 돌아오지 않았다. 하루카는 텔레비전을 보면서도 계속 시계를 쳐다본다. 자신이 좋아하는 아이돌 탤런트가 나오는 프로그램인데도 좀처럼 집중하지 못한다.

"아빠가 늦네."

"그러게. 하지만 8시까지는 전화한다고 했으니까."

교코는 시계를 보았다. 7시 반이 되어 간다.

그러고 십몇 분이 지났을 때 장식장 위에 놓인 전화가 울렸다.

"아빠다!"

"이제야 전화하네."

교코는 안도하면서 수화기를 들었다. 미안하지만 밖에서 먹고 들어갈게, 그런 말을 듣겠지, 하고 짐작했다.

그러나 수화기에서 들려온 소리는 그의 목소리가 아니었다.

"여보세요. 소가 씨 댁인가요?"

젊은 여자의 목소리였다.

"네, 그런데요."

"불쑥 전화 드려서 죄송합니다. 저는 신카이라고 해요."

"신카이 씨? 아아, 남편한테 들었어요. 신카이 부장님의 따님이시라고요?"

고개를 끄덕이면서도 이 여자가 왜 전화를 걸었는지 의아했다. 남편이 지금 이 사람을 만나고 있을 텐데.

"네. 소가 씨가 친절을 베풀어 주셔서 정말 감사하게 생각합니다."

"아니에요, 무슨 말씀을요. 신세를 진 분이니 당연하다고 남편이 말하던걸요."

"그러셨군요. ……저, 그런데 소가 씨 지금 댁에 계신가요?"

"네에?"

교코는 어안이 벙벙했다.

"저, 저희 남편과 함께 계시는 거 아닌가요? 오늘 저녁에 신카이 씨의 따님을 만나기로 했다고 들었는데요."

"네, 약속은 그렇게 했어요. 그런데 약속 시간이 지났는데도 오시지 않아서, 혹시 잊으셨나 하고요."

"그래요? 죄송합니다. 이상하네, 어디서 뭘 하고 있을까……. 잊었을 리는 없어요. 오늘 아침에도 그 얘기를 했는걸요."

"그럼, 좀 더 기다려 보는 게 좋겠네요."

"약속 시간이……?"

"7시예요. 긴자의 '계화당'이라는 찻집에서 만나기로 했어요."

그렇다면 50분 가까이 기다린 셈이다. 무슨 사정이든, 그 정도로 늦어지면 남편은 찻집으로 전화를 걸었을 것이다.

"조금 더 기다려 볼게요."

당황하는 교코의 심정을 헤아린 듯 신카이 미후유가 말했다.

"아니, 그러시면 너무 죄송하죠."

교코는 궁리를 해 보았다. 다카미치의 아내로서 남편이 수치스럽지 않도록 적절한 판단을 내려야 한다.

"그러면 이렇게 하죠. 8시까지 남편이 오지 않으면 그냥 돌아가세요. 남편이 그 후에 갈지도 모르지만, 그건 어쩔 수 없죠. 만약 남편과 연락이 되면 제가 신카이 씨에게 전화를 드릴게요. 그러면 어떨까요?"

"저는 좋습니다. 그럼 8시까지 기다리겠습니다."

"저, 신카이 씨 댁 전화번호를 가르쳐 주시겠어요?"

신카이 미후유가 말하는 번호를 교코는 재빨리 메모했다. 이러면 되는 걸까. 실수한 건 아니겠지. 그런 그렇고, 이 사람은 대체 뭘 하는 거야.

전화를 끊은 후, 그녀의 가슴에 갑자기 불안감이 번졌다. 지금까지 이런 일은 없었다. 늦어지면 무슨 수를 써서라도 연락하는 사람이다.

다카미치의 휴대 전화로 전화를 걸었다. 그러나 전원이 꺼져 있는지 연결되지 않았다.

"아빠는?"

하루카가 또 물었다.

"일 때문에 어디 가셨나 봐. 안 되겠네, 아빠. 그라탱, 먼저 먹을까?"

그러나 딸은 고개를 저었다.

"아빠랑 같이 먹을 거야. 아빠 올 때까지 기다릴래."

배고플 텐데⋯⋯. 교코는 이상한 기분을 느끼며 딸의 얼굴을 바라보았다.

그녀는 용기를 내어 회사에 전화를 걸었다. 그런데 전화를 받은 사람은 다른 부서 직원이었다. 다카미치의 부서에는 아무도 남아 있지 않다고 한다.

결국 그라탱은 딸과 둘이 먹게 되었다. 10시가 지나 다시 전화벨이 울렸다. 교코는 황급히 수화기를 집어 들었다. 그런데 이번에도 신카이 미후유였다.

"죄송합니다. 아직 남편과 연락이 안 되었어요."

"그래요? 바쁘신가 보네요."

"업무에 뭔가 문제가 생겼는지도 모르겠어요. 지금까지 이런 일은 없었는데⋯⋯. 정말 죄송합니다."

"저는 괜찮으니까 너무 신경 쓰지 마세요."

"감사합니다."

사과해야 할 상대에게 오히려 위로를 받고서 전화를 끊었다. 그녀는 또 시계를 보았다.

교코가 신카이 미후유를 만나러 간 것은 그로부터 이틀 후였다. 그날 밤 다카미치는 끝내 돌아오지 않았다. 다음 날 회사에 전화를 걸어 보니 출근도 하지 않았다는 대답이 돌아왔다. 오후가 되자 그녀는 경찰서를 찾았다. 사정을 얘기하자 경찰은 조서를 꾸미기는 했지만, 곧바로 찾아 나설 기미가 보이지 않았다. 조금 더 기다려 보시죠, 하는 것이 유일한 조언이었다.

교코는 가만히 있을 수가 없어서 밤이 되자 신카이 미후유에게 전화를 걸었다. 그녀가 유일한 실마리일 것 같아서였다.

찻집에서 만난 신카이 미후유는 상상했던 것보다 훨씬 어른스러운 여자였다. 이미지가 생각과 너무 동떨어져서, 그녀가 말을 거는데도 실감이 나지 않았다. 하지만 그녀가 내민 명함에는 분명 신카이 미후유라고 적혀 있었다. 미용실을 경영하고 있다는 얘기를 듣고는 약간 놀랐다.

"정말 걱정이 크시겠어요."

교코 얘기를 듣고 난 그녀가 깔끔하게 정리된 눈썹을 찡그렸다.

"그래서 말인데요, 실례되는 줄은 알지만, 뭔가 짚이는 일이 없나 해서요."

그러나 신카이 미후유는 안타깝다는 듯이 고개를 저었다.

"소가 씨와 통화한 게 전부예요. 뭔가 전해 줄 물건이 있다고 하시더군요. 자세한 설명은 만나서 하시겠다고……."

"그렇군요……."

만나 봐야 별 소득 없을 거라고 각오는 했지만, 실제로 확인하고 보니 낙담이 컸다. 자신도 모르게 한숨이 흘러나왔다.

"뭐였을까요. 전해 줄 물건이란 게⋯⋯."

신카이 미후유가 혼잣말처럼 중얼거렸다.

"사진이에요."

교코가 말했다.

"사진이라고요?"

"미후유 씨가 미후유 씨 부모님과 찍은 사진요. 우연히 발견했는데 꼭 전해 주고 싶다고 했어요. 지진으로 앨범을 잃어버렸을 거라면서요."

"그랬군요. 그것 때문에 일부러⋯⋯."

신카이 미후유가 살래살래 고개를 저었다.

그 표정을 보며 교코는 왜 자신이 그린 이미지와 실제의 이 여자가 그토록 다른지 납득했다. 언젠가 다카미치가 그 사진을 교코에게 보여 준 적이 있다. 거기에 찍혀 있던 얼굴을 자세히 보지는 않았지만, 그때 받은 인상과 이 여자의 얼굴이 일치하지 않는다.

물론 그야 어떻든 상관없다. 지금은 남편이 걱정될 따름이었다.

5장

●

1

와인을 잔 두 개에 나누어 따르자 마침내 병이 비었다. 다카하루는 자신의 잔을 들어 앞으로 내밀었다.

"그럼 마지막으로 한 번 더."

그의 의도를 헤아렸는지 신카이 미후유도 미소를 지으며 잔을 손에 들었다. 두 개의 잔이 마주치는 소리가 경쾌하게 울렸다.

다카하루가 와인을 입에 머금고 코로 크게 숨을 들이쉬었다. 와인 향에 꽃향기가 섞여 든다. 창가에 꽃이 장식되어 있기 때문이다. 그 너머로는 도쿄의 야경이 펼쳐져 있다. 고층 호텔의 맨 위층에 있는 프렌치 레스토랑이었다. 셰프가 프랑스에서 몇 번이나 훈장을 받았다는 곳이다. 그런 선전에 의심의 여지가 없다는 것이 오늘 밤의 요리로 증명되었다.

"무거운 짐을 내려놓은 것 같은 표정이네요."

미후유가 생긋 웃었다.

"그 말을 부정할 도리가 없군. 아닌 게 아니라 안도하고 있어. 당신 같은 강적을 상대하자니 도무지 방심할 수가 있어야 말이지."

"제가 강적이라고요?"

"그럼, 강적이지. 그 예쁜 얼굴을 넋을 잃고 바라보고 있다 보면 어느새 이쪽에는 불리하고 그쪽에만 유리한 계약서에 도장을 찍고 있으니 말이야."

"이번 계약이 '하나야'에 불리하다는 생각은 전혀 들지 않는걸요."

미후유가 그를 노려보았다. 물론 적의가 담긴 눈길은 아니다.

"당신의 그런 무기에 현혹되지 않으려고 늘 조심했으니까. 덕분에 이만저만 피곤한 게 아니야. 그래선지 와인 맛이 각별하긴 하군."

"저야말로 긴장했어요. 이 정도로 큰 거래가 될 줄은 몰랐거든요."

"당신 입에서 그렇게 겸손한 말이 나오다니 의외인걸. 보석 장신구 업계를 눈 하나 깜짝하지 않고 휘두르는 당신도 긴장할 때가 있나?"

"저도 보통 사람이니까요."

그녀가 와인 잔을 입으로 가져갔다. 식사할 것을 염두에 두고 립스틱을 엷게 바른 듯하지만, 그럼에도 그녀의 입술은 요염하게 빛났다.

"내가 여러 번 말했지만,"

다카하루는 잔을 테이블에 내려놓았다.

"당신이 그 반지를 보여 줬을 때는 상당히 놀랐어. 콜럼버스의 달걀이라고 할까. 지금껏 전혀 없었던 발상이었어. 과연 여자로구나 싶더군."

"감사합니다."

그녀도 진지한 표정을 지으며 가볍게 고개를 숙였다.

"그런데 더 놀라웠던 일은 그 반지를 들고 불쑥 내 앞에 나타난 거였어. 막무가내로 밀어붙이는 업자들, 분수를 모르는 디자이너 등등 별의별 사람이 약속도 없이 나를 만나러 오지만, 직원용 엘리베이터 안에서 기다린 사람은 당신이 처음이었어."

"아키무라 사장님이 반드시 나타날 만한, 그러면서 쉽게 피할 수 없는 장소를 생각하다가 결국 그렇게 하고 말았어요. 그때는 실례가 많았습니다."

"당신은 우리 가게에서 일한 적도 있으니까 내 행동 범위를 얼마간 파악했던 거지. 놀랍기도 했지만 재미있는 체험이기도 했어. 엘리베이터 안에서 애원하다니, 난생처음 겪는 일이었어. 아마 마지막이기도 하겠지."

"저도 마지막이었으면 좋겠어요."

그녀가 또 웃었다.

약 4개월 전이었다. 사장실로 가려고 엘리베이터를 탔는데

웬 낯선 여자가 있었다. 그녀는 엘리베이터가 움직이기 시작하자 자신의 작품을 봐 달라고 말했다. 그리고 다카하루가 대답도 하기 전에 케이스를 열어 보였다.

이런 데서 뭐 하는 짓이냐고 나무라려고 했다. 하지만 케이스 안에 일렬로 놓여 있는 반지를 본 순간 그 말이 쏙 들어갔다.

그가 여태껏 본 적 없는 디자인이 여럿 있었다. 그중에서도 눈길을 끈 반지는 보석을 입체적으로 배치한 디자인이었다. 루비 밑에 다이아몬드가 있고, 두 개의 사파이어가 위아래로 배치되어 있기도 했다. 그는 그 구조를 뚫어져라 들여다보았다. 보석을 어떤 식으로 앉혔는지 확인하고 싶어서였다.

관심이 있으신가요, 하고 그녀가 물었다. 조금, 하고 그가 대답했다.

다카하루는 그녀를 사장실로 들였다. 그리고 내선 전화의 수화기를 들었다. 그러자 그녀가 말했다.

"일단 사장님 혼자 보세요."

그가 보석이나 귀금속에 정통한 부하 직원을 부르려 한다는 걸 그녀가 알아차린 것이다. 그는 당황스러웠다. 부하 직원을 부르려 한 데는 이유가 있었다.

그러나 그녀는 그 이유마저 간파하고 있었다. 그녀가 미소를 띠고 이렇게 말했다.

"기술자를 불러서 이 디자인의 구조를 기억시켜 봐야 헛수고예요. 저희 말고는 아무도 이렇게 만들 수 없습니다. 아니, 만들어서는 안 됩니다."

"그게 무슨 말이지?"

"이 구조는 이미 특허 출원이 되어 있고, 공개가 되었어요. 심사를 통과하는 일은 시간문제입니다."

솔직히 말해 다카하루가 정말로 놀란 것은 이때였다. 디자인을 판매하러 오는 사람은 많았지만, 특허까지 준비하고 오는 사람은 처음이었다.

"그 점을 이해하시고 자세히 보시면 좋겠습니다."

그리고 미후유는 다시 케이스를 열었다.

그녀의 작품을 본 다카하루는 직감적으로 확신했다. 이건 물건이다.

"자네의 목적이 뭐지?"

"간단하게 말하자면, 업무 제휴이자 기술 제휴입니다. 방법은 여러 가지겠죠. 우리가 만든 상품을 '하나야'에서 파는 것도 그중 하나고, 이 디자인의 공업 소유권을 빌려 '하나야'에서 오리지널을 만드는 방법도 있습니다. 어느 쪽이든 업무 제휴 상품에는 새로운 브랜드명을 붙여야 합니다."

그리고 그녀가 내민 명함에는 'BLUE SNOW 대표 이사 사장 신카이 미후유'라고 적혀 있었다.

그날 미후유는 샘플을 몇 개 두고 돌아갔다. 다카하루는 자신이 신뢰하는 직원들을 불러 모아 놓고 그 샘플을 보여 주었다. 직원들의 의견은 두 가지 점에서 일치했다. 하나는 지금까지 없었던 디자인으로, 반드시 히트할 것이라는 점. 또 하나는 정체를 알 수 없는 신규 업체와의 제휴는 위험하다는 점. 어느 쪽이나 다카하루가 예상했던 대로였다.

우선은 특허 출원이 신청된 내용에 관해 조사했다. 그 결과, 심사를 통과할 가능성이 매우 높은 것으로 밝혀졌다. 이의를 제기하려면 유사한 제품이 특허 공개되기 전에 존재했다는 사실을 증명해야 했다.

그럼에도 직원 몇 명은 여전히 반대했다. 하지만 다카하루는 자신의 직감에 승부를 걸기로 했다. 그가 신카이 미후유를 다시 만난 것은 첫 대면으로부터 열흘이 지난 날이었다.

"그러고 보니 당신이 가르쳐 주지 않은 게 있어."

커피를 마시면서 다카하루가 말했다.

"그게 뭐죠?"

"처음에 내게 보여 준 샘플 말이야. 그걸 만든 사람이 누구냐는 거야. 나는 처음에는 당신이 만든 줄 알았어. 그런데 몇 번 얘기를 나누던 중에 그렇지 않다는 걸 알았어. 현재 'BLUE SNOW'에는 기술자가 다섯 명 있다고 했는데, 그 사람들은 최근에 고용했잖아. 그렇다면 샘플을 만든 사람은 누군지 궁금하군."

"그건 왜요? 누구라도 상관없지 않나요? 구조를 알면 기술이 어느 정도만 있어도 만들 수 있는데요."

"물론 지금은 누구든지 만들 수 있지. 노하우가 있고, 현물도 있으니까. 하지만 당신이 그 디자인에 착안한 시점에는 그 두 가지가 모두 없었을 테니, 그 디자인을 실물로 만드느라 상당히 고생했을 거라고 짐작해. 그것 때문에 특허가 났을 테니까 말이야. 당신에게는 보석 가공 기술이 없으니 누군가가 그걸 이뤄냈겠지. 극단적으로 말하면 그 숨은 공로자 덕분에 특허를 취득한 셈이야. 그래서 신경이 쓰여. 그 사람이 지금 어디서 뭘 하고 있을지 말이야."

다카하루는 기술자들이 샘플을 봤을 때의 표정을 떠올렸다. 그들은 그 발상에도 놀란 듯했지만, 더욱 혀를 내두른 이유는 보석을 입체적으로 배치하는 데 필요한 기술 때문이었다.

어느 기술자의 말이 다카하루의 인상에 깊이 남아 있다. 그는 샘플을 보고서 이렇게 말했다.

"이건 전문 보석 가공인의 솜씨가 아닌 것 같습니다."

의외의 말이었다. 다카하루는 그 말이 무슨 뜻이냐고 물었다.

"제법 근사하게 만들어진 것은 사실이지만, 아주 단순한 부분에 공을 너무 많이 들였습니다. 보석 가공을 조금이라도 배운 사람이라면 누구나 알 만한 기술조차 모르는 게 아닐까 싶을 정도죠. 그 반면에 복잡한 부분은 상당히 정교하게 마무리했습니다."

말하자면 기술을 총동원한 것, 이라고 그는 표현했다.

"앞으로 손을 맞잡고 나가야 할 관계잖아. 그렇다면 그 정도는 알 권리가 있다고 생각하는데."

그러자 미후유는 부드럽게 미소를 지으며 창 쪽으로 눈길을 돌렸다. 유리창에 그녀의 아몬드 모양 눈이 비쳤다.

"그걸 만든 사람은,"

그녀가 천천히 입을 열었다.

"어디에나 있을 법한 동네 기술자였어요. 보석 가공사가 아니라 금속 가공 기술자였죠."

역시, 하고 다카하루는 생각했다. 그 직원의 눈이 정확했던 것이다.

"하지만 이제는 이 세상에 없어요."

"응?"

미후유가 다카하루를 향해 얼굴을 돌렸다.

"아버지의 지인이었어요. 그래서 제가 부탁해 그 샘플을 만들었죠. 아시다시피 저는 보석 가공에 관해 아무런 지식이 없었기 때문에 그분과 시행착오를 거듭하면서 디자인을 완성했어요."

"이 세상에 없다니, 사고라도 당했나?"

그녀는 그를 바라보며 고개를 저었다.

"지진요, 한신 아와지 대지진. 사고라고 한마디로 말할 수 없을 만큼 비참한 사건이었죠."

다카하루가 눈썹을 찡그리며 고개를 끄덕였다. 그녀가 지진 피해자라는 사실은 그도 알고 있다.

"그 지진으로 이 땅의 우수한 인재를 여럿 잃었다고 들었는데, 그중에 그런 사람도 있었군."

미후유는 고개를 숙였다. 그녀는 커피 잔으로 손을 뻗었지만 그걸 입으로 가져가지는 않았다.

"괜히 아픈 기억을 떠올리게 한 모양이군. 장소를 옮기지."

다카하루가 손을 살짝 들어 종업원을 불렀다.

같은 층에도 바가 있지만, 그는 엘리베이터를 타고 지하로 내려가기로 했다. 그곳에 메인 바가 있기 때문이다. 그 안쪽에는 VIP용으로 칸막이가 설치된 자리도 있다.

그러나 둘은 카운터 자리에 나란히 앉았다. 미후유가 그러길 원했기 때문이다.

"오늘 밤에는 커플이 많군. 머지않아 크리스마스라 그런가."

뒤를 힐끔 돌아보고 나서 다카하루가 말했다.

"평소에는 비즈니스 미팅을 끝낸 회사원들이 눈에 많이 띄었는데 말이야."

"아키무라 씨는 VIP석만 이용하시니까 커플들이 눈에 띄지 않았던 것 아닐까요?"

"그렇지 않아. 이래 봬도 나는 사람을 관찰하는 걸 좋아해서 어디를 가든 주위를 두리번거리며 살핀단 말이지."

그리고 그는 고개를 약간 쳐들며 웃었다.

"우리 둘은 사람들에게 어떻게 보일까?"

"글쎄요."

"여자 나이를 묻는 건 실례지만, 나와 자네는 열다섯 살 정도 차이가 있을 거야. 아니, 스무 살 정도 차이가 나려나?"

그 말에 미후유가 웃음을 터뜨렸다.

"사탕발림은 그만두세요. 아키무라 씨와 스무 살 차이라면 제가 갓 스물이라는 얘기잖아요."

"내가 올해 마흔다섯 살이야. 자네는 언뜻 보기에 스물다섯 정도로 보이지만, 일을 처리하는 솜씨로 봐서는 좀 더 인생 경험이 풍부할 거라고 생각했지. 그래서 열다섯 살 정도 차이가 있을 거라고 짐작한 거야."

"마음대로 생각하세요."

"그 정도로 나이가 차이 나는 두 사람이 세상 사람들 눈에는 어떻게 비칠까? 부모 자식 관계라고 보기에는 나이가 너무 가깝고, 오누이라고 보기에는 너무 벌어져 있고. 상사와 부하 직원? 아니면 스승과 제자?"

"어느 쪽이든 이런 곳에서 단둘이 술을 마시지는 않겠죠."

"그렇다면 두 사람은 깊은 사이로 여겨지겠군. 게다가 남자에게는 처자식이 있어. 말하자면 불륜 관계지."

그렇게 말하고 나서 그는 엄지손가락으로 어깨 너머를 가리켰다.

"저기 있는 사람 셋 중 하나는 우리를 그런 사이로 볼 거야. 내기해도 좋아."

"설마요."

"그런데 사실일 거야. 사람들은 남을 의심하기를 좋아하니까. 그렇다고 그들의 생각이 완전히 틀린 것도 아니야."

그의 진의를 모르는지 미후유는 말없이 고개를 갸웃했다.

"그들이 착각한 것은 두 가지야. 하나는 내게 처자식이 있다는 생각. 또 하나는 우리가 이곳을 나간 후 호텔 룸으로 갈 거라는 예상. 그 외에는 별로 틀리지 않았어. 적어도 내 마음에 관한 한 그들은 진실을 간파했어."

그제야 의미를 이해한 듯, 미후유의 표정이 진지해졌다. 그녀는 등을 곧게 펴고 카운터를 향해 바로 앉았다.

"업무 제휴에 관한 계약은 오늘로 끝났어. 하지만 앞으로도 우리는 일 때문에 몇 번인가 만나게 되겠지. 이런 식으로 식사를 하고 술을 마시는 경우도 있을 테고. 그때 내 목적은 일에만 머무르지 않을 거야. 그래서 자네에게 확인하고 싶은데, 그런 상황을 받아들이고 싶지 않다면, 분명하게 말해 줘. 앞으로 이런 얘기를 꺼내지도 않고, 자네가 괜한 신경을 쓰는 일도 없도록 배려할 테니까."

이 말은 어제 생각해 두었다. 결혼을 전제로, 따위의 말은 도저히 못 할 것 같았다. 그러나 마음을 전하지 않으면 앞으로 나아갈 수 없다. 그것이 그의 신조였다.

미후유가 심호흡을 했다. 혀로 입술을 축인 다음 그를 향해 앉았다.

"좀 놀랐어요."

"그런가? 별로 놀란 표정은 아닌데."

"많이 놀랐을 때는 그런 표정을 지을 여유도 없는 법이죠. 아니면 저를 놀래려고 농담하신 건가요? 그렇다면 리액션을 좀 더 확실히 보여 드릴 걸 그랬네요."

"자네는 만만찮은 여자야."

드라이 마티니 잔을 입으로 가져가면서 다카하루가 쓴웃음을 지었다.

"그런 식으로 말을 돌리면서, 실은 머릿속으로 재빨리 계산하고 있겠지. 자, 이 상황에서 뭐라고 대답하는 게 최선일까, 하고 말이야."

그러자 이번에는 그녀가 씁쓸한 미소를 머금었다. 그 입술이 요염하게 빛났다.

"제가 더없는 악녀라도 되는 양 말씀하시네요."

"천만에, 나는 자네의 그런 점이 마음에 들어. 내가 여태 독신인 이유는 단 하나, 머리가 좋은 여자를 만나지 못해서야. 자네는 지금까지 내가 만난 여자 중에서 가장 머리가 좋아. 그리고 머리가 좋은 여자는 만만찮은 법이지. 그래, 보기에 따라서는 악녀라고 오해받을 수도 있겠군."

미후유는 고개를 살짝 기울인 채 가볍게 턱을 괴고 그를 바라보았다.

"칭찬인가요? 혹시 제가 그 말을 곧이곧대로 받아들이면 머리가 나쁜 여자라고 경멸하시는 거 아니에요?"

"말 돌리기는 그쯤 하고 대답을 들려줬으면 좋겠어."

다카하루가 그녀의 눈을 똑바로 바라보았다.

미후유는 턱을 괴고 있던 손을 무릎에 내려놓고 손깍지를 끼었다. 그 손가락에 그녀가 독자적으로 디자인한 반지 두 개가 끼워져 있었다.

"아키무라 씨의 마음은 알겠어요. 영광이고, 고마운 일이라고 생각합니다."

"고마운 일이란 말이지……. 하지만, 이라고 말이 이어질 듯하군."

"네. 하지만, 이라고 말을 이을게요. 이렇게 느닷없이 허를 찔린 사람의 입장도 생각해 주세요. 아키무라 씨의 마음은 이해했어요. 그런 의미에서는 받아들일 수 있어요. 다만, 제 마음이 어떠냐고 물으시면 곤란해요."

"희망이 없다는 말인가?"

"그런 식의 말은 아키무라 씨에게 어울리지 않아요."

미후유의 지적에 다카하루는 민망했다. 그녀의 말이 사실이었다.

"솔직히 말해서 당황스러워요. 하지만 아키무라 씨의 고백을 들었다고 해서 앞으로 제가 아키무라 씨를 껄끄러워하지는 않을 거예요. 만날 때마다 어떤 대답을 요구하신다면 얘기가 달라지겠지만요."

그 말에 다카하루가 조그만 소리로 웃었다.

"요컨대 당분간 보류하겠다는 말이군."

"네, 그렇게 이해하셔도 좋아요."

"다행이야. 실낱같은 희망이라도 있으니까 말이야."

다카하루가 다시 칵테일 잔을 들었다.

"일단은 혼자서 축배를 들어야겠군."

"건방진 여자라고 생각하시나요?"

"건방지다니, 왜?"

"천하의 '하나야' 사장에게 고백을 받았는데 기뻐하지 않으니까요."

다카하루가 웃음을 터뜨리더니 고개를 저었다.

"내가 자신감이 넘치는 사람이라는 건 인정하지. 남의 눈에는 우습게 보일 수도 있을 거야. 하지만 그건 일과 관련해서야. 정말 똑똑한 여자를 만났을 때는 어째야 좋을지 모르겠어. 대체 어떻게 해야 자네 마음을 사로잡을 수 있을까?"

"저도 드라이 마티니 한 잔 주시겠어요?"

미후유가 바텐더에게 주문한 후 다카하루에게 미소를 지었다.

"솔직히 말하자면 지금은 머리에 일 생각밖에 없어요. 꿈을 이루기 위해 생각할 일, 생각해야 할 일이 너무 많아요."

"꿈이라……. 자네의 꿈이라는 건 구체적으로 어떤 거지?"

"간단히 설명하기는 어렵지만, 굳이 말하자면……,"

그녀가 턱을 살짝 쳐들고 비스듬히 위쪽으로 시선을 보냈다.

"아름다움을 추구하는 것……이라고 할까요."

"그 또한 스케일이 큰 얘기군."

"사람은 누구나 아름다움을 추구하잖아요. 거기에 돈을 아끼지 않는 사람도 적지 않고요. 저는 그런 사람들에게 아름다움을 주는 역할을 하고 싶어요. 물론 아름다움이란 각양각색이죠. 보석을 아름답다고 여기는 사람도 있고, 멋진 헤어스타일을 아름답다고 여기는 사람도 있을 거예요. 여성의 모습 그 자체에서 아름다움을 느끼는 사람도 많을 테고요. 저는 그런 요구들에 전부 대응하고 싶어요."

"자네가 미용업계에서 승승장구하는 건 사실이야. 그럼 하나 묻겠는데, 자네가 그리는 꿈의 완성도는 어떤 모습이지? 아름다움을 다루는 업계 전체를 주름잡는 것인가?"

다카하루의 질문에 미후유는 손을 살래살래 저었다. 마침 그때 바텐더가 그녀 앞에 칵테일 잔을 놓았다. 그녀는 잔을 쥐었다.

"그렇게 거창하지는 않아요. 제가 생각하는 꿈의 형태는 이런 거예요. 우선 터널이 있고, 거기에 입구와 출구가 있어요. 입구에는 여자가 하나 서 있어요. 별로 예쁘지도 않고 화장기도 없죠. 차림새도 그저 그렇고요. 하지만 돈은 좀 있어요. 아르바이트 같은 걸 해서 모은 돈이죠. 그녀는 그 돈을 갖고 터널 속으로 들어갑니다. 잠시 후 터널에서 나왔을 때 그녀는 아름답게 화장하고 헤어스타일이 잘 어울리는 여자로 변해 있어요. 조금 아름다워진 그녀가 얼마 지나 다시 터널로 와요. 이번에는 전보다 돈이 더 많아요. 왜냐하면 아름다워진 덕분에 벌이가 더 좋은 일을 하게 된 거죠. 그녀는 다시 터널 속으로 들어가요. 터널에서 나왔을 때 그녀는 지난번보다 한층……."

아름다워졌다. 라는 말을 다카하루와 그녀가 합창하듯이 했다.

"잘 어울리는 옷을 입은 건가? 아니면 액세서리?"

"다이어트를 했을지도 모르죠. 피부 관리를 받았든지요."

"성형은?"

"그것도 가능하겠죠."

미후유가 고개를 끄덕거렸다.

"터널을 통과할 때마다 아름다워지는 거예요."

"요컨대 그 마법의 터널이 자네가 그리는 꿈의 형태라는 말이군."

"굳이 말하자면요."

"하지만 그건 여성의 필요에 대응할 뿐이잖아. 남자는 무시하나?"

"저는 결과적으로 남자의 욕망에도 부응하는 셈이라고 봐요. 남자는 터널의 출구 앞에서 기다리기만 하면 되니까요. 그러면 아름다워진 여자들이 하나씩 나타나는 거예요."

"남자가 추구하는 아름다움이란 아름다운 여자를 얻는 것뿐이라고 생각하는 거야?"

"나는 그렇게 확신해요."

미후유가 단정적으로 말했다.

"아닌가요?"

다카하루는 반박하는 대신 그녀에게서 약간 물러나 그녀를 손끝에서 머리끝까지 찬찬히 바라보았다. 그런 다음 담배를 입에 물고 불을 붙였다.

"왜 그러시죠?"

"만일 그렇다면, 그 마법의 터널에서 아름다워진 여성 그 자체가 자네가 만들어 낸 상품이기도 하겠군."

"상품이라는 표현이 옳은지 어떤지는 모르겠지만, 남자에게 자신 있게 제공할 수 있는 아름다움이라고 할 수는 있겠죠."

다카하루가 계속해서 내뿜는 담배 연기로 주위가 자욱해졌다.

"자네가 처음에 보여 준 반지 샘플도 근사했지만, 그렇다면 자네는 훨씬 멋진 샘플을 이미 세상에 내보인 셈이군."

네? 하고 미후유가 눈을 깜박거렸다.

"자네 자신 말이야."

그가 칵테일 잔을 들어 그녀 앞으로 내밀었다.

미후유는 하얀 이를 드러내며 웃고서 드라이 마니티를 한 모금 입에 머금었다.

●

2

오랜만에 가게에 나타난 미즈하라 마사야를 보고 유코는 소스라치게 놀랐다. 그를 금세 알아보지 못했을 정도였다. 그만큼 많이 변해 있었다. 본디도 마른 체격이었지만, 양 볼이 움푹 파이고 눈이 쑥 들어가 있었다. 안색도 나쁘고, 무엇보다 표정이 생기 없이 탁했다.

"왜 그래요?"

물수건을 내려놓는 것도 잊은 채 그녀가 물었다.

뭐가? 하듯이 그가 쑥 꺼진 눈으로 그녀를 바라보았다.

"어디가 안 좋은 거 아니에요?"

"아니, 딱히…… 나쁘지 않아."

그러나 그 목소리에도 힘이 없었다.

"그럼 다행이지만……, 요즘 들어 통 안 보여서요. 병이라
도 나지 않았는지 걱정했어요. 정말 괜찮아요? 일이 너무 바
쁜 건 아닌가요?"

그러자 마사야가 왜 그런지 어렴풋이 미소를 지었다.

"어쩌다 보는 유코가 오히려 나를 걱정해 주는군. 이상도 하
지."

"무슨 뜻이에요?"

"아무것도 아니야."

그리고 그는 벽에 걸려 있는 칠판을 바라보았다. 거기에는
메뉴가 적혀 있다.

"모둠 조림이랑 계란말이, 그리고 맥주로 할게."

"그거면 되겠어요? 정식은요?"

"오늘은 됐어."

그는 연말 특집 프로그램이 나오고 있는 텔레비전으로 눈을

돌렸다.

유코가 맥주와 간단한 안줏거리를 가져오자 그는 간간이 텔레비전을 보면서 말없이 맥주를 마셨다. 주문한 음식이 나온 후에도 그 모습은 변함이 없었다.

약 한 시간에 걸쳐 그는 맥주를 큰 병으로 두 병 마셨다. 음식은 추가하지 않았다.

"오늘, 밤참은 필요 없어요?"

계산을 치를 때 그녀가 조그만 소리로 물었다.

"응, 필요 없어."

"하지만 저녁도 별로 안 먹었는데."

"식욕이 없어."

그가 오천 엔짜리 지폐를 냈다.

유코는 거스름돈을 건네기에 앞서 메모지와 볼펜을 내밀었다.

"주소 좀 가르쳐 주세요. 연하장을 보내려고요."

"내게?"

뜻밖이라는 듯이 반문했지만 그는 이내 볼펜을 집어 들었다. 상당한 달필이었다. 유능한 기술자는 글씨도 잘 쓴다는 말을 유코는 손님에게 들은 기억이 있었다.

주소를 다 쓰고 거스름돈을 받아 든 후 그는 고개도 들지 않은 채 가게를 나갔다.

'오카다'의 폐점 시각은 자정이다. 마지막 손님이 나가자 유코는 주먹밥을 만들기 시작했다. 무슨 일인가 싶어 의아한 눈으로 바라보는 엄마 사토코에게 그녀가 말했다.

"나, 친구들한테 잠깐 다녀올게."

"아니, 이 시간에?"

"송년회를 하고 있대서 먹을 것 좀 가져다주려고. 저것도 가져다줘도 되지?"

팔다 남은 참치회를 가리키며 그녀가 물었다.

"너무 늦지 않도록 해."

"알아."

밤늦게까지 가게 일을 돕는 터라 부모님은 유코의 밤마실에 대해 별로 잔소리를 하지 않는다. 그리고 밤마실이라고 해 봤자 어릴 적 소꿉친구나 동창생을 만나는 게 고작이어서 퇴폐적인 장소에 드나드는 일도 없었다.

그러나 오늘 밤 그녀가 가려는 곳은 친구들 모임이 아니다. 그녀의 코트 주머니에는 아까 미즈하라 마사야가 적어 준 메모가 들어 있었다.

번지수를 확인하면서 도착한 곳에 낡은 2층짜리 아파트가 있었다. 난간에 녹이 슨 계단을 올라 호수를 확인한 후 벨을 눌렀다.

문이 열리고, 마사야가 야윈 얼굴을 내밀었다. 그녀가 꾸벅,

머리를 숙이자 그는 퀭한 눈을 껌벅거렸다.

"유코……, 이 시간에 무슨 일로……?"

"먹을 걸 좀 가져왔어요."

그녀가 들고 온 종이봉투를 들어 보였다.

"나 주려고 일부러?"

"아무리 봐도 영양실조 같아서……. 식사를 제대로 안 하는 거 아닐까 싶었어요."

거기까지 말하고서야 마사야의 당황한 표정이 눈에 들어왔다.

"실례가 되었나요?"

"그런 건 아니지만, 너무 놀라서."

"그렇겠죠. 불쑥 찾아와서 미안해요."

유코가 종이봉투를 내밀었다.

"싫지 않으면 먹어요."

마사야는 주저하며 손을 뻗다가 종이봉투를 받아 들기 전에 그녀를 보았다.

"춥겠네. 잠깐 들어오지 그래. 차라도 마시고 가."

그가 이 말을 얼마나 망설이면서 하는지를 유코도 느낄 수 있었다. 젊은 여자를 집에 들이는 행위가 무엇을 의미하는지 생각했을 것이다.

"아, 너무 늦어서 곤란할까?"

유코가 대답하기 전에 그가 먼저 말했다.

"내가 데려다줄게. 그러는 게 좋겠어."

"아니, 저……."

그녀가 다급히 말했다.

"잠깐은 괜찮아요."

"그래?"

"네."

유코가 고개를 끄덕였다.

"알았어. 좀 지저분하지만, 그럼…… 들어와."

마사야가 문을 활짝 열었다.

집 안으로 한 걸음 들어선 순간 유코는 냉기를 느꼈다. 기온의 문제는 아니었다. 기온은 바깥이 더 낮을 것이다. 전기스토브의 빨간 불빛이 보였다. 그러나 등이 오싹해지는 듯한 느낌이 분명히 있었다.

마사야가 방석을 내놓았다. 조그만 테이블 위에는 담배꽁초가 수북한 재떨이와 빈 맥주 캔, 땅콩 봉지 등이 널려 있었다. 14인치짜리 텔레비전에서는 올해의 스포츠 명장면이 나오고 있다.

유코는 방석 위에 무릎을 꿇고 앉아 방 안을 둘러보았다. 남자 혼자 사는 집치고는 비교적 정리가 잘되어 있다. 아니, 그보다는 물건이 거의 없다는 표현이 옳을 것이다. 생활의 흔적이 느껴지지 않는 방이라고 그녀는 생각했다.

"뭐 하고 있었어요?"

"딱히 뭘 하진 않았어."

주전자를 불에 올려놓으며 마사야가 대답했다.

"텔레비전만 보고 있었지."

"늘 이런 식이에요?"

"그렇지, 뭐. 일하고, 밥 먹고, 자고."

"가족은 없어요?"

"내가 말하지 않았나? 한신 아와지 대지진 직전에 아버지가 자살하는 바람에 나 혼자 남았다고."

"아……."

괜한 걸 물었다며 그녀는 후회했다.

"미안해요."

"사과할 필요는 없어."

그제야 마사야가 하얀 이를 드러내며 웃어 보였다. 그의 웃는 얼굴을 보기는 오랜만이었다.

"그럼 설날에도 혼자 지내요?"

"아마 그렇겠지. 별 계획이 없으니까. 설날이래야 나랑은 관계없는 얘기야."

"고향에 내려가거나 하지도 않아요? 어릴 적 친구를 만난다든지……."

"돌아갈 집이 없는걸. 친구들과는 벌써 몇 년째 연락이 없었고. 다들 어떻게 지내는지."

순간 눈빛이 아련해지는 그의 얼굴을 보며 유코는 이 사람이 사실은 돌아가고 싶은 게 아닐까 생각했다. 그런데 무슨 사정이 있어서 돌아가지 못하는 게 아닐까.

"있잖아요, 다른 계획이 없으면 나랑 새해 참배 갈래요? 나도 요즘엔 통 못 갔는데, 오랜만에 가고 싶어요."

"새해 참배라, 좋지."

"이왕이면 센소지(淺草寺. 아사쿠사에 있는 절―옮긴이)에 가요. 사람이 엄청나게 많을 테지만, 그래야 새해 참배 기분이 나지 않겠어요? 마사야 씨, 아사쿠사에 가 본 적 있어요?"

"아니, 없어."

"그럼 거기 가기로 해요. 언제가 좋아요? 나는 새해 첫 사흘간은 언제든지 괜찮은데."

주전자의 물이 끓었다. 마사야가 일어나 찻주전자에 끓는 물을 부었다. 찻잔이 두 개 준비되어 있었다. 그걸 본 유코는 가슴이 약간 술렁거렸지만, 너무 깊이 생각하지 않기로 했다.

"일부러 가져왔으니 조금이라도 먹어 볼까."

마사야가 차를 날라 오며 말했다.

"그래요. 우리 가게가 자랑하는 요리. 그래 봐야 마사야 씨가 다 아는 맛이겠지만."

"'오카다'는 최고야. 대장의 솜씨는 천하일품이고."

마사야가 나무젓가락을 들었다.

"고마워요. 그 말을 들으면 아빠도 틀림없이 기뻐할 거예요."

마사야는 시금치나물을 집었다. 다음으로 계란말이와 머위 조림에도 젓가락을 가져갔다. 한 입 먹을 때마다 "역시 맛있어." 하고 중얼거렸다.

"우리, 새해 참배 언제 갈까요?"

유코가 눈을 살짝 치뜨고 마사야를 보았다. 그는 묵묵히 음식을 나를 뿐이다. 있잖아요, 하고 다시 한 번 물으려 했을 때 그가 입을 열었다.

"약속은 못 하겠는데."

"아……, 무슨 일이 있어요?"

별 계획이 없다면서, 하고 그녀는 생각했다.

"갑자기 일이 들어올지도 모르거든."

"그때는 어쩔 수 없죠. 전화해 주면 돼요. 얼마든지 변경할 수도 있으니까요."

"그래도 역시 약속하긴 힘들어. 난 그런 거 좀 거북해서. 미안하지만 다른 사람이랑 가."

유코는 고개를 떨구었다. 자신과는 새해 참배를 가고 싶지 않은 건가 싶어 조금 상심했다.

마사야는 여전히 야채 조림을 먹고 있다. 유코의 눈에 아직 뚜껑조차 열지 않은 그릇이 들어왔다.

"회도 가져왔어요."

"뭐?"

웬일인지 마사야의 표정이 일그러졌다.

"참치회요. 오늘은 물이 좋다고 아빠가 자랑하시던걸요."

유코가 그릇 뚜껑을 열어 그에게 내밀었다.

그런데 마사야의 표정이 떨떠름했다. 회를 보고 미간을 찡그리더니 다음 순간 외면해 버렸다.

"왜 그래요?"

"아니야, 아무것도……."

유코는 준비해 온 종지와 간장, 고추냉이를 그의 앞에 늘어놓았다.

마사야가 잠깐 머뭇거리다가 참치회로 젓가락을 가져갔다. 그리고 한 점을 집어 간장에 찍은 후 잠시 바라보다가 입에 넣었다.

"맛있죠? 보기 드물게 좋은 참치가 들어왔다고 아빠가……."

거기까지 말하고서 그녀는 입을 다물었다. 마사야의 상태가 매우 이상했기 때문이다.

그는 얼굴이 점차 창백해지더니 비지땀까지 흘렸다. 그리고 마침내는 입을 틀어막으며 일어서 부엌으로 뛰어 들어갔다.

싱크대에 대고 웩웩 토하는 마사야를 어리둥절한 표정으로 바라보던 유코가 잠시 후 벌떡 일어나 그에게 달려갔다.

"괜찮아요? 왜 그래요?"

마사야는 구토를 멈춘 후에도 어깨를 들썩이며 숨을 쉬었다. 쌕쌕거리는 숨소리가 들렸다.

"미안. 아무것도 아니야."

"아무것도 아니라니……, 이렇게 토하는데 어떻게 아무것도 아니에요. 참치회가 이상했어요?"

마사야가 유코를 돌아보지 않은 채 고개를 저었다.

"참치회랑은 상관없어. 하지만 더는 못 먹겠으니까 치워 줬으면 좋겠어."

"아, 알았어요."

유코는 참치회가 든 그릇을 뚜껑으로 덮었다. 그러기 전에 먼저 한 점을 입에 넣어 보았지만 이상이 있는 것 같지는 않았다. 늘 먹던 그대로 기름기가 자르르한 참치였다.

마사야는 싱크대를 씻은 후 자신의 입안도 여러 번 헹궜다. 입가를 수건으로 닦고, 숨을 고르듯 어깨를 오르내린 후 돌아왔다.

"미안해. 애써 가져왔는데."

"그건 괜찮지만, 뭐가 문제였어요? 딱히 상한 것 같지도 않은데……."

"참치회에는 문제가 없어. 문제는 내게 있지."

"문제라니…… 무슨 문제요?"

마사야는 대답하지 않은 채 다시 젓가락을 집어 들고 야채로 손을 뻗었다. 그러나 이미 식욕을 잃었는지 도중에 그 움직임을 멈췄다.

"미안하지만, 가지고 돌아갔으면 좋겠어."

"아, 네. 미안해요."

유코가 음식이 든 용기를 허둥지둥 정리하기 시작했다. 도무지 영문을 알 수 없었다. 자신이 괜한 짓을 한 게 아닐까 싶어 불안했다.

"음식은 다 맛있었어. 참치회도 아마…… 맛있겠지."

"마사야 씨, 정말 어디가 안 좋은 거 아니에요?"

마사야가 담배를 집었다. 얼굴을 찡그리고 피우는 모습이 조금도 맛있어 보이지 않았다.

"마사야 씨……"

"괜찮아. 속이 좀 안 좋아서 그래. 신경 쓰지 마."

그가 퉁명스레 대답했다.

"병원에 가 보는 게 좋지 않을까요?"

"그래, 조만간 갈게."

그런 게 아니라고 유코는 직감했다. 단순히 속이 안 좋은게 아니다. 이 사람은 뭔가 숨기고 있다.

담배가 들려 있는 마사야의 손이 떨리고 있었다. 얼굴은 창백한 그대로다.

"왜 그렇게 떨어요?"

"아무것도 아니라니까."

그가 담배를 쥔 손을 숨기려고 했다.

"저, 마사야 씨……."

"시끄러워. 가만히 좀 내버려 둬."

마사야의 말에 유코는 얼어붙은 듯 몸을 움직일 수 없었다. 팽팽해진 공기가 너무나 무겁게 느껴져서 숨을 쉬기가 힘들었다.

"알았어요. 나, 갈게요. 미안해요, 쓸데없는 짓을 해서."

유코가 종이봉투를 들고 일어섰다. 마사야는 책상다리를 하고 앉은 채 꼼짝하지 않았다. 담배 끄트머리에서 하얀 연기가 모락모락 피어올랐다.

신발을 신으려 했을 때 그의 옆에 떨어져 있는 종지가 눈에 들어왔다. 유코가 가져온 것이었다. 아까 그가 부엌으로 뛰어갈 때 떨어진 듯했다.

그녀는 되돌아가서 종지를 살며시 집어 들었다. 간장이 엎질러져 있기에 옆에 있던 화장지로 닦았다.

그때였다. 마사야가 느닷없이 팔을 뻗어 그녀의 손목을 잡았다. 그녀가 어, 하고 소리를 냈다.

왜 그래요, 하고 물으려는데 그가 손을 잡아당겼다. 강한 힘이었다. 유코는 다다미 위에 쓰러졌다. 그런 그녀의 몸을 마사야가 덮쳤다.

"이러지 말아요. 뭘 하는……."

그의 입술이 유코의 입을 막았다. 이어서 그의 손이 유코의 스웨터 안으로 억세게 밀고 들어왔다.

머릿속이 새하얘졌지만 유코는 필사적으로 저항했다. 마사야의 입술이 살짝 떨어진 순간을 놓치지 않고 그녀는 그의 입술 끄트머리를 깨물었다.

마사야의 힘이 느슨해졌다. 그녀는 그를 밀치고 기어서 도망쳤다. 현관에 벗어 놓은 스니커즈를 손에 든 채 그대로 맨발로 집을 뛰쳐나왔다. 거리로 나선 후에야 신발을 신었다.

집에 도착해서도 흥분이 가라앉지 않았다. 마사야가 그런 짓을 할 줄은 몰랐다. 부드럽게 다가왔다면 분명 몸을 맡겼을 것이다. 그런데 왜 그토록 난폭하게 굴었을까. 내가 그에게 마음이 있다는 걸 알고 우습게 여긴 것일까.

그런 일을 당했다는 사실보다 그의 두 얼굴을 봤다는 사실이 유코에게는 충격이었다. 그날 밤은 좀처럼 잠을 이룰 수 없었다.

그 후로 이삼 일은 기분이 몹시 우울했다. 그러나 차츰 다른 생각이 그녀 안에서 커져 갔다. 그의 행동보다, 너무 많이 변한 그의 모습에 신경이 쓰이기 시작했다.

그의 신변에 뭔가 좋지 않은 일이 생긴 것은 아닐까. 그 일을 잊으려고 자신에게 그런 짓을 한 게 아닐까. 그것이 그가 보내는 필사의 구조 요청이 아니었을까. 그렇게 생각하자 이유도 묻지 않고 도망쳤던 일이 후회스러웠다.

그 후로 며칠이 지나 한 해의 마지막 날이 되었다. '오카다'는 평소대로 문을 열었다. 해마다 홍백 가요 대전이 끝나는 것과 동시에 문을 닫는 것이 관례처럼 되어 있었다.

유코는 설 음식을 배달하느라 바빴다. '오카다'에서는 설 음식을 미리 주문받는데, 몇몇 특별 고객에게는 배달도 해야 한다.

저녁 무렵 그녀가 가게로 돌아오니 빈 테이블에 눈에 익은 종이봉투가 놓여 있었다. 그날 밤 마사야 집에 두고 온 것이 틀림없었다. 그날 유코는 정신없이 빠져나오느라 음식이 담긴 종이봉투를 챙길 겨를이 없었다. 물론 얼마 있다가 기억이 났지만, 다시 가지러 갈 수도 없어서 어쩌나 고민하던 참이었다.

"엄마, 이거 뭐야?"

유코가 엄마 사토코에게 물었다.

"아아, 그거. 우리 가게에 자주 오는 키 큰 기술자 청년이 갖고 왔더라. 네게 빌린 거라고 하던데?"

"언제 왔어?"

"방금 왔다 갔어."

유코는 그대로 돌아서서 뛰쳐나갔다. 그리고 마사야의 아파트를 향해 달렸다.

잠시 후 앞쪽에 초록색 방한복을 입은 키 큰 남자의 뒷모습이 보였다. 그는 방한복 주머니에 손을 찔러 넣고 하염없이 걷고 있었다.

"마사야 씨."

부르는 소리에 그가 걸음을 멈추더니 천천히 돌아보았다. 그의 공허한 눈동자가 그녀를 발견하고 화들짝 열렸다.

"유코……."

그녀는 마사야에게 달려갔다. 그러나 할 말이 떠오르지 않았다. 왜 여기까지 쫓아왔는지 스스로에게 묻고 싶었다.

"지난번에는 미안했어. 내가 어떻게 됐었나 봐. 화났지?"

마사야가 물었다.

"화가 났다기보다, 너무 뜻밖이었어요."

"그래, 그랬을 거야."

마사야가 꾸벅 고개를 숙였다.

"미안해."

그런 그를 바라보며 유코가 물었다.

"저, 무슨 일이 있는 거죠? 나한테 해도 되는 얘기라면 말해 봐요."

마사야는 피식 웃었다.

"고마워. 그렇게 말해 주는 사람, 유코뿐이야. 유코는 참 착해."

"어린아이 대하듯 말하지 말아요. 남은 걱정스러워서 그러는데."

그녀가 그를 흘겨보았다.

그러자 마사야의 표정이 진지해졌다. 그는 눈부신 것이라도 보는 듯한 눈으로 그녀를 바라보다가 금세 그녀를 외면했다.

"나 같은 놈이랑은 엮이지 않는 게 좋아. 변변치도 않은 인간을……."

"그렇지 않아요. 나, 사람 보는 눈 하나는 자신 있어요."

"그럼,"

마사야가 유코를 내려다보았다. 그 눈빛에 진지함이 깃들어 있었다.

"내가 사람을 죽였다면 어쩔래? 그래도 나를 믿겠어?"

유코는 숨을 삼키고 그의 눈을 바라보았다. 심장의 고동이 빨라졌다.

마사야가 낮은 소리로 웃었다.

"거짓말이야. 농담이라고. 하지만 속았지? 유코는 사람을 제대로 보려면 아직 멀었어."

그리고 마사야는 다시 걸음을 옮겼다. 유코가 그를 쫓아갔다.

"하나만 가르쳐 줘요. 그날 그런 건 상대가 나서서였나요, 아니면 누구라도 상관없었던 건가요?"

마사야가 걸음을 멈췄다. 미간에 주름을 세우고 있었다.

"왜 그런 걸 묻지?"

"만약 후자라면 용서할 수 없을 테니까요. 분명하게 대답해 줘요. 어느 쪽이죠?"

"아까도 말했잖아, 내가 어떻게 됐었나 보다고. 상대가 누구든 상관없었어."

"거짓말……."

그녀가 고개를 저었다.

"거짓말이죠?"

"유코, 용서해 줘. 더는 내게 상관하지 마."

마사야가 걸음을 내디뎠다. 따라오지 마, 하고 그의 등이 말하고 있었다.

●

3

아다치구 오기 대교 근처에서 남자의 변사체가 발견되었다. 방치된 자동차의 트렁크에 들어 있던 시체는 전라에 얼굴과 지문이 문드러져 있고 목에는 교살 흔적이 있었다. 자동차는 도난 차량이었다.

수사진으로서는 시체의 신원을 밝히는 일이 급선무였다. 그래서 도쿄 도내를 중심으로 최근에 실종 신고가 들어온 실종자나 가출자를 재조사하게 되었다. 단서라고는 치아 치료 흔적뿐이었다.

수사 1과 무카이 반의 가토 와타루도 이 작업에 배정되었다. 그는 단조로운 탐문 수사가 반복되는 데 진력이 나 있었다. 정해진 목표량이 있었음에도 카페에서 시간을 보내는 일이 많았다.

이날 밤에도 그는 탐문 수사를 별로 하지 않은 채 경시청으로 돌아갔다. 수사본부에 들르지 않는 이유는 상사인 무카이의 부루퉁한 얼굴을 보고 싶지 않았기 때문이다.

자기 자리로 가 보니 후배인 니시자키가 책상에 앉아 뭔가를 쓰고 있었다. 보고서일 것이다. 그는 며칠 전에 변사체와 특징이 매우 흡사한 실종자를 찾아냈지만, 컴퓨터 분석 결과 변사체와는 다른 사람으로 판명되었다.

"반장이 투덜거리던데요. 가토 선배의 수사가 기대에 못 미친다고요."

니시자키가 고개를 들고 이죽거렸다.

"내버려 둬. 도대체 합리적이지 못하다니까. 요즘 같은 정보화 시대에 일일이 돌아다니면서 얘기를 들으라니, 바보 같은 소리 아니야?"

가토는 의자에 걸터앉아 넥타이를 풀었다.

"이 잡듯이 탈탈 터는 게 가장 합리적이라는 게 윗분들의 생각이잖아요."

"샅샅이 조사했다고 내세울 실적이 필요할 뿐이야. 수사에 허점이 있다는 게 드러나면 책임 문제가 불거질 테니 말이지. 그런 생각밖에 못하니까 늘 악당들에게 선수를 빼앗기는 거야. 놈들은 컴퓨터를 사용하는데 경찰은 아직도 주판알이나 튕기고 있으니……."

니시자키가 쓴웃음을 지으며 자리에서 일어났다. 화장실에 가는 듯했다.

가토는 담배에 불을 붙이고 고개를 이리저리 돌렸다. 관절에서 뚝뚝, 소리가 났다.

담배를 2센티미터가량 피웠을 때 니시자키의 책상 위에 놓여 있는, 쓰다 만 보고서가 눈에 들어왔다. 가토는 그 보고서를 집어 들고 내용을 훑어보았다. 실종자 소가 다카미치의 아내가 진술한 내용을 적은 것으로, 예의 변사체와는 무관하다고 이미 판명된 사건이었다. 굳이 보고서까지 쓸 필요가 없는데, 하고 가토는 생각했다.

무심히 글자를 훑던 가토가 갑자기 눈을 번쩍 떴다. 그리고 보고서의 한 부분을 집중해서 읽더니 처음부터 다시 읽기 시작했다.

그때 니시자키가 돌아왔다.

"뭐 하세요?"

"이봐, 이거 말이야."

"아아, 상당히 떠들썩한 사건이었고, 감식반에도 신세를 많이 져서 일단 정리해 둘까 하고요."

"그게 문제가 아니라, 여기 이 여자, 만나 봤어?"

"어떤 여자요?"

"여기 적혀 있잖아. 소가 다카미치는 당일 옛 상사의 딸을 만나러 나갔다. 그 딸 말이야."

"아아, 찻집에서 만나기로 했다는 여자 말이군요. 이름이 뭐였더라……."

"신카이야, 신카이 미후유. 만난 적이 있느냐니까."

선배가 왜 그렇게 흥분하는지 영문을 알 수 없는 니시자키는 어리둥절한 표정으로 고개를 저었다.

"아니요. 시신이 소가 다카미치인지 아닌지 확실하지 않은 상황이라서요. 결국 다카미치가 아니었고요."

"신카이 미후유라면 바로 그 여자잖아."

"그 여자라니요?"

"자네, 신카이 미후유라는 이름 듣고도 아무것도 떠오르지 않아? 흔치 않은 이름인데 말이야."

"물론 특이한 이름이라는 생각은 했지만…… 누군데요?"

"'하나야' 독가스 사건 있었잖아. 잊었어?"

"'하나야' 사건요? 그야 기억하죠."

그 순간 니시자키의 표정이 변했다. 그의 눈과 입이 동시에 크게 벌어졌다.

"아, 신카이! 그래요, 스토커의……."

"하마나카야."

가토가 기억을 더듬었다.

"그때 그 스토커의 이름 말이야. '하나야'의 플로어 매니저 였지. 그는 신카이 미후유가 자신의 애인이라고 했어."

"아, 기억나요. 기가 센 여자였어요. 끝까지 하마나카와 자신의 관계를 부정했잖아요. 선배는 거짓말이라고 여기는 것 같았지만요."

"이 신카이 미후유가,"

가토는 니시자키의 보고서를 손가락으로 톡톡 쳤다.

"그 신카이 미후유 아닐까?"

"글쎄요."

니시자키가 고개를 갸웃했다.

"드문 이름이니까 동명이인이 아닐지도 모르죠. 다만, 아까도 말했듯이 사체가 소가 다카미치라고 판명되면 움직이자고 마음먹어서……, 반장님 지시도 그랬고요."

"그건 괜찮아. 나도 아는 일이야."

가토는 보고서를 니시자키 책상에 도로 놓고 새 담배에 불을 붙였다.

"동일 인물이라면 뭔가 마음에 걸리는 점이 있나요?"

"아니, 마음에 걸릴 것까지는 없고."

"하지만 그런 표정인데요. 그때 가토 선배가 아주 대담한 추리를 했잖아요. 스토커가 두 명이라고요. 신카이 미후유를 노리는 스토커와 다른 여직원들을 노리는 스토커는 별개의 인물이다, 그리고 그 다른 스토커가 독가스 사건의 범인이다……, 나는 흥미로웠는데."

"소설이라면 그렇겠지. 하지만 윗사람들은 수긍하지 않았어."

가토는 당시 일을 떠올렸다. 기발하지만 자신 있는 추리였다. 상사들이 동의했다면 수사력을 동원해서 철저히 파헤쳤을 것이다. 그러나 상사는 하마나카에게만 연연했다. 그리고 사건은 미궁에 빠졌다.

가토는 신카이 미후유의 얼굴을 또렷이 기억했다. 특히 그녀의 눈은 뇌리에 선명하게 각인되어 있다. 그녀가 바라볼 때면 마음이 빨려 들어가는 듯한, 뭐라 설명할 수 없이 불안정한 기분이 그 눈만 떠올려도 되살아났다.

그 여자가 다시 등장했다.

물론 우연일 것이다. 형사 생활을 오래 하다 보니 이런 일이 종종 있다. 사건마다 무수한 인간을 만난다. 전혀 별개의 사건인데 몇 년이 지나 같은 사람을 참고인으로 조사한 일도 있다.

그러나 신카이 미후유만은 단순한 우연이라고 보아 넘길 수 없었다. '하나야' 사건에서도 묘한 위치에 있었던 여자다. 그리고 이번에는 그 여자와 만나기로 약속한 인물이 실종되었다.

퍼뜩 정신을 차려 보니 니시자키가 걱정스러운 표정으로 바라보고 있었다. 가토는 쓴웃음을 지으며 담뱃재를 떨었다.

"괜한 말을 꺼냈나 봐. 우리가 맡은 사건의 시신이 소가 다카미치도 아닌데 신카이 미후유가 어디에 어떻게 얽히든 알 바가 아니잖아."

가토의 심정을 헤아렸는지 니시자키는 말없이 빙그레 웃었다.

오기 대교 사체의 신원이 밝혀진 것은 그로부터 이틀 후였다. 미타카에 있는 치과에서 사체와 일치하는 환자의 진료 기록이 발견된 것이다. 그는 조그만 인쇄소를 경영하는 남자였다. 그 얼마 후 그의 아내와 아내의 내연남이 살해 용의자로 체포되었다.

말할 필요도 없이 신카이 미후유와는 아무 관계가 없었다.

●

4

여느 때처럼 하루카와 둘이 아침을 먹고 있는데 전화벨이 울렸다. 하루카가 교코보다 먼저 반응했다. 젓가락질을 멈추고 대뜸 전화기를 바라본 것이다. 그 눈에는 기대라기보다 비장한 애원의 빛이 어려 있었다. 다음 순간 하루카는 엄마와 눈을 마주쳤다. 약 1년 동안 수없이 반복된 일이다. 교코는 딸을 향해 미소 지으며 살랑살랑 고개를 저었다. 아닐 거야, 보나 마나. 그런 의미가 담긴 행동이었다. 딸의 실망을 조금이라도 줄이려는 엄마 마음이다. 또한 스스로에 대한 예방책이기도 했다.

교코가 수화기를 들었다.

"네, 여보세요."

"여보세요. 저는 모리카와라고 합니다."

무척이나 밝은 남자 목소리다.

"실은 초등학생 자녀가 있는 분들께 아주 좋은 정보가 있습니다. 실례지만 댁에서는 자녀에게 영어 교육을 어떻게 하십니까?"

"영어 교육이오?"

"네. 만일 지금 아무것도 하지 않으신다면 꼭 한번 사용하시라고 권해 드릴 방법이 있습니다. 기존 방식처럼 테이프를 사용하는 것이 아니라……."

상대가 재빨리 말을 늘어놓았다.

"저희는 됐습니다. 그럴 여력이 없어서요."

"비용이 별로 들지 않습니다. 괜찮으시면 찾아뵙고 제품 설명을 해 드리고 싶은데요."

됐어요, 라고 다시 한 번 말하고 교코는 전화를 끊었다. 최근 들어 이런 전화가 많이 걸려 온다. 아파트를 사라든가 묏자리를 사라, 투자를 해라 등등. 대체 우리 집 전화번호를 어떻게 알았는지 신기할 정도다.

고개를 들고 보니 하루카가 슬픈 표정으로 엄마를 바라보고 있었다. 교코는 말없이 고개를 저었다. 딸은 고개를 수그리고 다시 아침을 먹기 시작했다. 그 얼굴에는 낙담이라는 말로 표현할 수 없는 그늘이 있었다. 이 아이를 이렇게 실망시킨다는 이유만으로도 무신경하게 판촉 전화를 거는 사람들은 큰 죄를 짓는 거나 다름없다고 교코는 생각했다.

표정이 어두운 딸을 다독여 겨우 학교에 보내고 그녀는 아침 설거지를 대충 한 후 외출할 준비를 했다. 하는 둥 마는 둥 화장을 하고, 세일할 때 산 수수한 투피스를 입었다. 거울에 모습을 비춰 봤지만 화사한 분위기는 조금도 없다. 우울하고, 말할 수 없이 비참한 생각이 가슴속에 소용돌이친다.

작년 이맘때는 자신이 이렇게 되리라고 꿈에도 생각하지 못했다. 그때가 행복의 절정기였다. 하루카의 초등학교 입학을 앞두고 교코는 들떠 있었다. 입학식 때 입힐 옷을 고르는 데 친구를 불러냈다. 친구는 브랜드 제품을 사는 그녀의 경제력을 부러워했다. 그런데 불과 1년 사이에 이렇게 변하다니. 그녀는 거울에 비친 자신의 모습을 보고 한탄했다. 그때보다 열 살은 더 늙어 보인다. 표정에도 전혀 생기가 없다.

얼마 후면 그 악몽 같던 날로부터 1년이 된다.

아니, 악몽은 계속되고 있다고 그녀는 생각한다. 그날 평소와 다름없는 모습으로 집을 나섰던 남편이 어떻게 되었는지 아직도 모른다. 이미 이 세상에 없을지도 모른다는 각오는 했다. 그러나 어느 날 불현듯 돌아오지 않을까 하는 실낱같은 기대도 여전히 남아 있다. 도저히 체념할 수 있는 일이 아니다. 전화벨이 울릴 때마다 다카미치가 아닐까 하고 기대하는 사람은 하루카만이 아니다.

작년 가을에는 일을 시작했다. 그 전까지는 다카미치가 남긴 저축으로 생활했다. 그러나 아파트 대출금이 있었고, 특히 상여금이 나올 예정이었던 달에 빠져나가기로 되어 있는 금액이 커서 예금 잔액이 삽시간에 줄어들었다. 언제까지고 집에서 남편만 기다릴 수는 없었다.

회사에서는 다카미치를 휴직으로 처리해 주었다. 그때까지 미처 사용하지 못한 유급 휴가가 있어 그걸 사용해서 한 달 치 월급을 받을 수 있었다. 작년 여름에는 상여금도 얼마간 지급되었다. 그 돈을 손에 쥐었을 때는 남편의 월급이 얼마나 고마운 것이었는지 뼈저리게 느꼈다. 하지만 동시에, 앞으로는 아무런 보장이 없다는 공포가 그녀를 덮쳤다.

생명 보험은 되도록 생각하지 않으려고 한다. 그 돈이 들어오면 편해지기는 한다. 대출금도 걱정할 필요가 없다. 하지만 그 돈을 받으려면 다카미치의 사망이 확인되어야 한다. 교코는 남편의 사체가 발견되기를 바라게 될까 봐 두려웠다.

맨 처음 얻은 일은 웨이트리스였다. 장소는 오기쿠보에 있는 패밀리 레스토랑. 아는 사람과 마주칠 우려가 있는 일자리는 피하고 싶었지만, 찬밥 더운밥 가릴 처지가 아니었다. 그 때까지 면접을 몇 번 본 결과 자신은 나이가 있는 데다 자식이 딸렸다는 제약까지 있어 일자리를 찾기가 여간 어렵지 않다는 사실을 알게 되었던 것이다. 다카미치는 늘 "정부가 생각하는 것보다 훨씬 불경기가 심각해. 이러다가는 온 일본이 실업자 천지로 변할 거야."라고 투덜거렸는데, 교코도 그 말을 몸으로 실감했다.

그 패밀리 레스토랑에서 올 1월까지 근무했다. 2월부터는 긴자에 있는 보석 장신구점에서 가방과 지갑 등을 팔고 있다. 불특정 다수의 사람과 만난다는 점에서는 패밀리 레스토랑보다 위험했지만, 설사 아는 사람을 만나더라도 젊은 아가씨들과 똑같은 유니폼을 입고 웨이트리스로 일할 때보다는 덜 부끄러웠다. 그 가게의 물건을 지녔다는 것은 일종의 사회적 위치를 나타내는 일이기도 해서 오히려 자부심을 느낀다고 할 수도 있었다. 원래부터 가방이나 소품류에 관심이 많았던 터라 직장에서 그런 물건을 바라보는 것만으로도 즐거웠다. 그리고 무엇보다 실수입이 달랐다. 여기서 계속 일할 수 있다면 하루카와 둘이서 살아가는 데는 문제가 없겠다는 생각이 들었다.

그 사람을 알게 되어 다행이야. 교코는 그 가게에서 일하도록 힘을 써 준 인물을 떠올릴 때마다 마음 깊이 감사했다.

그건 그런데, 다카미치는 대체 어디로 사라진 것일까.

그가 실종되었을 당시 교코는 다카미치의 친구와 지인들을 닥치는 대로 찾아다녔다. 연하장과 주소록 등을 뒤져, 교류가 없을 게 뻔한 사람들에게까지 전화를 걸어 최근에 남편과 만난 적이 있느냐고 물었다. 처음에는 남편이 실종된 사실을 숨기려고 했지만 얼마 안 가서 그런 데 신경 쓸 여유마저 잃고 말았다.

다카미치의 직장 사람들도 여러모로 애써 주었다. 실종 직전의 다카미치 모습을 자세히 조사해 알려 주기도 했다. 그러나 그 결과 알게 된 사실은 아무리 생각해도 다카미치가 실종될 이유가 없다는 것이었다. 당시 그가 맡은 프로젝트가 여러 개

였고, 그 프로젝트들은 하나같이 순조롭게 진행되고 있었다. 그다음 주에는 큰 계약 건이 하나 마무리될 예정이기도 했다.

교코가 가장 현실적이라고 본 실종 이유는 여자 문제였다. 남자가 이해할 수 없는 행동을 할 때는 반드시 그 뒤에 여자가 있다는 얘기를 들은 적이 있었고, 그게 사실일 거라고 생각했다. 다카미치를 잘 아는 사람들은 그럴 리 없다고 단언했지만, 교코는 그 말을 믿지 않았다. 그녀는 다카미치의 친구들에게서 남편이 과거에 교제했던 여자들의 이름을 알아낸 뒤 온갖 수단을 동원해 연락처를 조사했고, 앞뒤 가리지 않고 전화를 걸었다. 느닷없이 그런 전화를 받으면 불쾌할 수밖에 없다. 다들 교코를 차갑게 대했고, 화를 내는 사람도 있었다. 교코는 비참함을 느꼈지만, 대신 남편의 실종이 과거의 연인들과 무관하다는 확신을 얻었다.

지금 교코는 남편과 특징이 일치하는 신원 불명의 사체가 발견되었다는 소식을 기다리며 하루하루를 보내고 있다. 한 달쯤 전에도 아다치구에서 그런 사체가 발견되어 경시청에 다녀왔다. 세세한 것까지 꼬치꼬치 물을 때는 각오를 다졌지만, 결국 다른 사람의 사체였다. 그 범인은 며칠 전 체포되었다고 한다. 아내와 아내의 내연남이 공범이라는데 자세한 사정까지는 알지 못한다. 다카미치의 일이 해결될 때까지 살인 사건에 관련된 뉴스나 기사는 최대한 멀리하려고 한다.

사체가 다른 사람임을 알았을 때 교코는 심경이 복잡했다. 안도의 한숨이 나오는 반면, 어서 진상이 밝혀졌으면 하는 답답함도 없잖아 있었다. 자신이 실망과 비슷한 감정을 느낀다는 사실에 그녀는 경악했다. 아울러 자신을 혐오하고 책망했다.

가게에서 일할 때만은 교코도 남편 생각을 의식의 표면에서 몰아낼 수 있었다. 그런데도 가게 앞을 지나치는 사람들 중 다카미치와 비슷한 사람을 목격하고는 손님이 있는 것도 잊고 밖으로 뛰쳐나간 적이 몇 번 있다. 그가 아니라는 걸 아는데도 몸이 저도 모르게 움직였다. 이제는 가게 사람들이 모두 사정을 알지만, 처음에는 그녀의 그런 행동을 언짢아했다.

교코의 근무 시간은 오후 6시까지다. 정리를 마치고 가게를 나서는 시각은 6시 반. 집에 돌아가기 전에 친정에 들른다. 낡은 목조 단독 주택인 친정에는 부모님과 오빠 부부가 산다. 그들이 교코가 일하는 동안 하루카를 돌봐 준다.

딸을 데리고 집에 돌아오니 문 앞에 남자 하나가 서 있었다. 코밑과 턱에 수염이 텁수룩한 그는 머리가 길고 넥타이를 매지 않은 모습이 아무래도 평범한 회사원으로는 보이지 않았다. 게다가 눈초리가 날카로워서 그녀들에게 힐끔 시선을 던졌을 때 교코는 저도 모르게 몸이 굳어졌다.

고개를 숙인 채 가방에서 열쇠를 꺼내려고 하는데 남자가 말을 걸었다.

"소가 씨인가요?"

말을 걸지나 않을까 조마조마했던 터라 그 나지막한 목소리에도 교코는 몸을 움찔했다.

"그런데요……."

목소리마저 떨렸다. 그녀는 하루카를 자신의 등 뒤로 숨겼다.

"이런 시간에 찾아와서 죄송합니다. 낮에는 안 계실 것 같아서요."

"저, 누구시죠?"

"경시청 사람입니다."

남자가 경찰수첩을 내밀었다.

"가토라고 합니다."

"경찰……."

드디어 찾았나 하고 그녀는 생각했다. 아니면 또 남편과 비슷한 신원 불명의 사체가 발견된 것일까.

가토라는 형사가 그녀가 앞서가는 것을 제지하기라도 하듯이 손을 내밀었다.

"남편 분이 발견된 건 아닙니다. 여쭤보고 싶은 일이 있어서 실례를 무릅쓰고 찾아왔습니다."

"뭘 말이죠?"

"남편께서 실종되었을 당시의 일입니다."

"아아……."

새삼스럽게 뭘, 하는 생각이 들었다.

"이미 이쪽 경찰에 이런저런 말씀을 하셨다는 건 압니다. 얼마 전 아다치구 사건에도 협조해 주셨고요. 그런데 오늘 제가 묻고 싶은 내용은 그런 것들과는 좀 달라서 꼭 직접 만나 뵙고 싶었습니다."

형사가 교코 뒤에 숨어 있는 하루카를 보고는 싱긋 웃었다.

"얘기가 좀 길어질 것 같지만, 가급적 빨리 끝내도록 하겠습니다."

이대로 서서 할 얘기는 아니겠구나 하고 교코는 생각했다. 그런데 대체 무슨 내용일까. 어찌 됐든 다카미치의 실종을 해명하는 데 필요한 얘기겠지만.

"그럼 안으로……"

하는 수 없이 그렇게 말했다.

모르는 남자를 집에 들인 적은 없었다. 만약 이 남자가 형사를 가장했고 갑자기 도둑으로 돌변한다면 우리 모녀는 꼼짝없이 당하겠지, 그런 생각을 하며 교코는 차를 끓였다. 하지만 남자의 태도가 돌변할 기미는 없었다.

가토의 질문은 애초에 그가 밝혔듯이 다카미치의 실종 전후의 상황에 집중되었다. 특히 그는 다카미치가 신카이 미후유와 만나기로 약속한 점에 관해 집요하게 물었다. 용건이 무엇이었는지, 신카이 미후유와 어떤 경위로 알게 되었는지, 다카미치가 실종된 후 그녀와 연락이 있었는지 등을 꼬치꼬치 캐물었다. 교코는 도무지 그 목적을 알 수 없었다.

질문을 마친 형사는 곧바로 자리에서 일어나 실례가 많았다며 정중히 고개를 숙였다.

"저, 신카이 씨가 무슨……?"

현관에서 배웅하던 교코가 물었다.

아닙니다, 아니에요, 하고 가토는 웃으며 손을 내저었다.

"상황을 자세히 파악하고 싶었을 뿐입니다. 그럼 이만 가 보겠습니다."

형사가 돌아간 후에도 교코는 석연찮은 기분을 떨칠 수 없었다. 남편의 실종과 신카이 미후유는 직접적인 관계가 없다. 그런데 뭘 알고 싶어 하는 것일까.

이 일을 미후유에게 말해야 할지 말아야 할지 망설였다. 교코에게 그녀는 은인이다. 지금 다니는 직장을 소개해 준 사람이 다름 아닌 미후유였다.

불쾌해할지도 몰라. 그녀는 잠자코 있기로 마음먹었다.

●

5

사건 현장은 미나토구의 해안. 바로 위로 유리카모메가 다니고, 히노데역이 옆에 있다.

사체는 젊은 여자였다. 그녀는 도로 옆에 버려져 있었다. 발견한 사람은 지나가던 트럭 운전사, 사인은 불명이다.

관할 서에서 본청에 알리자 본청에서는 사건 개요를 듣고 일단 누군가를 파견하겠다고 했다. 그 '일단'이 몇 번 거듭된 결과 운 나쁘게도 자신들이 걸렸다고 가토는 생각했다.

담배를 피우고 있는데 니시자키가 돌아왔다. 그가 입가에 엷은 미소를 머금었다.

"수고했다고 하더군요. 우리가 돌아가기를 기다렸던 모양입니다."

"그렇겠지. 이렇게 사소한 사건에까지 본청 형사가 얼굴을 비치면 그 친구들도 일하기가 힘들지 않겠어."

두 사람은 길가에 세워 두었던 니시자키의 차에 올라탔다.

가토가 사는 임대 아파트는 오모리에 있고, 니시자키는 거기서 좀 더 가면 나오는 가마타에 산다. 제1게이힌(第一京浜. 도쿄와 요코하마를 잇는 국도—옮긴이)을 빠져나가면 그다음은 일직선이다. 자신들이 이번 사건에 불려 간 것은 단지 현장까지 교통이 편리하고 니시자키에게 차가 있다는 이유 때문이었을 거라고 가토는 짐작했다. 게다가 둘 다 독신이다. 가족이 없으니 밤에 불러내도 신경이 쓰이지 않을 것이다.

"저기서 라면이라도 먹고 가지."

가토가 왼쪽에 보이는 간판을 턱으로 가리켰다.

"좋습니다."

니시자키도 선뜻 대답했다. 사체를 봤다고 해서 식욕이 떨어지는 감성 따위가 두 사람에게는 이미 없다.

노상에 차를 세우고, 새벽 5시까지 영업한다고 되어 있는 라면 가게로 들어갔다.

"신카이 미후유 얘기, 해도 될까?"

"신카이요?"

니시자키가 의아하다는 듯이 되물었다.

"아아, 그 여자 말이죠? 안 될 거야 없지만, 아직도 뭔가 마음에 걸리는 게 있습니까?"

"아사가야의 미망인…… 아니지, 남편이 실종된 여자 말이야, 그 여자를 만나고 왔어."

"네에?"

니시자키가 몸을 뒤로 젖혔다.

"어지간히도 마음에 걸리는 모양이군요. 왜 또 가셨어요?"

가토는 그 물음에 대답하지 않은 채 라면을 후루룩 빨아들였다.

"동명이인이 아니었어. 역시 그 신카이 미후유야."

"그래서요? 수사하다 보면 그런 우연도 있는 법이라고 선배가 말했잖아요."

"한데 그 여자만은 왠지 께름칙하단 말이야."

"에이, 너무 예뻐서 잊지 못하는 거 아니에요?"

물론 니시자키는 농담으로 말했을 것이다. 그러나 가토는 웃음기 없는 얼굴로 얇게 썬, 구운 돼지고기를 젓가락으로 찔렀다.

"그 여자, 지금 뭐 하는지 알아? 놀라지 마. 회사를 두 개나 경영하고 있어."

이 말에는 니시자키도 쉽게 반응하지 못했다. 컵의 물을 한 모금 머금은 다음 입안에 든 음식을 꿀꺽 넘겼다.

"이런 불경기에 그런 엄청난 일도 있군요."

"하나는 미용실이야. 한창 잘나가는 미용사를 끌어들여 성업 중인가 봐. 그리고 또 하나는 뭘 것 같아? 오리지널 액세서리를 제조하고 판매하는 회사. 그것도 '하나야'와 업무 제휴를 맺었다는군."

"흠……."

니시자키가 라면 그릇을 젓가락으로 휘휘 저었다.

"뭐라 말해야 좋을지 모르겠군요. 그런 일이 흔히 있는지, 아니면 드문 경우인지 알 수가 없어서요."

"그런 일이 어디 흔하겠어. 불과 2년 전만 해도 점원에 불과했어. 게다가 한신 아와지 대지진의 피해자이기도 하고. 요컨대 먹고살기도 힘들었을 거란 얘기야. 그런데 잘나가는 미용

실에다 '하나야'와의 업무 제휴까지⋯⋯, 어떻게 그럴 수 있느
냐 말이야."

"하지만 사실이 그런 걸 어쩌겠어요. 세상에는 그렇게 대단
한 사람도 있는 법이에요. 우리가 도무지 알 수 없는 사람 말
이죠."

"바로 그거야."

가토는 젓가락 끝을 니시자키에게 향했다.

"그렇게 정체를 알 수 없는 여자니까 우연히 두 사건에 연루
되었다는 사실이 석연치 않은 거야. 뒤에 뭔가 있지 않을까
싶어서 말이지."

니시자키가 라면을 입에 넣으며 피식 웃었다.

"지나친 생각이에요. 소가⋯⋯라고 했나, 그 실종된 아사가
야의 회사원 사건만 해도 그래요. 사건인지 아닌지도 아직 모
르잖아요."

"성인 남자가 사라졌어. 엄연한 사건 아니야?"

"선배의 그런 발상이 이해가 안 돼요."

니시자키가 라면 그릇을 들어 올린 채 고개를 갸웃했다.

"그녀가 연루되었다고 해 봐야 사라진 소가와 만나기로 약
속한 것뿐이잖아요. 결국 바람맞은 꼴이 되었고요. 그 얘기가
거짓말인 것 같습니까?"

"그렇게 말하지는 않았어."

"그렇다면 역시 우연히 엮인 것 아니겠어요?"

그러고서 니시자키는 라면 국물을 꿀꺽꿀꺽 들이켰다.

가토는 그 이상 말을 하지 않았다. 어떻게 설명해도 자신의 이 석연치 않은 느낌을 이해시키기는 어려울 거라는 생각이 들었다.

소가 교코는 신카이 미후유의 소개로 현재 '하나야'에서 일한다고 한다. 그런 것에도 가토는 위화감이 들었다. 신카이 미후유에게 소가 교코는 그저 가족사진을 전해 주려 했던 남자의 아내일 뿐이다. 그 남자가 돌아가신 아버지의 과거 부하 직원이었던 모양인데, 그 정도의 관계로 취직까지 시켜 주다니. 미후유와 교코는 소가 다카미치가 실종되기 전에는 만난 적도 없는 사이다.

가토는 스기나미 서에 근무하는 친한 형사에게 부탁해 소가 다카미치의 실종에 관한 정보를 입수했다. 물론 스기나미 서에서는 수사다운 수사를 거의 하고 있지 않다. 신카이 미후유나 소가의 회사 동료들을 불러 형식적인 참고인 조사를 하는 정도도. 다만 미후유와 소가가 만나기로 했다는 찻집에 대해서는 탐문 조사를 했는데, 찻집 관계자는 미후유로 보이는 여성이 혼자 앉아 있었다고 증언한 듯하다.

라면 가게를 나온 후로 가토는 거의 말이 없었다. 니시자키도 말을 걸려고 하지 않았다. 신카이 미후유에 관한 얘기를 귀담아들어 주지 않아 선배가 기분이 나쁜 것 같다고 지레짐작하는지도 몰랐다.

다음 날 오후, 가토는 고지마치에 있는 카페에 있었다. 3시가 조금 지났을 때 양복 차림의 퉁퉁한 남자가 나타났다. 날씨가 쌀쌀한데도 관자놀이에 땀이 맺혀 있었다. 손에는 커다란 갈색 봉투를 들었다. 그게 표시였다. 가토가 일어서서 고개를 살짝 숙였다.

"가토 씨입니까?"

상대가 물었다.

"그렇습니다. 불쑥 연락드려서 죄송합니다."

"아닙니다. 다카미치와 관련된 일이라면 무엇이든 협조하겠습니다. 어제 그 부인과도 통화했습니다. 이제야 경찰이 움직이는 모양이라며 반가워하더군요."

남자는 스가와라라고 했다. 소가 다카미치의 동료로, 교코말로는 다카미치와 가장 친한 인물이라고 한다.

가토는 그에게 실종 전의 소가 다카미치가 어떤 모습이었는지 얘기해 달라고 청했다.

"그 부인에게서도 얘기를 들으셨을 줄로 압니다만, 일도 순조로웠고, 그다음 주에 큰 거래가 있어서 굉장히 바빴어요. 우리와 얘기를 나눌 때도 평소와 다른 점은 없었던 것 같습니다. 그 친구가 가출했다든가 증발했다는 건 상상할 수 없는 일입니다."

의례적으로 하는 말이 아니라 진심으로 그렇게 생각한다는 것을 가는 눈을 활짝 뜬 그의 표정에서 읽을 수 있었다.

"그날 소가 씨가 회사를 나서기 직전에 스가와라 씨와 얘기를 나눴다고 하던데요."

"그렇습니다. 평소와 달리 일찍 퇴근할 준비를 하기에 무슨 일이 있느냐고 물었죠. 그랬더니 만날 사람이 있다고 하더군요. 대화는 그뿐이었습니다."

"그게 몇 시쯤입니까?"

"글쎄요. 자세히 기억나지는 않지만, 6시는 이미 넘었을 테고, 6시 반 가까이 되지 않았나 싶습니다. 그 친구가 실종된 직후에 그 부인에게도 똑같은 질문을 받았는데, 그때도 그렇게 대답한 걸로 기억합니다."

아닌 게 아니라 소가 교코에게서도 똑같은 말을 들었다.

"혹시 신카이 미후유라는 여자를 아십니까?"

스가와라가 고개를 끄덕였다.

"부인에게 들었어요. 다카미치가 만나기로 했던 사람이라면서요? 전에 우리 회사에 있던 신카이 씨의 따님이라던데."

"소가 씨가 그 여자에 관해 얘기한 적이 있나요? 기억나시는 게 있으면 말씀해 주세요. 사소한 것이라도 괜찮습니다."

"글쎄요."

스가와라가 고개를 갸웃거렸다.

"신카이 부장님에 관한 얘기는 자주 꺼냈습니다. 하지만 따님 얘기는 들은 기억이 없는 것 같아요."

"그럼 신카이 부장님, 그러니까 미후유 씨 아버지 말입니다, 그분에 관해서는 무슨 얘기를 하셨습니까?"

"오래전에 크게 신세를 졌다고 했습니다."

스가와라는 턱을 끌어당기듯이 고개를 끄덕였다. 그 바람에 이중 턱이 만들어졌다.

"그래서 대지진으로 돌아가셨다는 사실을 알았을 때 몹시 낙담했어요. 아마 지진 1년 후쯤이었다고 기억되는데, 오사카 본사에 출장을 가는 김에 고베에 들렀다 오겠다고 하더군요."

"대지진 1년 후쯤이라면 작년이겠군요."

"아아, 그런가요? 맞아요, 그렇군요. 아니, 아직 1년밖에 안 지났나? 굉장히 오래전 일인 것처럼 느껴지는데."

"그 부인 말로는 소가 씨가 오랫동안 신카이 미후유 씨의 소재지를 알아내지 못했다고 하더군요. 그런데 만나기로 약속했다면 어떤 계기가 있어서 소재지를 알아냈다는 뜻인데, 그 계기가 무엇이었는지는 부인도 모르는 것 같았어요. 스가와라 씨는 혹시 들은 얘기가 있습니까?"

"아니요, 거기까지는……."

스가와라가 안타까워하는 표정을 지었다.

"신카이 부장님의 옛날 사진을 전해 주고 싶다는 말은 몇 번 들은 적이 있습니다."

"그 사진을 보셨어요?"

"아니요, 저는 보지 못했습니다. 다카미치가 워낙 올곧은 친구라서, 은인의 가족사진을 남에게 함부로 보이면 안 된다고 생각했던 것 같아요."

가토는 고개를 끄덕였다. 소가는 아내인 교코에게도 사진을 보이지 않으려고 했던 듯하다. 그래도 딱 한 번은 본 적이 있다고 교코는 말했다. 특별할 것 없는 가족사진이었다고 했다. 미후유의 인상도 기억이 희미해서 어떻게 생겼는지 생각나지 않는 듯했다.

"스가와라 씨는 신카이 미후유 씨의 아버지를 만난 적이 있으십니까?"

"없습니다. 저는 줄곧 도쿄에서 근무했거든요. 신카이 부장님은 오사카 본사에 계셨고요. 다카미치는 그 무렵에 신세를 많이 졌다고 했습니다."

"혹시 신카이 씨에 관해서, 아, 아버지 쪽 말입니다, 자세히 아는 분이 있을까요? 얘기를 들었으면 싶은데요."

"아마 오사카에 있었던 사람 중에 나이가 좀 들었으면 신카이 부장님을 알 텐데……."

스가와라의 눈에 경계의 빛이 어렸다.

"신카이 부장님에 관해서는 왜요? 다카미치의 실종과 별로 관계가 없을 텐데요."

역시 너무 깊이 파고들었나 보다고 가토는 생각했다. 그는 스가와라에게 웃음을 지어 보였다.

"실은 이제부터 신카이 씨를 만나러 갈까 하거든요. 그래서 예비지식을 좀 쌓으려고요."

"아, 네……."

스가와라는 의심스러운 표정을 완전히 거두지 않았다.

"그런 이유라면 신카이 부장님에 관해 조사하지 않는 편이 나을 것 같습니다."

"그게 무슨 뜻이죠?"

"저도 다카미치에게 들었을 뿐, 자세한 내용은 모릅니다만,"

스가와라가 테이블 위로 몸을 내밀고 슬그머니 주위를 살핀 뒤 말했다.

"신카이 부장님이 몇 년 전 우리 회사에서 일어난 어떤 일에 책임을 지고 회사를 그만두셨다는군요."

"아하, 그렇군요."

"다카미치 말로는 신카이 부장님에게 책임이 없다지만요. 하여튼 그런 배경이 있어서 아무도 공개적으로는 신카이 부장님 얘기를 하려고 하지 않을 겁니다."

그 말에 가토는 웃음 지었다.

"공개적이라니, 너무 거창하네요. 저와 잠깐 얘기를 나누면 되는 일인데 말이죠."

그러자 스가와라 역시 한눈에도 작위적으로 보이는 미소를 지었다.

"가토 씨는 경찰이잖아요. 경찰을 상대로 얘기한다는 건 공개적인 거나 마찬가지 아닙니까?"

"하긴 그렇군요. 잘 알겠습니다."

"이거 죄송하게 됐습니다. 다른 일이라면 뭐든지 협조하겠습니다."

"감사합니다. 그럼 여기 계산은 제가……."

가토가 계산서로 손을 뻗었다.

"아니요, 됐습니다. 여기에 포함된 세금만큼이라도 다카미치를 찾는 비용으로 써 주세요."

그러고서 그는 계산서를 낚아채더니 계산대를 향해 걸어갔다.

스가와라는 형사가 소가의 실종이 아니라 회사에서 일어난 문제에 관심을 보인다고 느껴서 기분이 상한 듯하다. 가토는 혼자서 어깨를 으쓱했다.

카페를 나온 그는 지하철을 탔다. 유라쿠초선을 타고 긴자 1길역에서 내려 중앙로를 따라 걸었다. 잠시 후 오른쪽으로 '계화당'이라는 간판이 보였다. 소가 다카미치가 신카이 미후유를 만나기로 했던 찻집이다.

스가와라의 말에 따르면, 소가는 6시 반쯤 고지마치에 있는 회사를 나섰다고 한다. 신카이 미후유와 만나기로 한 시각은 7시. 그날 소가는 지금 가토가 온 것과 똑같은 경로로 왔다고 추정할 수 있다. 그런데 소가는 '계화당'에 나타나지 않았다. 이 단순한 경로 어딘가에서 성인 남자가 납치되기란 불가능하지 않을까.

납치가 아니라면 소가 자신의 의지로 어딘가에 들렀다는 얘기다. 뭔가 다른 볼일이 있었던 것인가. 그러나 약속 시간이 코앞이었다. 누가 만나자고 했더라도 마찬가지다. 급한 볼일이 생겼다면 약속한 상대인 신카이 미후유에게 전화를 걸었을 것이다.

그런데 만약 신카이 미후유에게서 전화가 걸려 왔다면 어땠을까.

가령 약속 장소를 변경하고 싶다고 했다면? 소가는 아무 의심도 품지 않고 변경된 장소로 향했을 것이다. 그 장소가 어디든 상관없이. 긴자가 아니라도 좋다. 그야말로 인기척이 없는, 납치하기에 안성맞춤인 곳이라도 상관없었을 것이다.

소가 다카미치의 실종을 연출할 수 있는 사람은 신카이 미후유뿐이다. 가토는 그렇게 확신했다.

다만 문제는 남아 있다. 미후유가 소가를 다른 장소로 불러냈다 해도 그녀 자신은 그곳에 갈 수 없었다. 그녀가 '계화당'

에 있었다는 사실은 이미 확인했다.

공범자가 있었다는 뜻일까.

그러나 생각을 거기까지 확대하기에는 아무래도 저항감이 있었다. 뚜렷한 근거도 없이 그저 아귀를 맞추기 위해 '어쩌면'을 거듭해 봐야 의미가 없다.

그런 만큼 가토는 소가 다카미치와 신카이 미후유의 연결고리를 좀 더 깊이 파헤쳐 보고 싶었다. 단지 가족사진을 전하려 했을 뿐인 남자를 어떻게 할 필요는 없을 것이다.

'계화당'을 지나 조금 더 걸어가자 이번에는 '하나야'가 보였다. 가토는 '하나야' 안으로 들어가 1층에 있을 소가 교코의 눈에 띄지 않도록 주의하며 에스컬레이터에 올라탔다.

3층 매장의 점원들은 2년 전과 별로 달라지지 않은 듯했다. 다만 스토커 사건의 최대 피해자로 알려진 하타케야마 아키코의 모습은 보이지 않았다.

독가스 사건 때 정신을 잃었던 직원 사쿠라기가 가게 안을 휘휘 둘러보듯이 걷고 있었다. 2년 전보다는 약간 살이 찐 듯한데, 그 때문인지 관록이 있어 보이기도 했다.

가토가 다가가자 사쿠라기는 이내 그를 알아본 듯했다. 놀란 표정을 지으면서도 품위 있는 미소를 잃지 않았다.

"오랜만이군요. 지난번에는 신세를 많이 졌습니다."

사쿠라기가 반듯하게 가르마를 탄 머리를 숙였다.

"근처에 볼일이 있어서 왔다가 들렀습니다. 그 후의 얘기를 듣고 싶어서요."

"그렇군요. 그럼 이쪽으로 오시죠."

사쿠라기가 가토를 안쪽에 있는 테이블로 안내했다. 손님들 앞에서 독가스 사건 얘기가 나오면 곤란하다고 여겼을 것이다.

가토가 알고 싶은 일은 신카이 미후유에 관한 것뿐이었지만, 그런 사실을 감추려고 다른 점원들에 관해 먼저 물었다. 근황이 어떤지, 스토커 피해로 인한 후유증은 없었는지 등등. 애인이 있는지도 에둘러 확인했다. 사쿠라기의 말에 따르면, 그 후 이상한 일은 전혀 없었고, 점원들도 이제는 그 사건을 완전히 잊은 듯했다. 하타케야마 아키코는 요코하마 지점으로 자리를 옮겼지만, 그건 사건과는 무관한 인사였다고 한다.

신카이 미후유에 관해서도 슬쩍 떠보았다. 그녀가 '하나야'를 그만두고 독립했다는 사실을 가토도 알고 있었지만, 사쿠라기가 그 얘기를 했을 때는 금시초문이라는 표정을 지었다.

"대단해요. 지금은 '하나야'와 업무 제휴까지 하고 있으니 말이죠. 마주치면 제가 높임말을 써야 할 정도예요."

사쿠라기가 쓸쓸하게 웃었다.

"젊은 분이 굉장하군요. 아직 독신이죠? 애인은 없나……."

가토가 능청을 피우며 일부러 경박하게 웃었다.

그러자 사쿠라기가 갑자기 정색하며 집게손가락을 입술에
댔다.

"신카이 씨에 관해 그런 식으로 말하는 건 여기서는 금물입
니다. 다른 점원들에게도 묻지 마세요. 형사가 그런 걸 물었
다는 소문이 퍼지면 곤란합니다."

"그건 왜죠?"

"형사님이니까 말씀드리겠는데, 그녀가 결혼한다는 얘기가
있습니다. 게다가 그 상대가 보통 사람이 아니에요. 이건 아
직 몇몇 사람밖에 모르는 일이니 비밀로 해 주세요."

그렇게 전제한 후 사쿠라기는 그 상대가 누군지 가르쳐 주
었다.

그 사람이 '하나야'의 사장이라는 말을 듣고 가토는 놀라서
입을 다물지 못했다.

●

6

택시가 아오야마 거리로 접어들었다. 가토는 오모테산도 조
금 못미처서 운전사에게 내려 달라고 말했다. 그리고 번지수
를 확인한 후 줄줄이 늘어선 건물을 올려다보며 걸었다.

은회색 건물 앞에서 그는 걸음을 멈췄다. 건물 밖에 붙어 있

는 안내판에 몇몇 회사 이름이 적혀 있다. 'BLUE SNOW' 사무실은 4층에 있었다.

가토는 엘리베이터를 타고 4층에서 내렸다.

'BLUE SNOW'의 입구는 유리문으로 되어 있었다. 사무실이 전시장도 겸하고 있는지, 쇼케이스가 몇 개 들여다보인다. 안으로 들어가자 쇼케이스 안쪽으로 책상이 죽 놓여 있고 직원 일곱 명이 거기서 일하고 있었다. 하나같이 젊은 여자다.

"어서 오세요."

맨 앞에 있던, 머리가 긴 여자가 생글거리며 말했다. 기껏해야 스물 전후로 보인다.

가토는 명함을 내밀었다.

"신카이 씨를 만나고 싶은데요."

여자가 명함을 들여다보더니 눈을 동그랗게 떴다.

"약속하셨어요?"

"약속은 안 했지만, 2년 전에 '하나야' 사건을 담당했던 사람이라고 말씀드리면 아실 겁니다."

여자가 잠시 망설이는 표정을 짓다가 잠깐 기다리라면서 안쪽 문으로 들어갔다.

기다리는 동안 가토는 옆에 있는 쇼케이스를 들여다보았다. 반지 등의 액세서리가 진열되어 있다. 판매하는 물건이라기보다는 상품을 소개하기 위해 진열해 놓은 듯했다. 가토는 귀금속에는 문외한이지만, 이 회사 상품에 특수한 기술이 사용되었다는 것은 며칠 전 사쿠라기에게 들어 알고 있다.

"관심이 가는 상품이 있으세요?"

가까이 있던 직원이 물었다.

"굉장히 멋지군요."

쇼케이스 안을 들여다보며 그가 대답했다.

"이런 식으로 보석이 위아래로 놓인 반지는 처음 봅니다."

"저희 회사 특허 상품이에요."

그녀가 자랑스러운 듯이 말했다.

"이 반지는 뭡니까?"

가토가 보통 물건들과 달리 따로 케이스에 들어 있는 반지를 가리켰다. 그것만 분위기가 달랐다. 금속 부분이 전체적으로 약간 묵직한 느낌이다.

"그건 신카이 씨가 처음으로 만든 반지예요. 시제품이라고나 할까요. 저희 회사의 출발점이라고 할 만한 물건이죠."

"만들어요? 신카이 씨가 직접 만들었다는 말입니까?"

"아니요. 실제로 만든 사람은 잘 아는 기술자였다고 들었어요. 귀금속 전문가가 아니라 일반 금속 가공 기술자인데, 신카이 씨의 부탁으로 만들었답니다. 솜씨가 무척 좋은 사람이었나 봐요. '하나야'에서도 놀랐다니까 말이죠."

"그래요?"

딱히 관심이 가는 얘기는 아니지만 마음에 걸리는 구석이 있었다. 그러나 그게 무엇인지 깨닫기 전에 안쪽에 있는 문이 열리더니 아까 그 젊은 여자가 나왔다.

"이 건물 지하에 '카페라'라는 곳이 있어요. 거기서 기다려 주셨으면 한답니다."

"'카페라'라고요. 알겠습니다."

그녀에게 고개 숙여 인사하고 가토는 사무실을 나왔다.

'카페라'는 카페가 아니라 이탈리안 레스토랑이었다. 그가 들어가자 검은 유니폼을 입은 남자가 나와 가토 씨입니까, 하고 물었다. 그는 살짝 놀라며 고개를 끄덕였다.

남자는 그를 안쪽 테이블로 안내했다. 아마도 신카이 미후유가 연락해 놓은 듯했다.

"마실 것이라도 드릴까요?"

"아니요, 괜찮습니다. 그보다 재떨이를……."

"알겠습니다."

담배를 절반쯤 피웠을 무렵 신카이 미후유가 나타났다. 그녀를 본 가토는 순간적으로 인사하기를 잊었다. 그녀는 변해 있었다. 수수한 회색 투피스 차림이었음에도 온몸이 화사한 분위기에 감싸여 있었다. 얼굴에서도 빛이 나고, 자신감이 넘쳐흘렀다. 다른 곳에서 우연히 마주쳤다면 알아보지 못했을 거라고 가토는 생각했다.

"오랜만이에요, 가토 형사님."

미후유가 방긋 웃고 그의 맞은편 자리에 앉았다.

"네. 잘 지내셨죠? 근무 중에 불쑥 들이닥쳐서 죄송합니다."

"아니에요. 그보다, 점심은 드셨어요? 괜찮으시다면 같이 드시면 어떨까요?"

미후유의 아몬드 모양 눈이 요염하게 빛났다. 가토는 슬며시 그 눈길을 피했다.

"아니, 몇 가지만 여쭤보고 금방 가겠습니다. 저는 커피나 무슨……."

"그럼 카푸치노로 하죠."

그녀가 검은 유니폼 남자를 불러 마실 것을 주문했다.

이 여자의 페이스에 말려들고 있다고 가토는 생각했다. 바꾸어 말하면 이 여자는 자신의 페이스대로 끌고 가려 하고 있다. 거기에는 뭔가 의도가 있을 것이다.

"엄청난 성공을 거두셨군요. 놀랍습니다."

"성공이라니요, 이제 겨우 시작인걸요. 무모한 짓을 한다고 말씀하시는 분도 적지 않고요."

"하지만 보석 장신구점과 미용실, 둘 다 대성공 아닌가요?"

"지금까지는요. 하지만 방심할 수 없어요……. 아, 담배 피우세요. 저는 괜찮아요."

"그럼 실례하겠습니다."

가토가 두 대째 담배에 불을 붙였다. 천천히 연기를 토해 내고 나서, 새삼 그녀를 바라보았다. 마음이 빨려들 것 같은 눈은 여전하다.

"실은 소가 다카미치 씨 실종 사건을 수사하고 있습니다."

미후유의 눈이 동그래졌다.

"그 사건을 맡으셨어요?"

"맡았다고 할 수는 없고, 참여하게 되었다고 할까요."

그녀가 고개를 끄덕였다.

"행운이네요. 교코 씨도 든든하겠어요. 그럼 오늘 오신 이유도 그 일로?"

"그렇습니다."

"아닌 게 아니라 식사나 하고 있을 일이 아니군요."

그때 주문한 카푸치노가 나왔다. 그녀가 한 모금을 마셨다. 입술 모양이 예쁜 것도 여전하다.

"그날 소가 씨를 만나기로 되어 있었다면서요? 신카이 씨가 부모님과 함께 찍은 사진을 소가 씨가 갖고 있었다던데요."

"맞아요. 하지만 후회스러워요. 겨우 사진 한 장 전해 받는 일이라면 우편으로 해도 됐을 텐데 말이에요."

"신카이 씨가 후회스러운 이유는 뭐죠?"

"저를 만나기로 하지 않았다면 소가 씨가 그날 집으로 곧장 들어가셨을 테니까요. 그랬다면 이런 일도 일어나지 않았을

지 몰라요."

"소가 씨가 어떤 사건에 휘말렸다고 생각하십니까?"

"그렇게 생각할 수밖에 없지 않나요? 경찰이 그다지 성의 있게 조사하는 것 같지는 않지만요."

그리고 미후유는 카푸치노를 또 한 모금 마셨다.

"그 전에 소가 씨를 만난 적이 있습니까?"

"한 번도 없어요."

"소가 씨 얘기를 아버지께 들은 적은요? 아버지 부하 직원 이었다던데요."

"아버지는 회사 일을 얘기해 주는 법이 없었어요. 별로 떠올 리고 싶지 않으셨는지……."

스가와라가 얘기했던 사건을 뜻하는 듯했다.

"소가 씨의 실종과 관련해서 짚이는 점은 없습니까? 뭔가 마음에 걸리는 말을 했다든지."

"조금 전에도 말씀드렸지만, 사진을 받기로 약속하기 전까지 는 전혀 교류가 없었어요. 그러니 짚이는 데가 있을 턱이 없죠."

미후유가 한숨을 내쉬었다.

"소가 씨가 신카이 씨를 찾으려고 애를 많이 썼던 모양이더 군요. 결과적으로 어떻게 연락처를 알았을까요?"

"저도 그 점이 궁금했어요. 그래서 만나면 여쭤보려고 했는 데……."

미후유의 말에는 막힘이 없었다. 진실을 말하고 있는지 가토로서는 판단하기 힘들었다.

"약속한 장소가 긴자에 있는 '계화당'이었죠. 신카이 씨가 정하셨습니까?"

"네, 그래요."

"왜 그곳으로 하셨죠?"

"찾기 쉬울 것 같아서요. 그게 문제가 되나요?"

"아닙니다. 혹시나 해서 여쭤봤습니다."

그 뒤로 해도 그만 안 해도 그만인 질문을 몇 개 했다. 애당초 신카이 미후유에게 유익한 정보를 얻으리라고는 기대하지 않았다. 오늘의 목적은 그녀를 만나 반응을 살피는 것이었다.

적당히 질문을 마무리하고 가토는 레스토랑을 나왔다. 보이지 않는 뭔가가 그의 촉각을 건드렸지만, 그 윤곽조차 파악하지 못했다.

건물을 나서 택시를 잡기 전에 뒤를 돌아보았다. 그 순간, 머리를 스치는 것이 있었다.

솜씨가 무척 좋은 기술자.

아까 뭔가 마음에 걸렸던 이유를 깨달았다. 그 독가스 사건 때 독가스 발생 장치의 구조를 두고 과학 수사 연구소에서도 똑같은 의견을 내놓았다. 일류 기술자의 솜씨라고.

그가 추리를 조금 더 발전시키는데 가슴 언저리에서 휴대 전화가 울렸다. 짜증을 내며 받아 보니, 아니나 다를까 니시자키였다. 사건이 발생했다며 빨리 돌아오라고 한다.

한동안 또 시시껄렁한 사건으로 불려 다니겠군. 가토는 얼굴을 찡그리며 빈 택시를 향해 손을 들었다.

6장

●

1

후쿠타에게 불려 사무실로 들어갔다. 제도판에 먼지가 보얗게 앉아 있었다. 책상 위에 가득 쌓인 서류나 파일들도 한동안 손을 대지 않은 듯하다. 전표 파일 위에 놓여 있는 알루미늄 재떨이에는 꽁초가 수북하고 담뱃재가 흘러넘쳤다.

"마사야, 일단 이거 받아 둬."

후쿠타가 고개를 살짝 숙인 채 누런 봉투를 내밀었다.

마사야가 봉투를 받아 안을 들여다보니 만 엔짜리 두 장과 천 엔짜리 몇 장이 들어 있다.

"이게 뭐죠?"

"오늘까지의 일당이야."

마사야가 사장 얼굴을 빤히 바라보았다. 급여를 일당으로 계산한 지 반년이 되어 간다. 일거리가 적은 탓에 유일한 직원인 마사야마저 매일 출근할 필요가 없어졌기 때문이다. 하지만 급여 지급일은 매달 25일 전후인데 오늘은 11월 15일이다. 평소보다 열흘이나 이르다.

"공장을 닫으시려고요?"

후쿠타가 어깨를 움츠리며 고개를 끄덕였다.

"일거리가 이렇게 없으니 어쩔 도리가 없지. 자네한테 지금까지 일이 있을 때만 나오라고 했지만, 자네도 그 외의 시간에 놀고 있을 수만은 없지 않겠나. 그리고 나도 일주일에 거우 서너 시간 기계를 돌리는 정도로는 공장을 유지하기가 힘들다네."

마사야는 한숨을 내쉬었다. 자기네 공장과 똑같이 되어 간다고 생각했다.

"빚도 있으시잖아요."

"그거야, 뭐."

후쿠타가 머리를 긁적이며 사무실 내부를 둘러보았다.

"여기도 이제 다 끝났어."

공장도 집도 다 내놓으려는 모양이었다.

"미안하네, 이것밖에 못 줘서."

"이번 달 들어서는 제대로 일한 적도 없는걸요."

"경기가 점차 회복될 줄 알았는데 이렇게까지 가라앉을 줄이야……."

후쿠타는 고개를 절레절레 저었다.

"이런 식이라면 앞으로 더 나빠질 거야."

"이제 어떻게 하실 겁니까?"

"모르겠어. 여기 있을 수 있는 동안은 있어야지. 갈 데도 없으니 말이야."

마사야는 할 말이 떠오르지 않았다. 무슨 말을 해도 위로가 되지 않는다는 걸 그는 누구보다 잘 안다.

"자네가 여기 온 지도 3년이 되어 가는군. 세월 참 빨라."

"그동안 신세 많이 졌습니다."

"신세는 내가 졌지. 덕분에 그나마 버텨 왔지. 자네가 없었다면 작년에 이미 이렇게 되었을 거야. 자네는 솜씨가 좋으니 찾아보면 일자리가 나설 거야. 힘내게."

"사장님도 힘내세요. 그리고……, 그 일은 이제 손을 떼시는 게 좋을 겁니다."

"그 일이라니?"

"부업 말이에요. 저한테 만들라고 하셨던 거요. 그게 무슨 부품인지 제가 언제까지나 눈치채지 못할 거라고 생각하셨어요?"

후쿠타가 민망한 듯이 고개를 돌렸다.

"자칫 잘못하다가는 목숨이 위태로워요. 사장님 본인이 사용하는 일이야 없겠지만, 사고가 나면 화살이 사장님께 돌아옵니다."

그러나 후쿠타는 고개를 끄덕이지 않았다. 자조와 쓴웃음이 뒤섞인 표정으로 뒷덜미를 툭툭 두드렸을 뿐이다.

공장에서 나온 마사야는 곧바로 집으로 향했다. 저녁을 먹기에는 시간이 너무 일렀다. 그는 옷을 갈아입고 욕조를 청소했다. 몸을 덥힌 후 저녁을 먹으러 가자고 생각했다. 오늘도 변함없이 늘 가는 라면집에 가게 될 것이다. 요즘 '오카다'에는 가지 않는다.

목욕물 온도를 체크하는데 초인종이 울렸다. 순간적으로 유코 얼굴이 떠올랐다.

"누구세요?"

현관 안쪽에 선 채 물었다.

"나야."

그 목소리를 듣고 마사야는 저도 모르게 긴장했다. 서둘러 문을 여니 얇은 코트를 걸친 여자가 서 있었다. 짧은 머리에 검은 테 안경. 그녀가 미후유라고 확신하기까지 2, 3초가 걸렸다.

"뭐야, 그 모습은?"

마사야가 물었다.

"됐으니까, 들어갈게."

미후유가 재빨리 문안으로 몸을 들였다.

집 안으로 들어선 그녀는 코트를 벗기 전에 먼저 안경을 벗고 머리에 쓴 가발도 벗겨 냈다. 길이가 좀 있어 보이는 머리카락이 그물 같은 것으로 감싸여 있었다. 미후유는 그 그물도 벗겨 낸 후 머리를 풀어 헤치듯이 손가락을 움직였다. 벽장문에 비친 그녀의 그림자가 흔들렸다.

"변장한 거야?"

마사야가 물었다.

"그럴 생각이었는데 별로네. 좀 더 평범한 주부처럼 꾸미는 편이 눈에 덜 띨지도 모르겠어. 뭐, 이제는 상관없지만."

그녀가 방석 위에 앉았다. 그리고 여전히 서 있는 마사야를 올려다보며 생긋 웃었다.

"오랜만이지?"

"한 달 만이야."

"벌써 그렇게 됐어? 흐음."

마사야도 앉은 후 책상다리를 했다.

"전화도 없고, 대체 뭘 했어?"

"미안해. 여러 가지로 바빴어."

미후유가 두 손을 모았다.

"오늘도 겨우 짬을 내서 온 거야. 큰 이벤트를 앞뒀잖아."

마사야는 고개를 돌리고 침을 삼켰다. 맞장구를 칠 마음이 들지 않았다.

"뭐야, 왜 그러는데?"

미후유가 그의 얼굴을 들여다보았다. 그는 그녀의 얼굴을 마주 보았다.

"미후유, 당신 진심이야?"

"뭐가?"

"시치미 떼기는. 정말 그 남자와 결혼할 생각이야? '하나야' 사장이랑 말이야."

"당연하지. 장난삼아 할 말이 아니잖아."

마사야는 숨을 크게 들이쉬고 나서 미후유를 향해 돌아앉았다.

"다시 생각해 보면 안 되겠어?"

"이제 와서 뭘 다시 생각하라는 거야."

"하지만 미후유는 그 남자를 전혀 좋아하지 않잖아. 그런데……."

"잠깐만."

미후유가 두 손을 들어 그를 제지했다. 그리고 쓸쓸하게 웃다가 흥, 코웃음을 쳤다.

"그 일이라면 내가 이미 여러 번 설명했잖아. 나는 그 남자를 좋아하는 게 아니야. 그 남자의 아내라는 자리가 좋은 거지. 좋아하는 걸 손에 넣으려는 마음은 자연스러운 거잖아."

"그거…… 정상이 아니야."

그러자 미후유가 심각한 표정을 지으며 팔짱을 끼었다. 그리고 낮은 음성으로 말했다.

"마사야, 당신 설마, 돈을 보고 결혼하다니 동기가 불순하다느니 그런 말을 하려는 건 아니지?"

다시 그녀에게서 고개를 돌린 마사야에게 그녀는 "어처구니가 없네."라며 기막히다는 표정을 지었다.

"이 나이에 결혼에서 이상을 추구하다니, 말이 돼? 결혼이란 말이지, 인생을 바꾸는 수단이야. 고생하는 여자들을 봐. 다들 남편을 잘못 선택해서 그런 거야. 성실이 최고라느니, 아이를 좋아해야 한다느니, 그런 잠꼬대 같은 결혼 조건을 내세워서 그런 거라고."

"좋아하는 사람끼리 함께하는 게 진짜 결혼 아닌가?"

"좋아하는 사람끼리 해. 아키무라 씨는 나를 좋아하고, 나는 아키무라 부인이라는 자리가 좋아. 그런데 뭐가 문제야?"

"내가 하고 싶은 말은……."

"알아."

미후유가 그의 입 앞에 손을 내밀었다.

"서로 사랑하는 사람끼리 해야 한다고 말하고 싶은 거지? 하지만 그런 두 사람에게 결혼이라는 형식이 필요할까? 내가 진심으로 좋아하는 사람은 마사야뿐이야. 마사야도 나를 사랑하고. 그렇지?"

고개를 끄덕이는 그를 바라보며 그녀는 얘기를 계속했다.

"우리에게 결혼 따위의 형식은 필요 없어. 우린 그런 것보다 훨씬 강한 끈으로 엮여 있으니까. 내가 결혼한 후에도 우리 둘은 늘 함께할 거야. 내게 마사야는 이 세상에서 믿을 수 있는 유일한 동지이고 나도 마사야에게 그런 존재이고 싶어. 단, 우리 둘의 관계는 아무도 모르도록 해야 해. 상대가 괴롭고 힘들 때 무대 뒤에서 도와주는 거야. 세상 사람들 눈에는 진실이 보이지 않아. 경찰도 모르고. 그러면 되는 거 아니야?"

수염이 제멋대로 자란 턱을 비비던 마사야가 다시 머리를 긁적거렸다.

"하지만 나는 미후유가 다른 남자의 사람이 되는 걸 참을 수 없어."

"결혼했다고 해서 그 남자의 사람이 되는 게 아니야. 성이 바뀔 뿐이지. 그런데 그것만으로도 유산을 상속받을 수 있고 생명 보험금도 받을 수 있어."

"그 남자 품에 안길 거잖아."

마사야가 중얼거렸다.

"이미 몇 번이나 그랬다는 거, 알고 있어. 그리고 앞으로도 계속 그럴 거잖아."

그 말에 미후유가 약간 짜증스럽다는 듯이 한숨을 내쉬었다.

"바보같이."

"바보 같다고, 내가?"

"있지 마사야, 세상 부부들을 봐. 2년쯤 지나면 남편은 아내 몸에 싫증을 내. 5년이 지나면 쳐다보지도 않게 되지. 돈이 좀 있는 남자는 밖에다 여자를 만들기도 하고. 그때까지만 참으면 돼. 대체 섹스가 뭐야. 그저 번식 행위일 뿐이야. 개나 고양

이나 다 하는 일이란 말이야. 그러니 신경 쓸 거 없어. 마사야
도 다른 여자와 하면 되잖아. 중요한 건 마음 아니야?"

그러면서 미후유는 자신의 가슴을 툭툭 두드렸다.

마사야가 두 주먹을 불끈 쥐고 테이블을 쾅 내리쳤다.

"나는 그렇게까지 냉정할 수 없어."

"부탁이야, 냉정해져야 해. 아무 무기도 없는 우리가 세상을
상대로 싸우려면 이 방법밖에 없어."

마사야는 고개를 절레절레 저었다.

"미후유는 우리 둘의 행복에 관해 생각해 본 적 있어?"

"행복?"

뜻밖의 말을 들었다는 듯이 미후유가 눈을 동그랗게 떴다.

"이렇게 숨어서 몰래 만나지 않아도 되는 삶, 풍족하지는 않
아도 늘 함께 누리는 평온한 생활, 그런 걸 꿈꿔 본 적이 있느
냔 말이야."

"말하자면 홈드라마 같은 가정을 꾸리고 싶다는 말이야?"

미후유의 말투에는 야유가 섞여 있었다.

"안타깝지만 마사야, 그건 환상이야."

"환상이라고?"

"두 가지 의미에서 그래. 하나는 그런 가정은 이 세상 어디에
도 없다는 점. 행복한 것처럼 보여도 어느 부부에게든 복잡한
문제가 있어. 다들 가면을 쓴 채 숨기고 있을 뿐이지. 또 하나

는 만에 하나 그런 가정이 있다 해도 우리가 그걸 원하는 건 너무 뻔뻔한 짓이라는 점. 우리가 무슨 짓을 했는지 잊지는 않았겠지?"

마사야는 고개를 떨구며 입술을 깨물었다. 가슴 속에 뭔가 덩어리 같은 것이 얹히는 느낌이었다.

"하지만 우리에게는 우리 나름의 사는 방식이 있어. 우리에게 어울리는 방식이 있단 말이야. 일시적인 욕망에 휩쓸려서 그 큰 줄기를 잊어서는 안 돼. 그래도⋯⋯."

미후유의 말투가 부드럽게 변했다.

"기쁜 건 사실이야. 마사야가 그런 환상을 추구한다는 사실 자체는 말이지. 마사야의 환상 속에서 나는 어여쁜 아내니까."

말투만이 아니라 그녀의 눈길도 부드러워졌다.

마사야는 숨을 길게 내쉬며 입가에 미소를 머금었다.

"미후유는 강해."

"지면 안 된다고 생각해. 지금보다 훨씬 더 강해지고 싶어."

"나는 안 되겠어. 미후유에게 좋은 파트너가 되어 줄 수 없을 것 같아. 직업조차 없는걸."

"직업이 없다니, 공장에서 잘렸어?"

마사야가 오늘 있었던 일을 이야기했다. 미후유는 뭐야, 그런 일이었어? 하며 웃었다.

"무슨 실수라도 해서 잘렸나 했네. 공장이 망한 거라면 어쩔 수 없잖아. 마사야 탓이 아니야."

"어서 다음 일자리를 찾아야 할 텐데. 내 밥벌이는 내 손으로 해야지."

"돈 걱정은 하지 마. 내가 어떻게든 해 볼게. 그러라는 파트너잖아."

"나는 기둥서방이 될 생각은 없어."

"기둥서방이 되라는 말이 아니야. 마사야는 앞으로 더욱 내게 힘이 되어 줘야 해. 그런데 그러기 전에……,"

그녀가 들고 온 종이봉투에서 플라스틱 용기를 꺼냈다.

"아직 저녁 전이지? 마사야 주려고 가져왔어."

그가 바라보는 가운데 그녀가 뚜껑을 열었다. 거기 들어 있는 것을 보고서 마사야는 저도 모르게 뒤로 물러섰다. 소고기 날것이었다.

"뭐야, 이게?"

"보면 알잖아, 육회야. 간도 있어. 소스는 마늘 맛과 생강 맛, 어느 쪽이 좋아?"

"그거 치워."

마사야는 손으로 입을 틀어막고 고개를 돌렸다. 심한 구역질이 올라왔다.

그런데도 미후유는 치우려 하지 않았다. 그의 어깨를 잡고 획 당겼다. 그리고 그의 얼굴 앞에 육회가 든 용기를 들이댔다.

"먹어. 먹어야 해. 그래서야 앞으로 세상을 어떻게 헤쳐 나가겠어."

마사야의 위가 경련을 일으켰다. 입안에 시큼한 위액이 감돌았다. 그는 얼굴을 찡그리며 미후유를 밀쳐내려고 했다.

그러자 그녀가 갑자기 그의 바지 지퍼로 손을 가져갔다. 그리고 마사야가 어리둥절해하는 사이에 지퍼를 내리고 팬티를 젖힌 후 페니스를 꺼냈다. 그의 페니스는 조그맣게 쪼그라들어 있었다.

"뭐 하는 거야?"

"가만히 있어."

미후유가 손을 천천히 움직였다. 놀란 나머지 위축되어 있던 마사야의 페니스가 금세 발기했다. 그걸 확인하자 그녀는 페니스로 얼굴을 가져갔다. 먼저 혀로 그 끝을 핥고, 뒷부분을 자극하더니 입안에 머금었다.

마사야는 자기도 모르게 신음을 흘렸다.

그녀의 입이 페니스에서 떨어졌다. 그녀가 말했다.

"고기를 먹어, 마사야."

"미후유, 그런……"

미후유가 다시 페니스를 입에 넣었다. 일정한 리듬으로 입술을 움직이자 마사야의 등줄기로 쾌감이 달렸다. 그는 또 조그맣게 신음을 뱉어 냈다.

"먹어, 마사야. 먹는 동안 내가 이렇게 해 줄게. 그깟 날고기가 뭐야? 피가 뭐가 무서워? 내가 모든 걸 좋은 추억으로 만들어 줄게."

그러고서 그녀는 또 입술을 움직였다.

아득한 쾌감이 마사야의 온몸을 감쌌다. 구역질이 잦아들었다. 무거운 덩어리가 얹혀 있는 것 같았던 위도 원래대로 돌아갔다. 그렇지만 날고기를 보자 소름이 돋았다.

그는 젓가락을 들었다. 고기를 집으려 했지만 손이 말을 듣지 않았다. 그만 고개를 돌리고 말았다. 그러자 그걸 알아챈 미후유의 움직임이 격렬해졌다. 쪼그라들었던 페니스에 다시 피가 몰렸다.

마사야는 고기를 집었다. 소스를 듬뿍 찍은 후 눈을 꾹 감고 입으로 가져갔다.

그 순간 그의 눈앞에 피에 젖은 살덩어리가 되살아났다.

격렬한 구역질과 한기, 그것을 지워 버리려는 쾌감, 그런 것들이 번갈아 가며, 때로는 뒤섞이면서 마사야의 온몸을 뒤덮었다.

한 시간 가까이 걸려 마사야는 미후유가 가져온 날고기를 위 속에 집어넣었다. 그것은 또한 그가 사정하는 데 걸린 시간이기도 했다. 사정이 끝나자 그는 다다미 위에 벌렁 드러누웠다. 머릿속이 새하얬다.

마사야가 눈을 감고 숨을 고르는데 미후유의 기척이 느껴졌다. 눈을 떠 보니 그녀 얼굴이 바로 위에 있었다. 그녀가 그의 뺨에 키스를 하고, 그대로 입술을 그의 입으로 가져갔다. 그의 입안으로 그녀의 혀가 밀려 들어왔다. 그는 그녀의 머리에 팔을 두르고 머리카락을 쓰다듬었다.

"기분이 어때?"

"모르겠어."

미후유가 키득 웃었다.

"그럼 됐어. 쓸데없는 생각은 하지 마. 마사야는 생각이 너무 많아."

마사야가 몸을 일으켰다. 빈 플라스틱 용기가 보이자 자신의 가슴을 문질렀다.

"느낌이 이상해. 토할지도 몰라."

"절대 토하면 안 돼. 토하면 지는 거야."

미후유가 그의 사타구니를 살짝 쥐었다.

"기분이 안 좋으면 말해. 또 해 줄 테니까."

"괜찮아."

마사야는 쓴웃음을 지었다.

미후유가 고개를 끄덕이고 "커피 끓일게." 하며 일어섰다.

"마사야의 힘을 빌려야 할 일이 생겼어."

디자인이 촌스러운 머그잔으로 커피를 마시면서 미후유가

말했다.

"뭔데?"

"응, 일이 좀 귀찮게 되었어. 아오에 기억해? 아오에 신이치로."

"그 미용사 말이지? 그 녀석이 왜?"

"무슨 착각을 했는지 모르지만, 나랑 결혼할 수 있다고 생각하나 봐."

"뭐야?"

"요즘 거의 매일 밤 전화를 걸고, 심지어 어제는 집에 찾아왔어. 집 안에 들이지는 않았지만 달래느라 애먹었어."

마사야는 사정이 짐작이 갔다. 머그잔에 담긴 커피를 한 모금 마신 뒤 그가 말했다.

"그 녀석이 미후유가 결혼하는 걸 알았군?"

"내가 얘기한 건 아니고 'BLUE SNOW'에서 들은 모양이야. 관계자들에게 입단속을 해 두긴 했지만, 사람 입을 억지로 막을 수는 없잖아. 뭐, 어차피 언젠가는 알게 될 일이지만."

"그래서 아오에가 화가 난 거야?"

미후유가 고개를 끄덕였다. 그리고 가볍게 쓴웃음을 지었다.

"펄펄 뛰더라. 자기를 속였다느니 배신했다느니 하면서 말이야. 남자가 히스테리를 부리니까 정말 꼴사납더라."

"미후유에게도 책임이 있는 거 아닐까?"

마사야는 애써 감정을 억누르며 말했다.

"착각하게 만든 사람은 미후유잖아. 아오에는 미후유에게 반해서 스카우트에 응했을 거야. 그런데 다른 남자와 결혼한다는 걸 알았으니 화가 날 만도 하지."

"아오에와 결혼을 약속한 적은 없어. 사업상의 좋은 파트너로 지내자고 했을 뿐이지."

"단지 사업상의 파트너였다면 잠자리를 같이하지는 않았겠지."

"여자가 여자의 무기를 사용하는데 나쁠 게 뭐가 있어? 남자들도 그런 건 충분히 알지 않아?"

그러고서 그녀는 성가시다는 듯이 손을 내저었다.

"그런 얘기는 할 필요도 없고, 아무튼 아오에에게 어떻게든 손을 써야 해. 그 일을 마사야랑 의논하고 싶었어."

마사야는 말보로 갑을 끌어당겼다. 한 개비를 꺼내 입에 물자 미후유가 재빨리 손을 뻗어 일회용 라이터로 불을 붙여 줬다.

고마워, 하고 그가 말했다.

"아오에가 뭐래?"

연기를 뿜어내고 나서 마사야가 물었다.

"결혼을 취소하래. 그러지 않으면 자기도 각오한 바가 있다나."

"각오라는 게 뭘까?"

"내 말이 그 말이야. 그 녀석이 뭘 할 작정일까?"

"우선 생각할 수 있는 일은 자신과 미후유의 관계를 결혼 상대인 남자에게 까발리는 거겠지. 결혼 상대뿐 아니라 온 세상에 까발릴 수도 있을 테고."

미후유가 고개를 끄덕였다.

"그리고 또?"

"그다음은 결혼식을 망치는 거. 식장에 나타나서 난동을 피운다든지. '졸업'의 더스틴 호프만처럼 말이야."

"더스틴 호프만은 난동을 부리지 않았어. 신부를 납치했을 뿐이지."

그리고 미후유는 한숨을 쉬었다.

"큰일 났네. 어떡하지? 우리 미용실의 스타 미용사를 다치게 할 수도 없고……."

정말 이기적이군, 하고 마사야는 생각했지만 그 말을 입 밖에 내지는 않았다.

"일단 그 녀석이 지금 당장이라도 할 수 있는 짓은 아키무라에게 일러바치는 거겠지."

"아키무라 씨에게 얘기하는 건 별 상관이 없어."

"그래?"

"그 사람이 아오에 말을 믿을 리 없거든."

"그만큼 미후유를 믿는다는 뜻인가?"

마사야의 말투에 비아냥거리는 느낌이 묻어 있었다.

"그렇기도 하고."

미후유가 흥흥, 하고 코웃음을 웃었다.

"이성에게 빠진 사람은 자기에게 유리한 얘기만 믿는 법이야. 옆에서 보기에는 속고 있는 게 뻔한데도 나쁜 남자를 떠나지 못하는 여자가 있잖아. 그런 경우도 그 일종이지."

나도 그럴지 모르겠군, 하고 생각하면서 마사야는 미후유를 바라보았다. 그러나 그녀는 거기까지 생각하지는 않는 듯했다.

"그러니까 아키무라 씨에게 말하는 건 괜찮아. 그 사람은 우선 내게 진위를 확인하겠지. 나는 그 사람의 의심을 깨끗이 씻어 줄 거고."

그녀가 자신만만하게 말했다.

"아키무라에게 말했는데도 아무 일이 없으면 그다음에는 여기저기 떠벌리고 다닐지 몰라. 사람들이 어디까지 믿을지는 모르겠지만, 미후유 입장에서 달가운 일은 아니지."

"물론이지. 아키무라 씨 가족이나 친척의 귀에 들어가면 이만저만 골치 아프지 않아. 아무튼 난 그 사람이랑 내내 붙어서 살 작정이니까. 게다가 또 한 가지 골치 아픈 점은 아오에가 미용업계에서는 유명 인사라는 사실이야. 스타 미용사가 이상한 말을 떠벌리면 호기심 많은 매스컴이 가만히 있을 리 없지. 그렇게 되면 결혼에 흠집이 생기는 걸로 끝나지 않아.

'하나야'나 'BLUE SNOW'도 이미지가 추락한다고."

"아오에의 입을 다물게 하는 수밖에 없군."

"그러니까 이렇게 의논하는 거잖아. 어떻게 하면 좋을까?"

미후유가 어리광을 피우듯이 눈을 치떴다. 그녀가 그런 표정을 지으면 마사야의 심장이 쿵 내려앉을 만큼 요염해 보인다. 물론 그런 효과를 알고서 하는 행동일 것이다.

마사야는 고개를 저었다.

"솔직히 어떻게 해야 좋을지 모르겠어. 돈으로 해결할 문제도 아니고."

"돈으로 해결할 수 있으면 일이 간단하지."

미후유는 테이블에 턱을 괸 자세로 마사야를 보았다.

"내게 생각이 하나 있긴 한데……."

"뭐지?"

미후유가 눈을 내리뜨면서 얼굴을 살짝 찡그렸다.

"별로 바람직한 생각은 아니야. 효과적일 것 같긴 하지만, 실행하기는 쉽지 않아. 그리고…… 마사야에게 부탁하기도 거북하고."

"뭔데 그래? 괜찮으니까 일단 말해 봐."

"알았어."

미후유가 자세를 바로 했다.

"아이디어일 뿐이지 반드시 이렇게 해 달라고 부탁할 마음은 없어. 마사야가 싫으면 싫다고 솔직하게 말해 줘."

"일단 말해 보라니까. 왜 그렇게 뜸을 들여."

그녀가 심호흡을 한 번 했다. 그리고 말을 꺼냈다.

미후유의 말을 듣고 있던 마사야의 마음이 서서히 어두워졌다. 아닌 게 아니라 좋은 생각이라고 보기는 힘들었다. 실행하기도 어려운 일이다. 그러나 효과는 기대할 수 있을 듯했다. 실행할 수만 있으면 아오에의 입을 막을 수 있을지도 몰랐다.

아마 그녀는 이곳에 오기 전부터 모든 걸 계획했을 것이다. 의논이라는 형식을 빌렸지만 실은 마음을 굳히고 왔을 것이다. 늘 그래 왔듯이.

"어때?"

애기를 마친 미후유가 살피듯이 그의 얼굴을 들여다보았다.

"쉽지 않을 거야."

"역시……."

미후유가 한숨을 쉬었다.

"그래서 말하고 싶지 않았어."

"좀 더 좋은 방법이 없어? 비슷한 효과가 있을 만한 방법 말이야."

"예를 들면?"

미후유가 되묻자 마사야는 입을 다물고 말았다.

"어쩔 수 없지, 뭐."

미후유가 두 손으로 머리카락을 끌어 올렸다.

"마사야가 싫어할 거라고 예상했어. 안 될 줄 알았지. 나도 실은 마사야에게 그런 일을 시키고 싶지 않아. 다른 방법을 찾아보는 수밖에 없겠네. 하지만 시간이 별로 없는데."

"아오에 녀석, 화가 많이 났어?"

"응. 내일이라도 당장 뭔가 저지를 것 같은 분위기야."

마사야가 이마를 긁적거렸다. 기온이 높지도 않은데 이상하게 땀이 솟았다.

"그 방법밖에 없는 건가."

"하지만…… 싫잖아."

"싫지만 꾸물거리고 있을 수만도 없잖아. 그리고 나는 어떻게든 미후유에게 힘이 되고 싶어. 소가 때는 내가 도움을 받았잖아. 아직 그 보답을 하지 못했어."

"소가 일 같은 건 아무래도 상관없어. 이제 잊어버려."

어떻게 잊겠느냐고 마사야는 생각했지만, 그녀 앞에서는 일단 고개를 끄덕였다.

"그거, 할까?"

그가 중얼거렸다.

"괜찮겠어?"

"어쩔 수 없잖아. 어느 여자를 노릴지는 결정했어?"

"후보는 몇 명 있어."

미후유의 대답을 듣고, 그럼 그렇지, 하고 마사야는 고개를 끄덕였다. 그녀의 머릿속에는 이미 청사진이 완성되어 있다. 처음부터 그가 끼어들 여지는 없었다. 또한 그가 결국은 받아들일 것도 모두 계산되어 있다. 그런 사실을 다 알면서도 마사야는 그녀에게 힘이 되고 싶었다.

"언제 실행에 옮기지?"

"빠를수록 좋아. 이번 주나 다음 주에 하자. 필요한 물건은 내가 준비할게."

"공장을 그만뒀으니 공구는 전부 사야겠군. 하지만 걱정 마. 그건 내가 알아서 할게."

마사야가 일어나 냉장고에서 캔 맥주 두 개를 꺼내 왔다. 한 개를 미후유 앞에 놓고 나머지 하나를 마시기 시작했다. 하지만 그녀는 캔 맥주에 손을 대려 하지 않았다.

"나, 이제 여기에 오지 않을 거야."

그녀의 말에 마사야는 하마터면 맥주를 뿜을 뻔했다. 그녀를 바라보았다.

"왜?"

"아무래도 그 가토라는 형사가 마음에 걸려. 조심해서 나쁠 건 없으니까."

"그 형사가 또 찾아왔어?"

그녀는 고개를 저었다.

"회사로 한 번 찾아왔을 뿐이야. 하지만 그 사람은 뭔가 눈치를 챘어. 아니, 눈치를 챈 정도는 아니고 냄새를 맡았다고 할까. 냄새를 잘 맡는 놈이야. 형사는 다들 개처럼 냄새를 잘 맡지만, 그중에서도 특별히 예민한 사람이 있지. 그놈이 그런 타입이야."

가토 외에도 그런 형사를 아는 듯한 말투다.

"그 사람에게 나와 미후유의 관계가 탄로 나면 곤란하다는 뜻인가?"

"곤란하고말고. 그놈은 '하나야' 독가스 사건에서도 소가 실종 사건에서도 나를 의심하고 있어. 다만 한 걸음 더 나아가지 못하는 이유는 내게 공범이 있다는 사실을 증명할 수 없기 때문이야. 마사야 같은 사람이 옆에 있다는 걸 알면 굶주린 개처럼 물어뜯으려고 할걸."

"말하자면 이제부터 우리가 하려는 일도 그 형사가 냄새를 맡지 못하도록 해야 한다는 거야?"

"그놈이 냄새를 맡게 될지도 몰라. 그럴 경우 기를 쓰고 내 파트너를 찾으려고 하겠지. 미행, 도청, 협박을 해서라도 말이야."

마사야는 맥주를 한 모금 들이켠 뒤 입가에 묻은 거품을 닦았다.

"그래서 이제 미후유는 여기 오지 않겠다는 거군. 당분간은 만날 수도 없는 건가?"

"쉽게 만날 수는 없겠지. 하지만 만날 방법을 생각해 볼게."

"정말?"

"마사야."

미후유가 몸을 살짝 틀어 마사야의 허리를 끌어안았다.

"마사야를 만나지 못하면 내가 뭘 위해서 살겠어. 전부 우리 둘을 위한 일이야. 우리 둘이 행복해지려고 애쓰는 거란 말이야."

마사야는 미후유의 머리를 쓰다듬다가 그대로 그녀의 몸을 감싸 안았다. 미후유의 심장 고동이 그의 팔에 전해졌다.

"미후유."

"응?"

"나도 사실은 아오에와 똑같은 심정이야."

그녀는 말이 없었다. 대답할 말이 없는가 보다고 마사야는 짐작했다.

그러나 잠시 후 그의 품안에서 알아, 하는 나지막한 목소리가 들려왔다.

●

2

8시 반이 조금 넘었을 무렵 마지막 손님이 나갔다. 직원들이 뒷정리를 시작했다. 평소 같으면 준비를 마친 직원들부터 퇴근하겠지만 목요일 밤은 예외다. 그들 대부분이 간단하게 저녁을 먹고 다시 이곳으로 돌아온다. '몬·아미'에서는 일주일에 한 번, 목요일 밤에 직원들의 스터디 모임이 있다. 모임의 분위기가 고조되면 12시를 넘기기도 한다.

"미안하지만 오늘은 빠져야겠어."

아오에가 옆에 있던 남자 직원에게 말했다. 주변에 있던 몇 사람이 아쉬운 표정을 지었다. 그 모습을 보며 아오에는 우월감을 느꼈다. 다들 내 기술을 훔치려고 한 거야, 인기 있는 스타 미용사 아오에 신이치로의 기술을.

"그러니까 뒷일을 부탁해."

알겠습니다, 하고 남자 직원이 고개를 끄덕였다.

아오에가 웃옷을 걸치고 미용실 문을 열려고 했을 때였다. 옆에서 바닥을 청소하던 나카노 아미의 모습이 눈에 들어왔다. 아미는 최근에 고용한 직원이다. 실력도 꽤 있는 데다 열심히 배우려고 한다. 몸집이 자그마하고 생김새가 반듯해서 손님들에게도 귀여움을 받고 있다.

"아미, 너 오늘도 차 가지고 왔어?"

"네, 그런데요."

아미가 커다란 눈을 깜박거렸다.

"늘 세우는 데다 세웠어?"

그녀가 끄덕하고 나서 장난스럽게 웃었다. 그런 몸짓도 인기의 비결이다.

"조심해. 그러다가 무단 주차로 걸릴라."

"조심할게요."

그녀가 다시 한 번 고개를 끄덕했다.

아미는 고마자와에서 어머니와 살고 있다. 아버지는 일 때문에 혼자 삿포로에 가 있는 듯하다. 오빠는 이미 취직해서 따로 산다고 한다. 고등학교를 졸업하자 곧바로 운전면허를 땄다는 아미는 스터디 모임이 있는 날이면 아버지 차를 운전해서 출근하곤 했다. 그러나 유료 주차장을 이용하지 않고 늘 노상 주차를 한다. 아미 말로는 단속에 걸리지 않는 사각지대가 있다는데, 그런 행운이 언제까지나 계속되리라는 보장이 없다. 언젠가는 견인차에 끌려갈 거라고 동료들도 주의를 준다.

미용실을 나선 아오에는 바로 옆에 있는 월정액 주차장으로 걸어가 자신의 BMW에 올라탔다. 그는 지금 메구로에 있는 아파트에 산다. 신축 건물로 월세가 30만 엔도 넘는다.

2년 전에는 꿈도 못 꿀 일이었다고 아오에는 생각한다. 고용 미용사로는 아무리 이름이 알려져도 수입이 크게 느는 일이 없다. 얼마 안 되는 저금을 탈탈 털어 독립한다 해도 빚을 갚는 일이 우선이라 생활이 금방 나아지지는 않았을 것이다.

그때 신카이 미후유의 제안을 받아들인 것은 백번 잘한 선택이었다. 내 돈을 투자하지 않고도 독립할 수 있었고, 그녀 덕분에 지명도도 단숨에 높아졌다. 가게 이름이나 아오에 신이치로라는 이름도 젊은 여성들 사이에서는 모르는 사람이 없을 정도다.

그러나, 하고 아오에는 생각한다. 이런 상태로 만족할 수는 없다. 독립했다 해도 '몬·아미'는 자기 혼자만의 가게가 아니다. 아니, 굳이 따지자면 신카이 미후유의 것이나 다름없다. 자신은 'BLUE SNOW'라는 회사의 임원에 지나지 않는다. '몬·아미'가 벌어들이는 돈의 절반 가까이 받고 있지만, 그 모든 것이 자기 것이 되지 않는 까닭은 구조가 그렇기 때문이다.

수입만이 문제가 아니다. 명실상부한 자신의 가게, 하나에서 열까지 자신의 손으로 꾸민 가게를 갖고 싶다는 생각이 최근 들어 점점 커져 간다.

그러나 미후유가 그걸 용납하리라고는 기대할 수 없었다. 아오에 신이치로가 없어지면 '몬·아미'의 수입은 절반으로 줄어들고 만다. 그건 자만이 아니라고 아오에는 확신한다.

그로서도 미후유를 배신하고 싶지 않았다. 그녀에게 은혜를 입었고, 무엇보다 그녀를 사랑하고 있다. 그래서 만약 그녀와 결혼할 수 있다면 자신의 가게를 갖고 싶다는 생각은 쉽게 접어 두었을 것이다.

그런데 배신한 쪽은 미후유였다. 그녀가 'BLUE SNOW'의 업무 내용을 확장하고 있는 것이나 '하나야'와 제휴한 것 등은 알고 있었다. 하지만 설마 '하나야'의 사장과 결혼할 줄은 꿈에도 몰랐다.

그 일에 관해 추궁해 보았지만 그녀는 전혀 사과할 생각이 없어 보였다.

"나도 이제 서른 줄에 접어들었는데 장래를 생각하는 건 당연하잖아. 혹시 나는 평생 결혼하면 안 된다는 거야?"

나는 어떡하고, 라고 아오에는 수치심을 억누르고 물어보았다. 그러자 그녀는 당황한 표정을 지었다.

"당신과 나는 사업 파트너잖아. 그것도 아주 궁합이 잘 맞는 파트너. 나는 그렇게 인식하고 있었는데."

당신은 사업 파트너와 섹스를 하느냐는 질문에도 그녀는 동요하지 않았다.

"섹스를 하고 하지 않고는 서로의 입장과 관계없잖아. 그건 남녀 문제니까. 그때는 내가 아직 아키무라 씨를 만나지 않았을 때고, 당신을 남자로서 좋아했어. 그래서 그랬지. 하지만 나는 그 후로 남녀 관계가 깊어지지 않았다고 생각하는데. 당신은 내게 프러포즈라도 했어?"

당신을 연인이라고 생각했어, 하고 아오에는 말했다.

"고마워. 하지만 나는 아니야. 내게 당신은 멋진 사업 파트너이고 나도 당신에게 그런 존재여야 한다고 여겼어."

그런 설명으로는 납득이 되지 않았다. 그러나 아무래도 자신이 버림받았다는 사실은 받아들여야 할 것 같았다. 요컨대 저울질을 당한 것이라고 아오에는 해석했다. 아무리 인기가 많다 한들 자신은 일개 미용사에 불과하지만 저쪽은 큰 보석·장신구 가게의 사장이다. 비교하면 승산이 없다.

그러나 깨끗하게 물러날 마음은 생기지 않았다. 상대가 배신했다면 이쪽도 배신할 권리가 있다.

아오에는 독립하고 싶다고 의사를 밝혔다. 3주쯤 전의 일이다. 둘이 레스토랑에서 식사하던 중이었다. 미후유는 그의 얼굴을 멀뚱멀뚱 바라보더니 고개를 저었다.

"당신도 똑같은 인간이네. 좀 잘나간다 싶으니까 욕심이 생겼어? 욕심이 나쁜 건 아니지만, 방향을 좀 달리하면 좋을 텐데."

"당신과는 공적으로나 개인적으로나 파트너라고 생각했어. 그런데 단지 사업상의 파트너일 뿐이라고 하니 나 역시 철저히 사업적일 수밖에 없지."

"잘나간다 싶으면 독립하고 싶어 하는 연예인이나 다를 바가 없네. 하지만 그런 연예인들이 대부분 실패했다는 건 모르지 않을 텐데?"

"나는 연예인이 아니라 미용사야. 기술로 먹고산단 말이지."

"플러스알파를 연출하고 있는 사람은 나야. 모르겠어?"

"이제 연출은 필요 없어. 스타 미용사라는 수식어도 필요 없고. 내가 원하는 건 나 스스로 조종할 수 있는 배야."

"배라……, 말은 그럴싸하네."

미후유는 쓴웃음을 지으며 한숨을 내쉬었다.

"지금 자신이 탄 배에 얼마나 엄청난 장비가 실려 있는지도 모르는 주제에."

"둘 다 가질 수는 없어."

"뭐라고?"

"'하나야' 사장과 미용사 아오에 신이치로를 둘 다 손에 넣겠다는 생각은 너무 뻔뻔스럽단 말이야."

"마치 내가 결혼하겠다고 하지 않았으면 그런 말을 꺼내지 않았을 것처럼 말하네."

"맞아. 당신이 배신하지 않았다면 이럴 생각이 없었어."

미후유는 어깨를 으쓱하고 나서 사뭇 매서운 표정으로 그를 바라보았다. 마음을 뒤흔드는 힘을 품은 눈이었지만, 그는 그 눈길을 피하지 않은 채 테이블 밑에서 두 주먹을 꽉 쥐었다.

알았어, 생각해 볼게, 하고 그녀가 말했다.

그 후로는 제대로 얘기를 나눈 적이 없다. 미후유는 회계 등을 점검하기 위해 이따금 가게에 들렀지만, 대화를 나눈다고 해도 사무적인 내용뿐이었다. 그가 전화를 걸어, 그 문제를 생각해 봤느냐고 재촉한 적도 있지만 조금 더 기다려 달라는 게 그녀의 대답이었다.

그리고 오늘 드디어 아오에의 휴대 전화로 연락이 왔다. 미후유가 오늘 밤 그의 집으로 찾아오겠다는 것이었다. 느긋하게 이야기를 나눌 수 있는 시간이 오늘 밤밖에 없다고 그녀는 덧붙였다.

어떤 결론이 나올지 그는 상상해 보았다. 결혼을 취소할 리는 없었다. 그렇다고 독립을 순순히 인정해 줄 것 같지도 않았다.

특별 상여금을 주겠다든지 대우를 잘해 주겠다는 정도의 제안을 할 것이라고 그는 예상했다. 어떤 조건을 내밀더라도 마음이 흔들려서는 안 된다고 스스로를 다잡았다.

집으로 돌아와 옷을 갈아입고 있는데 휴대 전화가 울렸다. 미후유였다. 근처 카페에 있으니 나와 달라는 것이었다.

"집으로 오는 거 아니었어?"

"그러려고 했는데, 마음이 바뀌었어. 그럼 기다릴게."

그러고서 그녀는 일방적으로 전화를 끊었다.

중요한 시기인 만큼 남자 혼자 사는 집에 찾아오기가 부담스러운 모양이라고 아오에는 해석했다. 이렇게까지 사람을 우습게 여긴다면 오히려 이쪽도 결단을 내리기가 쉬워지지, 하고 생각했다.

카페로 가니 흰 투피스 차림의 미후유가 기다리고 있었다.

회사에서 곧장 온 듯했다. 옆에는 그녀에게 어울리지 않는 서류 가방이 놓여 있었다.

"처음 만났을 때가 떠오르는군. 아니, 처음으로 사업 얘기를 나눴을 때라고 해야 하나."

의자에 앉으면서 아오에가 말했다.

"그때처럼 오늘 밤에도 당신에게 좋은 얘기를 가져왔어."

"내게 좋은 얘기라면 당신에게는 별로 좋은 얘기가 아닐 테니 그렇게 우아한 표정을 지을 수 없을 텐데."

"그러니까 절충안이지. 서로에게 좋은 지점을 찾았어."

그녀가 서류 가방을 끌어당기는 것을 보며, 역시 예상했던 대로군, 하고 아오에는 치를 떨었다.

●

3

나카노 아미가 아버지 차를 몰고 돌아간 시각은 11시가 넘어서였다. 새로운 디자인에 관해 선배 직원에게 조언을 듣다 보니 늦어지고 말았다. 그러나 오늘보다 더 늦는 경우도 적지 않았다. 그래서 목요일에는 아버지 차를 빌리는 것이다. 아버지도 자동차라는 건 가끔 움직여 주지 않으면 못 쓰게 된다고 말한다.

차종은 구식 아우디. 내장 외장 할 것 없이 상당히 낡았지만, 아미가 끌고 다니면서 더욱 흠집이 많아졌다. 그래도 아직껏 살짝 부딪치거나 스친 정도였지 사고를 낸 적은 없다.

주차 위반으로 걸리지 않았다는 걸 확인하고 아미는 안도하면서 차에 올라탔다. 이런 일을 되풀이하다가 언젠가는 단속에 걸리고 말 거라고 그녀도 생각한다. 그러나 밤늦게 역에서 집까지 걸어갈 생각을 하면 차를 포기하기가 쉽지 않다. 그녀의 집에서 역까지는 1킬로미터도 넘는다.

늘 다니던 길을 평소처럼 운전했다. 스터디 전에 편의점 주먹밥을 먹은 게 전부라서 배가 고팠다. 집에 가서 컵라면이라도 먹어야겠다고 생각했다.

집 근처에 왔지만 그녀는 일단 그 앞을 지나갔다. 별도의 주차장을 이용하고 있기 때문이다. 아미의 엄마는 주차 요금이 아깝다며 차를 처분하라고 늘 잔소리다. 그러나 아버지는 언젠가 자신이 부임지에서 돌아왔을 때 새로 주차장을 확보하려면 힘들 테니 그대로 놔두라고 한다.

주차장은 아미가 사는 아파트에서 백여 미터 떨어진 곳에 있다. 차를 열 대 정도 세울 수 있는 조그만 주차장이다. 주위를 건물이 빙 둘러싸고 있어 가로등 불빛이 거의 닿지 않는다.

안에서 두 번째 자리가 아우디를 세우는 곳이다. 운전을 처음 시작했을 무렵에는 후진해서 거기까지 집어넣는 데 애를 먹었지만 요즘은 익숙해졌다.

오락가락하지 않고 제대로 주차 공간에 차를 세우자 아미는 마음속으로 승리의 V자를 그린 다음 시동을 끄고 문을 열었다.

차에서 내려 문을 잠그려고 했을 때 등 뒤로 뭔가 기척을 느꼈다.

하지만 돌아볼 틈도 없었다. 억센 힘에 몸이 끌려가는가 싶더니 다음 순간 뭔가 얼굴 전체를 덮었다. 두려웠다기보다는 놀라서 온몸이 굳어졌다.

비명을 지르려고 숨을 한껏 들이쉬었다. 그러나 목소리가 나오지 않았다. 의식이 빠르게 멀어져 갔다.

●

4

미후유를 만난 다음 날. 아오에는 기분이 별로 좋지 않았다. 얼굴에 표시가 나는지 직원들도 거의 말을 걸지 않았다. 그는 휴게실에서 커피를 마시면서 담배를 연거푸 피웠다. 실내가 금세 연기로 자욱해졌다.

그가 불쾌한 이유는 말할 필요도 없이 미후유와 나눈 대화 때문이었다. 아무리 좋은 조건을 내세워도 받아들이지 않을 작정이었다. 그런데 그녀가 내놓은 제안은 월급을 아주 조금 올려 주겠다는 것뿐이었다. 그는 의논할 가치도 없다고 말했다.

"당신은 경영을 자세히 몰라서 그런 말을 하는 거야. 실적이 오른 건 사실이지만, 겉보기만큼 수입이 늘어난 건 아니야. 지금은 방심할 수 없어. 언제 나빠질지 모르니 그럴 때 버틸 수 있도록 체력을 비축해야 해."

기업 경영자가 임금 협상 때나 할 법한 말을 듣고 아오에는 기가 질려 버렸다. 화를 낼 마음조차 들지 않았다.

한 시간도 안 돼서 그는 자리에서 일어섰다. 더 얘기해 봐야 시간 낭비라고 말했다.

"알았어. 그럼 다시 한 번 생각해 볼게."

"몇 번을 생각해도 마찬가지일 것 같은데."

내뱉듯이 말하고 그는 미후유를 남겨 둔 채 카페를 나왔다.

미후유답지 않다고 아오에는 생각했다. 그녀라면 좀 더 대담한 조건을 제시할 거라고 기대했다. 설사 아오에가 받아들이지 않을 것이 뻔하더라도 말이다. 그런데 고작 월급을 올려주겠다니. 더구나 임원의 월급은 1년간 변경할 수 없으니 일단 임시 상여금으로 해결하자는 것이다. 그런 조건을 받아들일 거라고 판단했다는 사실 자체가 아오에로서는 뜻밖이었다. 그 정도로 다루기 쉬운 남자로 생각했나 싶어 분하기도 했다.

이렇게 된 이상 오기로라도 나가야겠군, '몬·아미'에 있을

날도 얼마 남지 않았어, 하고 그는 마음을 굳혔다.

"아오에 씨."

남자 직원이 그를 불렀다. 아오에가 담배를 재떨이에 비벼 끄고 있을 때였다.

"왜?"

"조금 전에 아미 씨 어머니가 전화를 했는데 오늘 아미 씨가 출근을 못 할 것 같답니다."

"감기라도 걸렸나?"

"아니요, 그게……."

남자 직원이 고개를 갸우뚱했다.

"사고가 난 것 같습니다."

"사고? 뭐야, 그렇게 주의를 줬는데."

아오에가 얼굴을 찡그렸다.

"그러니까 차를 끌고 다니지 말라고 했잖아. 나도 피곤할 때는 운전하기가 힘들던데."

"아니요, 그게……, 차 사고가 아닌 것 같아요."

"엥, 그럼 뭐야?"

"잘 모르겠어요. 아미 씨 어머니가 자세한 말씀은 안 하시네요. 다만, 어쩌면 당분간 못 나올지도 모른다고……."

"흠, 차 사고가 아니면 뭘까?"

글쎄요, 하면서 젊은 남자 직원이 다시 고개를 갸웃거렸다.

"아무튼 알겠어. 아미가 맡은 일은 다 같이 나눠서 하라고 전해."

"알겠습니다."

교통사고가 아니라니 일단 안심이라고 아오에는 생각했다. 만일 아미가 자동차로 사람을 치기라도 했다면, 그래서 그 일이 신문에 난다면 미용실 이미지에 타격을 입을 것이다. 거기까지 생각하고서 아오에는 고개를 내저었다. 부질없는 생각이다. 자신은 이제 이 가게를 떠날 텐데. 그러면 이 미용실의 이미지 따위야 어떻게 되든 상관없다. 물론 아오에 신이치로라는 이름에 흠집을 내서는 안 되겠지만.

나카노 아미의 결근에 관해 아오에는 깊이 생각하지 않았다. 아직 신입이니 고정 고객이 있는 것도 아니다. 많이 바쁜 날이라면 한 명만 빠져도 큰일이겠지만 오늘은 그다지 바쁘지 않다.

저녁이 되자 이 미용실에는 어울리지 않는 인상과 체격의 남자 둘이 유리문을 밀고 들어왔다. 둘 다 양복 위에 얇은 코트를 걸치고 있었다. 사십 대 정도의 남자와, 그보다 열 살쯤 아래로 보이는 남자였다. 여자 손님의 머리를 손질하던 아오에는 왠지 그쪽에 신경이 쓰였다. 아무리 봐도 손님 같지 않았다.

접수를 맡은 여직원이 아오에에게 다가와 속삭였다.

"저, 경찰들이라는데요."

"경찰……"

손님에게 들릴까 봐 입을 다물고 접수 카운터를 돌아봤다. 남자들이 그를 향해 고개를 숙였다.

"알았어. 잠깐 기다리시라고 해. 휴게실로 안내하고."

"네."

아오에는 여자 손님의 머리를 마무리하면서 살짝 고개를 갸웃했다.

그가 휴게실로 들어서자 두 남자가 동시에 일어섰다. 재떨이에 피우던 담배 두 개비가 놓여 있었다.

"바쁘신데 불쑥 찾아와서 죄송합니다."

나이가 많은 쪽이 말했다.

"아닙니다."

아오에는 그들 맞은편에 앉았다. 두 남자도 자리에 앉았다. 그리고 동시에 각자의 담배를 비벼서 껐다.

그들은 다마가와 경찰서의 형사였다. 나이 많은 쪽은 오가타, 젊은 쪽이 구와노라고 했다.

"나카노 아미 씨, 아시죠?"

오가타가 물었다.

"저희 미용실 직원입니다."

대답하면서 아오에는 오전에 들었던 얘기를 떠올렸다.

"그러고 보니 사고가 나서 결근한다는 연락을 아미 씨 어머니가 하셨다고 들었는데, 그 일 때문입니까?"

"사고라고 했단 말이죠. 그렇군요."

오가타와 구와노가 서로 얼굴을 마주 보았다. 그 표정이 뭔가 어색했다.

"아닙니까?"

"사고라고 말하기는 좀 그렇습니다. 그러니까……."

오가타가 문 쪽을 흘끗 봤다.

"괜찮습니다. 밖에는 들리지 않을 겁니다."

"그래요? 아, 실은 사고가 아니라 사건입니다. 나카노 씨가 어젯밤에 피해를 당했습니다."

"피해라면, 어떤 피해 말입니까?"

아오에의 질문에 오가타는 혀로 입술을 축이더니 몸을 살짝 앞으로 내밀었다.

"이 일은 비밀로 해 주세요. 피해자 어머니가 희망하는 바이기도 합니다. 다만 아오에 씨에게는 얘기를 해야 수사가 가능해서요."

"아무에게도 얘기하지 않겠습니다."

아오에가 고개를 끄덕이며 말했다.

"아무쪼록 부탁드리겠습니다. 실은 어젯밤에 나카노 씨가 자택 근처 주차장에서 습격당했습니다. 지갑을 비롯해 2만 엔 상당의 금품을 도난당했어요."

"강도인가요?"

아오에가 깜짝 놀라며 물었다. 생각지도 못한 일이었다.

"나카노 씨가 차에서 내렸을 때 등 뒤에서 덮쳐 정신을 잃게 한 뒤 범행을 저지른 것으로 보입니다."

"정신을 잃게 했다면…… 뒤에서 가격한 건가요?"

"아니요. 약품을 흡입하게 한 것 같아요."

"약품이라면, 클로로포름 같은 건가요?"

"아하, 잘 아시는군요."

오가타가 아오에의 얼굴을 빤히 바라보았다.

"드라마 같은 데서 흔히 등장하는 수법이잖아요. 클로로포름이 맞습니까?"

"그렇지 않을까 싶습니다. 순식간에 정신을 잃은 탓에 피해자는 당시 일을 거의 기억하지 못하는 것 같습니다."

"그녀는 무사한가요?"

"점심때가 지나서까지 병원에 누워 있었다고 합니다. 육체적인 것보다 정신적인 충격이 큰 모양이더군요. 게다가 클로로포름은 정신이 돌아온 후에도 심한 두통을 남긴다고 합니다."

"그렇군요."

아오에는 나카노 아미가 살갑게 웃는 얼굴을 떠올렸다. 어젯밤 미용실을 나설 때도 그 미소를 봤다. 그런데 그런 피해를 입었다니, 그는 현실감이 들지 않았다.

"어제 이곳에서 스터디 모임이 있었다고 하더군요."

"그렇습니다. 목요일 밤에는 직원들이 각자의 기술을 연마할 수 있도록 스터디를 합니다."

"나카노 씨는 스터디 모임이 있는 날에만 차를 운전해서 출근한다던데요."

"저도 그렇게 들었습니다. 역에서 집이 멀어서 그런다는데, 설마 그런 일을 당할 줄이야……. 좀 더 적극적으로 말렸어야 했는데 그랬습니다."

아오에가 고개를 절레절레 흔들었다.

"나카노 씨가 그날 차를 가지고 온다는 사실은 다들 알고 있었습니까?"

"우리 직원들은 모두 알고 있었을 겁니다."

"스터디 모임이 끝나는 시각은 정해져 있습니까? 어제는 11시경에 끝난 것 같던데요."

"딱히 정해져 있는 건 아니지만 11시가 하나의 기준이라고 할 수 있어요. 물론 더 늦어지는 일도 종종 있습니다. 전철이 끊기기 전에는 끝내려고 합니다만."

"어제는 오래 끌지 않고 제시간에 끝났다는 말이군요."

"그런가 봅니다. 저는 어제는 참가하지 않아서 정확히는 모룹니다만."

"아하, 아오에 씨는 빠졌나요?"

오가타가 허를 찔린 듯한 표정을 지었다.

"미용실 대표를 만나고 있었어요. 신카이라는 분입니다."

"아니, 아오에 씨가 대표가 아닙니까?"

"저는 이 미용실의 간부 사원일 뿐입니다."

대답하는 동안 아오에는 형사가 자신을 보는 눈이 한 단계 낮아졌다는 걸 느꼈다. 뭐야, 고용된 점장이란 말이야, 하는 눈빛이었다.

형사는 신카이 미후유의 연락처를 물었다. 아오에가 그녀의 명함을 건넸다.

"이 미용실은 제가 모든 걸 책임지고 있습니다. 그러니까 나카노에 관해서도 제가 더 잘 알 겁니다. 아니, 신카이 씨는 나카노를 아예 모를지도 몰라요."

아오에가 말했다. 나름의 오기를 부린 것이다.

"알겠습니다. 그럼 질문을 계속하겠습니다."

오가타가 숨을 들이쉬었다.

"나카노 씨가 그런 일을 당한 사실에 대해 혹시 뭔가 짚이는 구석이 있습니까?"

"강도에게 습격당한 일에 대해서요?"

"네."

"그런 게…… 있을 리 있겠습니까? 아니, 그러니까, 차를 가지고 온다고 하기에 주차 위반으로 걸리지 않을까 걱정하기는 했지만, 설마 그런 일이 생길 줄은 꿈에도 몰랐습니다."

"그럼 질문을 조금 바꿔 보겠습니다."

오가타가 이리저리 궁리하는 표정을 짓다가 다시 입을 열었다.

"최근에 나카노 씨 주변에 뭔가 이상한 일은 없었습니까? 예를 들어서 가게로 전화가 걸려 온다든가, 그녀를 줄곧 기다리는 사람이 있었다든가……."

아오에는 미간을 찌푸렸다. 질문의 의도가 쉽게 파악되지 않았다. 그러나 의미심장한 형사들의 표정을 바라보는 사이에 서서히 상황을 이해했다.

"네? 설마요."

"무슨 뜻이죠?"

"그녀가…… 그러니까 나카노가 우연히 강도를 당한 게 아니라는 말인가요? 범인이 애초에 그녀를 노리고 그런 짓을 했다는 건가요?"

"그건 아직 뭐라고 말할 수 없습니다. 우발적인 범행일 가능성도 있어요. 하지만 그렇다면 범인은 언제 누가 들어올지 모르는 주차장에서 내내 기다렸다는 얘기가 됩니다. 또한 범행 현장은 어두워서 밖에서는 차 안이 거의 보이지 않습니다. 그럼에도 범인은 나카노 씨가 차에서 내린 직후에 등 뒤에서 습격했어요. 그러니까 범인은 이미 차에 탄 사람이 나카노 씨 혼자라는 사실을 알고 있었다고 볼 수 있습니다."

아오에는 오가타의 얼굴을 마주 보았다. 도저히 인상이 좋다고 할 수 없는 형사는 그의 시선을 받아들이듯 천천히 고개를 끄덕였다.

나카노 아미가 어느 주차장에 차를 세우는지 아오에는 알지 못한다. 그러나 형사들 말에 일리가 있다고 생각했다. 아미의 차는 검은색 아우디다. 대개 그런 차에서 젊은 여자가 혼자 내릴 것이라고 여기지는 않는다.

"범인이 평소에 그 주차장을 자주 지켜본 것 아닐까요?"

아오에가 말을 꺼냈다.

"그래서 목요일 밤늦게 여자 혼자 운전하는 아우디가 들어온다는 사실을 알고 있었다든가……."

"그렇게 생각할 수도 있겠지요."

오가타가 고개를 끄덕였다.

"그래서 주변을 탐문 수사하고 있습니다. 다만, 역시 우리로서는 나카노 씨의 행동을 조금 더 자세히 파악할 수 있는 사람이 있을 거라는 쪽으로 마음이 기우는군요."

우회적인 말투였다. 요컨대 그들은 '몬·아미'의 관계자 중에 범인이 있다고 보는 것이다.

"적어도 제 주위에는 그럴 만한 사람이 없는데요."

"아오에 씨가 눈치채지 못했을 수도 있죠. 최근에는 소위 스토커라는 인종도 있으니까 말입니다."

"그녀는 뭐라던가요?"

"그게 그러니까……."

오가타가 난처한 듯이 눈썹을 찡그렸다.

"조사를 할 수 있는 상태가 아닙니다. 나카노 씨 어머니 말로는 짚이는 바가 전혀 없다고 하더랍니다."

늘 생글거리던 아미가 그런 상태라는 말을 듣고 아오에는 한층 마음이 어두워졌다.

"다른 직원들에게도 물어보겠습니다. 하지만 사건에 관해 얘기하면 안 되겠죠?"

"그건 아오에 씨 판단에 맡기겠습니다. 사건을 얘기하지 않으면서 이것저것 캐묻기란 곤란할 테니까요."

"그렇겠군요. 이거 난감하네요. 뭐라고 해야 좋을지."

"나카노 씨에게 사귀는 남자가 있었습니까?"

"글쎄요."

아오에는 고개를 갸웃했다.

"남자 직원들 사이에서 인기는 많았지만, 누구를 사귄다는 얘기는 듣지 못했습니다. 저만 모를 수도 있지만요."

"그런 일이 종종 있습니까? 그러니까 직원들끼리 사귀는 경우 말입니다."

"뭐, 가끔은 있지요. 하지만 나카노에게는 그런 소문이 없었는데……."

말하고 나서 아오에는 형사의 얼굴을 바라보았다.

"혹시 우리 직원이 범인이라고……?"

"아니요, 아닙니다."

형사가 피식 웃으며 손을 내저었다.

"그런 사람이 있다면 나카노 씨에 관해 좀 더 자세히 알 수 있지 않을까 싶었을 뿐입니다. 방금도 말씀드렸지만 나카노 씨 본인이 차분하게 얘기할 만한 상태가 아니라서요."

과연 그럴까, 하고 아오에는 오가타의 교활한 미소를 보며 생각했다.

"그런데 혹시 이걸 본 적이 있습니까?"

형사가 사진 한 장을 내밀었다.

거기에는 펜던트가 찍혀 있었다. 해골과 장미가 새겨진 물건이었다.

아오에는 자신의 심장 고동이 흐트러지는 것을 느꼈다.

"이건……."

"본 적이 있습니까?"

형사가 거듭 물었다. 일단 질문에 대답부터 하라는 투였다.

아오에의 머릿속에서 순식간에 갖가지 생각이 교차했다. 그는 침을 꿀걱 삼켰다.

"아니요, 본 적 없습니다."

그가 대답했다. 그리고 제대로 대답한 건지 이내 불안해졌다.

"그건 왜요?"

아오에가 물었다.

"아닙니다. 본 적이 없다면 됐습니다. 잊어버리세요."

형사는 사진을 뒤집어 놓았다.

아오에는 사건과 관련해 신경이 쓰이는 점이 있었다. 그걸 물어봐야 할지 어떨지 망설이다가 결국 말을 꺼냈다.

"저, 돈뿐입니까?"

사진을 주머니에 집어넣던 형사가 눈을 깜빡였다.

"무슨 말씀인지……?"

"지갑과 돈을 도난당했다고 말씀하셨잖습니까. 그녀가 입은 피해가 그뿐인가요?"

아아, 하고 오가타가 고개를 끄덕였다. 그는 젊은 형사와 얼굴을 마주 보고 나서 뭔가 주저하는 표정을 지었다.

"나카노 씨가 혹시 성적 피해를 입지 않았는지 묻고 싶으신 거군요."

형사의 노골적인 표현에 아오에는 당황했다. 네, 뭐, 하고 애매하게 대답했다.

"현재로서는 부녀자 폭행에 해당한다고 해야 할지 어떨지 미묘한 상황이라고 해 두죠. 아무 일 없었던 건 아닙니다. 그러나 직접적인 행위는 없었다, 뭐, 거기까지만 알고 계십시오. 피해자의 프라이버시와 관련된 일이라서요."

"아……, 네."

질문이 끝났는지 아니면 아오에가 시시콜콜 묻는 게 싫었는지 형사들은 실례가 많았다고 인사하고 돌아갔다.

그 후로도 한동안 아오에는 휴게실에 있었다. 담배를 피우며 그들이 보여 준 사진을 떠올렸다.

해골과 장미가 새겨진 펜던트. 그것은 그가 애용하는 것과 매우 흡사했다.

●

5

그날 밤 집에 돌아온 아오에는 맨 먼저 자신의 액세서리를 확인했다. 문제의 펜던트가 있는지 확인하고 싶었다. 그런데 늘 넣어 두는 서랍을 뒤져 봤지만 도무지 찾을 수 없었다. 그는 그 펜던트를 마지막으로 사용했던 때를 떠올려 보았다. 일주일에서 열흘쯤 전일 거라고 생각했지만 기억이 확실치는 않았다. 매번 기분에 따라 그날의 차림과 액세서리를 결정하기 때문이다.

머릿속을 정리하려고 캔 맥주를 한 손에 들고 소파에 앉았을 때, 전화벨이 울렸다. 받아 보니 신카이 미후유였다.

"조금 전에 형사가 왔다 갔어, 나카노 아미라는 직원 일로."

"그랬구나."

형사들이 벌써 미후유에게도 다녀간 모양이었다.

"습격당했나 보던데. 돈을 빼앗기고, 뭔가 다른 일도 당했나 봐. 자세한 얘기는 해 주지 않았지만."

"미용실에도 왔었어."

"알아. 나는 누군지 잘 모르겠던데, 어떤 아이야?"

"좋은 사람이야. 열심히 일하고, 손님을 대하는 태도도 나쁘지 않고. 그런데 이런 일이 생겨서 깜짝 놀랐어."

"다른 직원들에게도 얘기했어?"

"아니, 아직."

"하기야 얘기하기 껄끄럽겠지. 얘기하지 않는 편이 나을지도 모르겠네. 괜히 다들 동요해서 미용실 분위기가 나빠지면 안 되니까."

"사건에 관해 짚이는 점이 있는지 모두에게 물어봐 달라고 형사가 부탁했어."

"그런 건 그냥 내버려 둬도 괜찮아. 어차피 그 사람들이 직원들에게 물어보고 다닐 테니까."

그럴지도 모르겠다고 아오에는 생각했다.

"그보다, 형사가 이상한 걸 보여 줬어."

미후유의 말에 아오에는 가슴이 쿵 내려앉았다.

"뭔데?"

"사진이야, 펜던트 사진. 해골과 장미가 새겨져 있었어. 혹시 본 적이 있느냐고 묻던걸."

역시 그랬군, 하고 아오에는 생각했다. 자신이 형사들에게 했던 대답이 이제 와서 후회스러웠다.

"당신, 그거랑 똑같은 펜던트 갖고 있지 않았어?"

미후유는 기억하고 있었다. 그녀를 만날 때에도 몇 번인가 목에 걸었던 기억이 났다. 디자인이 멋지네, 하고 그녀가 칭찬한 적도 있었다.

"갖고 있었지?"

그가 대답이 없자 그녀가 다그쳤다.

"……맞아."

어쩔 수 없이 인정했다.

"역시. 그 사진, 당신도 봤어?"

"그래, 봤어."

"뭐라고 대답했어? 똑같은 게 있다고 했어?"

"아니, 본 적 없다고……."

거기까지 대답한 후 미후유가 비난할 것 같았는지 그는 이렇게 덧붙였다.

"그렇게 말하는 게 좋을 것 같았어. 똑같은 게 내게도 있다고 말했다가 괜한 의심을 살까 봐서 말이지."

"역시 그랬구나……. 형사가 내게 묻는 걸로 봐서 그러지 않았을까 싶었어."

"그래서, 뭐라고 대답했어?"

"나도 본 적이 없다고 했지. 내가 모르는 척하는 데는 문제가 없을 테니까. 하지만 당신은 솔직히 대답하는 게 좋았을 뻔했어. 형사들이 보나 마나 여기저기 그 사진을 보여 주고 다닐 테니까. 그러는 사이에 아오에에게 똑같은 펜던트가 있다고 말하는 사람이 나올 수도 있잖아. 그렇게 되면 일이 귀찮아질 거야."

"나도 후회하고 있어."

"그러니까 그 펜던트가 지금 아오에에게 있는 거지?"

미후유의 질문이 아오에의 걱정스러운 마음을 건드렸다. 그는 무선 전화기를 움켜쥐며 얼굴을 찡그렸다.

"왜, 아직 확인해 보지 않았어?"

그녀는 걱정스러운 듯이 물었다.

"아니, 확인하긴 했는데,"

"그럼 있겠네."

"그게……."

그가 머뭇거렸다.

"없어?"

"어딘가에 섞여 들어갔나 봐."

말하면서도 아오에는 불안했다. 그는 액세서리를 두는 장소가 일정하고, 아무리 급할 때도 제자리에 두지 않으면 직성이 풀리지 않는 성격이다.

"잘 찾아봐. 당신, 그거 찾지 못하면 큰일이야."

"나도 알아. 일일이 말해 주지 않아도 안단 말이야."

말투가 그만 거칠어지고 말았다. 그는 한숨을 내쉰 다음 미안하다고 사과했다.

"너무 갑작스러워서 약간 당황했어."

"내가 괜히 호들갑을 떨었나 보네. 아오에가 딱히 의심받고 있는 건 아니니까 침착하게 대응하면 될 거야."

"다시 한 번 찾아볼게."

"그러는 게 좋겠어. 그리고 신경 쓰이는 일이 또 하나 있는데……."

"뭐지?"

"당신, 에고이스트 쓰지?"

"에고이스트? 샤넬 거 말이야?"

느닷없이 남성용 향수를 들먹였다.

"가끔 쓰는데."

"그렇구나, 역시……."

미후유가 전화기 저편에서 뭔가 생각에 잠기는 기색이었다.

"갑자기 에고이스트는 왜?"

"형사가 뜬금없이 묻더라고. 아오에 씨를 만났더니 무슨 좋은 향기가 나던데 향수라도 사용하느냐고 말이야. 당신에게는 묻지 않았어?"

"내게는 물어보지 않던걸. 뭐야, 그런 걸 왜 묻지?"

"모르겠어. 미용사는 손님을 가까이서 대하니까 사람에 따라서는 체취를 없애려고 향수를 사용하기도 하고, 아오에 역시 그렇지 않겠느냐고 대답했는데 왠지 마음에 걸리네. 형사가 지나가는 말처럼 묻기는 했지만 뭔가 목적이 있었을지도 모르겠어."

아오에는 오늘 찾아온 형사들의 얼굴을 머릿속에 되새겨 보았다. 아무런 의심도 없는 표정이었지만, 실은 이모저모 관찰하고 있었던 것일까.

"펜던트, 찾으면 연락해 줘."

"그래. 걱정 끼쳐서 미안해."

어제는 내뱉듯이 말하고 미후유를 혼자 남겨 둔 채 돌아 나온 아오에지만 오늘은 그녀의 동료 의식에 고마워하고 있었다.

전화를 끊고 나서 그는 다시 펜던트를 찾기 시작했다. 있을 만한 곳을 전부 뒤져 보았지만 역시 보이지 않았다.

그로부터 사흘이 지났다. 나카노 아미는 여전히 미용실에 나오지 않는다.

"아미는 어쩌고 있을까. 집에서 연락이 있었어?"

아오에가 옆에 있던 남자 직원 쓰루미에게 물었다.

"없었던 것 같은데요."

쓰루미가 고개를 저었다.

"당분간 쉬려는 건가. 만일 그렇다면 우리도 대책을 세워야
할 텐데…… 이거 골치 아프네."

"어제 사토미가 어떤가 보러 갔다 온 모양이에요."

"쓰루미!"

개점 준비를 하던 사토미가 매서운 눈초리로 쓰루미를 쏘아
보았다. 사토미는 1년쯤 전부터 '몬·아미'에서 일했다. 다른
미용실에서 3년 정도 일한 경력이 있다.

"그랬어?"

아오에가 사토미를 보았다. 사토미는 마지못해 고개를 끄덕
였다. 아미를 만나고 왔다는 걸 아무에게도 말하고 싶지 않은
눈치다.

"아미 녀석, 어떻게 지내?"

"어떻게 지내기는요, 그냥……."

사토미가 고개를 숙였다. 아오에와 눈을 마주치려 하지 않
는다.

"건강은 괜찮은가?"

사토미는 고개만 살짝 외로 꼬았을 뿐 대답하지 않았다.

"뭐야, 아미를 만난 거 아니야? 어떤지 보러 갔다면서."

"점장님, 그 애한테 무슨 일이 있었는지 잘 아시잖아요."

사토미가 눈을 치켜뜨고 그를 보았다.

아오에는 잠시 머뭇거리다가 고개를 끄덕였다.

"물론 알지."

"그럼 그 애가 괜찮지 않은 것도 아실 텐데요."

"그야 그렇지만……."

아오에는 말문이 막혔다. 고개를 돌려 보니 주위의 직원들이 모두 자신을 바라보고 있었다.

"아미는 당분간 못 나올 거예요."

그렇게 말하고 사토미는 횡하니 가 버렸다. 그것이 신호이기라도 한 것처럼 다른 직원들도 각자의 자리로 돌아갔다. 아오에에게 말을 거는 사람은 아무도 없었다.

직원들 태도가 이상하다는 건 어제부터 느끼고 있었다. 늘 명랑했던 분위기가 완전히 달라져 있었다. 다들 말수가 적어지고, 속에 뭔가를 감춘 듯한 느낌이 들었다. 아미에게 무슨 일이 일어났는지 알게 된 거라고 아오에는 짐작했다. 형사가 펜던트에 대해 물었는지도 몰랐다.

아오에는 아무래도 펜던트가 마음에 걸렸다. 아오에의 펜던트를 알고 있던 직원이 사건과 연관지어 모두에게 얘기했을 수도 있다.

그날 영업이 끝날 무렵에 아오에의 휴대 전화가 울렸다. 오가타 형사였다. 지금 만나고 싶으니 아오에의 아파트 앞에서 기다리겠다고 했다. 의아했지만 그러라고 했다.

"자꾸만 찾아와서 죄송합니다."

오가타가 정중하게 고개를 숙였다. 어찌나 정중하던지 뭔가 다른 속셈이 있다는 걸 일부러 드러내려는 건가 싶기까지 했다.

형사들은 얘기할 장소를 미리 정하고 온 듯했다. 잠자코 따라가 보니 근처에 있는 찻집이었다. 며칠 전 미후유와 만났던 곳이다. 우연인지 아닌지는 알 수 없었다.

"전에 만났을 때 아오에 씨가 착각하신 일이 있지 않나 싶어서요. 아니, 착오랄까, 아니면 지레짐작이랄까……."

커피를 주문한 뒤 오가타가 말을 꺼냈다.

"무슨 말씀입니까?"

"이거 말입니다."

형사가 내민 것을 보고 아오에는 역시, 하고 생각했다. 예의 펜던트 사진이었다.

"그거 말씀이군요. 그 일에 관해서는 저도 설명이 필요하다고 생각했습니다."

"그렇다면 역시 본 적이 있다는 말씀입니까?"

"그것과 똑같은 펜던트가 제게도 있습니다. 그때는 그만 본 적이 없다고 말씀드리고 말았지만요."

"아하, 왜 그런 거짓말을 하셨나요?"

거짓말, 이라는 부분을 형사는 강조했다.

"제게 똑같은 물건이 있다는 것이 사건과 무슨 관계가 있으랴 싶어서, 뭐랄까, 형사님들을 번거롭게 하지 않으려는 마음에……."

"배려하신 거란 말씀이군요?"

"아니, 뭐, 꼭 그런 건 아닙니다만."

식은땀이 흘렀다. 아오에는 주머니에서 손수건을 꺼냈다.

그때 종업원이 커피를 가져왔다. 목이 말랐던 아오에는 냉큼 한 모금을 마셨다.

"그 후에 몇몇 사람에게 얘기를 들었습니다. 그중에는 미용실에서 일하는 분도 있었고요. 그런데 아오에 씨에게 똑같은 펜던트가 있다고 말한 사람이 있었어요. 한 사람이 아니었습니다."

"우리 직원들이라면 기억할지도 모르죠."

아오에의 목소리가 작아졌다.

"흠, 저희는 아오에 씨가 먼저 얘기하길 바랐습니다. 그래야 저희의 수고도 줄어들 테고요."

"죄송합니다. 솔직히 말해서 괜한 오해를 받고 싶지 않았어요."

"괜한 오해라니요?"

"그건……."

아오에는 형사들의 얼굴을 다시 보고는 가슴이 덜컥했다. 그들의 입가에는 미소가 어려 있었지만 눈빛은 냉혹해 보였다.

"그 펜던트가 사건과 관련이 있지 않을까 싶었거든요. 그래서 똑같은 것이 있다고 했다가 의심을 받을까 봐……."

"말씀하신 대롭니다."

형사가 말했다.

"사건과 관련이 깊다고 보고 있어요. 이왕 말이 나왔으니 말씀드리겠습니다. 나카노 아미 씨가 사고를 당한 현장에 떨어져 있었어요. 줄이 끊어진 채로요. 하지만, 그렇다고 해서 이내 그걸 범인이 떨어뜨린 물건이라고 여길 만큼 우리가 단순하지는 않아요. 그런데 아오에 씨가 이것과 똑같은 펜던트를 갖고 있으면서 그 사실을 숨겼다면 얘기가 좀 달라지죠."

"아니, 잠깐만요."

아오에가 눈을 화들짝 떴다.

"나는 정말 아무 관계도 없습니다. 펜던트에 관해 말씀드리지 않은 일은 사과드릴게요. 하지만 그뿐입니다. 우연히 똑같은 물건을 갖고 있었을 뿐이에요."

오가타는 여전히 싸늘한 눈초리로 그를 바라보다가 커피를 한 모금 마셨다.

"우연이란 말이죠."

"네, 우연입니다."

아오에가 재차 말했다.

"그럼 죄송하지만 지금 아오에 씨 댁에 가 봐도 되겠습니까?"

"네?"

"보여 주셨으면 합니다."

형사가 히죽 웃었다.

"그 펜던트를요."

아오에는 온몸의 피가 모두 빠져나가는 느낌이 들었다.

"아니, 그게……."

그는 머리에 손가락을 쑤셔 넣고 벅벅 긁었다.

"얼마 전부터 찾고 있는데, 아무래도 없어진 것 같습니다."

"없어졌다고요?"

오가타가 눈을 동그랗게 떴다. 옆에 있던 젊은 형사는 아랫입술을 깨물었다.

"아니, 저, 좀 더 찾아보면 있을지도 모릅니다."

"아무튼 지금은 수중에 없다는 말씀입니까?"

"아니요, 없다는 게 아니라…… 집 안 어딘가에 있을 겁니다."

"알겠습니다."

오가타가 옆에 있는 형사에게 눈짓했다. 그러자 젊은 형사는 수첩에 뭔가를 적어 넣었다. 뭐라고 적었는지 아오에는 몹시 궁금했다.

"사건이 발생한 날 밤, 아오에 씨는 미용실 스터디 모임에 참석하지 않았죠?"

오가타가 물었다.

"네, 지난번에도 말씀드렸지만 신카이 씨를 만났습니다."

"그 점은 신카이 씨에게도 확인했습니다. 10시부터 40, 50분간 얘기를 나눴다던데, 맞습니까?"

"그랬을 겁니다."

"신카이 씨와는 지금 이 찻집에서 만났다고요?"

"그렇습니다."

역시 형사들이 자신을 이 찻집으로 데려온 건 단순한 우연이 아니었다.

오가타가 찻집 안을 빙 둘러보았다.

"신카이 씨와 헤어진 다음에는 뭘 하셨습니까?"

"물론 집에 돌아갔습니다. 바로 요 근처거든요."

"집에 돌아간 다음에는요?"

"다음에요? 뭘 했느냐는 말입니까?"

"그렇습니다."

형사가 고개를 끄덕였다. 말투는 정중하지만 위압적인 분위기가 흘러넘쳤다.

"딱 꼬집어 말할 만한 게 없습니다. 요기를 좀 하고 맥주를 마시고, 그러고 나서 잤을 거예요. 텔레비전을 봤을지도 모르고요."

"무슨 프로그램을 보셨나요?"

"네……?"

아오에는 기가 막혔다.

"그런 걸 어떻게 기억합니까, 집중해서 본 것도 아닌데. 왜 그런 걸 묻죠? 마치 알리바이라도 조사하는 것처럼 말이에요."

형사는 부정하지 않았다. 세븐스타 갑을 꺼내 한 개비를 물고 일회용 라이터로 불을 붙였다. 동작이 부자연스러울 정도로 느렸다. 그 리듬으로 담배 연기를 뿜어냈다.

"나카노 아미 씨가 피해를 입은 고마자와까지는 여기서 얼마나 걸리나요? 차로 20분? 아니, 15분? 그것도 안 걸리려나……."

"잠깐만요. 지금 저를 의심하는 겁니까? 물론 제 펜던트와 똑같은 물건이 현장에 떨어져 있었으니 의심할 수도 있습니다. 하지만 제가 왜 그런 짓을 하겠습니까?"

"누구나 그런 식으로 말합니다."

젊은 형사가 얄밉게 내뱉었다.

"조용히 해."

오가타가 그를 나무라고 나서 아오에를 바라보았다.

"용의자의 범위를 좁히는 것이 저희의 일입니다. 사건이 일어난 직후에는 세상 사람들 모두가 용의자이지요. 모두를 의심하죠. 믿을 수 있는 사람은 자신뿐입니다. 거기서 물증이나 정황 증거 등으로 사람들의 혐의를 벗겨 갑니다. 그런 의미에서 아오에 씨는 처음부터 용의자였습니다. 미용실 전 직원도 마찬가지예요. 다만 다른 사람들보다 아오에 씨의 혐의가 짙었던 이유는 방금 말씀하셨듯이 펜던트라는 물증이 있었기 때문입니다. 그러니 아오에 씨를 용의선상에서 제외하려면 다른 사람들보다 더 뚜렷한 이유가 필요한 겁니다. 정말이지 짜증스러운 일입니다."

"제가 나카노를 습격할 이유가 어디 있겠습니까? 단돈 2만엔을 도둑맞았다면서요. 그깟 푼돈 때문에 그런 짓을 하겠습니까?"

"돈을 훔친 것은 위장이겠죠."

오가타가 말했다.

"범인이 노린 것은 따로 있었습니다. 바로 나카노 아미 씨의 육체입니다. 그런데 돈을 빼앗음으로써 우발적인 범행으로 보이려고 한 거죠. 저희는 그렇게 봅니다."

"나는 나카노에게 관심이 없어요."

"그건 본인 외에는 알 수 없는 일이죠. 하지만 그녀가 마음에 들었던 건 사실 아닙니까? 왜냐, 면접을 봐서 그녀를 채용하기로 결정한 사람은 당신이니까요."

"제가 마음에 들어 한 건 그녀의 성품과 일하는 태도지, 여자로서 관심이 있었기 때문은 아닙니다."

"글쎄 그건 본인 외에는, 그러니까 아오에 씨만 아는 일이라니까요. 그런데 아오에 씨, 오늘은 향수를 뿌리지 않으셨습니까?"

"향수요?"

그 순간 미후유에게 들은 얘기가 떠올랐다.

"향수는 왜요?"

"평소에 향수를 뿌리지 않으세요? 일전에 저희가 미용실을 찾았을 때도 좋은 향기를 풍기던데요. 브랜드가 뭐였더라?"

오가타가 옆에 있는 형사에게 물었다.

"에고이스트요."

"그래그래, 에고이스트. 샤넬 제품이라더군요. 그런 것도 남성용이 있다는 사실을 이 나이가 되어서야 처음 알았습니다."

"그게 어쨌다는 겁니까?"

아오에는 왈칵 짜증이 솟았다.

"제2의 물증입니다."

형사가 말했다.

"언젠가 알게 되실 테니 말씀드려도 괜찮겠군요. 범인이 향수를 사용했던 것 같습니다."

아미가 증언했을 거라고 아오에는 짐작했다.

"그래서요? 향수를 사용하는 남자는 얼마든지 있습니다. 에고이스트도 드문 향수가 아니고요."

대답은 그랬지만 아오에의 목소리는 떨렸다.

"뭐, 좋습니다. 물증은 그것뿐이 아니니까요. 현장에서 채취한 머리카락이라든가, 차에 묻어 있던 지문 같은 것들이 있어요. 그런 것들에 관해서는 차차 밝혀질 겁니다. 마지막으로 하나만 더 묻겠습니다. 그 펜던트를 지금은 지니고 있지 않은 거죠? 그럼 그걸 언제 마지막으로 착용했습니까?"

"열흘쯤 전일 겁니다. 확실치는……."

"그렇군요. 만약 발견되면 연락해 주세요. 말할 필요도 없겠지만 당신에게는 매우 중요한 일입니다."

오가타가 옆에 있는 형사와 함께 일어섰다. 아오에가 계산서로 손을 뻗었지만 오가타에게 선수를 빼앗겼다.

"이건 저희가."

그리고 그는 히죽 웃었다. 그 눈이, 용의자에게 접대를 받을 수는 없다고 말하고 있었다.

아오에는 집에 돌아온 후에도 한동안 아무 생각을 할 수 없었다. 자신은 기억도 없는 일로 궁지에 몰린 느낌이었다. 나카노 아미의 얼굴이 머릿속에 떠올랐다. 그녀는 아오에가 범인이라고 의심하고 있는지도 모른다. 그리고 그녀에게 얘기를 들은 사토미가 모두에게 그런 사실을 알린 결과 직원 모두가 아오에를 의심의 눈초리로 바라보는지도 몰랐다.

"말도 안 돼."

저도 모르게 그렇게 중얼거리는데 전화벨이 울렸다.

"여보세요. 아오에입니다."

"나야."

신카이 미후유였다. 그녀의 목소리를 들으니 왠지 마음이 놓였다.

"펜던트, 찾았어?"

"아니. 그래서 골치 아프게 되었어."

아오에는 형사와 나눴던 얘기를 자세히 설명했다. 의지할 수 있는 사람은 그녀뿐이었다.

"왜 일이 그렇게 되었지?"

미후유가 화난 목소리로 물었다.

"나도 영문을 모르겠어. 펜던트나 에고이스트나, 어떻게 우연이 그런 식으로 겹칠 수 있지?"

"그거, 우연이 아니지 않을까? 물론, 그렇다고 해서 당신이 범인이라는 의미는 아니야."

미후유의 말에 아오에는 일순 할 말을 잃었다. 그녀가 뜻밖의 말을 해서가 아니라, 그 자신도 어렴풋이 느끼고 있었기 때문이다.

"혹시 누군가가 놓은 덫에 걸린 거 아니야? 당신을 범인으로 몰려고 누가 일부러 펜던트를 떨어뜨리고 똑같은 향수를 뿌린 거라는 생각이 들지 않아?"

"나도 그런 생각이 들긴 해."

"있을 수 있는 일 아니야?"

"모르겠어. 하지만 누가……."

"미용실 사람이 아닌 건 확실해. 당신이 잡혀가면 운영이 위태로워지고, 그러면 자신이 일자리를 잃게 될 테니까."

"그럼 도대체 누굴까?"

아오에의 물음에 미후유는 대답이 없었다. 생각하는 게 아니라 말할까 말까 망설이는 것처럼 느껴졌다.

"당신, 너무 잘나갔는지도 몰라."

"아니, 그게 무슨 말이야?"

"스타 미용사 아오에 신이치로, 하면 이제는 웬만한 연예인보다 지명도가 높잖아. 그런 상황을 누구나 좋아할 것 같아? 미용업계에는 어떻게든 당신을 끌어내리려는 놈들도 적지 않을 거야."

"그렇다고 이런 짓까지 한단 말이야?"

"당신은 자신이 놓인 상황을 잘 몰라. 그러니까 독립하고 싶다느니 하는 엉뚱한 꿈을 꾸지."

아오에는 무선 전화기를 움켜쥔 채 얼굴을 찡그렸다.

"그 얘기는 지금 하고 싶지 않아."

"하긴 그럴 때가 아니지. 아무튼 나는 누군가 덫을 놓았다고 생각해. 당신은 거기에 제대로 걸려든 거고."

아오에는 반박할 말이 떠오르지 않았다. 불행한 우연이 겹쳤다고 생각하는 것보다는 미후유의 의견이 합리적이었다.

"그럼 어떻게 하지?"

"제일 좋은 방법은 그 펜던트를 찾는 거지만 아마 불가능하겠지. 현장에 떨어져 있었던 펜던트는 아오에 것이 맞을 거야. 누군가 당신 방에서 그걸 훔쳐다가 일부러 떨어뜨린 거지."

"내 방에서……."

전화기를 귀에 댄 채 그는 방 안을 한 바퀴 둘러보았다. 사람이 침입한 흔적은 찾을 수 없었지만, 목적이 펜던트뿐이었다면 방을 어지럽힐 필요가 없었을 것이다.

"사흘만 기다려."

미후유가 말했다.

"사흘 동안 내가 어떻게든 손을 써 볼게. 괴롭겠지만 그동안 결근하지 말고 의연한 태도를 보여 줘. 알겠지?"

"알았어. 하지만 손을 쓰다니, 대체 어떤 식으로?"

"그건 내게 맡겨. 그리고 우리가 지금 나눈 얘기는 절대 다른 사람에게 하면 안 돼."

"알았어."

"그럼 사흘 후에 전화할게."

그리고 그녀는 전화를 끊었다.

전화기를 내려놓고 아오에는 한숨을 쉬었다. 독립하고 싶다고 말을 꺼낸 이상 미후유의 신세를 지고 싶지는 않았다. 그러나 지금 이 사태를 제대로 수습할 자신도 없었다. 손을 쓰겠다고 했는데, 무슨 방법이 있다는 것인지. 아오에는 짐작도 할 수 없었다.

사흘 후 밤, 미후유에게서 전화가 걸려 왔다.

"'실키'라는 가게 기억해?"

"롯폰기에 있는 가게 말이지?"

"그래, 유럽풍 레스토랑. 두 달쯤 전에 갔었잖아. 그 후에 간 적 있어?"

"아니, 그때 말고는 없어."

"다행이다. 그럼 됐어. 이제부터 내가 하라는 대로 하는 거야. 우선 내일 그 레스토랑으로 가. 오후 5시에 문을 열 거야. 가능하면 개점 직후에 가. 그리고 종업원에게……."

미후유가 지시한 내용은 어려운 일이 아니었다. 그러나 그 얘길 듣고 아오에는 기가 질렸다. 묻고 싶은 말이 산더미처럼 많았지만 그녀가 질문을 허락하지 않았다.

"쓸데없는 생각은 할 필요 없어. 죄다 손을 써 놨으니까 걱정하지 말고. 알았지?"

그로서는 알았다고 대답하는 도리밖에 없었다.

다음 날 그는 미후유가 시킨 대로 롯폰기에 있는 '실키'를 찾았다. 건물 3층에 있는, 실내 장식이 고풍스러운 곳이다.

검은색 유니폼 차림에, 야위어서 광대뼈가 드러나 보이는 남자가 다가왔다.

"한 분이신가요?"

"아니요, 저는 손님이 아닙니다."

그가 손사래를 쳤다.

"2주쯤 전에 이 레스토랑에 왔던 사람인데요, 아무래도 그때 뭘 두고 나온 것 같아서요. 펜던트입니다만."

검은 유니폼 남자는 뭔가 기억나는 듯한 표정을 지었다.

"동행하신 여자 분이 하셨던 건가요?"

"아니요, 제가 했던 건데요."

"어떻게 생겼죠?"

"은으로 만든 펜던트인데, 해골과 장미가 새겨져 있습니다."

"해골과 장미요."

검은 유니폼 남자가 그렇게 되뇌고 나서 잠시 기다려 달라고 말하고 안쪽으로 사라졌다.

그를 기다리는 동안 아오에는 몹시 초조하고 불안했다. 미후유가 손을 써 놓았다고는 하지만 정말로 가능한 일일까. 이 레스토랑은 그녀와 무슨 관계가 있을까. 그러나 그녀는 아오에에게 레스토랑에서 쓸데없는 말을 물어서는 안 된다고 단단히 못을 박았다.

검은 유니폼 남자가 돌아왔다.

"이건가요?"

그가 내민 물건을 보고 아오에는 저도 모르게 눈을 화들짝 떴다. 바로 그 펜던트였다. 해골과 장미.

"이겁니다. 틀림없어요."

"그럼 죄송하지만 여기에 이름과 연락처를 적어 주십시오."

남자가 내민 서류에 필요한 사항을 적어 넣으면서, 정말 대단한 여자라고 아오에는 생각했다.

●

6

"이 펜던트예요. 틀림없습니다."

오가타가 내민 사진을 보고 오가와가 무뚝뚝하게 대답했다. 귀찮은 얘기를 빨리 끝내고 싶다는 듯한 태도였다.

다마가와 서의 오가타는 후배 구와노와 함께 '실키'를 찾았다. 그들을 응대한 사람은 오가와라는 매니저였다. 손님도 아니면서 바쁜 시간에 찾아오자 오가와는 귀찮아하는 기색을 감추지 않았다.

"찾으러 온 사람이 아오에 씨가 틀림없습니까?"

"그런 이름이었던 것 같긴 한데…… 잠깐 기다리세요."

오가와는 일단 안으로 들어갔다가 다시 나타났다. 손에 서류 한 장이 들려 있었다.

"맞네요, 아오에 신이치로. 이름과 연락처가 여기 적혀 있습니다."

오가타는 그 서류를 확인했다. 아오에가 분명했다.

"아오에 씨가 여기에 펜던트를 떨어뜨리고 간 게 언제 일입니까?"

오가타가 물었다.

"2주일쯤 전일 겁니다. 바닥에 떨어져 있는 걸 종업원이 발견했죠."

"그 종업원은 누구인가요?"

"요시오카라는 친구입니다."

"지금 계십니까? 가능하다면 잠시 얘기를 나누고 싶은데요."

오가와의 얼굴이 한층 어두워졌다.

"지금 당장 말입니까?"

"부탁드립니다."

오가타가 고개를 깊이 숙였다. 옆에서 구와노도 덩달아 고개를 숙였다.

오가와는 한숨을 내쉬고 나서 근처에 있던 웨이터에게 요시오카를 불러오라고 지시했다.

"대체 무슨 일입니까? 그 펜던트에 무슨 문제라도 있습니까?"

오가와가 진절머리 난다는 듯이 물었다.

아니, 그게 좀, 하고 오가타는 말을 얼버무렸다. 그게 더 비위에 거슬렸는지 오가와의 입술이 일그러졌다.

그때 스무 살 전후로 보이는 젊은 웨이터가 다가왔다.

"이 친구가 요시오카입니다. 저는 이만 가 봐도 되겠죠?"

"죄송합니다만 묻고 싶은 일이 몇 가지 더 있는데요."

오가타는 오가와에게 양손을 모아 보이고 나서 요시오카에게 시선을 옮겼다.

"이 펜던트를 발견한 분입니까?"

사진을 보이며 물었다.

"그런데요."

요시오카가 고개를 끄덕였다.

"발견하신 때가 언제입니까? 되도록 정확한 일시를 알고 싶은데요."

"언제였더라……."

요시오카가 머리를 긁적이더니 옆에 있는 계산대 위쪽을 보았다. 그의 눈길이 닿은 곳에 달력이 있었다.

"아마 11월 18일이나 19일이었을 거예요."

"바닥에 떨어져 있었다던데, 누가 떨어뜨린 물건인지 모르셨습니까?"

"그걸 어떻게 알겠습니까."

옆에 있던 오가와가 끼어들었다.

"하루에 드나드는 손님이 얼마나 많은데요. 테이블 위에 있었다면 바로 앞 손님의 물건인가 보다고 짐작하겠지만……."

"폐점 후에 청소하다가 발견했어요."

요시오카가 말했다.

"지난달 18일이나 19일이라고 하셨죠?"

"네."

요시오카가 고개를 끄덕이는 걸 보고 오가타가 오가와를 보았다.

"그 이틀 중에 혹시 아오에 씨가 이 레스토랑에 왔는지 기억하십니까?"

오가와가 고개를 저었다.

"하루에도 손님이 여러 명 오시니 얼굴을 일일이 기억하기는 힘듭니다."

"그럼 예약 손님의 이름은 알 수 있습니까? 이런 레스토랑에 오시는 손님은 대개 예약을 하잖아요."

"네, 그건…… 예약 손님의 이름이라면 알아볼 수 있습니다."

"그럼 죄송하지만 한번 알아봐 주세요."

"지금 말인가요?"

오가와가 싫은 표정을 지었다.

부탁드립니다, 하고 오가타가 고개를 숙였다.

잠시 기다리라고 하고서 오가와가 다시 안으로 들어갔다. 그사이에 오가타는 요시오카에게 질문을 계속했다.

"아오에 신이치로라는 이름을 아십니까? 스타 미용사로 불린다는데요."

"아오에…… 아아! 들은 적이 있어요."

"펜던트를 떨어뜨렸다는 아오에 씨가 바로 그 아오에 신이치로입니다."

"아아, 그래요."

요시오카는 그다지 놀란 것 같지 않았다.

"그런 유명인이 왔다면 직원들 사이에서 화제가 되었을 법도 한데요."

그 말에 젊은 웨이터가 피식 웃었다.

"저희 레스토랑에는 연예인 같은 분들도 자주 오시기 때문에, 일일이 알은체를 하지 않습니다. 게다가 스타 미용사라고 해도 얼굴까지 아는 것은 아니니까요."

그가 심드렁하게 대꾸하자 오가타는 낙담했다. 어쩌면 자신들이야말로 매스컴에 현혹된 사람들이 아닐까 하는 생각이 들었다.

오가와가 파일을 들고 돌아왔다.

"아오에라는 이름으로 예약된 것은 없는데요. 일행이 예약한 거 아닐까요?"

"잠깐 봐도 되겠습니까?"

오가와의 대답을 기다리지 않고 오가타는 파일을 휙 낚아챘다. 그리고 적혀 있는 이름들을 눈으로 훑다가 마침내 신카이 미후유라는 이름을 발견했다.

오가타가 그 이름을 가리키며 오가와에게 물었다.

"이 손님은 기억하십니까?"

오가와는 힐끗 보고 나서 고개를 저었다.

"하루에도 손님이 여러 명 오신다고 말씀드리지 않았습니까."

"그러니까 이 사람은 단골이 아니라는 말씀이군요?"

"그럴지도 모르죠."

오가와의 대답이 애매했다.

인사를 하고 레스토랑을 나와 지하철역으로 향하던 오가타가 혀를 찼다.

"이거 내가 잘못 짚었나? 하지만 참 묘해. 사건 현장에 떨어져 있었던 것과 똑같은 펜던트를 우연히 갖고 있다니 말이야. 별로 유행하는 물건도 아닌데."

"하지만 실제로 찾았잖습니까."

"그러게 말이야."

오늘 낮에 아오에에게서 연락이 왔다. 해골과 장미가 새겨진 펜던트를 찾았다는 것이었다. 서둘러 '몬·아미'로 간 오가타 일행에게 아오에는 아주 의기양양한 얼굴로 펜던트를 내보였다. 2주일쯤 전에 롯폰기에 있는 '실키'에서 잃어버렸다는 것이다.

2주 전에 잃어버렸다면 사건 후에 급히 샀을 수는 없다. 오가타는 아오에의 진술이 사실인지 확인하기 위해 부랴부랴 '실키'를 찾았던 것인데 아무래도 거짓말은 아닌 듯했다. 실제로 그는 신카이 미후유와 그 레스토랑에 간 듯했다.

"설마 모두가 입을 맞춘 건 아니겠지."

오가타가 갑자기 생각난 듯이 말했다.

"입을 맞추다니요?"

"그 레스토랑 사람들 말이야. 그리고 신카이까지. 다 같이 아오에를 감싸 주려고 어딘가에서 펜던트를 사다 놓고 2주일 전에 떨어뜨렸다고 하는 거 아닌가?"

"설마 그렇게까지 하겠어요?"

"알 수 없어. 이런 불경기에는 돈만 쥐여 주면 사람들은 거짓말 한두 번쯤 쉽게 할 수도 있어. 아오에에게는 그럴 힘이 없어도 신카이라면 가능하지 않을까?"

"지나친 생각입니다."

"과연 그럴까."

지하철 계단으로 내려서기 전에 오가타는 뒤를 돌아보았다.

"어느 쪽이든 아오에를 뒤쫓을 이유가 사라져 버렸어. 이 사건은 아무래도 미궁에 빠질 것 같아. 그런 기분이 들어."

●

7

"이상한 걸 묻던데요. 뭡니까, 그 사람들?"

요시오카가 오가와에게 물었다.

"형사들이야. 무슨 사건인지 몰라도, 그렇게 인상이 고약한 사람들이 얼씬거리면 레스토랑 이미지에 영향이 있는데. 이건 두말할 것 없이 영업 방해야."

"그 펜던트에 무슨 문제라도 있나 보죠?"

"그런 모양이야. 말투로 봐서 우리가 그걸 찾았다는 사실이 영 마음에 들지 않는 것 같더군. 아오에라는 사람이 거짓말을 하지 않는지 의심하는 눈치였어."

"아오에라는 사람을 저는 모르는데요."

"난들 알겠어? 어쨌든 펜던트를 찾으러 온 건 사실이고, 그 펜던트가 2주일 전에 우리 레스토랑에 떨어져 있었던 것도 사실이야."

"네. 제가 발견했으니까 그건 틀림없어요."

요시오카가 고개를 크게 끄덕였다.

"뭐, 좋아. 포기한 것 같으니까 또 오지는 않겠지. 가서 일 봐."

네, 하고 대답하고 요시오카는 물러갔다. 오가와는 손에 든 파일을 보며 한숨지었다.

신카이라는 여자 손님을 그는 어렴풋이 기억한다. 상당한 미인이라 배우인가 싶었다. 그때 동행이 있었던 것도 기억한다. 남자였다.

그러나 그 남자가 어제 찾아왔던 아오에인지는 잘 모른다. 조금 더 키가 컸던 것 같기도 하지만 기억이 틀렸을 수도 있다.

뭐, 상관없어, 하고 그는 생각했다. 우리 레스토랑과 관계없는 일이다.

문이 열리면서 손님이 한 쌍 들어왔다. 오가와는 프로다운 미소를 지으며 본연의 업무로 돌아갔다.

●

8

돔 페리뇽이 담긴 잔을 마주쳤다. 경쾌한 금속성 소리를 귓가에 남긴 채 아오에는 샴페인을 목구멍으로 흘려 넣었다.

"일단은 안심이야."

맞은편 자리에서 미후유가 미소 지었다.

바로 옆에 있는 창으로 레인보우 브리지가 보인다. 요 며칠 간 가슴에 얹혀 있던 것이 깨끗이 사라져 아오에에게는 최고 의 밤이었다.

"정말 고마워. 조금만 더 형사들에게 시달렸으면 노이로제 에 걸릴 뻔했어. 미용실 직원들도 오해가 풀린 모양이야. 오 늘은 다들 명랑하던걸."

"그거 잘됐네. 당신이 신용을 되찾지 못하면 '몬·아미'는 제 대로 돌아가지 않으니까."

"그 후로 형사들이 아무 말 없는 걸 보면 아마 의심받을 일 도 없을 거야. 천만다행이지."

"그러니까 내가 말했잖아, 나한테 맡기라고 말이야. 내가 일 을 허투루 처리하는 거 봤어?"

그러고서 그녀도 샴페인을 입에 머금었다.

아오에는 잔을 테이블에 내려놓고 심호흡을 한 번 했다.

"지금까지도 그렇게 생각했지만, 이번에 새삼 깨달았어. 미 후유 씨, 정말 대단해."

"다시 본 거야?"

"다시 봤다기보다……."

그가 입술을 핥았다.

"솔직히, 반신반의했어. 손을 쓰겠다고 했지만, 무슨 방법이 있을지 전혀 감을 잡을 수 없었으니까. 그 펜던트를 어딘가에서 손에 넣는다 해도 형사가 그걸로 순순히 물러설 것 같지 않았거든. 하지만 2주일 전에 레스토랑에서 흘린 걸로 밝혀졌으니 형사라도 뭘 더 어쩌겠어. 정말 멋졌어."

"뭐, 날이면 날마다 쓰는 수법은 아니야."

그녀가 웃으며 말했다.

"그리고 이런 일은 이번 한 번뿐이야."

아오에도 빙그레 웃음 지었다. 하지만 그는 이내 진지한 얼굴로 돌아가 몸을 살짝 앞으로 기울였다.

"그 '실키'라는 레스토랑에는 돈을 얼마나 줬어?"

그러자 미후유가 표정을 굳히며 눈을 치켜떴다.

"그런 걸 알아서 뭐 하게? 얼마를 줬든 상관없잖아."

"그래도 궁금해. 형사를 상대로 거짓 증언을 하라는 건데, 웬만한 조건이면 승낙하겠어?"

그녀는 일단 눈을 내리깔았다가 새삼스레 그를 바라보았다.

"그렇게 엄청난 일을 돈으로 해결하려 해 봐야 말짱 헛일이야. 오히려 위험하기만 할걸."

"돈이 아니라면……."

"사람을 움직이는 데는 여러 가지 방법이 있어. 돈으로 움직이는 건 그중 최악이고. 돈에 움직이는 사람은 믿을 수 없어."

"그럼 이번 일에 무슨 수를 썼는지 알고 싶어."

"차차 알게 돼."

첫 요리가 나왔다. 성게알과 새우로 만든 오르되브르다. 맛있겠다, 하며 미후유가 포크를 들었다. 아오에도 포크를 들었지만, 요리에 손을 대기 전에 그녀를 보았다. 그녀는 맛을 음미하는 것처럼 지그시 눈을 감고 있었다.

이 여자에게는 엄청난 힘이 있는지도 모른다고 아오에는 생각했다. 형사 사건의 중요한 증거물에 관한 정보를 힘으로 비틀었다.

"왜 그래. 안 먹을 거야?"

그녀가 물었다.

"아, 아니, 먹을 거야."

아오에는 새우를 입에 넣었다.

"음, 맛있다."

"그래도 방심하면 안 돼."

미후유가 말했다.

"이번 일은 당신을 함정에 빠뜨리려 했던 게 분명해. 이 정도로 적이 포기했을 거라고 보기는 어려워. 다음에는 또 어떻게 나올지 몰라."

"그건…… 나도 알아."

아오에가 포크를 내려놓았다.

"있잖아, 미후유 씨."

"응."

"내가 전에 독립하고 싶다고 했잖아. 그건 당분간 보류할게. 아니, 일단 취소할게. 내가 세상을 너무 쉽게 봤는지도 모르겠어. 아직은 미후유 씨 힘에 기대야 할 것 같아. 게다가 이번 일로 폐를 많이 끼쳤는데 위기를 넘겼다고 곧장 갈라서는 건 너무 뻔뻔스럽잖아."

미후유는 흥, 하고 코웃음을 쳤다.

"배를 원한다며? 스스로 조종할 수 있는 배를 말이야."

"그건 훗날의 꿈으로 남겨 둘 거야. 나는 선장이 되려면 아직 멀었어."

"진심이야?"

"미후유 씨가 더는 내가 필요 없다고 하면 얘기가 달라지겠지만."

그의 말에 미후유가 한쪽 눈썹을 찡긋하더니 옆에 있는 잔을 들었다.

"건배를 다시 한 번 해야겠네."

아오에도 얼른 자신의 잔을 들었다.

카랑, 잔이 부딪치는 소리가 났다.